Mali

Knaus

K

Hannu Raittila

Atlantis

Roman

Aus dem Finnischen
von Stefan Moster

Albrecht Knaus

Die Originalausgabe erschien 2003 unter dem Titel
«Atlantis» bei Werner Söderström, Osakeyktiö, Helsinki

Die vorliegende Übersetzung wurde
vom Finnish Literature Information Center,
Helsinki, gefördert.

FSC
Mix
Produktgruppe aus vorbildlich
bewirtschafteten Wäldern und
anderen kontrollierten Herkünften

Zert.-Nr. SGS-COC-1940
www.fsc.org
© 1996 Forest Stewardship Council

Verlagsgruppe Random House FSC-DEU-0100
Das für dieses Buch verwendete FSC-zertifizierte Papier *EOS*
liefert Salzer, St. Pölten.

1. Auflage

Umschlag: Agentur Semper smile, München
Satz: Filmsatz Schröter GmbH, München
Druck und Einband: GGP Media GmbH, Pößneck
Printed in Germany
ISBN-10: 3-8135-0275-9
ISBN-13: 978-3-8135-0275-6

www.knaus-verlag.de

«Was nützt es einem Menschen …»

Evangelium nach Matthäus, 16

Ein Zerstörungswerk … versteht ihr. Was ich getan habe, ist ein Werk der Zerstörung. Ihr versteht überhaupt nichts. Hier sind alle verrückt geworden, zumindest hat es den Anschein. Das ist wie, na, wie das, was man früher Mordbrand genannt hat. Dafür muss man keinen Mord begehen. Es reicht, wenn man ein Feuer legt oder was in die Luft jagt.

Mäkelä

«Die Stadt der tausend Seen.» Saarilahti machte die Blechtür auf und schlug sie gleich wieder zu. Die selbstklebenden Buchstaben waren weg, aber die Schrift war noch immer auf dem kompakten Rumpf der Maschine zu erkennen.

«Eine Piper.»

«Was?»

«Exakte Balance, schwimmt gut.»

«Ist das kein Flugzeug?»

Saarilahti und Kuosmanen fingen an, sich übers Fliegen zu unterhalten: Angeblich wurden seit Jahrzehnten keine anständigen Kleinflugzeuge mehr gebaut. Sie gingen um die Maschine herum, deren Schnauze schräg nach oben zeigte, und sprachen über sie wie über einen sorgfältig restaurierten antiken Gegenstand. Auch Saarilahtis Auto war ein Rover, Baujahr 63. Damit war er die gesamte Strecke genau nach den Geschwindigkeitsbeschränkungen gefahren. Schon in Helsinki hatte er an jeder Ampel angehalten, sobald sie von Grün auf Gelb umgesprungen war – jedenfalls dort, wo sie so früh am Morgen schon eingeschaltet waren. Hinter und neben ihm hatten die Fahrer der Taxis und Lieferwagen gehupt und Handzeichen gegeben, aber Saarilahti und Kuosmanen hatten ihr Gespräch über eine Russin namens Katharina nicht unterbrochen.

Der Wagen hatte sanft geschaukelt, ich war auf dem Ledersitz eingeschlafen und kapierte beim Aufwachen nicht gleich, wo ich war. Auf einem Schild stand die Nummer der Fernstraße: 7. Wir fuhren demnach auf der Küstenroute nach Osten. Erst als wir an den Befestigungsanlagen von Kyminlinna vorbeikamen, wusste ich, dass wir uns zwischen Pyhtää und Karhula befinden mussten. Saarilahti und Kuosmanen behaupteten, wie wären jetzt auf der russischen Seite. Waren wir nicht bei Pyhtää? Na eben, antwortete Saarilahti, an Ruotsinpyhtää sind wir vorbei, und jetzt sind wir bei Pyhtää, auf der russischen Seite. Sie sprachen nämlich noch immer über diese Katharina. Ich hatte sie für ein Freudenmädchen gehalten, aber allmählich kam ich darauf, dass es sich um die ehemalige Zarin Russlands handelte.

KOTKA 7 stand auf einem grünen Autobahnschild. Saarilahti und Kuosmanen verrenkten die Hälse, um die Festung zu sehen, deren Spitze sich der Landstraße entgegenreckte wie der Bug eines Schlachtschiffes aus dem Ersten Weltkrieg. Ich nickte wieder mehr schlecht als recht ein, erinnere mich aber, dass ich mich durch den Schlaf hindurch über die beiden wunderte. Kuosmanen hatte Saarilahti mehrere Male Gustav genannt, obwohl er Mika hieß, das wusste ich. Hatte er einen zweiten Namen? Warum sollten in seiner Familie schwedische Vornamen gebräuchlich sein? Gehörten die Saarilahtis womöglich zu den Fennomanen, die Anfang des 20. Jahrhunderts ihre schwedischen Familiennamen in finnische umgewandelt hatten?

Ich hatte einen Traum, in dem aus allen Menschen auf der ganzen Welt Biomasse gemacht wurde. In riesigen Anlagen wurden wir gezüchtet. Computer hatten die Macht übernommen, sie kamen spielend ohne die wirkliche Welt aus. Das Einzige, das sie brauchten, war Strom. Nackte Menschen trieben in einer Nährlösung, und es hingen Leitungen an ihnen, über die Muskelenergie und Körpertemperatur gespeichert wurden. Ihre Gehirne waren an ein universales Computerprogramm angeschlossen. Es erzeugte den Schein der Realität, in der die Menschheit zu leben glaubte. Dort gab es keine Zeit. Alles setzte sich in ewig gleicher Form fort: Die Menschenpflanzen wurden geboren und starben, ohne je in Berührung mit Arbeit und Anstrengung – also mit dem Leben – gekommen zu sein.

Ich wachte auf, weil ich durchgeschüttelt wurde. Wir fuhren über eine Baustelle. Saarilahti erklärte laut über das Rattern auf dem Schotter hinweg, wie Suvorov die Festung Kyminlinna anstelle der Feldbefestigungen errichten ließ, die von den Russen sofort nach der Verschiebung der Grenze zum Ahvenkoski aufgepflanzt worden waren. Für einen Moment glaubte ich, sie sprächen über den Film vom Vorabend, aber es war mein Traum und nicht Saarilahtis Gerede, das sich mit dem Film vermengte. Er fragte etwas über Mannerheim. Kuosmanen schien das zu ärgern, und er drehte den Kopf hin und her wie ein Vogel. Unterhalb seiner Ohren verlief von einer Kinnlade zur anderen eine Grenzlinie: Im Gesicht war die Haut heller als im Nacken.

Ich weiß noch, wie ich mich darüber wunderte. Normalerweise bräunen die Leute ihre Gesichter, und die Hälse bleiben hell. Auf Kuosmanens Kragen waren lange weiße Haare zu erkennen; es sah wie Rosshaar aus, nur gelockt. Die Schultern waren weiß bestäubt, aber das waren keine Schuppen. Die helle Farbe in seinem Gesicht kam von einem Puder. Mein Kopf fing wieder an, hin und her zu schlagen, und ich versuchte, ihn im lederüberzogenen Spalt der Nackenstütze einzuklemmen. Während vor mir pausenlos geredet wurde, schlief ich unruhig, bis wir unser Ziel erreicht hatten.

Saarilahti rieb mit dem Daumen an der Flanke des Flugzeugs und äußerte seinen Missmut über die einst aufgeklebten Buchstaben. Er fragte sich, wieso der Besitzer einer so großartigen und seltenen Piper sich nicht die kleine Mühe gemacht hatte, die plumpe Reklameaufschrift richtig zu entfernen. Bis dahin hatte ich geglaubt, Saarilahti selbst sei der Eigentümer. Auch Kuosmanen beugte sich nach vorn, um die Spuren der Klebebuchstaben unter die Lupe zu nehmen. Sie machten sich Gedanken über den Satz, den sie bildeten.

«Müsste es nicht ‹Das Land› heißen?»

«Genau! Das Land der tausend Seen.»

«Es ist aber eine Stadt gemeint: Tampere.»

«Wir sind hier in Lappeenranta. Und hier gibt es nur einen See.»

«Es ist Tampere. Die Stadt der tausend Seen.»

«Woher weißt du das?»

«Ich hab die Kampagne damals gemacht.»

«Wann?»

«Wo?»

«Bei der Werbeagentur Topi Törmä. 67 oder so.»

«Jesus!»

Saarilahti und Kuosmanen waren begeistert. Sie rechneten aus, dass die Maschine einige Jahre vor ihrer Geburt gebaut worden sein musste, wenn sie schon in den sechziger Jahren mit Reklame beklebt worden war. Kuosmanen interessierte sich für die Arbeit eines Werbers in der damaligen Zeit. So glanzvoll, wie er sich das offenbar vorstellte, war es nicht gewesen; wir wurden nicht mal Werber genannt. Er wollte wissen, wie man sich damals anziehen musste. Ich sagte, wir hätten alle Terylenanzüge getragen.

«Topi Törmä» hielten die beiden als Name einer Werbeagentur für unschlagbar. Das sei der Name eines Mannes, erklärte ich. Sie glaubten mir nicht, sondern malten sich das Büro von Topi Törmä aus: große, bunte Lampenschirme und Kobratelefone von Ericsson, Plastikstühle, auf denen die Werber saßen und Zigaretten Marke Boston rauchten; Hosenbeine, Krägen, Hutkrempen und Krawatten – alle schmal wie die Klingen von Brieföffnern, spitzes Schuhwerk, der Bürobote mit Pilzfrisur und neuen Beatles-Schuhen. Kuosmanen behauptete, das komplett als Schwarzweißfilm vor sich zu sehen. Ich fragte ihn nicht, welche Farbe die bunten Lampenschirme in seinem Film hatten.

Gegenüber Topi Törmä repräsentierte das Piper-Kleinflugzeug angeblich die Formsprache des Jahrzehnts zuvor. Ich konnte mich nicht mehr daran erinnern, welche Lampen oder Stühle in Topi Törmäs Büro gestanden hatten, aber die Maschine sah tatsächlich aus wie ein Toaster aus den fünfziger Jahren oder wie das Auto von Donald Duck. Saarilahti fasste den Kauf der Maschine ins Auge.

Sie hatten zwar die Flugeigenschaften der Piper gelobt, aber ich war trotzdem erleichtert, als sich herausstellte, dass wir nicht damit fliegen würden. Wir gingen über das asphaltierte Flugfeld auf den Turm der Flugleitung zu, der aussah wie ein Pilz aus Glas. Daneben hing ein leerer Windsack an einer Stange. Auf dem Feld stand ein halbes Dutzend Kleinflugzeuge, aber wir stiegen in keines davon ein.

Hinter dem Turm, auf einer viereckigen Betonfläche, die in die Mitte eines Rasens gegossen worden war, stand ein rotweißer Hubschrauber auf einem eingekreisten H. Kuosmanen packte mich am Ärmel, als wäre ich sonst sofort in den Hubschrauber gesprungen. Saarilahti kletterte hinein und startete den Motor. Einen Moment lang pfiffen die Rotoren, dann drehten sie sich. Saarilahti stieg wieder aus und fuchtelte im Lärm mit den Armen wie ein Fußballtorwart, der die Freistoßmauer dirigiert. Ich musste einsteigen und mich anschnallen. An der Rückenlehne des Vordersitzes war eine Tasche angebracht. Sie enthielt die Sicherheitshinweise, wie in einem Passagierflugzeug. Der Umschlag zeigte das Logo des Helikopterherstellers: die Silhouette eines Hubschraubers, der einer rot glühenden Sonne entgegenflog. Über dem Bild stand: IKARUS AVIATION.

Was ich nicht wusste, war, dass ein Zerstörungsauslöser alles Mögliche sein kann. Feuer ist eine Möglichkeit, aber Wasser ist eine andere. Ich ließ das Wasser losbrechen. Das glaubt ihr nicht? Solltet ihr aber! Ich bin Straßenbauingenieur. Ich kenne die Höhenlinien, die Triangulationspunkte und die Wasseroberflächen. Ich weiß, wie man Wasser zum Laufen bringt und was es alles mitreißen kann: Häuser, Dörfer, Landstraßen und Stromleitungen. Wenn das Wasser einmal losbricht, kann man es nicht mehr aufhalten. Es strömt, so lange es bergab geht, und es geht so lange bergab, bis die Oberflächen wieder waagerecht sind.

Mäkelä

Wir flogen über den Saimaa. Nach dem Start hatte der Hubschrauber in übler Schräglage einen Bogen um einen Kirchturm vollführt. Es kam mir unnatürlich vor, aus dem Seitenfenster direkt auf die Erde zu blicken, wo rote Blumen zwischen den braunen Steinplatten der Heldengräber leuchteten. Saarilahti überflog den Wasserturm und bog zum See ab. Der Hafen und die gezackte Zitadelle von Lappeenranta blieben links liegen. Kuosmanen deutete mit dem Finger schräg nach unten auf die grasbewachsenen Wälle. Saarilahti teilte über Mikrofon mit, er ändere den Flugplan. Darauf umkreiste er die Halbinsel mit der Zitadelle.

Mit Kuosmanen unterhielt er sich über die komplizierte Befestigungsmathematik des 18. Jahrhunderts. Ich verstand nicht viel von dem, was sie redeten.

«Feuer und Bewegung …»

Deren dynamische Einwirkung musste abgewehrt, gebremst und in der statischen Masse der Befestigungsanlage kanalisiert werden. All das sah man angeblich an den durchbrochenen Linien der Wälle und Gräben, deren Bezeichnungen aus der Terminologie der damaligen Zeit stammten. Sie klangen wie die Namen mehrjähriger Pflanzen: Redoute, Raveline, Lunette … Von oben betrachtet sah die Zitadelle mit ihren Zacken auch wie eine Blüte aus oder wie ein übermäßig bearbeiteter Diamant. Saarilahti fand, die dekorative Form der Festungsanlage stünde in faszinierendem Kontrast zu der mathematischen Theorie, auf der sie basiere. Auf dem Schlachtfeld war es seiner Meinung nach nicht anders: Über ein Jahrhundert lang sei der Krieg eine choreografische Komposition gewesen, die der Oper oder dem

Ballett geähnelt habe. Die Kriegskunst sei dementsprechend als Kunstform verstanden worden, weshalb es nur natürlich sei, dass man den Raum ihrer Realisierung mit dem Theaterterminus «Schauplatz» bezeichne.

«Warst du eigentlich mit Mannerheim beim Mittagessen?»

«Wie es abgemacht war.»

Der Hubschrauber stand während des Gesprächs in der Luft, und die Leute auf dem Marktplatz legten die Hände als Mützenschirm an die Stirn und blickten zur knatternden Maschine hinauf. Die Kinder und sogar einige Erwachsene deuteten bereits mit dem Finger. Saarilahti und Kuosmanen unterhielten sich über die Schlacht um Lappeenranta. Was hatte der eine da gerade über Mannerheim gesagt? Im Fortsetzungskrieg gegen die Russen hatte es bis 44 eine Schlacht um Lappeenranta doch gar nicht gegeben. Wer sollte daran beteiligt gewesen sein? Die Namen der kommandierenden Generäle klangen englisch und deutsch: Buddenbrock, Wrangel, Keith. Am Ende schien gar nicht mehr klar zu sein, ob die Schlacht jemals stattgefunden hatte. Saarilahti behauptete, ein Holzbalken, der sich aus der Brustwehr gelöst hatte, sei damals im Blut der Soldaten aus dem Savolaxer Regiment geschwommen.

«Das ist jetzt aber ein Märchen.»

«Was ist hier denn schon wahr?»

«Mannerheim auf jeden Fall!»

Beide fingen an zu lachen. Ich verstand nicht, was es bei Mannerheim zu lachen gab. Das mit der Schlacht von Lappeenranta wurde aber geklärt. Sie fand nicht im Zweiten Weltkrieg, sondern 1741 während des Schwedisch-Russischen Kriegs statt. Den Marschall Mannerheim behauptete Kuosmanen im Mikkeli-Klub getroffen zu haben, wo er mit ihm zu Mittag gegessen habe. Saarilahti wollte wissen, ob Kuosmanen zu zweit mit Mannerheim gespeist habe. Als Kuosmanen entgegnete, so sei es gewesen, wurde Saarilahti sauer. Er fand, man hätte unbedingt in einer ganzen Gruppe essen müssen, um herauszufinden, wie die Menschen auf Mannerheim und die ganze Situation reagierten.

Saarilahti beobachtete mein Mienenspiel. Ich beschloss, keine Fragen zu stellen, egal was für verrückte Geschichten sie erzählten. Ein kurzes Stück flogen wir, ohne zu reden, dann erzählte Saarilahti beiläufig, dass Timo Närhinsalo, ein Schauspieler des Stadttheaters Mikkeli, einmal die Woche im Mikkeli-Klub des Hotels Vaakuna den Mannerheim spielte. Gegen Bezahlung durfte das Publikum in Gesellschaft des Marschalls zu Mittag essen. Ich hätte gern gefragt, woraus *Marskin ryyppy*, der berühmte Marschall-Schnaps, eigentlich gemacht wurde, aber ich beherrschte mich und hielt den Mund.

Rechts sah man jetzt die Zellstofffabrik und dahinter die Mündung des Saimaa-Kanals, vor der ein paar weiße Freizeitboote und ein Passagierschiff in der merkwürdigen Form einer Seifenschachtel Schlange standen. Kuosmanen und Saarilahti diskutierten nun darüber, wer das Logo des Papierkonzerns UPM-Kymmenen entworfen hatte. Das Wappentier prangte an der Fabrikwand, es erinnerte an eine Kombination aus Vogel, Löwe und Echse. Angeblich sollte es sich um einen Greif handeln. Er sah aus wie ein Wetterhahn aus schwarzem Blech auf dem Dach einer Protzvilla. Kuosmanen war sicher, Gallén-Kallela habe das Wesen entworfen. Er forderte mich auf, seine Behauptung zu bestätigen. Ich konnte dazu nichts sagen, obwohl Kuosmanen fand, als Veteran der Werbebranche müsste ich so etwas wissen.

Das Logo war vor über hundert Jahren kreiert worden. Der Name der Firma hatte mehrfach gewechselt, die Besitzer sowieso. Logos nannte man damals nicht Logos, und selbst der zäheste Veteran war jetzt nicht mehr unter uns, um etwas über die Entstehungsgeschichte zu berichten. Saarilahti warf mir fehlendes Geschichtsbewusstsein vor. Ich sagte, in der Werbebranche herrsche Arbeitsteilung. Der Artdirector sei für die Bilder zuständig. Möglicherweise sei Gallén-Kallela einer gewesen. Als Texter müsse ich den Vater des Greifs nicht unbedingt kennen, selbst wenn ich hundert Jahre alt wäre.

«Fachidiot!»

Der Kopfhörer zitterte, weil die beiden gleichzeitig in ihre Mikrofone schrien. Saarilahti meinte, die Herkunft des Greifs sei eine rein akademische Frage, die mit der Geschichte der kommerziellen Grafik zu tun habe. Die Zeit der Schlote sei auf jeden Fall vorbei. Der immaterielle Markt hätte den Kauf und Verkauf von materiellen Dingen längst überholt. Die Fabrik sei überholt. Wir glitten über Inseln und Wasser hinweg. Auch auf manchen Inseln blitzten Seen auf. Ich kannte das alles.

Von dem blaugrünen Labyrinth flogen wir auf die offene Fläche des Saimaa hinaus. Wieder überkam mich gnadenlose Müdigkeit. Das Handy zappelte in meiner Tasche wie ein Fisch auf dem Trockenen. Ich erschrak. Hätte ich das Telefon vor dem Start ausschalten müssen? Ich hatte eine SMS bekommen, traute mich aber nicht, sie zu lesen. Allerdings schien sich der Empfang in keiner Weise auf das Fluggerät ausgewirkt zu haben. Ich beruhigte mich und fing an zu dösen. Vor der Insel Vitsasaari flog der Hubschrauber einen Bogen, sodass die Morgensonne durch das Seitenfenster direkt zwischen die Sitze fiel. Im Takt des Rotorratterns flimmerte der Staub im Lichtkeil.

Als man die Insel durch die Vorderscheibe sah, wurde ich munter. Der dreißig Kilometer lange, am einen Ende von einem Kanal durchschnittene Landrücken teilte den großen Saimaa in zwei Becken. Wir flogen auf die Spitze zu und dann den pleistozänen Os entlang, der sich aus dem Wasser erhob wie der Schwanz eines Krokodils. Über den Os lief eine Starkstromleitung, die an Masten mit spinnenartig verzweigten Halterungen bis über die fast zwei Kilometer breite Wasserstraße gespannt war. Beim Abflug hatte Saarilahti dem Kontrollturm eine Flughöhe von fünfhundert Fuß angegeben, aber jetzt befanden wir uns auf einer Höhe von nicht mal fünfzig Metern. Er meinte, es sei egal, in welcher Höhe man hier flog. Unten huschte die vertraute, licht bewaldete Moränenlandschaft vorbei. Eine graue Straße folgte dem Landrücken. Wir flogen über einen Binnensee auf der Insel.

«Kommt dir die Gegend bekannt vor?»

«Müsste sie eigentlich, tut sie aber nicht. Ich glaube … Hier müsste eigentlich die Ortschaft Uusikylä liegen.»

«Jetzt liegt hier der See Uusijärvi.»

«Das ist er jetzt!»

Saarilahti flog einen Bogen um den See herum. Er sagte, das Dorf befände sich sechs Meter unter der Wasseroberfläche. Im Durchschnitt, präzisierte Kuosmanen, an der tiefsten Stelle seien es dreizehn Meter. Saarilahti wunderte sich.

«Woher weißt du das?»

«Wir haben schließlich Karten und Satellitenaufnahmen von der Gegend. Und wir haben einen Mann, der für uns taucht!»

«Als ich ein Kind war, stand da ein Dorf. Es gab immer Piroggen, wenn wir hinkamen.»

«Karelische Piroggen?»

«Nein. Die Leute dort waren vom Ladoga-See, orthodox … altgläubig.»

Der Landrücken gabelte sich. Im Einschnitt dazwischen glitzerte das Wasser. Saarilahti steuerte am Hauptrücken entlang. Hinter dem Nebenrücken schimmerte eine Ebene mit einem Dorf und Feldern. Was dort wohl angebaut wurde? Man sah nur Grün.

«Lass uns einen Umweg über das Dorf machen.»

«Wir fliegen zum Kanal.»

«Wir kommen doch vom Kanal.»

«Nicht zum Saimaa-Kanal, sondern zum Suvorov-Kanal.»

«Wo kommt eigentlich das Wasser über dem Dorf her?»

«Vom oberen See.»

«Dann fliegen wir dorthin.»

«Zuerst zum Kanal, damit du ein Gesamtbild bekommst.»

«Ich kenne die Gegend. Als Kind war ich hier jeden Sommer.»

«Darum wollten wir dich ja auch dabeihaben. Aber du brauchst ein Gesamtbild des Projekts.»

Saarilahti bat um Entschuldigung dafür, dass ich so lange mit dem Hubschrauber fliegen musste. Er fand, das sei keine kultivierte Art der Fortbewegung, aber mit dem Kleinflugzeug hätte es Schwierigkeiten mit dem Landen gegeben. Überhaupt sei das Fliegen eine widerliche und viel zu schnelle Form des Reisens. Er selbst, erklärte Saarilahti, bevorzuge Eisenbahn und Schiff. Ich sagte, an dem Hubschrauber wäre nichts auszusetzen, wenn Saarilahti ihn zu fliegen verstünde. Er versicherte, als junger Mann viel geflogen zu sein. Den Flugstunden nach sei er ein erfahrener Berufsflieger.

Ich fragte mich, wann er seine Stunden geflogen haben wollte, denn er und Kuosmanen waren mehr als fünfundzwanzig Jahre jünger als ich und hatten sich zwischendurch zu Millionären gemacht. Das heißt, von Kuosmanen wusste ich das gar nicht, aber Saarilahti hatte dafür umso mehr Millionen. Der Hubschrauber flog jetzt trotzdem vollkommen gleichmäßig. Der Propeller knatterte, und unten schimmerten die vertrauten Kiefern. Dazwischen verlief eine Straße, von der ich jede Biegung kannte.

Helena

«Bist du öfter hier?» Die Luftblasen brachten das Schild vor meiner Maske zum Schaukeln. Der Text war mit schwarzem Unterwasserstift auf das gelbe Stück Plastik geschrieben worden. An den Löchern am unteren Rand hingen Schraubenmuttern als Gewichte. Befestigt war das Ganze an einer Schnur, die beim Ausatmen ebenfalls zwischen den Luftblasen schwankte. Ich nahm das Schild und zog die orangefarbene Nylonschnur nach unten. Eine Rute aus zusammengesteckten Kunststoffröhren folgte. Jemand hatte sich beim Basteln dieses Mobiles große Mühe gegeben. Ich stützte die Ellbogen in den Kies auf dem Grund, bewegte leicht die Flossen und hielt das Kichern zurück. Einen solchen Anbaggerungsversuch hatte ich noch nie erlebt.

Dann wurde ich sauer. Was ging ich hier sofort an die Leine? Derjenige, der sich das ausgedacht hatte, musste es als Zustimmung deuten, wenn unten jemand zog. Die ganze Dekompressionspause war nichts als übertriebene Vorsicht, aber ich hatte mich immer genau an die Tabellen gehalten. Jetzt beschloss ich, die Pause zum Trotz bis zur letzten Sekunde durchzuhalten. Auch das ärgerte mich. Das brave Mädchen wehrt sich gegen die Regeln, indem sie sie befolgt! Ich zwang mich zur Ruhe, versuchte, den Tauchvorgang systematisch zu durchdenken.

Beim Haus von Häkkinen war der Hund an einer fingerdicken Kette angebunden gewesen. Als das Tier vor dem Wasser nicht fliehen konnte, hatte es in seiner Hundehütte Zuflucht gesucht. Da lagen seine Knochen noch immer. Über dem Dorf stand das Wasser im Schnitt sechs Meter hoch, über dem Hof von Häkkinen waren es mehr als zehn und über der Grube für den geplanten neuen Viehstall an die dreizehn. Ich hatte die Baustelle lange abgesucht, aber nichts gefunden außer einem Spaten Marke Fiskars und einer polnischen Brechstange.

Aus der Grube stieg ich zum Haus hinauf, das in neun Metern Tiefe lag. Dort hatte ich mehr Glück. Im Backofen war ein Lehmtopf zurückgeblieben, auch sonst gab es eine Menge Gegenstände, die mit der Zubereitung von Essen zu tun hatten. Ein ähnlich authentisches Interieur hatte ich in keinem der anderen Häuser angetroffen. Normalerweise waren sie rechtzeitig verlassen worden. Die Häkkinens aber waren eindeutig zu Hause gewesen, als das Wasser ins Dorf schoss, und da der Hof an der niedrigsten Stelle im Gelände lag, war er als Erster unter die Oberfläche geraten.

Nach dem Drei-Meter-Stopp schwamm ich den steilen Uferwall hinauf. Ich durchstieß die Wasseroberfläche und kletterte an Land. Der Mann saß auf einem großen, flachen Stein am Ufer und bot mir als Halt eine helle, daumendicke Kunststoffröhre an, genauso eine wie die, mit der er mir das Schild vor die Augen geschoben hatte. Ich watete aus dem Wasser und setzte mich, um Flossen, Maske, Bleigürtel, Kapuze und Neoprenstrümpfe abzunehmen. Ich ärgerte mich. Ich wusste, er war ein Profi. Die kommen ohne Pause aus dreizehn Metern nach oben. Da hatte er gesessen, den Luftblasen zugeschaut und über meine Druckausgleichstopps gelacht. Jetzt kam er, um mir die Flaschen vom Rücken zu nehmen.

«Herzlich willkommen.»

«Wo?»

«An der Oberfläche.»

«Bist du der Taucher?»

«Du bist doch diejenige, die hier taucht.»

«Ich bin Wissenschaftlerin. Das Tauchen ist für mich nur eine Methode.»

«Was für eine Wissenschaftlerin?»

«Volkskundlerin. Ich musste tauchen lernen, um da runterzukommen.»

Was ging es ihn an, was ich war? Und warum musste ich ihm das erzählen? Warum hatte ich mich schon geärgert, als ich Anfang des Sommers gemerkt hatte, dass er nun auch im Dorf tauchte? Hielt ich es etwa für mein Revier? Das heißt, am Anfang ärgerte ich mich gar nicht. Ich dachte, das ist ein Profi, den kann ich um ein paar Tipps bitten. Warum hatte ich ihn dann nicht rechtzeitig selbst angesprochen? Jetzt hatte er die Initiative ergriffen, saß provozierend auf dem Stein und tätschelte meine Druckluftflaschen.

«Die kann ich dir auffüllen.»

«Hast du die Spielsachen da gebastelt?»

«Das sind Schwimmer.»

«Von mir aus. Warum?»

«Zur Markierung.»

«Wozu?»

«Das darf ich nicht sagen.»

«Ja, ja.»

«Das glaubst du mir nicht.»

«Verarschen kann ich mich selber.»

Was bildete der sich überhaupt ein! Ich hätte die Flaschen nehmen und verschwinden sollen, aber ich war zu kaputt. Er wusste das, weil ich gerade erst hochgekommen war. Vielleicht hatte er mir nachspioniert und gesehen, dass ich immer eine Weile am Ufer blieb und den Moment aufschob, in dem ich den Hang hinaufkletterte, weil ich danach so oft hin- und hergehen musste. Die schweren Flaschen mussten geschleppt werden, dann die Maske, die Schläuche mit den Ventilen, die Flossen und das ganze Zeug, das ich unten gefunden hatte. Auch jetzt hatte ich etwas im Netzbeutel: die letzte Mahlzeit der Häkkinens, zumindest den Tontopf, in dem sie gegart worden war, und eine Topfgabel.

Ich machte ein Verzeichnis des Inventars von Häkkinens Wohnküche und skizzierte rasch einen Lageplan, auf dem eingezeichnet war, wo auf dem Tisch, am Ofenrand oder im Ofen sich die Gegenstände befunden hatten. Wenn ich das nicht gleich machte, vergaß ich bald, wie es unten ausgesehen hatte. Zu Hause musste ich mich immer zuerst um die Ausrüstung kümmern. Wenn ich mir am Ufer ausreichend Feldnotizen machte, konnte das Tauchtagebuch bis zum Abend warten. Am besten versah ich die Gerätschaften auch gleich mit Nummern und trug sie ins Diarium ein. Als nützlich hatte sich auch erwiesen, den Arbeitstag mit einem Eintrag ins formlose Tagebuch zu beenden. Wenn ich später darin blätterte, konnte ich im Nachhinein auf Gedanken oder Beobachtungen stoßen, deren Bedeutung ich beim Schreiben gar nicht erfasst hatte.

Dem Taucher machte es nichts aus, dass ich keine Notiz von ihm nahm. Er saß auf seinem Stein und sah zu, wie ich den Lageplan zeichnete. Das machte mich nervös. Die Zeichnung fiel unnötig genau aus, und ich ärgerte mich schon wieder über mich. Jeder hat das Recht auf seine Gewohnheiten! Was ging es ihn an, was ich arbeitete?

«Was zeichnest du da? Zeig mal.»

«Nein.»

Er verließ seinen Stein und ging hinter meinem Rücken auf die andere Seite. Instinktiv presste ich das Notizbuch an die Brust. Auch das war mir peinlich. Bestimmt wurde ich rot. Ich müsste öfter unter Leute gehen, damit ich mich nicht benahm wie eine 15-Jährige. Der Taucher hatte gar nicht hergesehen. Er hob eine der Luftdruckflaschen vom Boden auf.

«Rühr die nicht an!»

«Das muss ich ja wohl, wenn ich sie mit Luft füllen soll.»

«Willst du sie aufblasen?»

«Ich habe einen Kompressor im Auto.»

«Du brauchst mir nicht zu helfen.»

«Soll ich dir die Klötze nach Hause bringen?»

«Weißt du, wo ich wohne?»

«Ja, ja, ich hab dich vom See aus heimgehen sehen.»

«Na toll!»

«Du hast ja höllisch viel Schrott bei dir herumliegen.»

«Das ist alles Bestand!»

«Und was ist das hier?»

«Eine Topfgabel.»

«Was?»

«Auch Topfforke oder Kartoffelgabel genannt. Das östliche Modell, wie es am Ladoga-See gebräuchlich war.»

«Aha.»

«War im Ofen. Genauer gesagt am Ofen. Angelehnt. Bei Häkkinen. Das Essen ist nicht mehr fertig geworden.»

«Du weißt sogar, wie sie heißen?»

«Na klar. Ich gehe das Dorf von Haus zu Haus durch. Schon seit fast zwei Jahren.»

«Wie denn?»

«Na, ganz normal. Es wird ein Suchraster erstellt, und dann wird Feld für Feld abgeklappert …

«Ah ja. Wie beim Bergungstauchen.»

«Kann sein, weiß ich nicht. Machst du Bergungen?»

«Ich bin Taucher. Ich tue, was mir aufgetragen wird.»

Blabla. Wozu hatte ich mich überhaupt auf das Gespräch eingelassen? Verflucht! Warum hatte ich nicht einfach die Flaschen, die Ausrüstung und die gefundenen Gerätschaften genommen und sie auf den Landrücken getragen, wo der Milchkarren stand? Warum blieben die Leute nicht in der Stadt? Wo musste man denn noch hingehen, um seine Ruhe zu haben? Der Taucher hatte sich wieder auf seinem Stein niedergelassen. Er hatte es nicht eilig.

«Was hast du da vom Ladoga gesagt?»

«Die Leute hier waren Ladoga-Fischer.»

«Das hier ist der Saimaa.»

«Vertriebene. Das ganze Dorf wurde umgesiedelt. Sie waren orthodox, haben ihre Gebräuche bis zum Schluss bewahrt, bis in die achtziger Jahre. Nicht mal Strom hat es hier gegeben. Darum ist es so einzigartig.»

«Wieso?»

«Weil es erhalten ist! Ein ganzes Dorf von Ladoga-Fischern unberührt erhalten!»

«Im Wasser hält sich das, weil kein Sauerstoff ...»

«G-M-A-A-V.»

«Hä?»

«Ich seh's dir am Gesicht an: ‹Geht mir am Arsch vorbei.›»

«Hör mal, ich bin echt interessiert.»

«Ja, ja, ich seh schon, was dich interessiert. Das Dorf jedenfalls nicht ... oder wie die Menschen hier gelebt haben. Das ist mein Job.»

«Mein Job ist das auch. Mein Auftraggeber interessiert sich sogar sehr dafür.»

«Für dieses Dorf?»

«Was kriege ich, wenn ich es dir sage?»

«Wenn du was sagst?»

«Wofür die Markierungen sind.»

«Nichts.»

«Für ein U-Boot.»

«Ganz bestimmt.»

Der Taucher packte beide Druckluftflaschen am Kragen und schwang sie sich mit einer gekonnten Bewegung auf die Schultern. Das hatte er schon einmal gemacht, und dazu gehörte ein Gesichtsausdruck, als wäre es nichts. Er hatte bloß versprochen, die Flaschen mit Luft zu füllen, er brauchte nicht gleich Tarzan zu spielen. Dann stellte er die Flaschen wieder auf der Erde ab. Das war keine Vorführung. Er schwang sie sich wieder auf die Schultern und sagte, das sei die einfachste Methode, zwei Flaschen auf einmal zu tragen. So machten es die Profis.

«Du hast gar keinen Kompressor.»

«Na klar hab ich einen. Ich bin Taucher.»

Er ging den Hang hinauf und rief, ohne sich umzudrehen, er werde die Klötze füllen und zu mir nach Hause bringen. Oben drehte er sich um und rief, es gebe eine Firma, die heiße Topfgabel AG. Das sei eine der Firmen, die den Brüdern Uotti gehöre. Sie sei nur gegründet worden, um in den Besitz des Hubschraubers der Brüder zu kommen. Auch für die würde er tauchen, rief er und verschwand. Es kam mir unwirklich vor, als ich im selben Moment das Geräusch eines Hubschraubers hörte.

Kurz darauf flog ein rot-weißer Helikopter über mich hinweg und den Landrücken entlang in Richtung Kanal.

Mäkelä

Aus Saarilahti und Kuosmanen wurde man nicht schlau. Sie redeten die meiste Zeit wie kultivierte Menschen und waren Freunde, aber Saarilahti konnte Kuosmanen ganz plötzlich drangsalieren und behandeln wie einen Hund. Das war schwer zu ertragen, weil Kuosmanen eigentlich mein Vorgesetzter war. Kuosmanens Job schien es zu sein, die Laufarbeit zu machen und alle möglichen Sachen zu kontrollieren. Jetzt wurde er über die Glasfabrik Humppila verhört. Ob er dort gewesen sei. Was in der Fabrik los gewesen sei. Ob dort neben allem anderen auch etwas fabriziert werde.

Kuosmanen antwortete kleinlaut und sachlich. Er sei in der Glasfabrik gewesen. Aber das sei gar keine Fabrik mehr, sondern ein riesiges Lokal. Gläser würden allerdings noch immer geblasen. Zuerst verstand ich nicht und glaubte erst recht nicht, was Kuosmanen berichtete. Der größte Teil der Fabrik war angeblich in ein exotisches Restaurant verwandelt worden. Die Gäste saßen in den ehemaligen Fabrikhallen zwischen den Produktionsapparaturen, die jetzt zu Kneipenrequisiten geworden waren. Ein Teil des Werks war seiner ursprünglichen Bedeutung überlassen worden. Dort schufteten Glasbläser hinter großen Scheiben. Die Öfen loderten. Die schwitzenden Bläser nahmen von der flüssigen Masse und formten mit geblähten Backen flink und gekonnt Kannen, Kännchen, Schnapskatzen und andere traditionelle Humppila-Produkte.

In einer Ecke des Restaurants befand sich ein Shop, wo man von Meistern geblasene Gefäße und Ziergegenstände erwerben konnte. Allerdings gelangte nur ein Bruchteil von ihnen in den Shop. Die meisten Glasartikel wurden sofort nach ihrer Herstellung in den Recycling-Bottich geworfen und wieder dem Ofen zugeführt. Tag für Tag kreiste dasselbe Rohmaterial in einem geschlossenen Prozess: Die Glasmeister nahmen das flüssige Rohmaterial und bliesen vor den Augen des Publikums irgendein Gebilde. Etwas später wurde der abgekühlte Gegenstand in Stücke gehauen und wieder in den Ofen geworfen. Der Sinn des Ganzen bestand nicht darin, etwas herzustellen, sondern die Kunden zu unterhalten – in einer Fabrik, die keine Fabrik mehr war, sondern ein Restaurant mit Darbietung.

Saarilahti war begeistert. Er hatte seinerseits die ehemalige Baumwollfabrik Finlayson in Tampere besucht, aus der ein Kino und ein Kongresszentrum geworden waren. Saarilahti hatte sich gar nicht mehr einkriegen wollen, als er die große Halle sah: Wo man früher ganz prosaisch Baumwollfaden gesponnen habe, sei jetzt ein Multifunktionsraum für Kulturevents entstanden. Der große Schriftsteller Väinö Linna persönlich habe übrigens in der Halle gearbeitet, als er noch einer richtigen Arbeit nachgegangen sei.

Nun unterhielten sie sich wieder ganz einträchtig. Sie redeten über die Umwandlung von materieller in ideologische Produktion. Kuosmanen fragte sich, ob man Berufsschauspielern das Glasblasen beibringen konnte, um sie dann zum Auftreten nach Humppila zu schicken. Saarilahti sah ihn an wie einen Idioten. Alles basiere doch darauf, dass die Menschen sich selbst spielten! Nun war Kuosmanen beleidigt. Er habe gemeint, aus dem Glasblasen ließe sich ein Drama machen.

«Ein Drama übers Glasblasen?»

«Oder auch ein Drama, in dem Glas geblasen wird.»

«Nicht ausgeschlossen. Mal sehen.»

Wieder herrschte Eintracht, und sie unterhielten sich weiter. Angeblich verwandelten sich materielle Arbeit und Warenherstellung in marginale Phänomene. Sie würden abgeschoben, in dünn besiedelte Gegenden und Entwicklungsländer. An ihre

Stelle träten Erlebnisse und Eindrücke. Auch die seien immer seltener echte emotionale Erfahrungen. Für Erlebnisse würde allerdings viel Geld ausgegeben. Da wäre es ärgerlich, wenn man von niemandem dabei gesehen würde. Darum hätten die Menschen angefangen, Erlebnisse zu spielen. Es würden Aufführungen daraus gemacht, die für andere bestimmt waren. Ihre Merkmale seien Gesten, Mienen und Posen, die man aus den Medien und dem Entertainment kenne, zum Beispiel Jubelgebärden und Ausrufe.

Heute kämen die Leute überall dort zusammen, wo andere Menschen Erlebnisse aufführten. Alle möglichen Anlässe würden zu entsprechenden Events ausgebaut: Beerdigungen von Prinzessinnen, Fußballspiele oder das Entzünden von Gedenkkerzen für die Opfer eines Verkehrsunfalls. Wer sonst keine Erlebnisse habe, könne zu einer Veranstaltung gehen, wo ein Stadion voller Menschen so tat, als hätten sie welche. Je mehr Zuschauer, umso größer das Erlebnis.

In der Erlebnisgesellschaft sei man darauf gekommen, dass es größere Erlebnisse beschere, das Opfer von Macht zu sein, als selbst Macht auszuüben. Opfer zu sein sei heutzutage nicht mehr unangenehm. Oder es sei auf eine harmlose, ungefährliche Art unangenehm. Das Gefühl, auf voraussehbare Art misshandelt zu werden, gehöre zu den coolsten Erfahrungen in der Erlebnisgesellschaft. Danach strebe man, daran halte man fest. Die ehemaligen Machthaber – die Bosse, die Männer, die Politiker, die einst lange im Amt geblieben waren – gäben allmählich die Macht ab. Diese Macht halse man nichts Böses ahnenden Frauen, geschäftigen Konjunkturrittern und ehemaligen Untergebenen auf; und dann ginge man dazu über, seinen Opferstatus zu genießen.

Saarilahti prophezeite, dass noch ein großer Krieg zwischen den Geschlechtern und den sozialen Schichten darüber entbrennen würde, wer am meisten Opfer der Machtausübung sein dürfe und wer am wenigsten Verantwortung tragen müsse. In diesem Spiel verwandle sich die Macht in einen Waisenknaben, den keiner haben wolle, oder in den schwarzen Peter. So wie der Kunde in modernen Supermärkten jetzt schon die Arbeit von Lager- und Transportkräften übernehme, so wären bald die Unterdrückten an der Macht, und die Privilegierten stünden als jammernde und schimpfende Opfer daneben.

Kuosmanen hatte bei seiner Tour nach Humppila auch einem ehemaligen Rinderzuchtbetrieb in Loimaa einen Besuch abgestattet. Dort standen neuerdings Bisons aus Amerika. Saarilahti amüsierte sich über den bürokratischen Aufwand, den die Überführung des Viehs mit sich gebracht hatte. Der juristische Status der Tiere hatte in Den Haag geprüft werden müssen. Sie lebten auf eingezäuntem Terrain, waren den Paragraphen nach aber Wildtiere. Als solche wurden sie auch den Kunden präsentiert, die zuerst in einem Saloon mit Cowboy-Ambiente unterhalten und anschließend auf Traktoranhängern über Bisonweiden kutschiert wurden – und die sich dabei die Hörer eines Audio-Guide-Systems ans Ohr hielten.

Das klang, als wären die ehemals bodenständigen Bauern von Loimaa drei Tage lang mit einer Portion Drogen in eine leere Scheune gesperrt worden, um Ideen für neue Erwerbsquellen und Produktlinien zu entwickeln. Auf einem anderen Hof in derselben Gegend hatte ein Geflügelzüchter angefangen, statt Hähnchen Fasane in großen Gehegen zu züchten. Im Gegensatz zum Bison war der Fasan ein Haustier, solange er sich innerhalb einer Umzäunung befand. Dort mussten ihm Nahrung, veterinärärztliche Betreuung plus weitere Rechte der Wohlstandsgesellschaft und des Kulturstaats garantiert werden. Sobald der Fasan das Gehege verließ, wurde er zum Naturwesen und war vogelfrei. In der Natur aber galten für ihn nur noch die Bestimmungen des Jagdgesetzes. Der ehemalige Broilerzüchter verkaufte heute Safaridienstleistungen an neureiche Russen.

Wenn Kunden kamen, wurde eine bestimmte Menge Fasane als Wild zum Abschuss in die umliegenden Wälder entlassen.

Die zu Kneipen und Kinos mutierten Fabriken hatten wie die Bisons und die Fasane irgendwie mit dem zu tun, was Saarilahti und Kuosmanen Grund gab, mit dem Hubschrauber über den Saimaa zu fliegen. Von Humppila und Finlayson waren sie begeistert, aber die Büffel- und Fasanenfarm hielten sie für geschmacklos und der nationalen Tradition widersprechend, da beide Tierarten nicht zur ursprünglichen Fauna Finnlands gehörten.

Kuosmanen ließ sich darüber aus, dass die Bäuerin des Fasanenhofs täglich in Helsinki zur Arbeit ging. Er fragte sich, wo Helsinki eigentlich aufhöre. Wenn man noch ein Stück weiter hinausführe, sei man schon in Turku. Für manche fange Turku schon in Loimaa an, weil sie von dort nach Turku pendelten. Oder nach Tampere, sagte Saarilahti. Er wusste, dass Loimaa im Grenzbereich des Verbreitungsgebiets der Tageszeitungen aus Turku und Tampere lag.

Saarilahti hatte eine Untersuchung darüber gelesen, wie Städte in der finnischen Literatur beschrieben wurden. Er fragte sich, wie man Städte in der Literatur beschreiben könne, wenn es gar keine Städte mehr gäbe. Die Stadtromantiker, die auf Urbanität schwörten, seien hundert Jahre zu spät dran, behauptete er. In den Zeiten von Georg Simmel und anderen Klassikern der urbanen Soziologie seien Städte Zentren der Warenherstellung und der Märkte gewesen, heute aber habe man Industrie und Handel aus den Städten vertrieben, in die Gewerbedistrikte an den Autobahnringen und darüber hinaus.

Einzig die Stadt selbst sei heute noch imstande, sich darzustellen. Stadt zu spielen sei heutzutage die Haupterwerbsquelle einer Stadt. Aus den Städten seien Stadtdenkmäler geworden, in denen die Stadtidee in der Form an Stadtromantiker verkauft werde, in der sie sie kaufen wollten. Jede literarische Beschreibung einer Stadt sei unweigerlich bloß ein blasser Eindruck von der dreidimensionalen Kulisse, die die Stadt als Idealbild der Stadt verkörpere.

Ich hatte eine Störung im Kopfhörer und verstand nicht mehr, was Saarilahti sagte, aber seinen Mundbewegungen entnahm ich, dass er die Worte «Stadt», «Eindruck» und «Bild» wiederholt gebrauchte. Als ich wieder etwas hörte, belegte er eine seiner Behauptungen gerade damit, dass in den Städten aus Fabriken, Banken, Apotheken und Ämtern Restaurants wurden, aus den Restaurants wiederum Eishallen, Theater und Einkaufszentren. Die Fähren von Finnland nach Schweden seien kleine Städte geworden und die Städte wiederum riesige Schwedenfähren. Die Städter hätten sich von Einwohnern in Kunden verwandelt, deren Leben mit dem identisch sei, was sie mit dem Geld, das ihnen zur Verfügung stand, kaufen könnten. Das einzige Buch, das diesen Prozess sinnvoll beschreibe, sei das Kontobuch.

Helsinkier Vororte wie Maunula, Vuosaari oder Malmi seien voller Menschen, die so gut wie nie die Innenstadt betraten. Aber dafür gebe es fünfzig Kilometer weiter, in Lope, Mallusjoki oder Kiikala, Leute, die jeden Tag nach Helsinki fuhren. Was also sei dann noch die Stadt? Die Provinz sei eine im ganzen Land verstreute Millionenstadt, und Helsinki sei Provinz, die sich aus dorfähnlichen Vororten zusammensetze. Saarilahti blickte unverwandt durch die Frontscheibe nach unten.

«Die Stadt ist lediglich eine große Inszenierung, aber nicht so groß, dass man sie nicht an jedem beliebigen Ort stattfinden lassen könnte. Am besten dort, wo viel Platz ist.»

Helena

Ich schob den Milchkarren auf der unbefestigten Straße den Landrücken entlang. Ich hatte den Karren nachlässig beladen, die Sachen hingen an den Seiten heraus und waren kurz vorm Herunterfallen. Eine Flosse ragte in die Speichen und verursachte ein knatterndes Geräusch, wie früher bei den Fahrrädern der Jungen, wenn sie ein Stück Pappe mit einer Wäscheklammer an der Gabel befestigt hatten. Das Auto kam im Schritttempo von hinten und fuhr neben mich. Mit gedämpftem Summen senkte sich das elektrisch betriebene Seitenfenster.

«Du verlierst deine Ladung.»

«Danke für die Information.»

«Ich sag's ja bloß.»

Ein tiefes Brummen ging von dem großen Pick-up aus. Der Taucher hängte einen Ellbogen aus dem offenen Fenster und sprach über den Motorenlärm hinweg. Ich verlangsamte das Tempo und ging auf Höhe der Hinterräder weiter. Auto und Leiterwagen hatten kaum nebeneinander auf der schmalen Straße Platz, der Taucher musste auf die rechten Räder achten, die sich dicht am Rand bewegten. Er sah in den Spiegel und rief mir über die Schulter etwas zu. Über dem Befestigungsband seiner Baseballmütze stand ein schwarzes Haarbüschel heraus wie ein rührend kleiner Pferdeschwanz. Das Auto wurde langsamer, der Taucher wollte mich wieder neben sich lassen. Ich ging an ihm vorbei. Hinter dem Führerhaus bog sich eine Stange über der Ladefläche, an der Scheinwerfer und eine zwei Meter lange Antenne angebracht waren. Sie blieb an einem Ast hängen, knickte um und schnellte wieder nach oben. Der Taucher fluchte und kletterte aus dem Wagen, um die Antenne zu untersuchen. Auf der Ladefläche lagen Seile und Bojen und Luftdruckflaschen, darunter auch meine. Der Taucher tanzte auf den Stahlzylindern wie auf glühenden Kohlen, er kam ins Straucheln und fiel polternd hin. Ich fing an zu lachen.

«Wir können deine Sachen bei mir aufladen.»

«Es passt nicht alles drauf.»

«Ich schaffe Platz.»

«Solltest du nicht einen Kompressor im Wagen haben?»

«Den habe ich im Lager gelassen.»

«Gibt es etwas, was du nicht hast?»

«Einen Kumpel.»

«Wie bitte?»

«Ich hab keinen Partner.»

«Bist du hierher gekommen, um einen Partner zu suchen?»

«Ich bräuchte Hilfe bei einem Job.»

An der Weggabelung wollte ich nach Hause abbiegen. Der Taucher machte den Motor aus und erklärte hastig, in einem ausgelaufenen See stehe in ein paar Mulden noch ein bisschen Wasser. In einer davon liege eine Schaufel. Von einem Bagger. Angeblich aus Spezialmetall und wertvoll. Über zehntausend würde man dafür bekommen. Er habe vor, die Schaufel herauszuholen.

«Nur zu.»

«Da liegt Gerümpel rum. Jemand muss es sichern.»

«Und das soll ich etwa tun?»

«Du kriegst die Hälfte vom Geld.»

«Vergiss es.»

«Denk darüber nach. Ich mach die Pullen voll.»

Dann fuhr er davon. Die Antenne wippte wieder energisch. Wofür brauchte der so eine Peitsche? Das silberne Auto schimmerte noch kurz hinter den Kiefern, dann war es verschwunden. Zurück blieb eine Abgas- und Staubwolke, die der Wind in den Kiefernwald wehte und dort zerstieben ließ. Ich zog die Flosse aus den Speichen und schob meine Fuhre nach Hause. Der blaue Overall hing an dem Haken an der Wand, wo mein Vater ihn hatte hängen lassen. Das war im Sommer zuvor gewesen, als er unter dem Haus hervorkroch, nachdem er die Fundamente kontrolliert hatte. Bei Wind und Regen hing der Overall dort. Ich hatte das Gefühl, es ginge etwas kaputt, wenn ich ihn wegnehmen würde.

Mäkelä

«Der Themenpark als Clusterformat der Unterhaltungsindustrie.» Ich schob die Mappe, die Kuosmanen mir gegeben hatte, wieder in die Aktentasche zurück. Schon über dem offenen See hatte ich versucht, darin zu lesen, aber mir war schlecht geworden. Die Tasche steckte voller Mappen, Karten und Zeichnungen. Ich sagte, ich könne im Hubschrauber nicht lesen.

«In der Villa kannst du es dir in aller Ruhe ansehen.»

«Wer hat das geschrieben?»

«Was?»

«Das mit dem Clusterformat, oder wie das heißt.»

«Einer aus dem Background-Team.»

Der Helikopter erreichte die waldfreie Stelle, wo das Dorf lag. Plötzlich war mir die Landschaft vollkommen unbekannt. Das Dorf war weg. Unter uns war bloß Grün, in dem eine heftig schwankende Spur sichtbar wurde, die der Helikopter hinter sich herzog.

«Hier müssten Felder sein! Wieso ist hier alles voller Erlengestrüpp?»

«Das sind Weiden.»

«Hier war früher ein Dorf!»

Kuosmanen und Saarilahti fingen an zu lachen. Ich sähe überall Dörfer. Ich bekam es irgendwie mit der Angst zu tun und bestand darauf, dass dort wirklich früher ein Dorf gewesen war: Häuser und Ställe, Höfe, Plumpsklos. Sie lachten immer mehr. Ich zählte die verschwundenen Dinge auf, als könnte ich sie dadurch wieder heraufbeschwören: Erdbeerbeete, Johannisbeersträucher, Erbsengitter, ein Laden, sogar eine Windmühle; und die Äcker und Wiesen des Dorfes, darauf Scheunen und

Darren, Speichergebäude, Schuppen, Ackerraine, Feldwege, Drainagegräben und Gatter, entlaufene Kühe und im Hochsommer Tausende von Heureutern, genau dort, wo jetzt das Erlengestrüpp wuchs.

«Das sind Weiden, Energieweiden.»

«Was ist hier eigentlich los?»

«Auf den Feldern werden Weiden angepflanzt.»

«Warum?»

«Als Biomasse.»

Kuosmanen reckte beim Blick durch die Frontscheibe plötzlich den Hals und forderte Saarilahti auf, einen Kreis zu fliegen. Der Helikopter nahm an Umdrehungen auf und neigte sich dabei. Mir drehte sich der Magen um. Aus dem Dschungel stiege Rauch auf, behauptete Kuosmanen. Das interessierte auch Saarilahti. Wieder sprachen sie über eine Fabrik, diesmal über eine, die sich angeblich dort unten im Gebüsch befand. Saarilahti behauptete, er habe schon einmal versucht, die Fabrik zu finden. Er habe da unten seinen ganz persönlichen Schluckspecht, der von ebenjener Fabrik profitiere, fügte er lachend hinzu.

Wie kam es, dass die Weiden jetzt die gesamte Anbaufläche ausmachten? Saarilahti erklärte, in den neunziger Jahren seien die Weiden auf den Feldern des Dorfes angepflanzt worden. Geerntet werde mit einer Art von Mähdrescher, der das Erntegut gleich zu Brennhäcksel schrote. Die meisten Höfe stünden bereits leer, und die Erben verpachteten die Felder an Firmen, die sich auf die Produktion von Non-food spezialisiert hätten.

«Non-food?»

«Energie. Weg von der Lebensmittelproduktion. Die Höfe erhalten eine einmalige Entschädigung, und ein Subunternehmen von *Süd-Karelien Energie* least die Felder für die Anpflanzung von Biomasse.»

«Warum … wieso …?»

«In einer Verbrennungsanlage wird aus der Masse Regelenergie gewonnen. Was übrig bleibt, wird nach Sankt Petersburg verkauft.»

«Hier müsste ein Dorf stehen!»

«Das bekommen wir wieder zurück. All das, was du aufgezählt hast, und Staketenzäune, Heuharfen und Roggenhocken noch dazu.»

«Was?»

«Und Rübenschwenden und Teermeiler. Eine richtige Traditionslandschaft.»

«Und wie soll das gehen?»

«Sieh dir einfach in Ruhe die Pläne an.»

Kuosmanen richtete sich auf. Er hatte den Rauch aus den Augen verloren. Saarilahti ließ den Helikopter in einen scharfen Bogen kippen. Wieder wurde mir schlecht. Dort, wo der Weidenschlag durch die Erntemaschinen niedrig war, erkannte ich einen großen Findling. Da wusste ich, wo wir waren. Mit dem Fels als Fixpunkt konnte ich das Dorf im Kopf in die richtige Position drehen und dann nach den Dächern, Fahnenstangen und Brunnen bekannter Höfe Ausschau halten. Der Hauptentwässerungsgraben war als tiefbraune Spur mit eckigen Biegungen zu erkennen, und die Straßen und Wege schlängelten sich als kümmerliche, blasse Bänder dahin.

Die Stromleitung durchschnitt die ehemaligen Felder senkrecht zum Hauptgraben. Falls man sich zwischen den Weiden verirrte, brauchte man nur in irgendeine Richtung zu gehen, aber in gerader Linie. Dann kam man automatisch entweder an den Graben oder an die Leitung und, an ihr entlang, aus dem Dschungel heraus. Die große Fichte auf dem Hof von Ruohonen ragte an der Kreuzung der Dorfstraßen wie ein Leuchtturm aus dem Weidenmeer. Unter dem Rumpf des Hubschraubers blitzte kurz das Dach eines Hauses auf, das ich gut kannte. Gleich darauf flog Saarilahti wieder an dem Landrücken mit den steilen Hängen entlang, der sich zu einer spärlich bewaldeten Heide mit Sandboden verbreiterte. Zwischen den Kiefern blitzte blaues Wasser auf. Es gab viele Teiche und Weiher, auch ein paar Becken, die man als Seen bezeichnen konnte. Darum wurde die Gegend auch Weiherwald genannt.

Saarilahti sprach jetzt über die Endphase der Eiszeit. Der Schmelzstrom unter dem Festlandeis hatte im Anschluss an den länglichen Os hier eine Formation gebildet, die einem Flussdelta glich. Aus diesem Moränendelta waren in der Schmelzphase Gletschertöpfe unterschiedlichen Ausmaßes entstanden, außerdem tiefere Teiche und ein paar größere Seen. Ich sagte, ich würde die Teiche und Wasserlöcher kennen, da ich als Kind viele Male in eben diesem Weiherwald am Wasser gespielt hätte. Kuosmanen zeigte mit dem Finger, wie sich der Landrücken nach dem Heidewald in zwei Kämmen fortsetzte. Diese hätten sich dadurch gebildet, dass der Rand des Eises ein paar Jahrhunderte lang durch seine Hin- und Herbewegung an einer Stelle gesägt habe.

Ein Stück weiter entfernt liefen die Kämme wieder zusammen und dann, als keilförmige Landspitze, im Saimaa aus. Erneut hatte ich eine Störung im Kopfhörer, und Kuosmanen schrie mir ins Ohr, dies sei ein Teil des ersten Salpausselkä-Gesteinsrückens, der sich bei Jaala mit dem zweiten Salpausselkä-Gesteinsrücken vereinigte und sich von dort über Lahti und Lohja bis nach Hanko und, weiter durch die Schären, bis nach Jurmo fortsetzte. Waren Saarilahti und Kuosmanen etwa auch Geologen? Das nicht, aber all diese Informationen und noch viel mehr gehörten zu dem Hintergrundmaterial, mit dem ich mich vertraut machen sollte. Ich wollte den trocken gelegten See sehen, aber Saarilahti flog auf die nördliche Seite des Landrückens und dann in Richtung Westen.

Angeblich folgten wir über dem Saimaa der so genannten Grenzlinie des Friedens von Turku. Links vom Helikopter lag Russland und rechts Schweden. Kuosmanen machte auf seinem

Sitz Verrenkungen und ruckelte am Stecker des Kopfhörers. Kurz darauf pfiff es unangenehm, und dann hörte ich wieder, was die beiden sagten.

Nach weiteren fünf Minuten Flug lenkte Saarilahti den Hubschrauber in eine Spitzkehre. Dort war der Wendepunkt, eine baumlose Insel namens Liittokivi, von der aus die Grenze nach Südwesten hin verlief. Die Halbinsel Suomenniemi sei bei uns geblieben, die Grenze aber ziehe sich in einem Bogen weiter, bis sie im Süden den Fluss Kymijoki erreiche. Dort hätten die Russen schon beim vorigen Friedensschluss, in den zwanziger Jahren, auf die Demarkationslinie spekuliert.

«Im Frieden von Tartu?»

Saarlahti sagte, er spreche vom Frieden von Uusikaupunki, mit dem der Große Unfriede zu Ende gegangen sei. Ich kannte die Insel Liittokivi, weil ich dort wer weiß wie oft geangelt hatte. Kuosmanen hielt einen Vortrag über die strategische Konstellation im 18. Jahrhundert. Der Seeabschnitt unter uns sei das einzige Fahrwasser zu den oberen Gewässern gewesen, bis General Suvorov zwanzig Kilometer östlich von hier den Kanal gebaut und damit eine neue Route nach Norden geöffnet habe. Darüber seien Savonlinna versorgt und Angriffe auf Puumala und andere Landengen, die den Schweden geblieben waren, ermöglicht worden.

Saarilahti wies mit dem Daumen hinter sich und erklärte, wir hätten in Ristiina das Savolaxer Geschwader der Marine liegen gehabt, äußerst praktische Kanonenjollen, mit denen es Sprengtporten gelungen sei, die Nachschubverbindungen der Russen zu stören. Zum Schutz gegen die Schärenflotte und die Marineinfanterie der Savolaxer Brigade hätten die Russen in Lappeenranta die der Admiralität unterstellte Saimaa-Flotte bauen müssen. Welcher Sprengtporten? Von welcher Flotte war hier die Rede? Saarlahti schrie ins Mikrofon, das 18. Jahrhundert sei für uns das entscheidende gewesen, und dessen zentraler sozialpolitischer Schauplatz befände sich hier, direkt unter uns.

«Wer ist wir?»

«Die Finnen, Mensch!»

«Warum war das so wichtig?»

«Weil damals die Nation entstand! Und der Staat! Jedenfalls die Basis dafür und die strategische Konstellation, die heute noch in Kraft ist.»

Sie haben mich in die Schule gesteckt, weil ich leicht lernte. Mit fünfzehn musste ich von zu Hause weg, ins Gymnasium. Du weißt nicht, wie es da ist. Du kannst es nicht wissen. Alles war so anders als daheim. Mein Leben geriet aus den Fugen. Jeden Abend bin ich mit dem Rad auf den Befestigungswall gefahren und hab auf den See geschaut. Nichts als Dunkelheit hab ich gesehen.

Daheim hatte ich in die entgegengesetzte Richtung geschaut. Da leuchtete in der Ferne die Stadt. Das ist Babel, dachte ich. Ich sang vor mich hin: «Bibel, Babel» und bekam eine Ohrfeige. Ich verstand nicht, warum. Aber wenn man auf dem See war, wusste man wegen der Lichter immer, wo es langging; die Papierfabriken und Autobahnen waren Fixpunkte, weil sie sogar die Wolken erleuchteten.

Wir bekamen erst Strom, als ich zehn war. Viele Nachbarn hatten nie welchen, aber wir waren aufgeschlossener, weil mein Vater ursprünglich von anderswo herkam. Im Dorf gab es keinen Strom, obwohl die Überlandleitung keine hundert Meter weiter entlangführte. Die gesamte Energie aus Imatra lief durch diese Leitung, die Energie aus Finnlands größter Stromschnelle, und bei uns saßen sie beim Schein von Kienspänen in der Stube. Alle waren religiös, das ganze Dorf. Niemand sonst wurde ins Gymnasium geschickt, nur ich, weil mein Vater es wollte und ich leicht gelernt hab … genauer gesagt: gerechnet. Aber dort hab ich bloß gelernt, wie man Alkohol trinkt und Karten spielt. Daheim durfte man nicht spielen. Auch reden kann ich nicht mehr … ich meine so, wie bei uns geredet wurde.

Als ich fortging, sagte meine Mutter, ich solle mich vor den schwedischen Heiden hüten. Wie hätte ich mein Leben dort im Zaum halten sollen?

Helena

Ich vertrödelte die Zeit auf der heißen Betontreppe. Eigentlich hätte ich mich um die Ausrüstung kümmern und die Fundobjekte eintragen und einlagern müssen, aber ich war zerstreut und antriebslos und konnte mich auf nichts konzentrieren als auf die Sonne. In der Hitze flimmerten die schwarzen Räder des Milchkarrens. Sie verströmten einen starken Gummigeruch. Das rostfleckige Gestänge brannte an den Schenkeln, als ich die Beine zum Ausruhen auf die Fuhre legte. Erschrocken schob ich den Karren schnell in den Schatten des Hauses, damit das Tongeschirr der Häkkinens, das viele Jahre im Wasser gelegen hatte, nicht durch das schnelle Trocknen in der Sonne zerbröckelte.

Einer Eingebung folgend, ging ich zu dem Overall an der Wand und sah nach, was mein Vater vor einem Jahr in seinen Taschen gehabt hatte, als er das Kleidungsstück an den Nagel hängte. Schrauben in unterschiedlichen Größen, Sägemehl und Rinde. Einen Fichtenzapfen, Streichhölzer und Bartflechte. Fingerdicke, trockene Holzstückchen, die ich erst nach längerem Betrachten als Weidenholz erkannte. Mein Vater hatte vorgehabt, Weidenflöten zu schnitzen. Ich erinnerte mich, wie er sie gemacht hatte, als ich ein Kind war.

Einmal hatte ich mich über den monotonen Klang einer Flöte beschwert, da hatte mein Vater noch ein halbes Dutzend hergestellt. Jede mit einem anderen Ton. Die sieben Weidenflöten steckte er in eine Klammer aus Spänen. Dann spielte er auf seiner selbst geschnitzten Panflöte eine Melodie. Die Musik klang wie eine orientalische Klageweise und brachte mich zum Weinen. Ich weiß noch, wie ich meinen verdutzten Vater mit zitternder Unterlippe bat aufzuhören. Ich hatte Angst, er könnte sterben, wenn er so etwas spielte.

Den Zapfen, die Streichhölzer und die Flechte hatte er in den Taschen, weil er Tierfiguren gebastelt hatte. Bevor er ging, hatte er stundenlang Kühe aus Fichtenzapfen und Schafe aus Kiefernzapfen angefertigt. Für die Tiere hatte er Staketenzäune aus Fichtenholz gebaut. Vor den Zäunen standen geschnitzte Menschen, die das Vieh hüten und melken sollten. Wenn ich zuschauen kam, ging er in den Holzschuppen, holte Späne und machte aus ihnen Puppen mit erstaunlich lebendigen Mienen, je nachdem, wo er mit der Messerspitze den Mund, die Augen und die Nase der Spanpuppen anbrachte. Aus den Zapfentieren hatte ich mir als Kind nicht so viel gemacht, aber die Spanpuppen mochte ich. Die beste von ihnen hatte ich mir immer als Mutter ausgesucht.

Warum machte er immer dasselbe: Puppen und Kühe? Ich versuchte, mich zu erinnern, was ich über volkstümliche Spielsachen gelernt hatte, und fragte meinen Vater, warum er nie Flitzbogen, Rindenschiffchen oder Wasserräder gebastelt habe. Er sah mich verwundert an. Wozu hätte er Flitzbogen machen sollen, wo doch sein einziges Kind eine Tochter gewesen sei? Sobald ein Enkel da wäre, würde er auf der Stelle anfangen, Pfeil und Bogen und Gewehre zu schnitzen, erklärte er. Die Spanpuppen solle ich aufheben, falls ich ein Mädchen bekäme.

Ich sagte nichts dazu, weil ich über Kinder nichts sagen konnte. Mein Vater stellte mir keine Fragen, aber ich glaubte damals, dass es ihn bedrückte oder zumindest beschäftigte, dass ich keine Anstalten machte, Kinder in die Welt zu setzen. Das deprimierte mich, und es kränkte mich auch, sodass die letzten zwei Tage fast ohne Worte dahingingen. Als Letztes flocht er noch einen hohlen Ball aus Birkenrinde, in dem ein winziger Stein steckte. Das Spielzeug war nicht größer als die Spitze eines Daumens. Es war als Rassel für die Faust eines kleinen

Kindes gedacht. An einem Abend im November verbrannte ich die Rindenrassel und die Spanpuppen im Ofen. Es kam mir plötzlich so sinnlos vor, mich von den Spielsachen, die als Zierrat auf dem Kaminsims standen, quälen zu lassen. Doch trotz des Verbrennens ging der Schmerz nicht weg. Und jetzt besitze ich nicht einmal mehr diese Erinnerung an meinen Vater.

Mäkelä

Ich wollte fragen, wann wir uns den ausgetrockneten See anschauen würden, aber Saarilahti war jetzt damit beschäftigt, die Gründe zu erläutern, warum der Themenpark ausgerechnet hier angelegt werden musste. Er redete, als würde ich ihm ständig heftig widersprechen. Kuosmanen machte sich dabei Notizen in ein kleines Buch, das in braunes antikes Leder gebunden zu sein schien. Geopolitisch sei Finnland im 18. Jahrhundert entstanden, geologisch am Ende der letzten Eiszeit. Auch das sei hier besser zu erkennen als an jeder anderen Stelle. Zum Beweis ging Saarilahti mit dem Hubschrauber ein paar Meter tiefer und blieb dann vor einem ins Wasser hineinragenden Moränenrücken schweben.

Man sah eine terrassenartige Schwelle. Das sei die ehemalige Uferlinie, die jetzt auf dem Trockenen liege, weil vor fünftausend Jahren der Fluss Vuoksi entstanden und das Wasser über die Stromschnelle von Imatra in den Ladoga-See geschossen sei. Die Ausrichtung der in der Eiszeit gebildeten Landrücken, die Zusammensetzung der Erde und der Verlauf der Gewässer hätten bestimmt, wo Siedlungen geschaffen, wo Landwirtschaft betrieben, wo gefischt und wo Handelswege angelegt wurden. Sie hätten darüber entschieden, wo Häuser und Dörfer, Eisenbahnlinien und Landstraßen gebaut worden wären, auf welchen Routen Armeen angegriffen hätten und wo sich die Verteidigung gruppiert habe. Geografie und Politik hätten festgelegt, dass hier im 18. Jahrhundert die strategische Zone zwischen Schweden und Russland verlief.

Saarilahti stellte eine Rätselaufgabe. Er wollte wissen, welche Stadt während eines Krieges als neue Hauptstadt auf dem

Gebiet eines feindlichen Reiches errichtet worden sei. Und zwar in einer Region, deren Einwohner eine andere Sprache sprachen als die Mehrheit der Landesbevölkerung. Die neue Stadt habe einen Namen erhalten, der nicht aus der Sprache der Stammbevölkerung komme, auch nicht aus der Sprache des Reiches und schon gar nicht aus der Sprache jenes Landes, auf dessen Gebiet die Stadt zum Trotz angelegt worden war.

«Keine Ahnung.»

Saarilahti gab weitere Hinweise. Die betreffende Stadt sei in einem Flussdelta erbaut worden, mitten im Sumpf. Ein großer Teil des Stadtgebiets habe sich ursprünglich sogar unterhalb des Meeresspiegels befunden. Um das Wasser abzuleiten, habe die Stadt mit Kanälen durchzogen werden müssen.

«Ich weiß nicht. Venedig?»

«Ganz falsch.»

«Amsterdam.»

«Schon näher dran. Bei der Stadt handelt es sich natürlich um die Festung des heiligen Peter.»

«Wie bitte?»

«Sankt Petersburg! Jene Stadt, die der Zar Peter während des Großen Nordischen Krieges auf dem Gebiet des schwedischen Reiches im Ingermanland gründete, mitten in eine finnische Besiedlung savolaxen Ursprungs hinein.»

Saarilahti ließ den Hubschrauber erneut an einer Stelle schweben. Langsam drehte er sich wie ein Aussichtsrestaurant. Saarilahti erklärte, nach der Gründung von Sankt Petersburg sei das alles hier Schutzzone der Stadt geworden. Was, alles? Alles, was man sehen könne, die Provinzen Viipuri und Käkisalmi, letzten Endes ganz Finnland. Die Russen hätten Lappeenranta und Savonlinna erobert, die Grenze an den Fluss Kymijoki verschoben und bis nach Hamina und Kotka hin Befestigungsanlagen errichtet. Da, wo wir uns jetzt befänden, verliefe eine von Inseln durchbrochene, offene Gewässerzone, die ein ganzes

Jahrhundert lang der Schauplatz von Grenzscharmützeln, Provokationen und Fernpatrouillen gewesen sei.

Saarilahti erklärte weiter, dass sich auf diesen Moränenrücken namens Salpausselkä im Fortsetzungskrieg die Salpa-Linie gestützt habe. Hier habe sich die finnische Armee darauf vorbereitet, die letzten Frontgefechte zu führen, vor dem Rückzug in die Wälder und dem Partisanenkampf. Die Verteidiger von Leningrad hätten die Finnen nämlich bis hinter den Fluss Vuoksi und den Saimaa-Kanal zurückgedrängt. Wäre die Front bei Ihantala nicht eingebrochen und die Küste am finnischen Meerbusen bis zum Kymijoki nicht verloren gegangen, wäre die Rote Armee hier aufgehalten worden, wo es schon zweihundert Jahre zuvor eine flexibleVerteidigungszone gegeben habe.

Saarilahti neigte den Hubschrauber nach vorn und flog wieder auf das Dorf zu, das unter den Weiden begraben war. Er setzte seine Erklärungen fort, jetzt aber gemeinsam mit Kuosmanen – sozusagen zweistimmig. Ich hatte das Gefühl, durch den Kopfhörer würde mein Gehirn mit ihrem Gerede gefüllt. Der Themenpark werde die gesamte Geschichte Finnlands, bis hin zur Prähistorie und zur Eiszeit, abdecken. Auch die bedeutendsten Entwicklungstendenzen der letzten hundert Jahre würden hier aufgezeigt. Einzelheiten befänden sich in den Plänen und Dossiers in der Aktentasche.

«Es handelt sich um ein Resümee des finnischen Selbstverständnisses.»

«Das wird ein großes Erzählwerk.»

«Aufklärung, Vernunft und Nutzen!»

«Vernunft?»

«Der finnische Pavillon auf der Weltausstellung von Paris, die achte Sinfonie von Sibelius …»

«Was?»

«*Per aspera ad astra!* Das hier wird der große finnische Roman und das große finnische Drama in einem.»

«Aber eine Frage hätte ich.»

«Ja?»

«Was ist das Thema des Themenparks?»

«Großer Gott! Maurice, erklär du es ihm. Na … *vite*, *vite!*»

«Ist das nicht klar geworden?»

«Nein.»

«Suomi! Finnland!»

Aus irgendeinem Grund flog Saarilahti erneut bis fast an die Fähre heran. Kurz bevor der Landrücken in eine noch schmalere Landenge überging, durch die einst der Kanal gegraben worden war, ließ er den Hubschrauber jedoch bis knapp über die Wasseroberfläche fallen. Er wollte mir noch etwas zeigen. Die Maschine schwebte unmittelbar über dem Wasser und sank dann unter die Oberfläche.

So kam es mir jedenfalls vor. Sie ging langsam nach unten, befand sich bereits unterhalb der Baumkronen, sank am Rand des Landrückens aber trotzdem noch weiter. Schaute man auf der anderen Seite aus dem Fenster, sah man einen ebenso steilen Landrücken. Die Maschine verlor ständig an Höhe. Landeten wir gleich in der Hölle? Saarilahti hatte uns in eine seltsame Sandgrube geflogen, die sich in der Moränenaufschüttung der Insel auftat wie ein Loch im Käse. Kuosmanen beobachtete meine Reaktion und erklärte, genau das hätte ich doch mehrmals verlangt. Wir flögen gerade durch einen See.

Plötzlich zog der Propeller den Hubschrauber nach oben, und er flog in Schräglage die Sandwand hinauf. Irgendwelche Gitter, Kettenhaufen, Bojen und große Betonbrocken huschten an uns vorüber. Als Saarilahti weiter Höhe aufnahm, sah man Gebäude, offenbar neueren Datums, vor denen Terrassen angelegt worden waren. Weiter hinten standen kleine Häuser in Reihen und an einer Stelle große Brennstofftanks, zwischen denen eine Fahnenstange aus Fiberglas aufragte. Auf einem Schild war das Markenzeichen abgebildet, das in den achtziger Jahren versucht hatte, die Vormachtstellung zweier Cola-Marken zu brechen. JUST FOR FUN war daneben zu lesen, und darunter noch größer: PASSAGIERHAFEN. Auf dem Grund der tiefen Sandgrube stand Wasser, aus dem sich parallel ausgerichtete Dünen erhoben. Die Stege des Bootshafens lagen auf dem Trockenen und waren weiß von Möwenkacke.

Ich kam schon zurecht in der Schule. Und in der Uni. Zuerst studierte ich Mathematik, weil ich das leicht lernte. Aber dann heiratete ich und bin auf die TH. Ich musste später ja mal Geld verdienen. Zu der Zeit starb mein Vater. Und als wir danach das Haus hergeben mussten, starb daran meine Mutter. Sie starb, weil sie von daheim ausziehen musste und der Vater nicht mehr da war. Meine Geschwister hat es in alle Richtungen verschlagen.

Es gab so viel Geld, dass meine Mutter nicht wusste, wohin damit. Entschädigung. War alles Geld von den Schwedenbengeln. Hat meiner Mutter nicht geholfen … Sie ist nur umso schneller gestorben. Da hatte ich dann das ganze Geld … Meine Schwestern waren so unbeholfen. Als hätte man einem Kind die Bonbons geklaut. Und was hätte ich mit dem ganzen Geld anfangen sollen? Alles überflüssig … Meine Frau war weg und ich immer irgendwo unterwegs. Was soll ich mit Geld?

Wir haben die hohe Entschädigung gekriegt, weil sie unser Haus unter Wasser gesetzt haben. Und das ganze Dorf. Alles war versunken, weil die Geschäftsleute das Wasser nicht halten konnten. Du hast das bestimmt gelesen. Alle Zeitungen haben damals darüber geschrieben. So ist das zugegangen, damals in den achtziger Jahren, vor der Rezession. War auch so eine Freizeitfirma. Eine von denen, die aus Äckern Golfplätze machen und alle Wälder mit Badeparadiesen voll pflanzen. Alles auf Pump. In Plastiktüten haben sie das Geld von der Bank geholt, diese Itchys und Scratchys und wie die alle hießen.

Helena

Ich hatte mir schon seit einiger Zeit Gedanken darüber gemacht, ob ich mich über das Leben der Leute nach der Zeit, als das Dorf unter Wasser gesetzt worden war, kundig machen sollte. Wohin sie gezogen waren und was sie dort anfingen. Die Entschädigungen mussten ihnen märchenhaft vorgekommen sein, bei den Maßstäben, die sie hatten. Konventionell gedacht war das Ertrinken des Dorfes das Beste, was seinen Einwohnern passieren konnte. Aber sie lebten eben auch nicht in dem Sinn innerhalb der Geldwirtschaft, wie man sich das üblicherweise vorstellt.

Konventionellem Denken zufolge hätte das Leben in dem Dorf schon dreißig Jahre zuvor aufhören müssen, so wie in allen anderen Dörfern dieser Art auch. Wo sind sie hin mit ihrem Geld? Ich müsste irgendeinen Soziologen dazu bringen, das zu klären. Zu meinem Forschungsgebiet gehört nur die Frage, warum sie *vor* der Vertreibung durch das Wasser isoliert von der übrigen gesellschaftlichen Entwicklung gelebt haben, wieso die Akkulturation so gering geblieben ist. Andererseits habe ich genug von Soziologie.

Als ich nach dem ersten Sommer noch einmal nach Helsinki fuhr, um Archivarbeit zu machen, schlug Heikki vor, ich solle bei ihm wohnen. Darauf hätte ich mich nicht einlassen dürfen. Er hatte das Geld, das ihm nach der Gütertrennung geblieben war, in einen Ertragsfonds gesteckt und wohnte in einer kleinen Mietwohnung. Am Anfang versuchten wir, im selben Zimmer zu schlafen. Nach einer Woche kam er nachts aus der Kneipe und wollte noch einmal mit mir reden. Er könne auch ohne ein Kind leben! Von da an schlief ich in der Küche. Morgens musste ich schon vor sieben die Matratze und das Bettzeug zusammenrollen, weil er dann kam, um seine Brötchen aufzubacken.

Innerhalb von drei Wochen war ich mit den Nerven am Ende. Ich versuchte, so lange wie möglich weg zu sein, tagsüber im Staatsarchiv oder im Archiv der Finnischen Literaturgesellschaft, abends in Kneipen und nachts mal hier und mal da. Zum Tauchen ging ich ins Hallenbad, und ich zählte die Wochen, wann ich wieder hierher zurückkonnte. Trotz allem musste ich noch immer zu viele Nächte bei Heikki verbringen. Aber diesem Umstand machte ich dann gewaltsam ein Ende. Im «Manala» traf ich einen Typen namens Olli, und als der mich fragte, gehen wir zu mir oder zu dir, sagte ich, zu mir. Auch das hätte ich nicht tun sollen, aus mehreren Gründen. Da ist das Ganze eskaliert. Er war nicht ganz gesund, aber ich war einfach so fertig.

Den Rest der Zeit wohnte ich dann bei meinem Vater in der Rauhankatu, ging Olli aus dem Weg und hatte Angst. Auch mein Vater hatte nicht übermäßig viel Platz, aber er freute sich, und der Weg zum Archiv der Literaturgesellschaft und zum Staatsarchiv war von dort aus kurz. Ein Teil des Archivmaterials war schon digitalisiert und in einer Datenbank gespeichert worden. Darum änderte ich meinen Arbeitsplan: Zuerst ging ich ausschließlich das Material durch, das man nicht aus dem Archiv mitnehmen konnte, weder elektronisch noch auf Papier. Anfang Oktober war ich dann so weit, dass ich dauerhaft hierher ziehen und alle Brücken hinter mir abbrechen konnte. Die Hälfte von dem Geld für die ehemalige gemeinsame Wohnung in Helsinki besaß ich noch. Mit dem Geld kaufte ich mir im Frühling ein Haus mit hundertfünf Quadratmetern und fast drei Hektar Land. Ich wollte nicht für den Rest meines Lebens hier wohnen, aber ich dachte, da habe ich auf jeden Fall ein Ferienhaus für später. Sogar für ein Auto blieb noch Geld übrig.

Das Problem war nur, dass es in dem Haus einen Telefonanschluss aus den sechziger Jahren gab. Und über den konnte man nicht die Menge an Bytes schicken, die ich von Helsinki gebraucht hätte. Deswegen kam mein Vater mit einem Kumpel, und zusammen mit einem Vorarbeiter der örtlichen Telefongesellschaft machten sie sich an die Arbeit, kletterten auf Masten und zogen Hunderte Meter neues Kabel von irgendeinem Gruppenverteiler hierher. Ich weiß nicht, woher sie den kleinen Boss kannten, aber der verlegte hier auf eigene Faust praktisch eine private Datenautobahn. Dadurch kam ich endgültig von Helsinki los.

Als ich vor zwei Jahren im Frühling zum ersten Mal herkam, ging ich in den Laden und lernte Urho kennen und durch ihn kurz danach Toivo. Ohne die beiden wäre ich am Anfang nicht zurechtgekommen. Mit dem Laden hat das allerdings nichts zu tun. Dieser Dorfladen ist wahrscheinlich der erstaunlichste Einzelhandel in ganz Finnland – ein Dorfladen, der einfach weiterläuft, obwohl das Dorf um ihn herum völlig tot ist, zwei Dörfer sogar. Die 80-jährigen Eltern und die unverheirateten 50-jährigen Kinder sitzen abwechselnd hinter der Theke wie die Indianer. Auf der Theke steht eine Toledo-Waage mit Gewichten und eine Kasse, die im Jahr 1963 eine in der Branche selten benutzte Technik repräsentierte.

Im Winter kamen manchmal wochenlang keine Kunden, aber immer saß jemand an der Kasse, wenn es Werktag und nach neun Uhr am Morgen und noch nicht fünf Uhr nachmittags war. Im Regal waren Knäckebrot, Zwieback, Zucker, Bier und Anisbonbons sowie ein paar Sorten Konserven. Außerdem gab es so exotische Artikel wie Lamahemden für Frauen und weiße Unterwäsche Marke Hyvon mit Schweißlöchern für Männer. Wenn man nach etwas fragte, zum Beispiel nach Instantkaffee, bekam man als Antwort das maskenhafte Lächeln des Kaufmanns und sein bedauerndes Händeringen.

«Haben wir leider gerade nicht da.»

Wenn man eintrat, kam man sich vor wie in einer Fernsehsendung, die den finnischen Landhandel der sechziger Jahre zeigte. Lange war ich sicher, der ganze Laden sei bloß eine Fassade, und ich versuchte herauszufinden, was sie in Wahrheit verkauften oder welche Geschäfte der Laden verschleiern sollte. Als ich über Urhos und Toivos Schnapsfabrik im Bilde war, glaubte ich, ihr System zu durchschauen. Aber da gab es kein System. Im Laden verkaufen sie keinen Tropfen. Alles geht direkt an die Sommerurlauber in ihren Ferienhäusern und an Busreisegruppen, für die sie Schleppnetzfischereivorführungen machen.

Die Touristen finden es exotisch, am Ufer gekochte Fischsuppe zu essen und dazu Selbstgebrannten zu trinken. Normalerweise haben die Reisegruppen ihre eigenen Flaschen dabei und nehmen die Produkte von Urho und Toivo als Fortsetzung. Wahrscheinlich glaubt der größte Teil der Zuschauer, die beiden hätten alle nötigen Lizenzen, weil die Leute heutzutage bei Landurlauben an Fruchtweine von Privatbetrieben und an hausgemachtes Bier gewöhnt sind.

Als mich mein Vater zum ersten Mal im Sommer besuchte, wunderte ich mich, dass er sich im Laden wie ein Kunde benahm – als befände er sich in einem normalen Geschäft. Na ja, das war im Juli, und es gab sogar ein bisschen was zu kaufen, wegen der paar Ferienhäuser. Trotzdem ist das Ambiente dermaßen dürftig, dass man beim ersten Mal nicht ohne zu lachen herauskommt.

Mäkelä

«Es gibt keinen Marschall-Schnaps.»

Saarilahti erklärte auf einmal, die Zusammensetzung des Marschall-Schnapses sei mal so und mal so. Zuerst konnte ich mich gar nicht erinnern, darüber nachgedacht zu haben, was angeblich drin war, in den randvollen Gläsern von Mannerheim, aber ich musste es zugeben, als Saarilahti mich fragte, ob ich mir nach unserem Start in Lappeenranta darüber Gedanken gemacht hätte. Er lachte. Der Marschall-Schnaps sei in Finnland eine mythische Angelegenheit. Sobald jemand etwas von einem Mittagessen mit Mannerheim höre, denke er im nächsten Moment an den Marschall-Schnaps und dessen Zusammensetzung, der schon so viele Diskussionen und Lehrmeinungen hervorgebracht habe.

Tatsächlich, behauptete Saarilahti, habe der Chef der Kommandoabteilung des Hauptquartiers aus den jeweils zur Verfügung stehenden Rohstoffen eine Mischung hergestellt, deren Zweck hauptsächlich darin bestand, den Geschmack des selbst gebrannten Holzschnapses zu vertreiben, der als Basisgetränk diente. Trockener Wermut und verschiedene Aquavite wurden dafür verwendet. Der Marschall selbst habe es mit seinem Schnaps nicht so genau genommen. Andere hatten ihn mythologisiert und später versucht, aus dem Mythos eine kommerzielle Marke zu machen. Für den Mythos sei es unumgänglich, dass es für die Mischung ein genaues Rezept gäbe, absolut geheim und möglichst umstritten. So etwas sorge für eine Aura von Fantasievorstellungen und Atmosphäre, und genau daraus setzten sich Marken zusammen. Und Marken wiederum waren anstelle von Waren zum wertvollsten Handelsgut der Welt geworden. Michael Jordan bekomme von Nike für die Abnutzung seiner Basketballschuhe mehr Geld als die Firma dreißigtausend Asiaten für die Herstellung zahle.

Ich wollte nicht glauben, was Saarilahti über den Marschall-Schnaps sagte. Ab und zu hatte ich im Alko eine Flasche, die unter diesem Namen lief, gekauft, und da hatte es geheißen, der Inhalt sei eine Mischung nach geheimem Rezept. Worauf gründete Saarilahti überhaupt seine Theorie? Er fing wieder an zu lachen und sagte, unter all den Historikern und Memoirenschreibern, die sich über Mannerheim geäußert hätten, vertraue er einzig und allein Veijo Meri und dessen Mannerheim-Biografie. Meri vermittle ein unübertrefflich zuverlässiges Bild, da er alles bis in die kleinsten Details genau beschreibe, wie ein Augenzeuge. Man müsse ihm einfach glauben; schließlich schien er eindeutig selbst an Ort und Stelle gewesen zu sein, als General Tuompo im Hauptquartier und in der Küche vom Hotel Vaakuna die Schnäpse gebraut hatte.

Dann kam Saarilahti noch einmal auf seine Überlegungen zur Stadtkultur zurück. Dabei gehe es um dasselbe wie beim Marschall-Schnaps und anderen im Handel befindlichen Produkten, nämlich um Bilder, Erlebnisse und Atmosphäre. Die vielseitigste und geschmeidigste, wenn auch klotzigste Stadt spielende Stadt sei Las Vegas. Dort gebe es alles, was man wolle: Paris, Sankt Petersburg, Florenz, sogar Kairo und die Cheopspyramide. Vermutlich sogar die Fresken von Fra Angelico oder Piero della Francesca aus Arezzo und Orvieto. Wenn nicht, würden sie bestimmt bald angeschafft. Und falls der Kundschaft die Fra Angelicos in Plastik nicht gut genug wären, würden sich die Amerikaner garantiert aus Italien die echten holen.

Mir war peinlich, dass ich nicht kapierte, worüber sich Saarilahti und Kuosmanen vor Lachen bogen.

Helena

Beim letzten Besuch meines Vaters erklärte ich ihm, dass ich in die Häuser gehen müsse, die zwischen den Weiden stehen geblieben waren, weil der Forschungsplan einen Vergleich zwischen den beiden Dörfern verlangte. Ich traute mich aber nicht, auf eigene Faust zu gehen, weil ich Angst hatte, mich im Gestrüpp zu verirren. Ich konnte mich auch nicht tagelang mit Urho und Toivo dort herumtreiben. Ihnen ging es sowieso nicht in den Kopf, was ich eigentlich trieb. Immer wieder fragten sie, was ich eigentlich mache, beruflich. Wir gehen zusammen hin, sagte Vater. Er behauptete, in einem Dorf würde er sich nicht verirren, auch wenn es sich noch so sehr in einen Dschungel verwandelt habe.

Auf dem großen Küchentisch breitete er die Karten aus. Er legte die sechs Messtischblätter so hin, dass sich ein großes Gesamtbild ergab. Auf die Ecken stellte er Eierbecher als Beschwerer. Die stammten ursprünglich aus der gemeinsamen Küche von Heikki und mir und waren zuvor noch nie benutzt worden. Weil die Eierbecher nicht reichten, wollte mein Vater Kaffeetassen aus dem Regal hinzunehmen. Das musste ich ihm verbieten, weil die Tassen von Häkkinens Esstisch stammten und zu dem unter Wasser geborgenen Inventar gehörten. Fünfziger Jahre, Porzellanfabrik Arabia. Zum Service gehörten auch eine Zuckerdose und ein Sahnekännchen sowie eine Milchkanne mit einem Liter Fassungsvermögen. Alle zierten als Dekor drei Kumuluswolken.

Tassen und Kannen waren Forschungsmaterial. Ich zeigte meinem Vater die aufgeklebten Diariumsnummern und im Verzeichnis die Beschreibungen der Gegenstände sowie die Angaben zu ihrem Standort im Interieur. Sie vermittelten wichtige Erkenntnisse über die Beziehungen der Häkkinens zur Gesellschaft und über den Status der Familie innerhalb der Dorfgemeinschaft. Mein Vater musste lachen. Sie hätten zu Hause das gleiche Geschirr gehabt, und alle Nachbarn ebenso. Solche Tassen lieferten keine Erkenntnisse. Ich erklärte, dass nirgendwo sonst im Dorf solch modernes, industriell gefertigtes Geschirr gefunden worden sei.

«Modern!»

Vater lachte und stellte die Tassen ins Regal zurück, wo das Inventar nach den fortlaufenden Diariumsnummern geordnet stand. Er nahm aus dem Geschirrschrank zwei Duralex-Gläser und zog sich als Beschwerer für die letzte Kartenecke einen Schuh aus, weil die übrigen Gläser schmutzig im Spülbecken standen. Dann betrachtete er das Kartenbild, ging um den Tisch herum, am einen Fuß einen Schuh, am anderen einen Strumpf, und beugte sich ab und zu über ein Detail, las wohl die Hofnamen und zog im Geist die Grundstücksgrenzen nach, denn er fuhr immer wieder mit dem Zeigefinger die rote Linie zwischen zwei Höfen entlang. Jetzt war ich mit dem Lachen an der Reihe. Er sah mich über die Ränder seiner Lesebrille hinweg an und packte mich im Nacken, wie als kleines Mädchen, wenn ich etwas getan hatte, was meine Mutter wütend gemacht und meinen Vater veranlasst hatte, so zu tun, als ob er es ebenfalls wäre.

Er konnte die Karte von allen Seiten lesen. Er ging um den Tisch herum, schaute mal von der Seite und mal von oben auf die Blätter. Ich hingegen musste sie immer in Süd-Nord-Ausrichtung vor mir haben, damit die Beschriftung lesbar war. Was mein Vater auf dem Küchentisch sah, war keine Karte. Er sah das Dorf. Jeden Punkt nahm er unter die Lupe und wunderte sich laut, was da für eine Hütte stehe. Warum ein quadratisches Wirtschaftsgebäude getrennt von den anderen gebaut worden sei. Eine Scheune könne es nicht sein, weil das Gebäude weit weg von den Feldern auf einem Felsen stehe. Ich konnte es ihm nicht sagen. Er starrte eine Weile auf die Karte, dann verkündete er mit Gewissheit in der Stimme, es handle sich um eine Windmühle.

Wir stiegen den Hang so weit hinauf, dass wir das ganze Weidengestrüpp überblicken konnten. Dreihundert Hektar, behauptete Vater. Ich konnte nicht widersprechen, aber die Zahl kam mir groß vor. Er maß mit dem Blick den wogenden grünen Bewuchs ab und dachte nach. Die Karte hatte er zu Hause gelassen. Er hatte sich das Bild des Dorfes wohl eingeprägt und sah es jetzt durch das Gestrüpp hindurch. Er streckte die Hand aus und fuhr mit dem Finger in der Luft eine Linie entlang. Dort sei die Straße. Ich sah nichts. Er erklärte, die Straße sei dort, wo sie hingehöre. Angeblich gediehen die Weiden auf dem Straßenschotter weniger gut, darum war die Linie im Bewuchs zu erkennen. Ich sah noch immer nichts. An einigen Stellen sah das Weidendickicht zwar etwas anders aus, aber woher das kam, verstand ich. Es handelte sich um Ernteeinschläge, die zu unterschiedlichen Zeiten stattgefunden hatten. Dort wuchs jetzt Niederwald in allen Höhen, der eine andere Farbe hatte als das Planquadrat nebenan.

Es war irgendwie unheimlich, durch das Weidengestrüpp zu gehen, darum war ich allein auch noch nie dort gewesen. Sobald man in den Dschungel eingedrungen war, verlor man das Gefühl für die Himmelsrichtungen und erlebte den Wald nur noch als dreidimensionalen Raum. Es war, als wäre man in Dampf hineingeraten oder in eine Flüssigkeit, die einen völlig umschloss. Es war beklemmend, nicht zu wissen, wo man war. Beim Gehen schlossen sich hinter einem ständig die Zweige. Angesichts ihrer dünnen Äste waren die Weiden unfassbar hoch, sie bogen sich wie anorektische Bauchtänzerinnen. Man musste die langen Peitschen mit beiden Händen zur Seite biegen. Man durchschritt einen orientalischen Vorhang und musste dabei das

Knie heben, als watete man im Wasser. Sogleich schloss sich der Vorhang wieder hinter einem, und vor einem tauchte ein neuer auf.

Ohnehin kam man sich bald vor wie im Wasser. Wie beim Tauchen inmitten grüner Algen, die unaufhörlich in den Wirbeln der Strömung schwanken. Auch die Orientierung ging einem wie unter Wasser verloren. Nur dass man aus dem Weidengestrüpp nicht auftauchen konnte. Die Wipfel peitschten in unerreichbarer Höhe die Luft. Wer unten im Dschungel ging, kam nie wie ein Taucher direkt aus der Tiefe unter den freien Himmel. Und diese Unmöglichkeit herauszukommen machte die Umgebung so beklemmend. Seit die Zeitungen über Panikattacken schrieben, verspürte ich entsprechende Symptome. Ich war sogar ein paarmal deswegen in der psychiatrischen Beratung des akademischen Gesundheitsdienstes gewesen. Mein Vater blieb stehen und erklärte, wir befänden uns auf der Grundstücksgrenze zwischen den Feldern von Häkkinen und Ruohonen. Auf den Feldern! An welcher Grenze? Woher kannte er einen Hofnamen wie Häkkinen?

«Auf der Karte hieß der Hof Häkkinen.»

«Hier ist kein Häkkinen, der ist im Vergleichsdorf.»

«Wo?»

«In dem anderen Dorf, in dem, das unter Wasser liegt.»

«Na, dann ist das hier ein anderer Häkkinen. Ist der Name so selten?»

Eben! Das hatte ich nicht überprüft. Die Grenze erkannte mein Vater an dem Drainagegraben, der zwischen den Feldern zweier benachbarter Höfe breiter als sonst ausfiel. Ich konnte keinen Graben erkennen. Mein Vater deutete darauf. Angeblich war er deutlich zu sehen. Auf leicht abgesenktem Boden wuchsen etwas stämmigere Weiden, weil sie im nährstoffreichen Schlamm des Grabens stehen durften. Er sagte, er habe im Frühjahr so oft mit den Nachbarsjungen das Eis im Graben aufgeschlagen, dass er es wisse. Gleichzeitig hatten sie die Zäune repariert. Er fand sogar Überreste eines Grenzzauns. Stümpfe von Moorbäumen, die als Pfosten gedient hatten, und rostigen Stacheldraht, der sich ringelte. Den riss er aus dem Grabenschlick. Dabei kamen Weidenwurzeln mit zum Vorschein, die aussahen wie Krebsgeschwüre.

Er ging am Graben entlang und erklärte beim Gehen, bald kämen wir an einen großen Findling und danach an die Darre von Ruohonen. Wie konnte er wissen, in welche Richtung wir gehen mussten? Ich hatte völlig die Orientierung verloren. Die Weiden schwankten unermüdlich, ihre Wipfel zeichneten erbarmungslos Figuren in die Luft, immer die gleichen und doch jedes Mal anders. Mir wurde schlecht. Das war eine merkwürdige, fremde Welt. Allein wäre ich in Panik geraten. Schon als kleines Mädchen neigte ich dazu, mich vor allem Fremden und Überraschenden innerlich zusammenzukauern.

Im Nachhinein habe ich begriffen, dass ich die Tauchkurse nur gemacht habe, um zu lernen, mit meiner Angst umzugehen. Gleich im Grundkurs war ich gezwungen gewesen, meine geistigen Kräfte aufs Äußerste anzuspannen, als wir über Gefahrensituationen beim Tauchen sprachen. Schon der bloße Gedanke an die Situation, die als Taucher-Leere bezeichnet wurde, war unerträglich: rundum nur dunkles Blau, das an den Rändern schwarz wurde. Und im Körper das Gefühl, von der Leere aufgesaugt zu werden.

Im Kurs hatten wir viele Übungen gelernt, mit denen man trainieren konnte, alle möglichen Tauchsituationen zu bewältigen. Wenn man so sehr die Orientierung verloren hatte, dass man nicht mehr wusste, wo oben und unten war, musste man sich beruhigen, kontrolliert atmen und an eine einfache Regel denken: Die Oberfläche ist dort, wo sich die Luftblasen hinbewegen. Der Universitätspsychiater war der Meinung gewesen, das Tauchen habe für mich auch einen therapeutischen Nutzen.

Durch die Übungen prägte ich mir Handlungsmuster für Paniksituationen ein.

«Was guckst du die ganze Zeit nach oben?»

«Ich habe mir beim Tauchen angewöhnt, die Wasseroberfläche im Auge zu behalten.»

«Hier kommt man nicht nach oben.»

«Das ist ja gerade das Eklige.»

«Man muss einfach weitergehen.»

«Wenn man nur wüsste, wohin.»

Mein Vater lachte über meinen fehlenden Orientierungssinn. Ob ich denn nicht gesehen und in den Beinen gespürt hätte, wie der Boden leicht abfiel in die Richtung, in die wir gingen. Dort läge der Hauptgraben, der das Wasser von allen Feldern aufnahm. Und der Hauptgraben verliefe immer entlang der Bodenneigung. Wenn man den Verlauf des Hauptgrabens kenne, könne man sich das ganze Drainagesystem vorstellen. Und dadurch könne man auf Ackerland mit offenen Drainagegräben immer ungefähr wissen, wo man war, sofern man über die Grundzüge einer Dorflandschaft im Bilde sei. «Hauptgraben, Untergraben, Quergraben, Zuggraben.» Ich konnte Vaters Erläuterungen nicht mehr folgen. Ich versuchte bloß noch, mit ihm Schritt zu halten.

Wann geben sie uns eine Pille? Ich bräuchte meine Pille jetzt. Hast du eine Zigarette? Wenn wir was kriegen, zahl ich es zurück. Wenn du mir eine Pille verkaufst, bezahl ich sie. Schieb sie unter die Zunge, und tu so, als würdest du schlucken. Oder steck sie in die Backe. Da löst sie sich nicht gleich auf. Die merken das nicht. Das trauen die euch Irren nicht zu. Ich zahle auch. Ich bin ein alter Gauner. Früher wurde im Dorf schwarz gebrannt, das macht man heute auch noch. Nicht in unserem Dorf, weil wir religiös waren, aber im Nachbardorf.

Ich hab das Zeug in die Stadt transportiert. Die ganze Schule hab ich damit versorgt. Und auf dem Markt haben wir es verkauft. Nicht selbst. Wir haben es den Markthändlern geliefert. Den Imbissen, wo sie die Piroggen mit den komischen Namen verkaufen, «Atom», «Wasserstoff», je nach Füllung; man musste nach einem «Neutron» fragen, dann bekam man eine Flasche. Dann war es auch damit vorbei, weil die Russen mit ihrem Ostschnaps kamen. Aber während meiner Schulzeit war das ein großes Ding. Sogar mit dem Boot haben wir es transportiert … über den See, wie in der Prohibition oder in der russischen Zeit, als das Zeug aus Sankt Petersburg eingeschmuggelt wurde. Immer nachts sind wir gefahren. Den Lichtern von Fabriken und Straßen nach. Einmal hab ich es im Winter mit dem Tretschlitten gemacht – fünfundzwanzig Kilometer über den zugefrorenen See.

Hast du wirklich keine Zigarette? Ich hab Geld. Scheiße, was seid ihr alle verrückt! Wenn nur ein Vernünftiger hier wäre, würde ich ihm ein bisschen Stilnox oder Diapam abkaufen. Geben sie dir abends Noctamid? Spar sie dir in der Backe auf und verkauf sie mir! Ich bräuchte was. Ich hab Geld. Wir haben ja die Entschädigung gekriegt. Verdreh nicht so die Augen, verdammt! Du bist hier der Irre, nicht ich. Hat sogar der Prof an der Uni gesagt. Häkkinen, hat er gesagt, Sie sind auf unserem Gebiet eine außergewöhnliche Begabung. Von der Armee haben sie mich weggeschickt, wegen mangelnder Anpassungsfähigkeit.

Mäkelä

Nachdem wir eine Runde durch den trockenen See geflogen waren, wendete Saarilahti den Helikopter wieder in Richtung Dorf. Entlang der Stromleitung flogen wir über das Weidenmeer. Es war üppig, aber am Rand der ehemaligen Felder ging es in eine vertrocknete Naturwiese über. Dort war nie etwas angebaut worden. Auch die Weiden schienen sich da nicht durchsetzen zu können. Kühe und Schafe hatten früher den steinigen Magerrasen abgegrast und kurz gehalten. Jetzt sah er aus wie eine Mähne mit kahlen Flecken. Auch hier waren viele Findlinge in seltsamen Positionen liegen geblieben. Es gab sie in allen Größen, von solchen mit den Ausmaßen eines Lieferwagens bis hin zu solchen, an denen starke Männer ihre Kräfte ausprobieren konnten. Die größten waren groß wie kleine Wochenendhäuser. Wir waren schon so dicht herangekommen, dass ich jeden einzelnen Felsbrocken kannte.

Während des Flugs hatte ich mir überlegt, wie ich mich fühlte. Wie war das, an den zentralen Ort der Kindheitslandschaft zurückzukehren? Saarilahti landete auf einem großen Felsplateau neben einem Häuschen. Früher hatte man den Stein sauber gehalten, jetzt war er braun vor trockenen Kiefernnadeln und Birkenblättern. Durch den Rotor wurden sie aufgewirbelt, auch eine Latte an dem Häuschen kam durch den Luftstrom in Bewegung. Sie zitterte und wackelte wie der Schwanz einer Elster. Vorläufig fühlte ich jedenfalls nichts. Kuosmanen hatte mir drei Aktentaschen gegeben. Die steckte ich in meinen halb leeren Koffer und stieg aus. Saarilahti und Kuosmanen riefen mir vom Hubschrauber aus zu.

«Du bleibst jetzt hier!»

«Hier?»

«Ja, hier.»

«Kennst du dich aus?»

«Ich kenne hier jeden Stein.»

«Was?»

«Nichts. Das ist mein ehemaliges Ferienhäuschen!»

«Kein Grund, so zu schreien.»

«Hast du alles?»

«Ja, ja …»

«Such dir ein Zimmer in der neuen Villa. Platz ist genug.»

«Da sind bloß der Taucher und Kaarela.»

«Kaarela ist Bildhauer.»

«Ich kenne ihn.»

«Darum bist du ja hier.»

«Jetzt macht, dass ihr wegkommt, ich kann nicht mehr schreien.»

«Was?»

«Weg mit euch!»

«Kein Grund, so zu brüllen!»

Mit höllischem Lärm stieg der Helikopter auf. Nadeln und Sand flogen durch die Luft. Ich musste die Augen schließen und mit beiden Händen den Hut festhalten. Als ich die Augen aufmachte, hatte sich der Hubschrauber schon wieder nach vorne geneigt und Fahrt in Richtung Weidenwald aufgenommen. Er schien zum Laden zu fliegen. Ich trug den Koffer über die Wiese zur neuen Villa. Das lange Gras raschelte am Plastik. Alles sah verwildert aus, aber der Bau war neu. Als wäre ihre unmittelbare Umgebung gerade erst von irgendwo anders hierher verlagert worden. Es war eine kolossale Villa. Eigentlich keine Villa, sondern ein großes, komisches Haus, das in der Landschaft lag wie eine lauernde Katze. Ich dachte, ins alte Häuschen gehe ich erst später.

In der Villa befand sich gleich nach dem Flur ein großes Zimmer. Ich wüsste nicht, wie ich es nennen sollte. Wohnzimmer? Eine Bauernstube war es jedenfalls nicht, vielleicht ein Salon oder ein Saal. Kaarela kam mir mit zwei Gläsern entgegen. Er stellte sie auf dem Tisch ab, gab mir die Hand und sah aus, als wollte er mich an den Schultern packen, ließ es aber bleiben, nahm wieder die Gläser auf und gab mir eines davon in die freie Hand. Das brachte mich auf die Idee, den Koffer abzustellen und das Glas in die rechte Hand zu nehmen. Kaarela wartete mit erhobenem Glas ab.

«Auf die Sommer der Kindheit!»

«Wann warst du das letzte Mal hier?»

«Ich bin doch jeden Sommer hier.»

«Bei mir sind es fünfunddreißig Jahre.»

«Hast du das hier nicht geerbt?»

«Nein, das ging dem Testament nach an die Kleine. Raija war in den Sommern mit ihr hier.»

«Fünfunddreißig Jahre?»

«Genauso lang hat es bei den Vertriebenen aus Karelien gedauert, bis sie ihre Heimat wieder besuchen durften.»

«Trinken wir erst mal.»

Wir stießen an und tranken. Der denaturiert schmeckende, zimmerwarme Schnaps schoss mir umgehend wieder aus dem Mund. Er war nicht hinunterzuschlucken. Kaarela trank ihn allerdings und sah sich lachend mein Gespucke an. Er ging zu einem großen Tisch mit verchromten Beinen und hob einen daneben stehenden weißen Kanister in die Höhe, auf dem stand: ESSOBLUE. LICHT UND WÄRME FÜR ALLE.

«Säufst du neuerdings Lampenöl?»

«Der ist selbst gebrannt.»

«Das hab ich gemerkt. Wo hast du den her?»

«Aus dem Dorf.»

«Hier gibt es kein Dorf mehr! Wer hat den gemacht?»

«Dieselben wie vor vierzig Jahren. Nur in der nächsten Generation.»

«Urho und Toivo?»

«Jawohl.»

«Hör auf! Leben die noch? Wohnen die noch hier?»

«Ich glaube, die leben hier vom Brennen.»

Kaarela wollte mir aus Saarilahtis Bar etwas zu trinken holen, aber ich sagte ihm, er solle uns noch etwas von dem Schwarzgebrannten einschenken. Wir tranken. Wenn man darauf vorbereitet, war, konnte man ihn auch schlucken. Das Zeug war höllisch scharf und stieg in den Kopf wie eine plötzliche Erkenntnis. Kaarela schenkte noch einmal nach. Jetzt war es nicht mehr unangenehm. Man war wieder mit dem Geschmack vertraut. Ich ging der Helligkeit entgegen, durch einen aus Glas gebauten Raum in den Garten und geradewegs in den Rausch hinein. Ich hatte das Gefühl, jeden Moment abzuheben. Kaarela trat auf eine aus Beton gegossene Fläche. Daneben standen unterschiedlich lange und dicke Balken mit kompliziert wirkenden Einschnitten am Ende.

«Warte!»

«Ich geh allein.»

Sie haben ein Feriendorf angelegt, und einen Bootshafen und ein Hotel wollten sie auch hinstellen. Da ist ihnen das Wasser abgehauen, weil sie vor lauter Gier nicht genug bekommen konnten. Immer mehr Liegeplätze und Badeufer, immer weiter haben sie in den Landrücken reingegraben und gebaggert. Nichts hat gereicht, und so kam's dann. Das Wasser war weg, und sie haben auf dem Trockenen gesessen. Aber das Wasser ist in unser Dorf geströmt, und mit dem Wasser das Geld. Damals war ich schon mit dem Studium fertig. Als Ingenieur bin ich über die Landstraßen gezogen. Ich hab nämlich Straßenbauingenieur gelernt. Ich war in so vielen Gegenden, dass ich nicht mehr weiß, welchen Dialekt ich reden soll. Und ein Zuhause hab ich auch keins mehr … nie gehabt, obwohl ich verheiratet war. Ach, Scheiße … Kümmer dich nicht drum, auch wenn ich heulen muss. Ich kann nicht anders. Weißt du, wie das ist, wenn man kein Zuhause hat?

Mäkelä

Ich ging ans Ufer. Auf Anhieb verstand ich nicht, warum ich in einem so komischen Zustand war. Der schnelle Rausch war es nicht, obwohl es mir vorkam, als wäre ich aus einer dunklen, überhitzten Wohnküche in die Kälte und ans Licht getreten. Die Steine und die Felsspalten waren noch an ihrem Platz. Trotzdem sah das Ufer anders aus. Alles war irgendwie einfach und schnurgerade. Das Wasser unglaublich hoch. Fast auf dem Pegelstand der großen Überschwemmung von 1899, die nach dem Februarmanifest des Zaren von den Leuten nur als Eidbruchlinie bezeichnet wurde. Am unwirklichsten kam mir vor, dass das Wasser bei meinem letzten Besuch am selben Ufer außergewöhnlich niedrig gewesen war.

Ich hatte noch lebhaft vor Augen, wie ich mich damals gewundert hatte. Aus dem Wasser hatten Steine geragt, von deren Existenz ich zwar wusste, die ich aber noch nie gesehen hatte. Da hatte ich erst begriffen, wie erschütternd niedrig der Wasserstand war. So, dass man es nicht glauben konnte, und noch ein bisschen niedriger. Man sah etwas, was man streng genommen nicht sehen durfte. Sogar der Grund war sichtbar geworden; Steine, zu denen man als Kind geschwommen war, auf denen man auf Zehenspitzen gestanden hatte, die Nasenlöcher knapp über der Wasseroberfläche, Steine zum Ausruhen. Große Felsplatten lagen auf dem Trockenen, über die man in einer Ruderlänge Abstand mit dem Boot hinweggeglitten war. Die graue Felsinsel, die an den Rücken eines Wals erinnerte, war gänzlich sichtbar gewesen. Jeder hätte hingehen können wie Jesus, ohne nasse Füße zu bekommen. Man konnte sehen, wie das Inlandeis den Felsen auf der einen Seite glatt und sanft schräg abgeschliffen hatte. Auf der anderen Seite war er steil und rau. Dort hatten sich große Brocken gelöst, die das Eis in einer langen Kette mit sich geführt hatte. War alles zu sehen gewesen. In dem trockenen Jahr war ich auf dem Seegrund bis zur Felsinsel gegangen, um mich am Rand des Abbruchs zu wundern und um abzumessen, wie tief das Wasser eigentlich stand. Mindestens anderthalb Meter unter dem höchsten Pegelstand, an den ich mich erinnern konnte. Der Sommer zuvor war trocken gewesen, der Winter schneearm, aber kalt, in Imatra hatten sie eine Menge Strom produzieren müssen. Jetzt lag dieselbe Felsinsel komplett unter Wasser.

Der ganze See kam mir unbekannt vor, so wie damals auch. Die Profile der Inseln hatten sich geändert. Wo vorher nichts gewesen war, ragten jetzt Felsen aus dem Wasser, und wo Steine und Inseln sein sollten, sah man jetzt nur die Horizontlinie. Mir wurde klar, dass sich die Landschaft auch verändert hatte, weil der Wald gewachsen und an einigen Stellen ausgeholzt worden war. Die rechteckig ausgeschlagenen Lichtungen stierten zum Himmel wie die Zahnreihen von Vorschülern. Ich bekam Durst. Ich kniete mich hin und trank wie ein Vieh, die Hände bis zu den Handgelenken im Wasser. Erst im Nachhinein fragte ich mich, ob es überhaupt noch trinkbar war. Die Algen am Felsen sahen noch aus wie früher. Sie flatterten mit den Wellen wie menschliches Haar.

Damals war die Flucht des Wassers beängstigend gewesen. Jetzt löste sein Anstieg das gleiche Gefühl aus. Dass die Findlinge an Ort und Stelle blieben, beruhigte mich. Ich hatte schon oft an sie gedacht, wenn sich alles veränderte und man sich auf nichts mehr verlassen konnte – weder auf die Menschen, die einem nahe standen, noch auf den Arbeitgeber oder auf den finnischen Staat. Dann tat es gut, sich an etwas zu klammern, das blieb, wo es war. Die Steine würde es in diesem See immer geben. Jeden Sommer luden sie sich an den sonnigen Tagen auf dieselbe Art mit Wärme auf und zogen auf der Sonnenseite Schwärme von Barschen an. Den Winter verbrachten sie unter dem Eis, indem sie gelassen auf ihrem Platz ausharrten. Damals war das Wasser verschwunden, jetzt war es angeschwollen, aber die Steine ruhten an Ort und Stelle und warteten, dass das Wasser sank und dann wieder stieg, bis es sie ganz bedeckte und sie in der Sonne nur noch als braune Klumpen unter der Oberfläche zu erkennen waren, zu denen die kleinen Jungen tauchten, als würden sie freundliche alte Leute besuchen.

Ich dachte über den Winter und das Dasein der Steine unter dem Wasser nach. In Zeiten von Niedrigwasser, begriff ich, fror das Wasser bis zum Grund ein, und die Steine gerieten komplett ins Eis. Wenn das Eis dann in Bewegung kam, konnte es unter Umständen auch große Brocken mitnehmen und dort liegen lassen, wo es schmolz. Zu meiner Zeit war das nicht vorgekommen, aber die Zeit der Steine erstreckte sich über Tausende Jahre, und da konnten durchaus welche dabei sein, in denen das Eis große Steinbrocken bewegte. Die Kraft eines Eisfeldes kann kein Menschenwerk aufhalten. Selbst in der Natur kann nichts, was beweglich ist, dem Eis Widerstand leisten, auch diese Steine nicht. Nur die Felsen bleiben. Sie werden abgeschliffen, es bilden sich Spalten in ihnen, aber sie bleiben.

Ich ging den Hang hinauf zum Häuschen, machte die Türen der Nebengebäude einen Spalt weit auf und warf einen Blick in halbdunkle Räume. Alles war beim Alten und in Schuss. Die Fenster verglast, die Türen gerade, die Gebäude beschlagen, sodass sie stabil waagerecht standen. Einige Dachschindeln waren heller als die anderen. Über der Tür des ehemaligen Schafstalls war die Jahreszahl 1946 eingeritzt. Damals war das Gebäude aus Stämmen zur Befestigung von Schützengräben gebaut worden, weil hier die Salpa-Verteidigungslinie verlief. Die Balken waren der Armee abgekauft worden. Mein Vater und ich zählten einmal die Jahresringe an einem Stamm und schätzten die Größe eines mit dem Beil herausgehauenen Flankenstücks. Mein Vater kam zu dem Schluss, dass der Baum irgendwann Anfang des Jahrhunderts, zur Zeit des Mordes an Bobrikov oder des Generalstreiks, ein Schössling gewesen sein musste, kurz nachdem das Wasser gestiegen war und die Eidbruchlinie als dauerhaftes Zeichen für den Verrat des Zaren auf den Felsen hinterlassen hatte. Als Kind konnte ich diese Linie nie erkennen, obwohl mein Vater mit dem Finger über den Uferfelsen fuhr und behauptete, sie zeichne sich noch immer ab.

Schließlich setzte ich mich im Häuschen in die Wohnküche. Alles war so, wie als ich Kind war. Nirgendwo Spuren der Sommer, die meine Exfrau hier mit unserer Tochter verbracht hatte. Waren die Spuren beseitigt worden, oder hatten sie keine hinterlassen? Ich war zufrieden damit, dass die Kleine die Sommer ihrer Kindheit an diesen Ufern und auf diesen Felsen verbringen durfte. Ihr musste vieles davon in Erinnerung geblieben sein, Dinge, die für andere unsichtbar waren, detaillierte, kleine und nutzlose Dinge, wie sie von der Kinderwelt zurückbleiben. Ich dachte, ich könnte mit Riitta über die vielen geheimen Dinge reden, über die niemand sonst auf der Welt etwas wusste. Freilich wusste ich nicht, ob sich meine Tochter noch etwas aus Geheimnissen machte, da sie längst kein Mädchen mehr war, sondern eine junge Frau.

Die Wandbalken in der Wohnküche waren viel älter als die Stämme, aus denen der Schafstall zusammengesetzt worden war. Das Häuschen hatte über hundert Jahre auf dem Buckel, die Samen der Bäume, die das Holz dafür geliefert hatten, waren irgendwann zur Zeit des Finnischen Krieges und des Landtages von Porvoo aufgegangen. Auf diese Art hatte mir mein Vater Geschichte beigebracht. Mir kam in den Sinn, dass es nicht die einfachen Leute gewesen sein konnten, die den Hochwasserpegel als Eidbruchlinie bezeichnet hatten. Das mussten sich die Herrschaften ausgedacht haben. Aber mein Vater und das Zählen der Jahresringe, das waren gute Erinnerungen, wenn auch blasse. Ich versuchte, den Grund für meine melancholische Stimmung zu finden. Alles in der Wohnküche war an seinem Platz.

In meiner Tasche brummte das Handy, als Signal für eine empfangene SMS. ANTWORTE! Keine Unterschrift. Ich öffnete die vorige Nachricht, die ich im Hubschrauber erhalten hatte: GROSSVATER. Auch die war nicht unterschrieben. Ich rief die Nummer an, von der die Nachrichten kamen. Dort meldete sich meine Exfrau. Ich war so verdutzt, dass ich bloß fragen konnte, was der Großvater zu bedeuten habe. Er bedeute genau das, was in der SMS stehe, sagte sie.

«Kannst du mir das ein bisschen genauer erklären?»

«Du bist besoffen.»

«Aber ich schicke keine seltsamen Mitteilungen an andere Leute.»

«Was willst du damit sagen?»

«Ich versuche gerade herauszufinden, was du mir sagen willst.»

«Gib dir keine Mühe.»

«Ich will lediglich wissen, was diese Mitteilung bedeutet.»

«Wenn man lange genug Vater ist, wird man irgendwann Großvater. Du bist Vater, falls du dich erinnerst.»

«Ich habe das nie vergessen. Ob sich außer mir noch jemand daran erinnert, weiß ich nicht.»

Das Gespräch wurde unterbrochen. Ich saß in dem Schaukelstuhl, in dem ich als Kind immer Angst gehabt hatte, er könnte sich überschlagen. War ich jetzt Großvater? Ich sah auf die Falten auf meinem Handrücken und ließ den Blick bis zur Schulter hinaufwandern. War das mein Arm? Ich hatte ihn anders in Erinnerung. Und jetzt hatte ich ein Enkelkind. Es war mir peinlich, keine Gefühle zu haben. Das heißt, ich hatte ja das Gefühl der Peinlichkeit, aber das war mit Sicherheit das falsche.

Eigentlich lösten auch die Blicke in die Nebengebäude und das Sitzen in der Wohnküche keine Gefühle aus. An das Enkelkind konnte ich nicht richtig denken, weil ich noch nichts über es wusste. War es ein Junge oder ein Mädchen? Wie viel es wog, musste man fragen, obwohl einem das nicht wichtig erschien. Wäre das Kind nicht gesund, hätte man mir von der Geburt bestimmt kein Wort gesagt.

Ich ballte die Hand zur Faust, worauf sich die Falten glätteten. Ich versuchte, die Sache in den Griff zu kriegen. Kein Mensch war Großvater! Die gab es nur in Büchern und alten finnischen Filmen. Belanglose Gedanken gingen mir durch den Kopf: Wie wurden in unserer Familie oder im Allgemeinen die Großväter genannt? Opa? Opi?

Ich ging nach draußen und versuchte, in die Kindheit zurückzukehren. Aus einem Schössling, den die Kuh angefressen hatte, war ein verzweigter Riesenbaum geworden, aber auch das berührte mich nicht. Am wichtigsten waren die Kuhlen im Felsen, wo sich das Wasser sammelte und immer die gleiche Form von Pfützen bildete; so war es zu meiner Zeit gewesen und in der Zeit jener, die vorher hier gelebt hatten. Die Pfützen waren so lange die gleichen, wie der Fels existierte, auch nach mir noch, bis ans Ende dieser Welt. Ich betrachtete die vertrauten Formen der Wasserlachen, aber ihretwegen war ich nicht gekommen.

An den alten Apfelbäumen vorbei ging ich ans Ufer zurück. Dort erst sah ich es, fassungslos: Alle Wege waren verschwunden! Es führten keine Trampelpfade mehr durchs Gras. Voller Panik ging ich einen nicht vorhandenen Weg entlang. Sämtliche Kiefernwurzeln und Steine, die ich kannte, waren fort. Heulend rannte ich zum großen Felsen zurück und harkte auf allen vieren mit den Händen Steine aus der Erde. Ich fand einen, der glatt und flach war und durch ihn einen zweiten, den ich kannte und von dem eine Ecke aus dem Boden ragte wie eine Schatztruhe. Lange kniete ich dort und streichelte den flachen Scheitel des Steins. Ich riss Gräser aus, die keine Ahnung hatten, wo früher der Weg verlief, und hielt sie mit beiden Fäusten umklammert. Ich wimmerte und heulte Rotz und Wasser.

Mit den Grasbüscheln in den Händen ließ ich mich auf die Seite kippen und dann auf den Rücken rollen. Die Halme um mich herum schwankten unaufhörlich im Wind, und am Himmel trieb derselbe Wind die Wolken vor sich her. Ich schaute einer davon nach, sie wurde immer kleiner. Ich geriet vollkommen in Panik. Nie zuvor hatte ich eine Wolke so verschwinden sehen. Ich verstand nicht, dass die Lebenszeit von etwas so Großem so kurz sein konnte. Ich musste mich zwingen hinzuschauen, bis nichts mehr von der Wolke übrig war. Durch die Mittagssonne wachte ich auf.

Komm mit mir in den Verschlag dort! Komm mit mir, eine rauchen! Ich kauf dir noch ein Eis, wenn du mitkommst. Ich kauf's dir, wenn der Kantinenwagen das nächste Mal kommt. Du kommst nicht mit? Dann geh ich auch nicht. Auf die Zigarette kann ich verzichten. Wenn die Zigaretten nicht erfunden worden wären, wär's mir auch egal. Allein geh ich nicht. Ich muss reden können. Sagt auch der Doktor. Ich muss reden.

Wir haben früher daheim Eis gemacht. Glaubst du das? Noch in der Schule hab ich nicht kapiert, dass Eis im Geschäft verkauft wird. Wir haben's selber gemacht. Meine Mutter. Sie hat die Zutaten reingetan, aber wir Kinder durften kurbeln. Ich wollte immer gucken, aus welchen Zutaten es gemacht wird, aber ich hab's vergessen. Zuerst kamen Eisbrocken rein, aber an verschiedene Stellen. Was dann kam, weiß ich nicht mehr. Eier auf jeden Fall, weil es eine Osterspeise war. Von den anderen Zutaten weiß ich nichts, aber Eis wurde immer an Ostern gemacht, nach der Fastenzeit. Wir waren ja religiös.

Mitten im Winter wurden Eisblöcke aus dem See geholt. Für die Milch und die Fische, weil wir ja Fischer waren. Die anderen hatten Eissägen und alles. Wir hatten ein Maschinchen für Speiseeis, aber keinen Strom. Der wurde bei uns nicht gutgeheißen, verstehst du? Mit einer riesigen Steifsäge wurde gesägt, die hatte Zähne wie ein Teufelsfisch. Die Männer haben uns immer Angst gemacht: Wenn ihr die Fastenzeit nicht einhaltet oder das Kreuzzeichen vergesst, müsst ihr beim Eissägen unten stehn. Die großen Eisblöcke wurden in eine Grube gefahren; mehrere Männer mussten sie mit Zangen auf die Schlitten ziehen. Die Grube war am Hang und höllisch groß. Die Männer freuten sich, weil in dem Heidesand so gut zu graben war. Besser als daheim am Ladoga-See.

Die hatten ihre Heimat hinter der Grenze zurückgelassen, und ich musste meine Heimat auch verlassen. Zuerst bin ich selbst weg, dann ist das ganze Dorf auf den Grund des Sees gesunken. Da liegt es im Winter unterm Eis, mein Zuhause. Stell dir das mal vor! Aber ich werd immer daran denken, wie das Eis aus dem See geschmeckt hat, wenn wir es an heißen Tagen aus dem Sägemehl ausgegraben und daran geleckt haben. Es hat nach dem Sägemehl von Nadelholz geschmeckt, und das Mehl musste man ausspucken, nachdem man an dem Eis geschleckt hatte. Jetzt komm schon, gehn wir in den Verschlag, eine rauchen!

Kuosmanen

Unmittelbar nachdem wir von dem Felsen aufgestiegen waren, fiel mir ein, dass ich die Perücke in einer der Aktentaschen vergessen hatte. Ich bat Mika zu landen, um den peinlichen Gegenstand zu holen, bevor er Aufsehen erregen konnte. Mika lachte. Ich solle mir überlegen, welches Aufsehen es erst erregen würde, wenn wir mit großem Trara landeten und in der Villa nach unserer vergessenen Requisitenperücke suchten. Er hielt meine Reaktion für höchst konventionell.

«Mon cher Maurice. Jetzt erweist Ihr dem Namen Eures Namensvetters und Vorgängers aber keine Ehre.»

«Allerdings, Sire. Ihr habt Recht.»

Gustav lachte über meine Antwort und schwenkte die freie Hand, um zum Ausdruck zu bringen, dass er jetzt Mika Saarilahti sein wolle. Seine königliche Haltung gab er jedoch nicht auf. Ich war wütend über mich selbst und auf unerklärliche Weise gekränkt, und ich verbarg meine Empfindungen nicht. Ich nahm Kopfhörer und Mikrofon ab. Schweigend flogen wir einige Minuten, worauf Mika die Maschine in der Luft stoppte und nach einem geeigneten Landeplatz Ausschau hielt. Wir befanden uns gerade am Rand des dschungelähnlichen Dickichts. Links erhob sich in wohltuender Symmetrie der Os. Er war von der gebrochenen Farbe von Moos und Baumnadeln überzogen. Das friedliche Bild wurde durch einen Kiefernhain mit rotbraunen säulenartigen Stämmen vervollständigt.

Wir landeten auf einem Feldstreifen, der am Rand des Weidichts übrig geblieben und vor kurzem erst gemäht worden war. Noch nie zuvor war ich dort gewesen. Allerdings hatte ich notgedrungen so oft Karten der Insel studiert, dass ich über unseren Standort im Bilde war. Neben dem Feldstreifen verlief eine schmale Straße, von der ich wusste, dass sie zum Laden führte. Ohne ein Wort folgten wir ihr. Beim Gehen wirbelten wir sonderbar goldfarbenen Sand auf.

Er stammte aus dem Landrücken, sicherlich nicht weit entfernt von hier. Es war Moränenerde, durchsetzt mit vielen unterschiedlich großen Steinen, aber auch mit reichlich feinem Sand, der wie Rauch in der Luft schwebte. Ich verharrte, schnellte herum und blieb so stehen, dass die Sonne hinter die Staubwolke geriet. Gustav trat neben mich. Ich war einfach verblüfft über die in der Luft schwebenden goldenen Teilchen, die von dem Wirbel, den ich verursacht hatte, kurz aufstoben und dann in einer langsameren Bewegung niedersanken. Ich jauchzte vor Freude, ich konnte nicht anders. Gustav legte mir den Arm um die Schultern und lachte.

Ergriffen von einem plötzlich freigesetzten Gefühl der Brüderlichkeit, gingen wir auf den Laden zu. Da kamen uns zwei wild gewordene Rinder entgegengerannt. Ohne auch nur einen Moment zu zögern, stellte sich Gustav ihnen mit ausgebreiteten Armen in die Bahn. Ich wollte keine Angst zeigen und trat an seine Seite. Als ich ihm einen kurzen Blick zuwarf, sah ich in seinen Augen den fröhlichen Trotz eines Toreros. Davon ließ ich mich anstecken, und so standen wir Seite an Seite auf der schmalen Straße, um zwei tobende braune Tiere am Weiterrennen zu hindern. Mit unglaublicher Behändigkeit blieben sie wenige Meter vor uns stehen und bliesen ratlos in die Staubwolke, die sie aufgewirbelt hatten.

Wir lachten laut. Die Spannung, die uns wegen des Tempos der Szene noch gar nicht hatte erfassen können, stellte sich jetzt ein. Es war freilich nicht die passive Anspannung unterworfener Menschen, sondern triumphale Tatkraft. Die Überlegenheit gegenüber dem Naturphänomen. Gustav ging ohne Zaudern und mit der Haltung eines Matadors auf die Tiere zu. Mit dem

Stolz eines Herrn der Schöpfung ergriff er die Hörner des einen mit beiden Händen und schüttelte den Kopf des verdutzten Rindes hin und her. Wieder lachte ich und klatschte dazu in die Hände, worauf die Tiere erschraken und einige Schritte zurückwichen. Vorwärts kamen sie nicht, darum gingen sie nun vor uns her, dabei gelegentlich mit einem Bein ausschlagend.

Gustav ging unmittelbar hinter den Jungbullen. Sie wollten nach links abbiegen, aber Gustav war schneller. Er lief zur Seite und scheuchte die Tiere mit dem zusammenklappbaren Regenschirm aus seiner Umhängetasche auf den Weg zurück. Da versuchten es die Rinder auf der rechten Seite, aber Gustav war auch hier mit drohend erhobenem Schirm schneller. Allmählich sahen die sturen Geschöpfe wohl ein, dass es am besten war, nach Hause zu gehen. Eines der Tiere schüttelte wütend den Kopf und schnaubte. Wieder erhob Gustav seine Waffe und trieb es auf dem sandigen Weg voran. Darauf öffnete der Bulle das Maul und stieß ein zorniges Brüllen aus.

Eine Weile gingen wir heiteren Sinnes, sogar die Bullen schienen nun, nachdem sie sich in ihr Schicksal ergeben hatten, auf ihre Art guter Laune zu sein. Da erblickte ich am Wegrand etwas, das mich in Entzücken versetzte. Inmitten spärlichen Hundweizens wuchsen weiße Blumen mit schlanken Stängeln, die eindeutig zu den wilden Nelken zählten. Ich zögerte einen Moment. Handelte es sich womöglich nur um eine Farbvariation der *Dianthus deltoides*? An den makellos weißen Blütenblättern erkannte ich die Pflanzen aber dann doch als Sandnelken. Ich war hingerissen und zeigte Gustav die Blumen. Wir machten einen Schritt über den Graben, um die botanische Rarität genauer zu betrachten. Gustav trug eine ziemlich glaubwürdige Hypothese darüber vor, wie der Sandnelkenbestand auf die Insel gelangt sein könnte. Es handelte sich um eine Spezies, die nicht zur ursprünglichen finnischen Natur gehörte, von der man aber wusste, dass sie sich durch das Futter russischer Kavalleriepferde in unserem Land verbreitet hatte. Am ehesten traf man die Pflanze daher in der Umgebung alter finnischer Garnisonsstädte wie Viipuri, Lappeenranta und Hamina an. Gustavs Augen leuchteten. Ich sah, dass meinem Gefährten eine Erkenntnis gekommen war. Er fing an, schnell und voller Eifer zu sprechen, und machte dabei eine Geste, die mir bedeutete, ich solle seine Gedanken notieren. Da ich meinen Freund gut kannte, hielt ich das Schreibzeug schon bereit.

Es war nicht sehr wahrscheinlich, dass die Pflanze, die sich durch Selbstbestäubung fortpflanzte, aus eigener Kraft auf die Insel gelangt war. Der lokale Bestand musste daher mit ziemlicher Sicherheit auf die gleiche Weise Fuß gefasst haben wie die gesamte Spezies in Finnland: durch Viehfutter. Das wiederum hieß, dass sich auf der Insel russische Soldaten aufgehalten hatten. War es während des Krieges von 1788 gewesen, oder hatte es früher hier eine Standortbesatzung gegeben? Ich notierte die Frage, denn ich verstand auch ohne gesonderte Aufforderung, dass dieser Punkt geklärt werden musste. Gustavs Gedanken jagten weiter voran. Laut dachte er darüber nach, wie aus einem kleinen botanischen Detail ein bedeutendes lokalhistorisches Problem abgeleitet werden konnte und dass das besagte Detail Bestandteil eines größeren historischen Bildes war, so wie die Pflanzenbestandteile zum pflanzlichen Individuum gehörten, das Individuum zur Spezies, die Spezies zur Familie, zur Gattung, zu immer größeren Zusammenhängen.

Ich begriff, dass der sich hier entwickelnde Gedanke mit unserem großen Vorhaben zu tun hatte. Das Schicksal selbst hatte uns dazu gebracht, diese weißen Pflanzen zu entdecken. Und obgleich sie klein und unscheinbar waren, setzte ihre Existenz bedeutende Indizienketten in Gang, die sich wiederum mit den geschichtlichen Ereignissen dieser historisch so bedeutsamen Gegend verknüpften. So war es schon mehrfach geschehen: Mal waren es geologische, mal zoologische oder botanische

Aspekte, die bewiesen hatten, dass es die Vorsehung war, die uns bei der Wahl des Schauplatzes für unser Vorhaben geleitet hatte.

Gustav hatte mittlerweile aufgehört, laut zu denken. Ich schrieb noch voller Begeisterung die Probleme und Hypothesen auf, die er formuliert hatte, da hörte ich ihn überraschend in heiteres Gelächter ausbrechen. Ich blickte von meinem Notizbuch auf und sah, welchen Grund zur Heiterkeit mein Gefährte hatte. Die vor kurzem noch so beängstigend schnaubenden Rinder nahmen nun hinter uns artig eine Mahlzeit ein, wobei sie darauf achteten, sich nicht weiter als zehn Schritte von uns zu entfernen. Während Gustav sprach, waren wir am Feldrain weitergegangen, und die Rinder waren uns demütig wie Hunde gefolgt. Gustav ging, und die Rinder kamen mit. Wenn er stehen blieb, blieben auch sie stehen. Als wir wieder den Weg betraten, beeilten sich die Tiere, hinter uns herzugehen.

Kurz darauf kamen uns zwei Bauern entgegen. Sie trugen Sportblousons in bunten, verschossenen Farben, Mützen mit Plastikschildern und Reklameaufschriften und mit Tarnmustern versehene Hosen, die sich an den Knien bauschten. Der eine von ihnen hatte orangefarbene Gummistiefel an den Füßen, die jedoch in der Form holländischer Holzschuhe geschnitten waren. Der andere trug pantoffelartige, an den Fersen abgetretene und mit Farbspritzern gesprenkelte Lederschuhe. In ihrer üppigen Schäbigkeit wirkten die Männer geradezu pittoresk, wenngleich sie ziemlich übel rochen. Gerade wegen dieses Geruchs hielt ich lieber Distanz, wohingegen Gustav ohne zu zögern auf die Ankömmlinge zuging und sie ansprach. Offenbar kannten sie sich von früher. Auch ich wusste, dass einer der beiden der Sohn des alten Kaufmannsehepaars war, nun selbst bereits über fünfzig Jahre alt.

Offensichtlich wurde über die Jungbullen gesprochen. Es war wohl so, dass die Tiere von der Weide geflohen waren und die Männer, nachdem sie dies bemerkt hatten, sich ihnen an die

Fersen geheftet hatten. Gustav schien lachend zu schildern, wie wir die Stampede der Bullen aufgehalten hatten. Auch jetzt wanderten sie brav zwischen mir und den anderen dahin. Mir blieben die bewundernden Seitenblicke der Männer wegen meiner beachtlichen Talente als Viehhüter und der Folgsamkeit der Tiere nicht verborgen. Dann erreichten wir den Laden.

Wenn man die Männer, die uns auf dem Weg entgegengekommen waren, in ihrer Vagabundenhaftigkeit als malerisch bezeichnen konnte, so stellte der Laden samt Hof und Garten den Inbegriff von Verfallsromantik dar. Es handelte sich nicht bloß um ein Geschäft, sondern zugleich um einen Bauernhof, der als einziger auf der ganzen Insel noch teilweise Landwirtschaft betrieb. Da ich Karten und Katasterauszüge studiert hatte, wusste ich, dass wir hier einen der Großbauern der Insel vor uns hatten. Zum Zeichen des Wohlstands war das Hauptgebäude vor langer Zeit mit der gelben Farbe gestrichen worden, die vom Landadel bevorzugt wurde und auch für die Bauwerke des Architekten Carl Ludwig Engel in Helsinki und Sankt Petersburg charakteristisch ist. Gustav betrat den Laden, um die Sache in Angriff zu nehmen, wegen der wir gekommen waren.

Mir blieb Zeit, mich draußen umzusehen. Der Verkauf von Brennstoffen war nach der Einführung neuer Bestimmungen schon vor zwei Jahren eingestellt worden, aber als Symbol des ehemals florierenden Benzinverkaufs standen in einer Ecke noch immer zwei längliche, ovale Tanks wie graue friedliche Tiere. Daneben befand sich ein kleinerer, fassähnlicher Behälter, an dem ein Glaszylinder mit Messskala sowie der Griff einer Handpumpe angebracht war. Hinter den Brennstofftanks war ein durchlöcherter Drahtkäfig, der, dem Warnschild zufolge, Flüssiggas enthalten sollte. Plastikkanister in verschiedenen Farben häuften sich darin. Am Tor hing noch immer ein Vorhängeschloss, wie es die Sicherung von Gasvorräten verlangte.

Der Hof wurde vom Hauptgebäude, dem Viehstall gegenüber und Speichergebäuden eingefasst. Das undurchdringliche Weidendickicht reichte fast bis an den Stall heran. Ein kleiner Teil der ehemaligen Nutzfläche war seiner ursprünglichen Funktion überlassen worden. An der Parzellierung konnte man jedoch erkennen, dass die Anbauflächen einst weitläufiger gewesen waren. Was für die Kühe übrig geblieben war, kündete nicht von bäuerlichem Geist, sondern von dessen Niedergang.

Der Boden auf dem Gelände bestand aus ölgetränktem Sand. In der Mitte stand ein bejahrter, verwilderter Fliederbusch. Die Autos, die auf den Hof fuhren, mussten ihn umrunden wie die Verkehrsinsel inmitten eines Kreisels. Flieder im Hof, Geranien an den Fenstern, ein gelb gestrichenes Holzhaus und am Ende der Reihe mit den Nebengebäuden ein Abort mit ausgesägtem Herz in der Tür – hier waren all die Zeichen der Aufklärung und des Fortschritts zu sehen, die Augustin Ehrensvärd den aus dem Dienst entlassenen Erbauern von Sveaborg mit auf den Weg gegeben hatte. Freilich repräsentierte der Laden mit seinem Hofgrundstück keineswegs eine Epoche geschäftigen Nützlichkeitsdenkens. Hier hatte man vielmehr ein Panorama des Stillstands vor sich. Auf dem Grundstück waren Haferkörner ausgestreut worden. Emsig gackernde Hühner pickten sie auf. Das war weit und breit das einzige Anzeichen von Dynamik. Hier und da sah man einen Kuhfladen, um den Fliegenschwärme kreisten.

Die Männer mit den Schildmützen hatten die Rinder in den Stall gebracht. Jetzt gingen sie zu dem Flüssiggaskäfig, öffneten das Vorhängeschloss und fingen an, Plastikkanister auf ein grob zusammengenageltes Gestell zu laden. Es handelte sich um eine primitive Tragevorrichtung, eine Art Krankenbahre aus Holz. Ich war überrascht, als ich bemerkte, dass die Behälter mit einer Flüssigkeit gefüllt waren. Ich hatte den Käfig für ein Zwischenlager für leere Gasflaschen gehalten. Nachdem sie zwanzig Vier-Liter-Kanister auf die Bahre gestellt hatten, trugen die Männer ihre Last hinter den Stall wie die Kinder Israels die Bundeslade. Auf den bunten Kanistern waren die Namen von Ölprodukten sowie Markennamen zu lesen: HAKKI STAHLKETTENÖL, HELIX, MOBIL AGRI …

Die Männer verschwanden mit ihrer schweren Fracht im Weidendickicht. Zuvor hatten sie durch Rinderurin und Mist waten müssen. Ich fragte mich, wie man das gesamte Anwesen mit seiner Atmosphäre bewahren und zugleich das Gelände nach hygienischen Normen und anderen Vorschriften neu anlegen konnte. Wie konnte man die Mobilität auch größerer Gruppen von Menschen gewährleisten, wie das Gelände gestalten, dass es dem ständigen Autoverkehr standhielt? Vor allem musste geklärt werden, wie man den Shuttleverkehr vom Fährhafen zum touristischen Informationszentrum realisierte. Gustav kam aus dem Laden. Ich sah sofort, dass wir Glück hatten.

«Es ist perfekt! Viel besser, als wir erhofft haben!»

«Ist der Kauf vereinbart?»

«Mon ami, pas comme ça. So verfährt man mit solchen Leuten nicht.»

«Sondern?»

«Ich habe ihnen ein Kaufangebot für den Laden und das Grundstück gemacht.»

«Ich verstehe.»

«Und jetzt lass uns den Landrücken besteigen. Mit Verlaub, hier stinkt es.»

Wackel nicht dauernd so mit dem Kopf! Weißt du, was das bedeutet, wenn man so mit dem Kopf wackelt? Genau das meine ich, wenn du mit dem Kopf von rechts nach links zuckst. Daran sieht man, dass du verrückt bist. Bei Pferden ist es genauso. Wenn ein Pferd die Nerven verliert, fängt es an, mit dem Kopf zu wackeln. Früher sagten sie im Dorf, das Pferd wackelt mit dem Kopf, da muss man aufpassen. Sonst konnte es passieren, dass es einen Mann beim Reingeführtwerden an der Stalltür zerquetschte oder dass es ausschlug, anfing zu beißen, seinen Besitzer anpisste oder sich weiß Gott was ausdachte.

So ein teuflisches Pferd konnte man aber noch gebrauchen, obwohl es die Nerven verloren hatte. Es lief schnell und zog mit seiner nervösen Energie schwere Fuhren. Doch die Pferde, die lahmten, die musste man in die Fabrik schicken. Wir haben sie jedenfalls in die Fabrik geschickt, auf anderen Höfen wurde selbst geschlachtet. Selbst haben sie's eigentlich nicht gemacht, sondern einem Nachbarn gegeben, und der hat's dann geschlachtet, die Haut behalten und das Fleisch gegessen. Das war so üblich. Die Männer brachten nicht ihr eigenes Pferd um und aßen es dann auf. Schließlich hatten sie mit ihm unzählige Arbeiten verrichtet. Da hätten sie gedacht, sie bringen ihren eigenen Kameraden um.

Wir hatten Pferde im Dorf, weil keine Traktoren gekauft wurden. Was hätten die Männer auch mit denen anfangen sollen, wo die Felder nur so groß waren wie Tennisplätze. Da war ein Pferd besser. Für einen jungen Kerl war es nicht einfach, als sie im Nachbardorf Traktoren und Mopeds hatten und wir nicht. Heimlich sind wir im Nachbardorf Moped gefahren, und wenn die Kleider nach Benzin gerochen haben, gab's Ohrfeigen. Erst später auf der TH, als sie uns Verkehr und Logistik beigebracht haben, kam ich auf den Gedanken, dass so ein Pferd eigentlich verdammt praktisch war. Bei uns jedenfalls, unter den gegebenen Umständen.

Im Nachbardorf gab's einen Laden, aber da haben wir nicht viel gekauft. Die Sachen wurden mit der Pferdefuhre hertransportiert. Im Winter übers Eis. Wenn Fische in die Stadt gebracht wurden, luden wir auf der Rückfahrt Vorräte auf. Die wurden den Winter über gelagert, damit man im Sommer hatte, was man brauchte. Im Sommer sind wir natürlich mit dem Boot gefahren, aber im Sommer war immer der Teufel los: in aller Herrgottsfrühe aufstehen und an die Netze und spät am Abend noch mal eine Runde mit dem Schleppnetz. Am Tag wurde alles zum Kaufmann transportiert, und die kleinen Jungen haben das Eis mit Beilen zerkleinert. Die Männer damals kannten sich mit Pferden aus und wussten, wann ein Tier die Nerven verlor. Das war, wenn es anfing, so mit dem Kopf zu wackeln.

Helena

Als mein Vater hier war, brachte er das Haus in Ordnung. Mal war er auf dem Dach, mal unterm Fußboden. Er ist durch eine Luke in den Sockel rein und kam aus einer andern Luke wieder raus, aus dem Erdkeller unterm Küchenfußboden. Weil der Keller so flach war, kam man nur durch diese Luke hinein. Angeblich war der Unterboden in Ordnung. Ein Druckbehälter müsste bald erneuert werden. Ich fragte mich, warum er alles unbedingt sofort instand setzen musste. Der Druckbehälter ist immer noch nicht erneuert worden, und der Overall meines Vaters hängt an einem Nagel an der Wand.

Damals ging ich die schriftlichen Hinterlassenschaften durch, die im Dorf gefunden worden waren. Es waren überraschend viele. Die Leute hatten ihre Unterlagen in Blechkisten aufbewahrt. In allen Häusern waren sie gleich, alte Munitionskisten. Ob sie bei der Umsiedlung verteilt oder später der Armee abgekauft worden waren, konnte ich nicht endgültig klären. Während des Fortsetzungskriegs waren hier große Schanzarbeiten im Gange gewesen, und als dann der Frieden kam, wurde das Material versteigert. Die Kisten waren dicht, alle möglichen Registerauszüge, Kaufverträge und Trauscheine hatten sich darin gehalten. Und natürlich ganz normale private Unterlagen.

Als ich der Herkunft der Munitionskisten auf der Spur war, fand ich die Antwort auf ein anderes Rätsel. Das Dorf war voller Holzschuppen und anderer kleiner Nebengebäude, die unter Verwendung einer westlichen Balkenkonstruktion gebaut worden waren. Auf der Insel war die Holzverbindung natürlich verbreitet gewesen, aber wie hatten die Altgläubigen vom Ladoga-See sofort ihre eigene karelische Bauweise dagegen eintauschen können? Das Rätsel wurde gelöst, als ich die Ausschusslisten der Heeresintendantur durchging. Dabei stellte ich fest, dass in allen Dörfern entlang der Salpa-Linie nach dem Krieg große Mengen an Balkengerüsten verkauft wurden. Sei waren für Unterstände gedacht gewesen und fungierten nun als Baumaterial.

Briefe hatten die Dorfbewohner viele geschrieben. Vertragsgemäß hatte ich sie alle der Stiftung übergeben, weil ich von dort ein Stipendium hatte. Die Briefe zu lesen war ein merkwürdiges Erlebnis gewesen. Mit echtem Füller geschrieben, in sorgfältiger Schönschrift, und das Papier porig und vergilbt. Und dann kapiert man irgendwann: Mensch, das ist von Anfang der achtziger Jahre! Ganz Finnland glotzt *Dallas*, und die hier schreiben sich gegenseitig mit dem Federkiel Briefe. Hundert Jahre alt hätten die sein können.

Auch mein Vater sah sie sich an. Er las einen, in dem eine Mutter an ihren Sohn in der Armee schrieb: «Wenn du Urlaub hast, kannst du mit deinem Vater neues Sägemehl unter die Dielen in der Stube füllen.» Mein Vater lachte. So etwas brauche er nicht zu lesen, das kenne er. Nicht anders war es, als wir im Weidengestrüpp waren und mitten im Dickicht auf Häuser stießen. Mein Vater wusste sofort, um welches Gebäude es sich jeweils handelte. Er sagte schon vorher, was wir im Wagenschuppen und im Pferdestall finden würden.

«Rechter Hand ist ein Nagel, und an dem Nagel hängen Kandaren.»

«Was?»

«Kandaren. Weißt du nicht, was Kandaren sind?»

«Ich bin über so was geprüft worden.»

«Über Kandaren?»

«Im Grundstudium.»

«Und soweit ich mich erinnere, warst du auch zweimal in der Reitstunde.»

«Hör auf, Papa! Wieso weißt du, wo die hängen?»

«Die hängen da. Haben immer da gehangen.»

«So was hat Kekkonen für die Brille genommen, als er ein Bild von sich aus einem Brotschieber gemacht hat.»

«Genau. Und aus dem Ohr von Paasikivi kann man eine Maus machen, wenn man einen Tausend-Finnmark-Schein richtig faltet … oder einen Zehner.»

«Was trödelst du so?»

«Guck du mal, du kannst dich besser bücken. Da müsste eine Kiste sein, mit alten Hufeisen, Zinken, Nägeln …»

«Nägeln?»

«Hufnägel. Ist da eine Zange oder ein Hammer drin?»

«Was willst du denn damit?»

«Nichts. Mit denen fängt niemand mehr was an. Aber was für eine nachlässige Haushaltsführung!»

«Wieso denn das?»

«Wenn ich früher das Werkzeug so hätte rumliegen lassen, hätte ich eine Abreibung gekriegt.»

Im Wohnhaus erklärte er mir, wo der Küchentisch stand und wo im Durchgangszimmer das Bett. Oben waren zwei Zimmer mit Schrägwänden und neueren Tapeten, weil sie erst später ausgebaut worden waren. Wir stiegen eine dunkle Betontreppe hinunter. Im Keller waren eine Kartoffelmiete und Regale aus ungehobeltem Holz für Saftflaschen und Marmeladengläser, genau wie mein Vater es vorhergesagt hatte. Er tastete neben dem Türrahmen an der Wand, fand den Lichtschalter und bewegte den stromlosen Bakelitschalter im Licht eines Streichholz knacksend hin und her. Das Streichholz erlosch, und mein Vater sog den dunklen Erdgeruch und den Zementduft der Kellertreppe ein.

Er sprach über das Haus anderer Leute wie über sein eigenes und erklärte, sie würden sich nicht voneinander unterscheiden, da alle nach demselben Plan gebaut worden seien. Typenhaus A. In denen seien die Finnen seines Alters geboren und großgezogen worden. Auch ich hatte von Frontkämpferhäusern gehört, war auch darüber geprüft worden. Man hatte angefangen, den Wiederaufbau nach dem Krieg zu erforschen, und dabei war das Frontkämpferhaus zum Modethema geworden. Es gab sogar irgendwo ein Frontkämpferhausmuseum. Auf Haus-und-Garten-Messen wurden Variationen dieses Haustyps gezeigt, und selbst in der finnischen Gegenwartsliteratur waren die Frontkämpferhäuser zum Thema avanciert. Darum wurden sie jetzt in den nach dem Krieg bebauten Randbezirken der größeren Städte zu überhöhten Preisen verkauft.

Mein Vater setzte sich in der hinteren Kammer im Haus von Ruohonen auf einen verschimmelten Schaukelstuhl und erzählte, sie hätten früher auch so einen gehabt. Dafür sei so lange gespart worden, dass man das Gefühl gehabt habe, die halbe Kindheit gehe für das Warten auf den Schaukelstuhl dahin; und als er schließlich angeschafft worden sei, hätten sich die Kinder unter Androhung von Strafe gar nicht darauf setzen dürfen. Vater rutschte mit dem wackligen Schaukelstuhl an den Kanonenofen und probierte mit Hilfe eines Tapetenstreifens, ob er zog.

Sie hatten am Ende genauso einen Kanonenofen an der gleichen Stelle stehen gehabt. Angeblich konnte er nirgendwo anders stehen, weil das ganze Haus um die Kernwand herum gebaut worden war. Das bestimmte die Anordnung der Räume wie auch der Ofenstellen. Auch bei ihnen sei der Kanonenofen mit Heringsfarbe gestrichen gewesen. Mein Vater lächelte, lachte sogar auf. Ich hatte das Gefühl, als finge er gleich an zu weinen. Er beugte sich nach vorn und schob das brennende Stück Papier in das runde Rußloch.

Die stumpf gewordene Silberfarbe löste sich in großen Placken, und darunter kam rostiges Gusseisen zum Vorschein. Der Ofen zog. Das gelbbraune Stück Tapete mit dem Blumenmuster brannte mühsam mit grüner Flamme. In einer Holzkiste in der Küche lagen zwischen Kiefernrinde und Holzsplittern ein paar Scheite, und die legte mein Vater in Gitterform in den Ofen. Als sie anfingen zu knistern, machte er die Klappe zu und schraubte das Luftventil auf. Im Ofen rumorte es nun lokomotivartig. Mein Vater hielt den Kopf zwischen den Händen und hörte dem Geräusch seiner Kindheit zu. Es knackte im Kamin, der Geruch von sich erwärmendem Eisen und verbranntem Staub wurde freigesetzt.

Ich ging in die Küche, um nachzusehen, ob in den Schränken Sachen zurückgeblieben waren. In der Speisekammer hingen seltsame Drahtgebilde, die so brüchig waren, dass sie zerfielen, wenn man sie anfasste. Mein Vater kam und sagte, das seien Petromax-Socken. Im Regal lagen drei Tüten Rymd-Saft. Die kannte mein Vater nicht aus seiner Kindheit, aber ich. An der Küchenwand neben dem Fenster war ein heller Fleck, und mein Vater erklärte, dort habe eine Junghans-Wanduhr gehangen. In der Uhr seien der Katasterauszug, die Brandversicherungspolice und Tüten mit Hota-Pulver aufbewahrt worden.

Ich sah ihn an. Meinte er das ernst? Er konnte nicht ernst bleiben. Die Uhr könne auch eine Valmetti gewesen sein, erwiderte er lachend. Und falls die Hausherrin Fronthelferin, also Lotta, gewesen sei oder der Sohn im Krieg, könne auf dem Rechteck auch der Tagesbefehl des Oberbefehlshabers an die finnischen Mütter gehangen haben. Falls sie Vertriebene gewesen seien, hätte dort eingerahmt der runde Turm von Viipuri gehangen. Eventuell aber auch eine Luftaufnahme von dem Haus. Über dem Bett im Hinterzimmer wäre aber auf jeden Fall ein großer Fleck von einem Wandteppich mit Elch.

«Du hättest Volkskundler werden sollen!»

«Ich muss kein Kundler werden, weil ich das Volk bin.»

«Du könntest deinen Doktor machen, weißt du das?»

«Worüber?»

«Über das hier.»

«Über ein Frontkämpferhaus?»

«Manche promovieren über viel profanere Sachen, über das Sofa zum Beispiel.»

«Über das Sofa?»

«Über Wohnzimmereinrichtungen.»

«Aha. Ich sitze auf dem Sofa. Ich brauche darüber nichts zu schreiben, auch nicht über so ein Haus, weil ich selbst in so einem gewohnt habe.»

Im Spaß versuchte ich meinem Vater nachzuweisen, wie leicht es für ihn wäre, Volkskunde zu studieren. Er wusste schon jetzt so viel über die bäuerliche Kultur und die alten Arbeitsweisen, dass er viele Bestandteile des Grundstudiums ohne Vorlesungen und ohne lernen zu müssen bestehen würde. Die Zeit des Wiederaufbaus würde in der Volkskunde bald zum Forschungsschwerpunkt werden, sagte ich, ihn anspornend. Nach meinen Informationen bekäme das Institut demnächst eine Donationsprofessur und die Finanzierung für die Erforschung der «Sofortansiedlung», der Räumarbeiten nach dem Krieg und des Frontkämpferhauses. Mein Vater winkte ab, als wollte er eine Mücke verscheuchen. Man könne nicht aus jedem einen Doktor machen. Die Hälfte aller Finnen verfüge über das gleiche Wissen.

«Wer soll sich denn dafür interessieren?»

«Die Wissenschaft. Und die Museen.»

«Die Leute hier waren auch gar keine Bauern.»

«Und ob! Was denn sonst?»

«Das waren Kleingrundbesitzer, geradeso davongekommene, abgebrannte Kerle, denen man ein Stück Land gegeben hatte, damit sie eine Frau finden und nicht alles kurz und klein schlagen.»

«Aber hier wurde Landwirtschaft betrieben! Und die Milch wurde in die Molkerei gebracht.»

«Das war aber alles sehr unbedeutend. Na klar haben sie ein

bisschen was angebaut, die kurze Zeit, die sie hier waren. Aber das macht einen noch nicht zum Landwirt.»

«Was denn?»

«Wenn man über Generationen hinweg am selben Ort sein Feld bestellt hat.»

«Die Leute hier sind auch nicht aus dem Nichts gekommen.»

«Aber fast, und im Nichts sind sie auch wieder verschwunden.»

Mein Vater hatte Recht. Wo waren denn die ehemaligen Bewohner dieses Hauses, die Ruohonens und ihre Nachkommen? Hatte überhaupt ein Mensch das Haus betreten, nachdem die Weiden auf den ehemaligen Äckern, Höfen und Beeten angepflanzt worden waren? Das Elternhaus meines Vaters war immerhin noch zu sehen. Es war nicht ins Gestrüpp geraten, sondern mitten in eine Kleinstadt in Mittelfinnland, wo es mit Müh und Not dem Abrissurteil zugunsten der rundum entstehenden Wohnsiedlung entgangen war. Einige Jahre später war das inzwischen von Grund auf renovierte und erweiterte Haus an den jetzigen Besitzer zu einem Preis verkauft worden, den sich der ursprüngliche Erbauer nicht einmal richtig vorstellen könnte.

So viel hatte ich über das Elternhaus meines Vaters herausgefunden. Bei einer Fahrt in den Norden hatte er es mir einmal gezeigt, war von der Fernstraße abgebogen und hatte vom Auto aus in einer von Weißdornhecken gesäumten Straße auf ein würfelförmiges Haus mit Satteldach gedeutet und erklärt, dort sei er geboren worden, und dort habe er seine Kindheit verbracht. Wo heute die Straße war, habe früher ein Stall mit drei Kühen gestanden. Auf den ehemaligen Feldern waren in den neunziger Jahren Backsteinhäuser nach einheitlichem Grundriss und mit Garten gebaut worden.

Mäkelä

Ich wachte auf, als Kaarela durchs Gras ging und nach mir rief. Es war sehr schönes Wetter, und die Grillen zirpten. Auch die höre ich noch, kam mir als Erstes in den Sinn. Ich setzte mich auf. Kaarela stand ganz in der Nähe, aber mit dem Rücken zu mir. Er erschrak, als ich ihm befahl, still zu sein. Lange sah er mich an. Er wollte wissen, ob ich im Rausch eingeschlafen sei. Ich sagte, ich sei beim Betrachten der Wolken eingenickt, und fragte ihn, ob er das Zirpen höre. Wieder sah er mich lange an. Ich stand auf und ging zur Villa. Kaarela folgte mir.

Wieder hatte sich der gleiche Film in meinen Traum geschlichen, den ich schon auf der Herfahrt im Auto gehabt hatte. Eine kleine Gruppe von Menschen hatte sich aus der von Computern entworfenen Scheinwirklichkeit befreit und kämpfte gegen die Apparate an, die die Macht an sich gerissen hatten. Sie mussten unter elenden Bedingungen leben, waren schlecht gekleidet, großen Anstrengungen ausgesetzt und in ständiger Gefahr. Aber immerhin lebten sie in der wirklichen Welt und kannten die Wahrheit. Die übrige Menschheit lebte in einer Nährlösung und an Kabel angeschlossen in einer glücklichen und einfachen Illusion, in der Sattheit, Freizeit und Entertainment herrschten.

Wahrscheinlich war der Film in meinen Traum geraten, weil ich, während ich dem Verschwinden der Wolke zuschaute, an die armen Menschen dachte, die wirklich an diesem Ort gelebt und echte Arbeit verrichtet hatten, als hier noch eine echte Hütte stand und kein Ferienhäuschen. Ich hatte nämlich angefangen, über meine eigene Arbeit nachzudenken. Ich wusste, ich sollte hier arbeiten, aber ich wusste nicht, womit ich anfangen sollte.

Im Haus äußerte ich Kaarela gegenüber die Frage, wozu man uns auf die Insel gebracht hatte und was wir hier tun müssten.

«Ich weiß nicht, was du weißt. Ich baue jedenfalls für Saarilahti einen Turm hier an der Villa an. Letzten Herbst habe ich schon die Fundamente gegossen und im Winter die Stämme gemacht.»

«Die Fundamente gegossen? Aber du bist doch Bildhauer!»

«Auch in diesem Fall haue ich ein Bild. Beton ist kein neues Material für mich. Der Turm wird aus Balken gemacht. Hier sind die Zeichnungen.»

«Der ist ja ganz schief!»

«Und zwar in zwei Richtungen.»

«Bleibt der überhaupt stehen?»

«Die Masse ist im Gleichgewicht.»

«Und Saarilahti will hier so ein Ding haben?»

«Ein anderer IT-Millionär hat sich für sein Sommerhaus einen vierzig Meter hohen Leuchtturm bauen lassen. Dieser hier will was Stilvolles.»

«Ein Gebäude aus Blockbalken kann doch keine Skulptur sein.»

«Das kann es sehr wohl.»

«Weißt du überhaupt, wie das geht? Das kann doch heutzutage keiner mehr.»

«Du meinst die Konstruktion, die Eckverbindungen? Na klar kann ich das. Ich bin schließlich Bildhauer.»

Kaarela hatte überall auf dem Tisch Zeichnungen ausgebreitet. Ein Teil zeigte auf Skizzenpapier angefertigte Ansichten von dem Turm aus verschiedenen Richtungen, die anderen waren Bauzeichnungen von Konstruktionen, Verbindungen und anderen Details, alle auf Millimeterpapier. Auch Bücher über die Blockbauweise waren auf dem Tisch aufgeschlagen, Handbücher sowie Bildbände über volkstümliche Gebäude.

Ich blätterte in den Büchern. Neben den großen mit Bildern gab es schmale Hefte: Ratgeber für Konstruktionstechniken, Balkenschnitzen und den Einsatz von Motorsägen beim modernen Balkenbau. Es gab Bücher über Darren, Saunen und Windmühlen. Ich nahm einen schmalen Leitfaden zur Hand. Er hieß *Der Speicher*. Ich schlug ihn auf und las. Es wurde darin erklärt, wie man die Ecksteine über Kreuz setzte und darauf den untersten Vorder- und Hinterbalken, darauf die Wand und auf die Wand Schaftholz, abwechselnd Sparren und Balken, zuoberst den Firstbalken, an diesen Dachlatten und auf die Latten Schindeln. Über die kam dann nichts mehr, nur Gottes Himmel mitsamt den Sternen. So etwas stand da, und dann war von gelbem Birkenlaub und roten Johannisbeeren und dem klaren, kalten Meer die Rede.

«Und nach denen baust du?»

«Ich habe verschiedene Konstruktionstypen ausprobiert. Die Bücher helfen da nicht viel. Aber das mit den Speichern ist gut.»

«Wieso hat er seine Villa hier mitten auf den Sand gebaut?»

«Hätte er auf Stein bauen wollen, hätte er eure alte Hütte abreißen müssen.»

«Ihm gehört das doch alles.»

«Saarilahti ist der Meinung, es sei gut, auf Sand zu bauen.»

Er habe erklärt, auch Sankt Petersburg sei im Sumpf erbaut worden, obwohl die Stadt ihren Namen vom heiligen Petrus hatte, dem Felsen, auf dem Jesus erklärtermaßen sein unsichtbares Reich zu erschaffen gedachte. Mit Glauben und Willen könne man auf jedem Untergrund etwas Dauerhaftes errichten.

Angeblich habe Saarilahti seinem Architekten vertraut, der ausgerechnet hatte, wie viel günstiger ein Kellergeschoss bei Sandboden käme. Dort hätten immerhin eine Sauna, Aufenthaltsräume und die technischen Einrichtungen untergebracht werden müssen. Felsgrund hätte massive Sprengungen erfordert, Hunderte Kubikmeter Granit hätten gesprengt und mit Lastwagen abtransportiert werden müssen. Für den Abflussgraben hätte man noch eine eigene Rinne sprengen müssen, und dann hätte man große Mengen an durchlässigem Kies bringen lassen müssen, um ihn auf der Sohle und rund um den Sockel zu verteilen.

Saarilahti habe unnötig schwere Baumaßnahmen umgehen wollen. Er hasse alles Monumentale und bevorzuge stattdessen Komfort, Schlichtheit und praktische Anmut.

«Anmut?»

«Das sind alles seine Worte.»

Saarilahti sei der Ansicht, jede Entwicklungsphase müsse erkennbar sein. Darum habe er auch nicht vor, das alte Häuschen abzureißen. Kaarela ging mit dem Grundriss in der Hand durch die Villa und zeigte mir alles. Wir gingen ins Untergeschoss, das Saarilahtis Architekt so praktisch in den sandigen Hang gebuddelt hatte. Im Maschinenraum waren brummende Apparaturen, Rohre, Leitungen und Lichtpunkte in verschiedenen Farben zu sehen. Sie leuchteten an einem Kontrollbrett und zeigten Funktionen an, die von dem Haus offenbar selbsttätig erfüllt wurden.

Vor der Saunaanlage kam ein großer Raum. In dessen Mitte stand ein Billardtisch in Originalgröße. KUGELRAUM stand an der entsprechenden Stelle auf dem Plan. Im Waschbereich der Sauna war ein runder Whirlpool eingebaut. Die Sauna selbst war ebenfalls rund, die Pritschen bildeten einen Kreis um den Ofen in der Mitte. Angeblich gab es so eine Sauna in der Kadettenschule, welche ebenfalls angeblich ein bedeutendes Bauwerk des Funktionalismus war. Die Pritschen waren aus Espenholz, die Wandpaneele aus Roterle. Beides stammte vom Grundstück. Es war schwer, sich einen Überblick von dem Haus zu verschaffen, da es dem Gelände entsprechend in mehreren Ebenen und in freier Form gebaut war. Rechte Winkel gab es nur, wo die Wände den Fußboden und die Decke berührten. Ich folgte Kaarela weiter. Er war es gewohnt, sich in dem Haus zu bewegen. Wir kamen wieder in das große Wohnzimmer zurück, aber durch eine andere Tür.

Helena

Ich saß auf der türkis gestrichenen Küchenbank der Ruohonens und schrieb die Gedanken auf, die mein Vater in mir geweckt hatte. Für die ursprünglichen Bewohner dieser Häuser bestand die einzige Konstante in der anhaltenden Veränderung. Sie waren in der Tat alles andere als fest verwurzelte Bauern, eher eine Art Hirten. An Orte oder Häuser gebundene Traditionen und Erinnerungen konnten nur diejenigen bewahren, die den ursprünglichen Zweck der Höfe aufgaben und Ferienhäuschen daraus machten.

Das so genannte *Mökki*, das finnische Ferienhäuschen, ist alters- und zeitlos. Es ist für den Großvater und das Enkelkind das Gleiche. Das Mökki kennt keine Zeit, denn dort ist nicht das Leben. Dort macht man Urlaub vom Leben. Wovon sollte man sonst Urlaub machen, wenn nicht von der Wirklichkeit, der Zeit und dem Leben? Frontkämpferhäuser und Sofortansiedlungen fungierten nur einen kurzen, aufschäumenden Moment lang in ihrer ursprünglichen Bedeutung. Danach erreichten die Gebäude und Grundstücke den Status der Ewigkeit als Heimat und Villen des finnischen Mittelstands. Villen haben keinen Zweck, sie existieren nur um des Vergnügens willen.

Das Bleibende und Traditionelle kommt aus dem, was seinen ursprünglichen Zweck erfüllt hat und aufgebraucht ist. Wenn Kampf und Angst, die den Inhalt des zeitlichen Lebens gebildet haben, zu Ende gehen, beginnt die museale Ewigkeit. Der Lebenskreis der Menschen wird zu Freilichtmuseen, Urlaubsorten oder Vergnügungsparks – so wie Seurasaari in Helsinki oder Skansen in Stockholm. Dort gibt es keine Zeit und keinen Lebenskampf mehr, sondern nur noch das endlos gleiche restaurierte Bild des Lebens. So ist es einem großen Teil des finnischen Landgebiets und Baubestandes ergangen. Wenn sich diese Entwicklung vervollkommnet, hat sich das ganze Land in ein Finnlanddenkmal verwandelt, in einen Museumsrundgang, in Lehrmaterial, in ein Anschauungs- und Forschungsobjekt.

Die Sofortansiedlung war einen kurzen Moment lang eine lebendige Wirtschaftseinheit gewesen: in den fünfzehn Jahren nach dem Krieg. Sie hatte für niemanden ewige Heimat oder traditionelle Lebensform werden können. In jenen Häusern hatte sich nichts und niemand verwurzeln können, nicht einmal die Zeit konnte darin stehen bleiben. Das Leben war ein einziger Wirbel von Butterfässern, Separatoren, Heugalgen und Ballenpressern, ein Wirrwarr von Stacheldraht und elektrischem Weidezaun. Gerade noch fuhr man mit dem Leiterwagen auf Holzrädern, bald schon auf luftgefüllten Gummirädern, und dann befanden sich diese auch schon unter einem Auto, mit dem man auf ganz neuen Wegen fuhr. Alles hatte mit der plötzlichen Rodung der Felder angefangen und damit geendet, dass sie brachgelegt wurden. Da konnte sich nichts entwickeln, mit dem sich der Zusatz Tradition verbinden ließe.

Das echte Traditions-Finnland ist erst entstanden, als jene Häuser leer waren. Die Pizza gibt es in Finnland seit vierzig Jahren, zweimal so lang wie man in einer Sofortansiedlung durchschnittlich gewohnt hat. Hamburger-Restaurants gibt es bei uns länger, als man Galgen zum Trocknen von Heu auf den Feldern benutzt hat. Der Haferbrei von Onkel Markus war eine Eintagsfliege gegenüber den Cornflakes. Die hundert Jahre alte Coca-Cola ist ein ebenso altes Kulturphänomen wie die finnische Grammatik, die Volksbank, das Telegrafenamt oder die ersten Prosasplitter von Juhani Aho. Der Unterschied besteht darin, dass Coca-Cola weder den Namen noch das Konzept ändert. Es gleicht einem Land, das immer gleich bleibt und sich nie wandelt.

Wie echte kulturelle Institutionen bleiben Coca-Cola und Cornflakes für alle Zeiten, was sie sind. Der Großvater kann sie mit den Enkelkindern teilen wie andere unveränderliche, traditionelle Dinge. Die Play-offs der Eishockeyliga werden auch in hundert Jahren noch so sicher kommen wie der Frühling. In Amerika gibt es sie schon ein Jahrhundert lang, und hier wird es genauso sein. Daneben nimmt sich der Lebensbogen einer Technologie wie das Aufschobern von Roggen oder einer Bibelübersetzung geradezu flüchtig aus.

Den Vatertag hat es bei uns einen Augenaufschlag lang gegeben. Der Erste Mai der Arbeiter kam und ging. Der amerikanische Super Bowl Sunday ist und bleibt. Das alljährliche Finale im Ami-Fußball ist als nationales Fest älter als der finnische Unabhängigkeitstag. Allerheiligen ist vergessen, aber Halloween gekommen, um zu bleiben. Kulturphänomene beziehen ihre Dauerhaftigkeit aus dem Inhalt, und den Inhalt beziehen sie aus menschlichen Erfahrungen, die von einer Generation zur anderen weitergegeben werden. Die Erfahrung fragt nicht, ob sie von einem von der Volksaufklärung begeisterten Fennomanen in die Wege geleitet worden ist, von einer lutheranischen Kirchensynode, die sich neue Namen für heidnische Feste ausdenkt, oder von einem amerikanischen Marketingexperten. Die Erfahrung fragt nach einem, der sie teilt, und sie schlägt dort Wurzeln, wo die Menschen sie sich gemeinsam zu Eigen machen.

Mein Vater kam mit einer Mandoline die Treppe herunter. Sie hatte in der Dachkammer an der Wand gehangen. Er versuchte sich an Country-Akkorden und sang mit tiefer, rasselnder Stimme und auf Amerikanisch von einem aschgrauen Pferd und einem bleichen Reiter. Der Name des Reiters ist «Der Tod», und in seinen Spuren folgt die Hölle. Ich muss einen erschrockenen Eindruck gemacht haben, denn er zwinkerte mir beruhigend zu und brummte in eine Liedpause hinein eine Erklärung: «Johnny Cash!»

Hörte und machte er noch immer Musik? Zwar nicht mit der Mandoline, aber mit der Gitarre. Allerdings erzählte er immer, er habe mit zehn Jahren angefangen, Mandoline zu spielen. Ende der fünfziger Jahre. An langen Regentagen hatte er auf dem schallisolierten Dachboden nach dem Gehör die Melodien gesucht und war dabei von Elvis zu den Beatles übergegangen, wie Tausende andere seiner Generation auch. Als ich bei ihm in Helsinki wohnte, spielte er nicht. Das heißt, woher sollte ich das wissen, schließlich war ich fast ständig anderswo als bei ihm in der Wohnung. Er hatte jedoch eine Fender Telecaster, die so alt war wie er. Jetzt sang er und sah mir dabei ständig in die Augen. Ich hätte lachen und heulen können.

Seine braune schwere Hand bewegte sich immer schneller, als er die Refrainbegleitung hämmerte. Er sang von einem Mann, der kommen wird. In seinem Namen wird Recht gesprochen werden, sein Name ist das Erste und das Letzte, Alpha und Omega. Jeder wird nach seinen Taten beurteilt: Der Schmutzige wälzt sich dann im Schmutz, aber der Selige gelangt aus Zeit und Angst heraus, schreitet durch das Tor in die goldene Stadt, ins Neue Jerusalem. Gott geht mit dem Menschen einen neuen Bund ein, und die Tore der Stadt werden tagsüber nicht geschlossen, und Nacht gibt es dort überhaupt nicht.

Mäkelä

Kaarela nahm den Petroleumkanister und füllte zwei Gläser, aber ich wollte keinen Fusel mehr. Er bot mir an, andere Getränke zu holen, aber auch das lehnte ich ab. Mit dem Trinken wollte ich eine Pause machen, aber die Schwarzbrenner hätte ich gern getroffen. Seit mehr als dreißig Jahren hatte ich Urho und Toivo nicht gesehen. Kaarela hielt sich eine kleine gegrillte Maräne vor den Mund und biss ihr den Kopf ab. Darauf nahm er einen Schluck Fusel. Auch ich aß von den kalten Maränen, trank aber nicht, obwohl das angeblich zum Gesamterlebnispaket gehörte.

Auch die Fische stammten von Urho und Toivo. Sie organisierten Schleppnetzvorführungen für Touristen, aber die Maränen kauften sie von einem Trawler. Schließlich mussten die Fische am Ufer schon fast fertig gegrillt sein, wenn die Touristen kamen. Der Fischzug ging zu jeder beliebigen Tageszeit vonstatten, je nach Zeitplan der Reisegruppen, und zwar an solchen Stellen, wo man mit dem Bus hinkam. Normalerweise kam deshalb nicht einmal ein Hut voll Fische zusammen. Manchmal aber hatten die Jungs angeblich trotzdem mehrere hundert Kilo im Schleppnetz, und dann saßen sie mit ihren Maränen da und wurden sie nicht los. Sie mussten die Fische in eine Sandgrube werfen und mit dem Traktor Erde darüber schieben, weil sie das Geschrei der Möwen und Krähen nicht ertragen konnten. Den selbst gebrannten Schnaps verkauften sie den Touristen zu dem Fisch, aber Kaarela bedauerte, dass die Produktentwicklung noch zu primitiv sei.

«Was ist denn ihr Produkt?»

«Das Erlebnis, der Eindruck.»

«Und wie soll man das entwickeln?»

«Fragst du mich das?»

«Ja, das tue ich.»

«Du bist doch hier der Werbefachmann.»

«Ich habe mein Leben lang kleinen Lebensmittelgeschäften dabei geholfen, Leberwurst zu verkaufen. Du spielst hier mit Eindrücken. Du bist der Künstler.»

Kaarela hatte angeblich versucht, Urho und Toivo dazu zu bringen, eine Erlaubnis zum Schnapsbrennen zu beantragen. Sie sollten, fand er, ein Provinzreiseunternehmen gründen und aus ihrem Fusel eine Marke machen. An sich wäre der Fusel noch kein Produkt, sondern nur ein Teil davon. Ihn zu trinken und dazu am Sandstrand in der Abendsonne Maränen zu essen – das würde, zusammen mit einem Lagerfeuer und dem Beobachten des Schleppnetzfischens, das Gesamterlebnis bilden. Der Fusel müsste in Viertelliterfässchen angeboten werden, die als Reiseandenken käuflich zu erwerben wären. Im Winter könnten sie von den Jungs aus Blech hergestellt werden, mittels Sägen und Löten. Die Bälger der Touristenfamilien könnten am Sandstrand plantschen, die Väter aus ihren Blechfässchen saufen, und die Ehefrauen bekämen Kaffee aus dickbäuchigen, verrußten Kannen und dürften sich Geschichten über Teerdampfer, die Zeit der Prohibition, den Schmuggel und über Romanzen zwischen der Besatzung der Schleppkähne und Frauen, die vom Kanal aus auf deren Schiffe kamen, anhören.

Ich konnte mir Urho und Toivo nicht als Geschichten erzählende Touristenführer vorstellen. Sie waren gewöhnliche Männer und würden keine Kinder im Zugnetzbereich ins Wasser lassen. Damit sie nicht irgendwann so eine Krabbe in den Maschen hätten. Kaarela schien es aber trotzdem halbwegs ernst zu meinen. Seiner Meinung nach hätten Urho und Toivo rechtzeitig handeln müssen. Jetzt sei es zu spät.

«Wieso das?»

«Saarilahti kommt ihnen zuvor.»

«Hat Saarilahti etwa vor, schwarz gebrannten Schnaps an Touristen zu verkaufen?»

«Du glaubst gar nicht, was der alles vorhat!»

«Hä?»

«Weißt du nichts von seinen Plänen?»

«Ich hab drei Aktentaschen voll bei mir, bin aber noch nicht zum Lesen gekommen.»

«Echt? Zeig her!»

«Wieso ist Saarilahti ihnen zuvorgekommen?»

Kaarela erklärte, Saarilahti habe vor, verschiedene handwerkliche Vorführungen und Kampfszenen auf die Beine zu stellen. Hunderte von Leuten sollten Soldaten aus dem Schwedisch-Russischen Krieg darstellen, Partisanen aus dem Kleinen Unfrieden, Erbauer der Salpa-Linie im Fortsetzungskrieg und andere Inselbewohner aus verschiedenen Epochen. Mit der Armee habe er einen Vertrag geschlossen, dass Freiwillige der Savoer Brigade als Savolaxer Jäger zu Sprengtportens Zeiten an den Massenszenen teilnähmen. Die Uniformen, Federbuschhüte und ledernen Ranzen sollten von billigen Arbeitskräften in einer Textilfabrik in Singapur angefertigt werden. Die Rekruten wolle Saarilahti zur Teilname überreden, indem er Zuschüsse an die Studentenschaft der Unteroffiziersschule und an den Bereitschaftsoffiziersklub zahle.

Den Brigadekommandanten habe er wohlwollend gegenüber dieser Art des Militäreinsatzes gestimmt, indem er ihm und seiner Truppe geschmeichelt habe. Die Savoer beziehungsweise Savolaxer Brigade sei der Ursprung und das Herz der gesamten finnischen Armee, habe er gesagt. Unter der Führung von Yrjä Maunu Sprengtporten habe sie die für die finnischen Wälder nicht geeignete Lineartaktik aufgegeben und sich stattdessen die noch im Fortsetzungskrieg erfolgreiche Dschungeltaktik angeeignet. Der Kommandant sei schließlich weich geworden, als Saarilahti auf dessen angesehene Vorgänger angespielt habe: neben Sprengtporten keine Geringeren als Sandels, der Held des Finnischen Krieges, sowie Adolf Ehrnrooth, die Galionsfigur des Neopatriotismus.

Außer Soldaten und Amateurschauspielern beabsichtige Saarilahti, Freunde von Rollenspielen zu rekrutieren, denen man keine Entschädigung zahlen müsste. Es genüge, wenn man ihnen eine Bühne, Kostüme und Requisiten böte. Eine Menge Leute wäre nötig, denn Saarilahti wolle das gesamte ehemalige Finnland rekonstruieren. Im Themenpark wäre es dann zum Beispiel möglich, einen echten Gottesdienst oder eine Gerichtsverhandlung aus dem 18. Jahrhundert zu erleben. Beim obersten Verwaltungsgericht und beim Domkapitel waren eigens Bestätigungen eingeholt worden, dass solche Aufführungen weder die Rechtsprechung herabsetzten noch den Tatbestand der Gotteslästerung erfüllten.

Saarilahti habe sich zusätzlich eine Audienz beim Erzbischof geben lassen. Dieser hatte konstatiert, Gottesdienste müsse man aufführen dürfen, denn im Fernsehen, im Kino und im Theater geschähe das ja auch ständig. Für alle Fälle hätte Saarilahti Gutachten von Religions- und Theaterwissenschaftlern in der Tasche gehabt. Die waren der Ansicht, dass die Wiederholung eines christlichen Gottesdienstes in Form einer Aufführung im Prinzip die gleiche Handlung darstelle wie ein Gottesdienst selbst, welcher an sich ja schon eine Aufführung sei. Er habe seine Dramaturgie, seine Symbolfunktion und seine Hauptrolle. All diese Argumente habe Saarilahti aber gar nicht ins Spiel bringen müssen. In gutem Einvernehmen sei das Gespräch zum Abschluss gekommen, und Saarilahti habe der Kirche am Ende angeboten, sich an der Inszenierung der Gottesdienstaufführungen zu beteiligen, um auf diese Weise die eigene Botschaft noch effektiver vermitteln zu können.

Unter den Statisten sollten auch die jetzigen und ehemaligen Bewohner der Insel Rollen erhalten. Sie sollten angeheuert werden, um sich selbst zu spielen. Angeblich schwebte Saarilahti vor, die Idee des Freilichttheaters auf eine ganz neue Ebene zu bringen. Kaarela fand, Urho und Toivo wären in einer besseren Verhandlungsposition, wenn sie eine produktreife Idee entwickelt hätten, die sie im Paket als Subunternehmer an Saarilahti verkaufen könnten. Kaarela war sicher, Saarilahti würde einer solchen Vereinbarung zustimmen. Er sei ein vernünftiger Mensch und daran interessiert, Funktionen outzusourcen, wie es sich im modernen Geschäftsleben als sinnvoll erwiesen habe.

«Urho und Toivo sollen Inselbewohner spielen?»

«Genau.»

«Aber sie sind Inselbewohner!»

«Na eben.»

«Die machen doch keine Rollenspiele, das sind Männer vom alten Schlag.»

«Das brauchen sie auch gar nicht.»

«Wieso?»

«Du hast doch selbst gesagt, sie brauchen nicht zu spielen, weil sie Inselbewohner sind.»

«Du hast von irgendwelchen Aufführungen gesprochen.»

«Vorführungen machen sie heute doch auch. Ziehen für Touristen Schleppnetze durchs Wasser.»

«Die werden kein Theater spielen. Das sind sachliche Männer.»

«Was ist am Schleppnetzfischen denn sachlich, wenn ich fragen darf?»

«Das haben sie ihr Leben lang gemacht, um ihren Lebensunterhalt zu verdienen.»

«Jetzt ziehen sie das leere Netz durchs Wasser und hoffen, dass sie kein Glück haben. Wenn sie was fangen, fluchen sie.»

«Fluchen, wenn sie was fangen? Das sind Fischer!»

Kaarela wollte wissen, wo ich eigentlich lebte, weil ich keine Ahnung vom hoch entwickelten Wirtschaftsleben hätte, in dem der abnehmende Sektor der Intensivproduktion zwar das materielle Gut herstelle, das man auf der Welt brauche, in dem aber die ständig wachsende Fantasieindustrie den größeren Teil der Weltwirtschaft ausmache. Fisch könne man tonnenweise bekommen. Die meisten in finnischen Gewässern gefangenen Fische landeten schon jetzt in den Mäulern von Nerzen. Wie notwendig sei denn ein Nerz? Niemand zöge dessen Pelz an, um sich zu wärmen. Es gehe um Fantasie, und beim Nerz sei diese, wegen der Tierschützer, in eine negative Richtung gegangen. Der größte Teil der Fischbeute des Landes verliere allmählich seine Bedeutung.

Die Frage sei einzig und allein, wie man den Fisch fange und welche Erlebnisse sich damit verbänden. Die Fliegenfischer machten sich das Fischen möglichst schwer, feilten die Widerhaken von den Angelhaken und ließen den Fisch sofort frei, wenn zufällig doch mal einer am Haken hängen bliebe. Wenn man geruhte, mal einen Fisch zu behalten, lautete die entscheidende Frage, wie er zubereitet werden solle, wie man ihn essen solle und in wessen Gesellschaft. Plaudere man bei Tisch oder gebe es ein anderes Programm? Aus solchen Dingen setze sich heute die Volkswirtschaft zusammen, und nicht aus Schleppnetzfischerei, Trawlerei, Stoffweberei, Metallwalzerei oder anderer Primär- oder Massenproduktion. Warum müsse man mir, einem Werbemann und Unternehmer, so etwas erklären, wollte er wissen.

Ich sagte, ich hätte nicht auf der Seite der Fantasie, sondern auf der Seite der Wirklichkeit meinen Lebensunterhalt verdient, zwischen Mund und Darm, indem ich Printreklame für den Einzelhandel gemacht hätte. Dabei sei ich nicht in die Verlegenheit geraten, auf die von Kaarela beobachteten Trends der Weltwirtschaft zu achten. Tagaus, tagein hätte ich damit verbracht, Funken und Blitze in Hähnchenschenkel- und Hackfleischsonderangebotsreklame zu montieren und mich mit zornigen, geizigen Einzelhändlern wegen verrutschter Dezimalkommata und zu kleinen Schrifttypen herumzuschlagen.

Kaarela wunderte sich, wie ich aus so einer Klitsche in eines der größten und seltsamsten Neureichenprojekte des Landes geraten konnte. Ich hatte keine Lust, ihm zu erklären, was passiert war, als wir auf Initiative meines Geschäftspartners versucht hatten, den Lohn für unser Lebenswerk zu ernten, indem wir die Firma verkauften. Ich erzählte, ich sei über komplizierte Geschäftsverbindungen in Saarilahtis Dienste geraten. Heute würde ich für ein großes Büro arbeiten, das ihm gehöre. Kuosmanen sei mein Vorgesetzter. Kaarela wollte wissen, wie das Büro hieß.

«Werbeagentur Macondo.»

Daheim hat man nicht so gelernt, mit fremden Leuten umzugehen, man war eher unter sich. Eigentlich hätte man auch nicht ins Nachbardorf gehen dürfen. Das hieß bei uns immer nur das Schwedendorf. Die trugen uns was nach, weil unser Dorf von den Ländereien ihres Dorfs abgetrennt worden war. Und dazu kam, dass wir halt religiös waren und irgendwie ein bisschen anders.

Bei mir war es außerdem so, dass mein Vater ursprünglich einer von den anderen war. Mit zehn ist er Waise geworden, weil sein Vater und sein Onkel im Krieg gefallen sind. Beziehungsweise verschollen. Die Mutter war schon früher gestorben, also die Mutter meines Vaters. Das ganze Haus war ohne Bewohner, und mein Vater war noch so ein kleiner Kerl. Da haben sie ihn als Waisenkind im neuen Umsiedlerdorf aufgenommen. Ich hab nie genau erfahren, wie das genau vor sich gegangen ist, aber mein Vater fuhr eines Tages mit dem Pferd ins neue Dorf und hatte ein Schleppnetz auf dem Schlitten. Das hatte seinem Vater und seinem Onkel gehört. Zuerst hatte er das Pferd an einen Baum gebunden, und dann hatte er das Netz vom Dachboden auf den Schlitten fallen lassen.

Dann ist er losgefahren und nicht mehr zurückgekehrt. Das Netz und das Pferd auch nicht. Er wollte sie nicht hergeben, obwohl die Nachbarn fragten, wo er als Waisenknabe untergebracht gewesen sei. Aber es war sein Eigentum, geerbt. Sie hatten auch nicht ernsthaft danach gefragt. Sie ließen ihn in Ruhe, den armen Waisenjungen. Mit fünfzehn kam er auf die Idee, sein altes Elternhaus von der einen Seite der Insel ins neue Dorf zu verlegen. Sie konnten nichts dagegen machen, das heißt, sie unternahmen nichts, obwohl er auf dem Papier Mündel der Gemeinde war. Als Minderjähriger hatte er kein Recht auf seine Erbschaft, aber die Gemeinde hat die Ange-

legenheiten der Inselbewohner nie so genau kontrollieren können. Sie ließen ihn sein Haus abtragen und an der neuen Stelle wieder aufbauen.

Er wurde dann genauso religiös erzogen und heiratete später meine Mutter. Aber ein bisschen was blieb übrig; jedenfalls waren wir immer ein bisschen anders als die anderen in unserem Dorf. Und im anderen Dorf hielten sie uns für so was wie Bekannte, weil mein Vater ursprünglich von dort kam und von Natur aus aufgeschlossener war, aber trotzdem ein guter Arbeiter und gut im Umgang mit Pferden. Darum haben sie mich auch ein bisschen wie einen von ihnen behandelt, und ich ging heimlich ins andere Dorf und hatte dort meine Freunde.

Kuosmanen

Gustav sprach über die Bauernschifffahrt und die Teerdampfer- und Schleppkahnarmada der Städte am Oberwasser, die den Gewinn einfuhren, mit dem die ersten Steinhäuser in Städten wie Savonlinna, Mikkeli und Joensuu gebaut und Gymnasien oder auch Theater errichtet worden waren. Wir saßen an der höchsten Stelle des Landrückens auf einem Findling. Höher kam man auf der Insel nicht.

Wir hatten den Hang schräg hinaufgehen müssen, denn um gerade hinaufzusteigen, war er zu steil gewesen. Die Moräne war hier wie Sand in einem Sandkasten zusammengepresst worden. Eine Laune der Natur wollte es, dass auf dem Rücken ein Findling von der Größe eines Einfamilienhauses zurückgeblieben war. Er erzählte mehr von der immensen Kraft des Inlandeises als die Herausbildung der gewaltigen Landmassen, die der Verstand nicht recht zu erfassen vermag. Der gewaltige Brocken schien aus Versehen auf den Landrücken geraten zu sein, wie ein Ketchupfleck auf das Hemd eines Betrunkenen.

Gustav war begeistert. Er hatte den Findling auf dem Messtischblatt entdeckt und begriffen, dass dort der höchste Punkt der Insel liegen musste. Nichts konnte uns daran hindern, den Brocken zu erklimmen. Das war kein ganz leichtes Unterfangen, aber wir nahmen es ohne Zaudern und von unwiderstehlichem Eifer erfasst in Angriff. Schnell stellte sich heraus, dass unsere Kletterkünste nicht ausreichten, um die senkrechten, von Moos bedeckten Felswände zu bezwingen. Gustav aber wollte vom Aufgeben nichts wissen.

Gemeinsam gingen wir zu einer nahe gelegenen Lichtung hinunter, wo vor kurzem Bäume gefällt worden sein mussten.

Das auf der Erde liegende Holz bestand zum größten Teil aus schweren Stämmen, die auf den Transport über den See zu den Sägewerken von Lauritsala oder Joutseno warteten. Es gelang uns nicht, sie zu bewegen. Allerdings fand sich auch einiges für Papierfabriken bestimmte Faserholz, schlanke Stangenkiefern, wie sie auf kargem Sandboden wuchsen. Wir suchten und fanden ein paar nicht geteilte, aber geschälte Stämme, die wohl ausgesondert worden waren. Einen von diesen an zierliche Jünglinge erinnernde Stämme schleppten wir den steilen Hang hinauf zu dem Findling. Oben zitterten wir vor Anstrengung, aber ich musste nur in Gustavs entschlossene Augen blicken, da bekam ich selbst neue Kräfte.

Wir lehnten einen elastischen Stamm an den Felsen und kletterten daran hinauf. Oben war der Stein flach und eben, nur leicht fiel er zum Hang hin ab, und er war von weichem Moos überzogen. Ich legte mich hin und schloss die Augen. Als ich einen dumpfen Aufprall hörte, richtete ich mich auf. Gustav stand am Rand des Findlings, von wilder Begeisterung ergriffen. Er hatte uns zu Gefangenen des Steins gemacht, indem er unseren Kletterbaum umgestoßen hatte. Ich war nahe daran, vor Erstaunen aufzuschreien, aber Gustav brachte mich mit einer Handbewegung zum Schweigen.

Ich setzte mich neben ihn auf den Rand, von wo aus wir einen ungehinderten Blick über das Weidendickicht hinweg auf den See hatten. Dicke weiße Wolken stiegen an drei Stellen am Horizont auf. Dort waren die Papierfabriken von Imatra, Joutseno und Lauritsala in drei Schichten pausenlos in Betrieb. Gustav blickte stolz und enthusiastisch wie ein Vertreter der Nützlichkeitsepoche auf die Rauchgebilde, die ausgestoßen wurden. Ich kannte den sorgfältig gestreuten Inhalt des Portefeuilles der Stiftung und wusste daher, dass die Holzveredelungsindustrie einen konjunkturangepassten Anteil an den Wertpapieren hatte.

Die Tiefwasserstraßen kamen aus vier verschiedenen Richtungen, von den Fabriken und vom Saimaa-Kanal, um sich unsichtbar hinter den Inseln zu einer quer über den offenen See gezogenen Bahn zu vereinigen. Riesige, am Landrücken befestigte Schilder wiesen den Schiffen den Weg. Ein grauer Tanker mit flatternder russischer Flagge fuhr gen Norden. Ein weißes Passagierschiff kam ihm entgegen, diesem folgte ein mit Holz beladenes Schubschiff. Auf dem offenen See waren ein Dutzend Segel zu erkennen, dazu zahlreiche Motorboote, deren Außenbordmotoren oder Triebwerke das Wasser zum Schäumen brachten.

Gustav drückte auf die Knöpfe seines Handgelenkcomputers und erklärte, wir befänden uns einhundertachtzehn Meter über dem Meeresspiegel. Damit sei bewiesen, dass wir uns tatsächlich auf dem höchsten Punkt der Insel aufhielten. Mehr als vierzig Meter über dem glitzernden Saimaa. Ich blickte die Steilwand des Felsens hinab auf die Erde, verbrämte mein leichtes Schaudern jedoch mit einem Scherz und fragte, was wir tun würden, wenn dreiunddreißig wilde Stiere brüllend am Fuße des Steins erschienen. Gustav erklärte, wir würden sie sofort und ohne zu zögern gemäß dem vortrefflichen Rat des Bruders Timo in Aleksis Kivis Roman töten. Aus dieser Antwort schloss ich, dass ich mir keine Sorge darüber machen musste, wie wir von dem Findling wieder auf den Erdboden gelangen würden.

Heiter fragte ich Gustav, ob er das Angebot für den Kauf des Ladens und des dazugehörigen Landes als M. Saarilahti oder im Namen des Königs gemacht habe.

«Mon cher Maurice. Selbstverständlich in meiner Eigenschaft als Graf von Haga.»

Er sah mich neugierig an. Er wollte wohl testen, ob ich den Hintergrund seiner Antwort verstanden hatte. Das kränkte mich ein wenig. Glaubte er etwa, ich wüsste nicht, dass Gustav III. bei delikaten Verhandlungen unter dem Pseudonym Graf von Haga aufgetreten war? Auch wenn er inkognito reisen wollte, nahm der König diesen Namen und Rang an.

«Außerordentlich, Sire. Feinfühligkeit scheint mir unbedingt am Platze.»

Ich spielte so trocken auf die Feinfühligkeit an, dass Gustav begriff, welch mangelndes Feingefühl er bewies, wenn er auch nur den Verdacht hegte, ich könnte die Kulturgeschichte, die zur Etikette zwischen uns beiden gehörte, nicht ebenso gut kennen wie er. Er war eine Weile still und blickte auf den See. Dann fing er ruhig und freundlich an zu plaudern, wobei er mit einer Handbewegung auch mich ermunterte, den Blick auf das Wasser zu richten, wo die schnurgeraden Kielwasser der Schiffe den Verlauf der Fahrrinne verrieten.

Vor unseren Augen lag die älteste Handelsstraße von ganz Ostfinnland, die noch immer – auch vor der Realisierung unserer Pläne – zugleich die wichtigste war. Gustav hob den Daumen seiner linken Hand. Dreiundzwanzig Kilometer bis zur Kanalmündung. Er streckte den Zeigefinger aus. Zweiundvierzig Kilometer, und man war in der innersten Bucht des Finnischen Meerbusens, in Viipuri – nach achtundzwanzig Schleusen auf der Höhe des großen Meeres. Und von dort kam man überall hin: nach Hamburg und London, sogar ins Herz Amerikas; den Mississippi hinauf, von Davenport durch den Kanal bis Chicago, über die großen Seen zum Niagara River und von dort durch den Verbindungskanal zum Hudson und nach New York – zurück in den Atlantik. Gustav spreizte alle zehn Finger über der Landschaft. Die Welt stand offen.

«Aber!»

Er ließ nur den Zeigefinger stehen. Es sei nicht nötig, auf die andere Seite des Ozeans zu fahren, nicht über das Nordmeer und nicht einmal auf die Ostsee. Der Finger wanderte ein Stück weiter und wies auf den Raum zwischen den Fabrikwolken von Imatra und Lauritsala. Zweihundert Kilometer von hier in diese Richtung lebe und atme ein Riese: Sankt Petersburg. Man sehe und höre ihn von hier aus nicht, aber er sei da und wirke sich auf alles aus, was hier geschehe und geschehen sei. Ein ganzes Finnland voller Menschen, Handel, Industrie und Verkehr, zusammengedrängt auf einer Fläche, die kleiner sei als dieser See. Ein an Händen und Füßen gefesselter Riese, der keinen Tag leben könne ohne Versorgung von außen. Vom Füttern dieses Riesen werde hier gelebt. Das habe diejenigen reich gemacht, die es gewagt hätten, sich zu bereichern.

Das Auftauchen von Sankt Petersburg an der Seite von Finnland hatte damals einen Schock verursacht. Die Stadt war mitten im Krieg auf dem Gebiet des schwedischen Königreiches gegründet worden. Sie zu erbauen, war ein glänzender Ausdruck von Tollkühnheit gewesen, eine der skrupellosesten Taten der Strategiegeschichte. Sie rief auf einen Schlag eine neue geopolitische Konstellation ins Leben. Unser ehemaliger Staatspräsident Paasikivi behauptete immer, wir könnten gegen die Geografie, die unser Schicksal sei, nichts ausrichten. Zar Peter konnte es – er hatte diese Geografie geschaffen.

Die Errichtung von Sankt Petersburg war ein militärischer Akt gewesen, an den sich eine Invasion anschloss. Im nächsten Krieg ging Südkarelien verloren, dazu der östliche Teil von Kymenlaakso. Im darauf folgenden das ganze Land. Vor dem Ersten Weltkrieg reichte die äußerste befestigte Verteidigungszone von Sankt Petersburg bis in die Ebene von Häme, also bis nach Mittelfinnland hinein. Während ihrer Selbstständigkeit hatte die Stadt aus Sicherheitsgründen zwei Kriege verursacht und danach fünfzig Jahre Geiselhaft. Andererseits wurde gleich zu Beginn der Unabhängigkeit auf der finnischen Seite unter Führung des Reichsverwesers-Oberbefehlshabers und künftigen Präsidenten Mannerheim die Eroberung Sankt Petersburgs geplant.

Die Entstehung der Stadt war also eine militärische Operation. Auf die gleiche Art und ebenso plötzlich wollte man sie in einer schwachen Stunde Russlands auch wieder verschwinden lassen. Der Aktivistenführer Elmo Kaila erstellte einen Flutungsplan, demzufolge die ganze Stadt ertränkt werden sollte, und zwar in Wasser, das vom Ladoga-See heranströmte. Kirchen und Paläste sollten bis zur Kuppel der Isaak-Kathedrale und bis zu den Turmspitzen der Admiralität im Sumpf untergehen, aus dem sie wie ein Alptraum einst aufgetaucht waren.

Während des Fortsetzungskriegs plante eine überhitzte Fraktion von Fennomanen die Konzentration von Industrie, Handel und Bevölkerung in Viipuri statt in Sankt Petersburg. Doch dieses Gedankengebräu verkochte. Sankt Petersburg wurde man nicht los. Es geschah wie bei der Gründung der Stadt: Jetzt war auch Viipuri weg. Immerhin gingen Hamina und Kotka nicht verloren, wie zweihundert Jahre zuvor im Frieden von Turku, mit dem der Schwedisch-Russische Krieg endete. Und es ging nicht das ganze Land verloren, wie es sechzig Jahre nach dem Frieden von Turku der Fall gewesen war.

Weil der Name «Sankt Petersburg» das Wort «Burg» enthält, wurde die Stadt immer nur einseitig, aus sicherheitspolitischer Perspektive, betrachtet: als Bedrohung, nicht als Chance. Dennoch – Gustav beschrieb mit der Hand einen energischen Bogen –, obwohl Sankt Petersburg Ost- und Südostfinnland, eigentlich sogar das ganze Land, zu seiner Sicherheitszone gemacht habe, böte sie ebendieser Region unendliche Möglichkeiten der Wohlstandsvermehrung. Die Hand, die über dem See und den Inseln hin und her schwenkte, hielt inne und wies nach Osten, den Landrücken entlang, der steil abfiel, vor dem Wasser jedoch eine symmetrische, terrassenartige Uferzone bildete.

«Was siehst du?»

«Einen Strand.»

«Was für einen Strand?»

«Einen Sandstrand.»

«Und was ist Sand?»

«Sand ist aus Stein.»

«Sand und Stein! Daraus ist Sankt Petersburg gemacht.»

In unserer Verwandtschaft väterlicherseits liegt auf allen Männern irgendwie ein Fluch. Mein Großvater ist im Krieg verschollen. Ich hab das nachgeforscht. Die Truppen von der Leningrader Front haben die Finnen zwischen den Vuoksi und den Saimaa-Kanal gedrängt. Mehr als zwanzigtausend Männer in der Falle. Mein Großvater und mein Onkel mittendrin. Wo sie hin sind, wo sie verschollen sind, das weiß kein Mensch. Tote Helden sind gesucht und gefunden worden, aber mein Großvater und die anderen nie. Wenn man aus Versehen irgendwo auf Knochen gestoßen ist, hat man schnell wieder Erde drübergeschippt.

Mein Vater ist ein verdammter Deserteur gewesen. Mein Großvater war, wie er, Waise, und sein Vater wurde es in der russischen Zeit auch, irgendwann Anfang des 20. Jahrhunderts. Dieser Vater meines Großvaters wusste nichts von seinem eigenen Vater, und darum hat er es auch nirgendwo lange ausgehalten. Er hat nicht mal seinen Sohn zu Gesicht gekriegt; besser gesagt seine Söhne, es waren nämlich Zwillinge. Schon vor der Geburt ist er zu einer dubiosen Tour nach Sankt Petersburg aufgebrochen und nicht mehr zurückgekommen. Damals hat Petersburg ja alles Mögliche importiert, sogar Steine.

Kuosmanen

Und Gustav begann zu erzählen, wie von jenen Ufern in unendlich langen Schleppkahn-Karawanen Sand für die Fundamente von Häusern und Straßen nach Sankt Petersburg transportiert worden war. Vor allem wurde Stein ausgeführt. Die Ufer des Saimaa bestehen aus zwei Milliarden Jahre altem Gestein, das unter dem Druck von unzähligen Eiszeiten und von den Wassern der Interglazialperioden glatt und rund geschliffen worden ist. In Sankt Petersburg stand dieser rote Granit als Straßenbaumaterial hoch im Kurs. Sogar für die Zierpflasterung vor dem kaiserlichen Palast wurde er verwendet.

In den Hochzeiten der bäuerlichen Handelsschifffahrt auf dem Saimaa, die in den Jahren nach 1870 begonnen hatte, wurden von hier aus Schnittholz, Scheitholz, Heu, Rauchfleisch und Butter verschifft. Sankt Petersburg zog alles an sich. Die in den Sumpf gebauten Fundamente der Stadt verlangten ständig mehr Sand, den man immer dann transportierte, wenn keine andere Exportware anfiel. Die Ausfuhr der Steine war eine Besonderheit der Gegend. Sie basierte auf dem Arbeitseinsatz der Kinder aus den bevölkerungsreichen Dörfern. Von der unersättlichen Nachfrage waren die Leute geradezu berauscht. Es war verständlich, dass Fleisch und Butter Käufer fanden oder auch die in handliche Stücke geschnittenen Bäume des Waldes, aber dass die Russen sogar Steine und Sand kauften! Den Sommer über erlernten Steine sammelnde Jungen die Grundzüge der Geldwirtschaft. Aus den kleinen Kerlen wurden in der Aufschwungzeit der zwanziger Jahre die großen Schleppkahnkaiser und Teerdampferbarone.

Gustav erzählte die Geschichte von zwei kleinen Jungen,

die von dem sagenhaften Sankt Petersburg so unwiderstehlich angezogen worden waren, dass sie sich auf einem Schleppkahn versteckten, um mit der Schiffs-Karawane in jene sagenumwobene Stadt zu gelangen.

Ich wusste, dass Gustav reichlich schriftliche Quellen zur Verfügung standen. Das Material war ihm durch die von ihm gesponserte Atlantis-Stiftung in die Hände gefallen. Sie finanzierte interdisziplinäre Forschungsprojekte und verteilte Stipendien. Wer eines erhielt, verpflichtete sich, das im Zuge der Forschungen zusammengetragene Originalmaterial der Stiftung zu übergeben. Dank seines Einflusses hatte Gustav erreicht, dass die Stiftung in die Reihe der wissenschaftlichen Vereinigungen aufgenommen wurde, für die das Denkmalpflegegesetz galt. Unter dieser Voraussetzung war es ihr gestattet, Nachlässe und Kollektionen aufzubewahren und zu verwalten.

Gustavs umfassendes und verblüffend detailreiches Wissen über die lokale Geschichte entstammte dem besagten Quellenmaterial sowie den durch die Stiftung geförderten Forschungen, die er im Hintergrund lenkte und genau verfolgte. Während er erzählte, erwähnte er, dass seine Kenntnisse im Wesentlichen aus der Sammlung eines sehr wichtigen örtlichen Informanten stammten. Der betreffende, sich in einem reizvollen, volkstümlichen Stil ausdrückende Chronist hatte eine unersetzliche Anekdotenkollektion zusammengetragen, die durch andere, davon unabhängige Quellen, insbesondere durch Briefe und einige amtliche Dokumente, in interessanter Weise ergänzt wurden.

Die Jungen, die es so nach Sankt Petersburg zog, wussten, dass es sich bei den Männern auf dem Kahn, den sie sich ausgesucht hatten, um so genannte «Kirchenbauer» handelte. Das hieß, dass sie beim Beladen des Kahns mit Steinen und Holz eine Hohlstelle für Schmuggelware ließen – die so genannte Kirche eben. Dabei ging es nicht um die Vermeidung von Zollgebühren, denn eine Zollgrenze gab es nicht, wenn man von Finnland nach Russland fuhr. Die Opfer des Schmuggels waren vielmehr die Besitzer der Schleppkähne, die Schiffseignergemeinschaft, die von den großen Häusern gebildet wurde. In deren Dienst standen die Männer, und ihre Absicht bestand darin, Frachtraum für den eigenen Gebrauch zu bekommen, um ihn mit Butter, Fleisch und Fisch zu füllen, die wertvoller waren als die Feldsteine und Birkenscheite darum herum. Diesmal kannten die Männer keine Hemmungen. Den Gerüchten zufolge wollten sie im großen Stil vorgehen und nicht nur eine Kirche unter dem Frachtholz bauen, sondern eine richtige Kathedrale.

Ein solcher Kirchenbau war stets ein gewagtes Unterfangen und erforderte den vollen Einsatz aller Beteiligten. Das Fleisch war in der Regel geräuchert. Manchmal war es Wildgeflügel, das die Männer ohne Viehbesitz heimlich während der Balzzeit geschossen hatten. Auch ein in Salzwasser eingelegter Butterklotz konnte dabei sein, zusammengetragen aus den Butterfässern armer Bauernkaten mit nur einer Kuh.

Die Kirchenbauer, die die beiden Jungen sich ausgesucht hatten, verstanden ihr Handwerk. Fisch hielten sie für nicht geeignet für den Schmuggel, ebenso im Winter erlegtes Wild. Ausschließlich Fleisch aus frischer Schlachtung und Butter wurden mitgenommen. Immerhin musste das Fleisch eine Woche lang haltbar bleiben, im schlimmsten Fall sogar zwei; darum wurde der Hohlraum mit Eisbrocken in Feldsteingröße gekühlt. Zum Unglück der Männer hatte sich zwischen Butter, Rind und Lamm aber auch lebendiges Fleisch geschlichen: zwei Jungen, bereit, im Schutz dicker Schlittendecken ihr märchenhaftes Ziel zu erreichen. Die Profis des Schwarzhandels hatten die Erfahrung gemacht, dass der Eigengeruch der geteerten Schiffe dazu neigte, an der Fracht haften zu bleiben, insbesondere an der aromatischen Butter. Darum hatten sie aus Zaunholz einen Abzugsschacht gebaut, der für die Luftzufuhr in dem geheimen Frachtraum sorgte. Auf diesem Weg waren die Jungen hineingelangt.

Die Kirchenbauer hatten den Hohlraum in den Teil der Fracht gebaut, der aus Granit bestand und zugleich als Ballast diente. Zwischen die frühjahrskalten Steine hatten sie Eisklumpen gelegt und so eine Kälte verströmende Unterlage geschaffen, die den Lebensmitteln bis Sankt Petersburg die notwendige kühle Temperatur sichern sollte. Über dem eisigen Steinparkett war aus Balken und Zaunholz ein einfacher Raum für die Schmuggelfracht gezimmert worden. In diesem kalten, engen Loch drängten sich die beiden Jungen. Ihr einfacher Plan bestand darin, sich vor der Kälte mit Schlittendecken zu schützen, gegen den Hunger Butter von der Fracht zu essen und gegen den Durst am Eis zu lutschen.

Es war Pfingsten und zum ersten Mal in jenem Frühling richtig warm. Die Seeleute saßen auf den Holzstapeln, schwitzten und erzählten sich Geschichten. Aus dem Schornstein des Schleppdampfers vorne kamen blauer Rauch und vereinzelte Funkenschwärme, die den Kapitän jedes Mal zum Fluchen brachten. Die Männer schlossen schon Wetten ab, wann der als jähzornig bekannte Mann dem Steuermann das Ruder überlassen und nach unten gehen würde, um den Maschinisten und seinen Gehilfen zusammenzustauchen.

Die Funken waren nämlich ein Zeichen für Faulheit. Der Heizer füllte den Dampftopf am liebsten bis obenhin mit Scheiten und ließ diese bis zur Glut abbrennen, um erst nach der so gewonnenen Ruhepause erneut Holz nachlegen zu müssen. Warf man aber Scheite auf eine dicke Glühkohlenschicht, entstand ein so dichter Funkenflug, dass er trotz doppelter Gitter nicht mehr zurückzuhalten war. Bei Regenwetter war eine solche Arbeitsvereinfachung durchaus zulässig, vorausgesetzt, der Dampfdruck blieb im Rahmen. Bei Wärme und zundertrockenem Holz kam sie hingegen nicht in Frage.

Wieder schoss ein Funkenschwarm aus dem Schornstein, worauf der Kapitän sich auf den Weg machte. Die lachenden

Seeleute riefen sich gegenseitig die Schimpfwörter und Flüche zu, die der Kapitän im Maschinenraum gleich von sich geben würde. Außerdem litten die Männer unter schmerzhaftem Tabakentzug und konnten sich nun etwas Erleichterung verschaffen. Der Kapitän achtete nämlich genau darauf, dass auf der Holzfracht, wo sich an den Stämmen und Scheiten die trockene Rinde ringelte, nicht geraucht wurde.

Während der langsamen Fahrt hatte der Kapitän genügend Gelegenheit, von seiner Kommandobrücke aus nach vorne wie nach hinten zu schauen. Bemerkte er Rauchkringel auf einem der Schleppkähne hinter sich, war er im Stande, das Boot zu nehmen und die gesamte Flotte entlangzurudern, um nachzusehen, wer durch Rauchen die teure Fracht sowie die gesamte Schleppkahnflotte, die selbige transportierte, in Gefahr brachte. Wen er erwischte, der wurde gnadenlos in Lauritsala abgesetzt, die letzte Lohnzahlung in der Hand. Viel Geld war das nicht, denn für die alleinige Überquerung des Saimaa-Hauptabschnitts erhielt ein Seemann fast nichts.

Es war windstill. Die Sonne brannte, und die vertrauten Inseln des heimischen Sees zogen so langsam vorbei, dass es an die Zeiger von Uhren erinnerte. Die Birkenscheite trockneten in der Wärme, und immer wieder bildeten sich laut knackende Risse im Holz. Die Männer lauschten den Geräuschen der Fracht und rauchten. Über das Brandrisiko zerbrachen sich diese jungen Leute, die nicht mehr besaßen, als was sie auf dem Leibe trugen, nicht den Kopf. Abgegriffene Karten gingen durch die Finger, es wurde über den Umtauschkurs von Pennis und Kopeken gestritten, von denen die Männer, die zwischen den Ladeplätzen von Sankt Petersburg und Saimaa hin- und herfuhren, immer einige in ihren Hosentaschen hatten. Über den Wert des Russengeldes konnte man sich nicht einigen. Also schwieg man und lag in der Sonne. Sie war im Laufe des Morgens immer höher geklettert, hatte die Karawane irgendwo bei den Vitsa-

Inseln überholt und schien jetzt von der höchsten Stelle ihrer Bahn in Fahrtrichtung der Schleppkahnflotte. Es duftete nach Teer, und das Holz knackte in der Pfingstsonne. Und inmitten der für die Herrschaften in Petersburg bestimmten Fracht, tief im Bauch des Kahns, reiste der Männer eigene Ladung.

Der eine oder andere schöpfte mit dem Holzeimer kleine Eisschollen aus dem See, die vereinzelt im Wasser trieben. Den Männern war unerträglich heiß. Ein schwitzender Kerl ging ans Heck, stellte sich aufs Dach der Steuerkabine und kippte sich einen Eimer über den Kopf. Auch andere fischten nach dem Eis, durch das die Karawane gerade glitt. Die faulsten machten sich nicht die Mühe, nach hinten, zu der Kabine, zu gehen, sondern übergossen sich dort, wo sie gerade waren. Die Sonne würde das Holz schon trocknen, das sie nass machten. Bei dieser Hitze heizten nicht mal die Russen ihre Zimmer. Sie fingen an, sich die seltsam geformten Eisstücke genauer anzusehen. Im See sah das Eis trübe und dunkel aus, wenn man es aber aus dem Wasser nahm, war es klar wie Glas. Seltsame, brüchige Formen hatte es gebildet. Die Abergläubischen wendeten die tropfenden Stücke in den Händen hin und her, starrten auf Blasen und Fasern, Zapfen und Kerben, um darin andere Welten und die Schicksale von Menschen und Völkern zu erkennen.

Instinktiv hatten sich die Männer auf der von ihnen errichteten Kirche niedergelassen. Sie saßen wie Wächter auf ihrem Schatz. Der Klimaschornstein, maskiert nur mit einer dünnen Schicht aus Scheiten, zog immer wieder ihre Hände an. Legte man nämlich die Handfläche auf die richtige Stelle, konnte man den kühlen Luftzug spüren.

Als jetzt hämmernder Husten einsetzte, wurde er nicht gehört. Besser gesagt, seine Bedeutung wurde nicht verstanden. Erst als das erste gedämpfte Niesen aus dem Holz drang, erstarrte die gesamte Mannschaft. Es folgte eine haltlose Serie von Nieslauten. Die Männer verstummten. Deutlich waren die Laute zu vernehmen, jedoch aus gespenstischer Ferne, wie aus anderen Welten. Vor Schreck verloren die Seeleute beinahe die Fassung. Diese menschlichen Geräusche aus einer leblosen Fracht klangen entsetzlich. Einer stammelte, er sei als Kind Hirte gewesen, und die Schafe hätten nachts wie Menschen gehustet. Womöglich wären nun die toten Lämmer zum Leben erwacht, um das sündige Schmuggelvorhaben preiszugeben. Hörte man es denn nicht auch blöken? Die Kaltblütigeren befahlen zu schweigen. Hier könne nur eines vorliegen: Ein erkälteter Mensch sitze unter den Holzstapeln wie Jona im Magen des Wals. Mitten auf dem See, unter den Augen des jähzornigen Kapitäns, konnte man nichts tun. Freilich hatte der Steuermann, der das Ruder des Schleppkahns führte, bemerkt, dass unter der Mannschaft etwas Ungewöhnliches vorging. Das beunruhigte sie nicht, denn der Steuermann war trotz seiner Stellung in den Schmuggelplan eingeweiht. Nach Erreichen der Kanalmündung wurde die Schlange der Kähne in den Wartebereich gezogen, wo sie darauf harrten, in die erste Schleuse gelassen zu werden. Dort fuhr als Erster der Schlepper hinein, anschließend wurden der Reihe nach die Kähne durchgeschleust. Bis dahin musste jede Besatzung am Ufer einen Mann angeheuert haben, der mit seinem Pferd den jeweiligen Kahn durch den Kanal zog.

Zwischen Lauritsala und Mustola befanden sich in dichtem Abstand acht Schleusen, in denen die Schiffe auf dreizehn Meter unter die Saimaa-Oberfläche abgesenkt wurden. Hier, wo der Kanal in hohe Felsen gehauen war, wollten die Männer sich Klarheit über das Geheimnis ihrer Fracht verschaffen. Kein Außenstehender würde zusehen und sich wundern, warum die Mannschaft eines Schleppkahns ihren so gut aufgeschichteten Holzstapel mitten auf der Fahrt auseinander nahm. Allerdings konnte sich nicht die ganze Besatzung daran beteiligen, denn in diesem Abschnitt musste der Kahn an Tauen durch Menschenkraft von einer Schleuse zur nächsten gezogen werden.

Ganz ohne Augenzeugen konnten die Männer nicht handeln. Zwei Kanalknechte bedienten nämlich die Schleusenmaschinerie, und die errieten, dass die Männer auf dem Kahn etwas zu verbergen hatten. Als Verantwortlicher des Kahns ging der Steuermann zu ihnen und erkaufte ihr Schweigen. Währenddessen trugen die anderen die Holzstücke von der Kirche ab. Zu den beiden Jungen bestand bereits Sprechverbindung, als es an der Zeit war, den Kahn zur nächsten Schleuse zu ziehen. Die Männer hatten es eilig, darum bestachen sie einen untätig am Ufer lungernden Mann mit Pferd, damit er ihren Kahn zog. So hatten sie selbst die Hände für die Holzarbeit frei.

Auf diesem Abschnitt aber war das Ziehen mit dem Pferd ein riskantes Geschäft, denn der äußerst schmale Leinpfad verlief entlang einer senkrechten Felswand. Allerdings war das Pferd klein, weshalb man glaubte, es würde die gebirgspfadähnliche Strecke bewältigen können. Den Mann hatte man gegen Schnapslohn angeheuert. Auf halbem Weg zur nächsten Schleuse wurde er nervös und fing an, betrunken, wie er war, sein Pferd zu schlagen. Da es eigentlich gar nicht sein Pferd war, schlug er umso unbarmherziger zu. Der Gaul hatte eine demütige Natur und gab sich Mühe, aber der Schlepper kam deswegen nicht schneller voran.

Der Mann schlug weiter, und nun ging das Tier durch. In seiner Kopflosigkeit unterlief ihm ein Fehltritt, und es stürzte in den Kanal. Für das Ziehen der Kähne benutzte man alte Pferde oder solche, die man aus anderen Gründen für schlecht hielt, und auch die Pferdemänner waren entsprechend – junge Kerle oder alte Männer, Knechte, die wegen Trunksucht, körperlicher Gebrechen, schwacher Geistesgaben oder anderer Mängel als untaugliche Arbeiter galten. Die geringe Körpergröße wurde bei Kanalpferden als Vorteil angesehen, zumal das Ziehen der Kähne keine übermäßigen Kräfte erforderte. Wenn man einen

Schleppkahn erst mal in Bewegung gebracht hatte, kam er gewöhnlich voran.

Kleine Pferde waren schon deshalb günstig, weil man sie leichter aus dem Wasser bekam, falls sie hineinfielen. Und das kam vor. Auch dieses Mal war es so, und nicht zum ersten Mal. Das Pferd strampelte im Wasser und hielt sich an der Oberfläche. Der Lenker versuchte, darauf zu achten, dass das Zugseil nicht allzu sehr durcheinander geriet und sich vor allem nicht um die Beine des Tieres schlang. Das nämlich hätte den sicheren Tod bedeutet, und dafür konnte er kein Lob erwarten. Zumal niemand das Fleisch eines ertrunkenen Pferdes essen mochte.

Vom Kahn aus versuchten die Männer, das Pferd mit Hilfe des Zugseils an den Rand des Kanals zu lenken, und dort schickte man sich an, es aus dem Wasser zu hieven, was ein ziemlich schwieriges Unterfangen war. Ein wenig brauchbares Pferd wurde nicht geschont. Einer packte es an der Mähne, einer an losen Hautfalten. Zwei Männer zerrten am Seil. Als das Vieh die Vorderhufe auf den Rand des Zugwegs stellen konnte, wurde überall zugepackt, an den Riemen, an den Acheln, am Zaum. Mit Hauruck bekamen sie das zitternde, mit den Augen rollende Tier schließlich auf den Weg zurück. Man brachte das Seil in Ordnung, überprüfte das Zaumzeug, und dann trieben die fluchenden Männer das Pferd erneut voran. Sobald es die Spannung des Seils spürte, erinnerte sich das Tier an seine Aufgabe und beruhigte sich. Es legte sich ins Geschirr wie an eine sichere Schulter und zog.

Inzwischen hatten sich die Jungen selbst aus ihrem Gefängnis herausgegraben und saßen zitternd wie zwei junge Drosseln auf dem formlosen Holzhaufen. Jetzt hatten es die Männer wirklich eilig. Sie mussten die Holzstücke wieder so kompakt und sauber aufschichten, wie es vom Kapitän für den Schleppvorgang befohlen worden war. Diese Arbeit musste in der Engstelle von Lauritsala geschehen, bevor der Schmuggelkahn wieder aus dem Felsdurchbruch herauskam. Die schlotternden Jungen mit ihren blau gefrorenen Lippen wurden umstandslos gezwungen mitzuhelfen. Jetzt war keine Zeit für Verhöre. Beim Arbeiten wurde ihnen außerdem schneller warm.

Die Scheite liefen in einer von den Männern gebildeten Kette von Hand zu Hand wie Maschinenteile in der Kanonenfabrik Obuchov am Fließband. Zwar hatte keiner von ihnen je dieses Wunder zu Gesicht bekommen, aber ein junger Ingenieur, der seinen Namen vom schwedischen Kiander ins finnische Kiianlinna geändert hatte, hatte im Winter in der Werft von Laitaatsilta davon erzählt. Da die Männer die Arbeit überstürzt verrichteten, dauerte es nicht lange, bis die ersten Scheite ins Wasser fielen. Das Pferd zog jetzt gleichmäßig, wie aus Trotz, obwohl der Kahn in einer Kurve mit der Felswand in Berührung kam und sich langsam zur Seite neigte. Daran war nun aber nicht mehr das Pferd schuld, sondern der Steuermann.

Der Kahn war gefährlich nahe an den Fels herangetrieben, weil der Steuermann auf das Dach seiner Kabine gestiegen war, um die hastig arbeitenden Männer anzubrüllen. Dabei lockerte er den Griff um seine drei Meter lange Ruderpinne. Der ganze Schleppkahn hätte kippen können, hätten ihn die Schleusenknechte nicht mit Bootshaken von der Felswand fern gehalten. Ohne zu zögern schlugen diese Männer ihre Werkzeuge in die Flanke des Kahns und zogen ihn schaukelnd in Fahrtrichtung weiter. Zwei Reihen heller Einschläge entstanden so in der dunklen Flanke, aber schon bald drang Teer aus den durchtränkten Planken und färbte die aufgeschlagenen Fasern nach.

Zunächst hatten die Knechte nur neugierig vom Ufer aus die Fahrt des Kahns verfolgt und die ins Wasser gefallenen Holzscheite herausgefischt. Was in den Kanal geriet, wurde nämlich als legales Eigentum der Kanalarbeiter betrachtet. Zum Glück verfügten die Knechte aufgrund ihrer Gier über lange Bootshaken mit scharfen Spitzen, weshalb es gelang, im letzten Moment zu verhindern, dass der Kahn an der Felswand hängen blieb und kenterte. Bei dieser Operation löste sich eine größere Menge Holzscheite und fiel ins Wasser. Sobald keiner hinschaute, verstärkte einer der Knechte die Holzlawine mit seinem Werkzeug. Die beiden Kanalarbeiter hatten jetzt alle Hände voll zu tun, den unerwarteten Holzsegen aus dem Wasser zu bekommen, bevor der nächste Schleppkahn in die Röhre gezogen wurde.

Es war längst klar, dass die Scheite nicht mehr in der ursprünglichen Anordnung aufgestapelt werden konnten, bevor der Kahn wieder sichtbar wurde. Durch das Unglück war der Steuermann aber auf eine andere Idee gekommen: Brüllend befahl er den Männern, die übrigen Hölzer auf einen unordentlichen Haufen zu werfen, und zwar an dem Rand, von dem sie beim Kippen des Kahns heruntergerasselt waren. Gegenüber dem Kapitän wollte er behaupten, der Schleppkahn habe in der Kurve Felsberührung gehabt, worauf alles ins Rutschen gekommen sei. Es musste so aussehen, als wäre die ganze Fracht stark in Bewegung geraten. Die Schuld würde man dem betrunkenen Pferdemann und seinem unbrauchbaren Gaul in die Schuhe schieben. Das nasse Fell des Tieres würde dessen Sturz in den Kanal belegen und die Rettung des Pferdes mit vereinten Kräften als Erklärung für die Felsberührung ausreichen. Der betrunkene Zustand des Gaultreibers musste nicht eigens unter Beweis gestellt werden. Den sah man auch von der Brücke des Schleppers aus, was schließlich kein Wunder war, denn sie hatten dem Mann den Schnaps nur so eingeflößt.

Die Sorge des Steuermanns erwies sich jedoch als unbegründet. Der Kapitän des Schleppdampfers war nirgendwo zu sehen, als die Schleppkahnreihe im Seeabschnitt Nuijamaanjärvi wieder zusammengesetzt wurde. Der Alte hatte beim Einlösen der Kanalmarken im Kontor einen Kollegen getroffen, der dort gerade eine gelungene Schmuggelfahrt feierte. Er war mit seinem

Schleppdampfer aus Sankt Petersburg gekommen und hatte unter der im Frachtbuch verzeichneten Ladung schwarz Weine und Cognac sowie aus dem Osten importierte Seidenstoffe, Trockenfrüchte und säckeweise Kaffeebohnen transportiert. Alles auf Rechnung des Schiffers, der im privaten Nebenerwerb die Herrschaften entlang der Schiffsroute versorgte.

Die Seide ging nach Savonlinna, zu einer Apothekersgattin, ein Teil der Weine und die Rosinen an einen Buchhändler. Wenn der Schleppdampfer die Engstelle Kyrönsalmi hinauftuckerte, erschien neben ihm wie üblich ein anderer Schlepper, auf den dann die für die Herrschaften in Savonlinna sowie für die Güter Inkilä und Partaharju bestimmte Schmuggelware umgeladen wurde. Der Cognac, der Kaffee und der größte Teil der Weine sollte im Taipale-Kanal an den Verwalter der Fabrik in Varkaus gehen, welcher die Beute dann zu seinem Herrn weiterbeförderte. Im Auftrag des als eigentlicher Reeder fungierenden Kommerzienrates Könölin transportierte dieser vertrauenswürdige Kapitän als offizielle Fracht dreihundert Fässer Salz, die in Wahrheit jedoch Weizenmehl enthielten. Für dieses Risiko waren dem Kapitän als Entschädigung eine Anzahl Schiffsanteile in Aussicht gestellt worden. Der Schleppkapitän hatte unterwegs von seiner eigenen Fracht gekostet und zeigte nun triumphierend den gefälschten Meldeschein vor, demzufolge die Mehlfässer für alle Zeiten als Salz in die Transportstatistiken eingingen.

Der letzte Abschnitt der Heimreise war erreicht, und nachdem der Kapitän das Kontor passiert hatte, ließ die Nervenanspannung nach. Auch sein Kollege, der sich auf dem Hinweg nach Sankt Petersburg befand, beschloss, den Kanalabschnitt leicht zu nehmen. Er hatte ja einen tüchtigen Steuermann auf seinem Schlepper, der würde die Kähne schon durch die Röhre bis in den Finnischen Meerbusen ziehen. Somit blieben dem Kapitän zwei, drei Tage Zeit, sich zu entspannen, bevor der gefährliche Meeresabschnitt kam. Er begab sich auf das Schiff seines Freundes, um mit diesem Geschichten auszutauschen, und schickte durch den Lotsen des Kanals die Nachricht an den Steuermann, er würde den Konvoi per Pferd einholen, bevor dieser Viipuri erreichte.

Somit hatten die Männer auf dem Kahn während der folgenden ruhigen Seeabschnitte und in den Schleusen genügend Zeit, ihre Fracht wieder zu ordnen. Nach dem Seeabschnitt Rättijärvi sah alles wieder aus wie zuvor, auch der Verlust der Holzscheite war so getarnt, dass man ihn nicht sehen konnte. Falls die Holzhändler in Sankt Petersburg so kleinlich wären, sich über die fehlenden Scheite zu beschweren, würden die Männer vom Kahn bei ihrem vereinbarten Standpunkt bleiben: Der Fehler lag in den Berechnungen der für das Messen zuständigen Männer am Verladeort. Inzwischen waren auch die beiden blinden Passagiere verhört worden, und nachdem man allgemein geflucht und geschimpft hatte, wurde über ihre Geschichte bereits gelacht.

Im Grunde hatten die Männer angefangen, die Jungen gern zu haben, vor allem der eine von ihnen gefiel ihnen, ein behänder, flinker Maulheld, der als vaterlose Halbwaise die Nähe der Männer suchte wie eine Katze. Der andere war der klassische Typ des kleinen Jungen, bis zur Mürrischkeit schweigsam, aber, wie sich gezeigt hatte, zum tüchtigen Arbeiten fähig, immer bereit, alles zu tun, was man ihm befahl. Außerdem hatte er sich als überraschend stark erwiesen. Zwei schwächere Kahnknechte hatten bei sich bereits ausgerechnet, dass sie sich besser nicht auf Kraftproben mit dem Kerl einließen. Beim Ziehen des Schleppkahns in den Abschnitten zwischen den Schleusen drückte er das Kinn auf die Brust wie ein Pferd, hielt den Rücken gerade und zog mit der Kraft seiner Beine. Über Schulter und Schlüsselbein verlief ein vom Zugseil rot gescheuerter Striemen.

Dank dieses engagierten Arbeitseinsatzes war von dem ursprünglichen Plan abgesehen worden, die Jungen auf einem in die Gegenrichtung fahrenden Schiff nach Hause zu schicken. Nach einigem Hin und Her kam man schließlich überein, dass die blinden Passagiere nach Sankt Petersburg und wieder zurück mitfahren durften, solange sie wie die anderen arbeiteten und sich vor den Augen des Kapitäns versteckt hielten. Natürlich mussten die beiden irgendjemandes Kinder sein, aber die unverheirateten Männer verschwendeten nicht allzu viele Gedanken an die Ängste einer Mutter, die um ihre Söhne bangte. Außerdem hatte der Steuermann in aller Stille bereits die Nachricht nach Hause geschickt, dass die Jungen auf dem Kahn in Sicherheit wären und rechtzeitig heimgeschickt würden, damit sie ihre gerechte Strafe, die zur Wiederherstellung von Zucht und Ordnung für sinnvoll erachtet wurden, bekämen.

Schleppen und Schleusen folgten im Wechsel aufeinander. Auf den Seeabschnitten konnten sich die Männer nicht ausruhen, sondern mussten die Last vorwärts bewegen und dabei entsetzlich schuften, denn das schwerfällige Fahrzeug musste mit menschlicher Kraft am Seil durch die schmalen Rinnen gezogen, in den Wartezonen an die Kais geholt und von dort in die Schleusen gelotst werden. Die Beine zitterten, Schultern und Hände wurden wund gescheuert. Der schwer zu lenkende Schiffsrumpf mit dem flachen Boden war jetzt ein sperriger Gegenstand, der sich zuerst nicht aus der Schleusenkammer bewegen ließ und sich dann, wenn er endlich in Bewegung kam, stur seine Richtung suchte und nicht mehr aufzuhalten war.

In der Schleuse von Pälli erwachten die von der Anstrengung erschlafften Männer aus ihrem Schlaf durch eine leichte Grundberührung des Kahns. Im Winter hatte der Frost in der Schleusenkammer einen Stein durch den Grund gedrückt. Man wusste um dessen Existenz, und ein schwer beladener Kahn, der um zwei Linien zu tief schwamm, hätte ein wenig seitlich der Mittelachse der Kammer rangiert werden müssen, aber die müden Männer waren nicht mehr fähig, sich an alle Erfordernisse der Kanalfahrt zu erinnern. Die Grundberührung weckte sie allerdings auf, denn das Schlimmste, was bei einem Schmuggel passieren konnte, war, dass der Kahn stecken blieb. Dann musste nämlich entladen werden, und die geheime Kirche wurde unweigerlich entdeckt.

Schließlich erreichten sie aber doch Juustila, und nach der Schleuse wurde der Konvoi für den letzten Kanalabschnitt zusammengekoppelt, nach dem es durch den Seeabschnitt Juustilanjärvi in den Finnischen Meerbusen ging. Die Männer legten sich auf die Holzstapel, aber die Jungen sprangen an Land, mit der Absicht, zu Fuß nach Viipuri zu gehen. Der lebhaftere der beiden hatte begierig die wechselnden Aussichten am Kanalufer bestaunt, die fruchtbaren Ländereien, die unter der Aufsicht des Kanalgärtners gepflegten Parks. Außerdem sah man zahlreiche moderne Jugendstilvillen von Adligen und anderen reichen Leuten aus Sankt Petersburg und Viipuri, Häuser, die mit ihren Türmen und Erkern in den Augen von armen Hüttenbewohnern geradezu fantastisch wirkten. Es war schwer einzuschätzen, ob die Jungen jemals wieder auf den Kahn zurückfänden, aber man hinderte sie nicht, und so rannten die beiden die staubige Landstraße entlang, die von der Schleuse geradewegs in die Stadt führte.

An der Burgbrücke warteten sie jedoch und sprangen wieder an Bord, als der vertraute Kahn als Letzter in der Reihe durch den Sund glitt. Jetzt war auch in den stilleren der Jungen Leben gekommen. Er war ganz außer sich von den Steinhäusern, die er gesehen hatte, von den Straßen und den Brücken. Häuser mit unwahrscheinlich hohen, dicken Wänden waren aus riesigen Blöcken auf die Sockel gemauert worden. Wagen fuhren über gepflasterte Straßen, die Fußgänger schritten auf Podesten dahin, deren Ränder mit gleichmäßig gehauenen Granitsteinen eingefasst waren.

Die Seeleute rauchten und lachten, wie der Junge mit wehenden Haaren und erhobenen Fäusten zeigte, aus welchen Steinen die Straßen gepflastert waren. Erst jetzt hatte er begriffen, wofür all die Steine jeden Sommer gesammelt wurden. Die Männer erzählten, dies sei bloß Viipuri. Damit habe der Junge noch gar nichts gesehen. In Sankt Petersburg seien die Straßen so breit, wie sie in Viipuri lang seien. Jetzt hatten sie salziges Wasser unter sich, nun ging es weiter nach Sankt Petersburg. Allerdings kam Wind auf, und der vorsichtige Kapitän machte im Lotsendorf Uuras Halt, um zu beobachten, wie sich das Wetter entwickelte.

Gustav saß am Rand des Felsens und blickte auf die Rauchsäulen, die hinter dem See aufstiegen und sich mit den Kumuluswolken zu weißen geblähten Türmen verbanden. Über dem See bildeten sich keine Wolken, aber über den Wäldern sorgte die Mittagssonne für Aufwind, der von hohen Wolken begleitet wurde. Es herrschte großartiges Segelflugwetter. Ich wartete darauf, dass Gustav in seiner Erzählung fortfuhr, aber er wollte von mir wissen, welcher Wind aus der Sicht eines Kapitäns der schwierigste sei. Da ich die Frage nicht verstand, fragte Gustav, ob ich nicht zugehört habe. Ich entgegnete, ich hätte es vielmehr mit äußerstem Interesse getan.

«Dann bist du auch in der Lage, meine Frage zu beantworten.»

«Welches ist der schwierigste Wind?»

«Genau.»

«Das verstehe ich nicht.»

Gustav fragte sich, was da so schwer zu verstehen sei. Der Kapitän lenke schwerfällige Kähne, und die Kraft der Dampfmaschine im Schlepper sei begrenzt. Wir befänden uns in Uuras, in der Mündung zur Bucht von Viipuri, und müssten nach Sankt Petersburg. Was sei da für uns die schwierigste Windrichtung?

Südwest, antwortete ich aufs Geratewohl. Gustav schwieg einen Moment und war dann derselben Ansicht. Die südwestliche Richtung erzeuge vor Koivisto und besonders danach einen gefährlichen offenen Wind. Bei Seitenwind sei es unmöglich, die Schiffskolonne ohne Hilfsschlepper zu steuern. Außerdem sei Südwestwind die am häufigsten auftretende Windrichtung in Fennoskandien. Der Südwestwind könne lange anhalten, aber bei einem Wetterwechsel könne er auch abrupt abbrechen.

Der Kapitän sähe sich nun einer klassischen Entscheidung aus dem Wirtschaftsleben gegenüber: Er könne sich per Zeitbefrachtungsvertrag einen Hilfsschlepper kommen lassen und so das problemlose Weiterkommen auf dem letzten Abschnitt sichern. Allerdings würde dies einen großen Teil seines Gewinns aufzehren. Die andere Möglichkeit bestünde darin, gemäß dem forschen Pioniergeist der Bauernschifffahrt, das Risiko einzugehen, eine Flaute abzuwarten und die Kolonne ohne zusätzliche Kosten weiterzuziehen.

Ich fragte Gustav, ob er beabsichtige, in seiner Erzählung fortzufahren, aber er erklärte, es gehöre zum Charakter der Geschichte, dass sie an dieser Stelle unterbrochen würde. Die Unterbrechung sei eines der signifikantesten Mittel des Erzählens, was ich wissen müsse, falls ich mich schon einmal der Mühe unterzogen hätte, eine Fernsehserie zu verfolgen, oder falls ich jemals Gutenachtgeschichten gehört hätte. Wir lassen die handelnden Personen in Uuras zurück, wo sich neue Probleme vor ihnen auftürmen, verkündete er. Dies sei ein Grundelement der Dramaturgie. Er wollte noch wissen, ob mich der Abbruch der Geschichte verdrießen würde. Als ich bejahte, sagte er, das sei auch die Absicht. Neugier und Verdruss hielten das Interesse wach und fesselten den Zuhörer sofort und ohne kritische Skepsis wieder an die Geschichte, sobald sie irgendwann fortgesetzt würde.

Ferner forderte er mich auf, nicht zu vergessen, dass die

Schmuggler, den Anforderungen des Dramas zufolge, frisches Fleisch an Bord hatten. Das würde verderben und anfangen unangenehm zu riechen, wenn die Reise aufgrund der Vorsicht des Kapitäns nicht weiterginge. Ich könne mir nun Gedanken darüber machen, welche Maßnahmen die Schmuggler ergreifen würden, damit es weiterging. Der Poetik des Aristoteles getreu müsse unweigerlich eine Reihe von Unglücken folgen, die schließlich in einem tragischen Schluss endete.

Ich bin in meine Heimat zurückgegangen, um bei diesen Millionären in Lohn und Brot zu gehen. Ich wollte viel Geld verdienen und reich werden, aber schon nach kurzer Zeit ist mir eine andere Idee gekommen: Was ihr mit uns gemacht habt, das mach ich auch mit euch. Scheiß auf die Reichtümer. Ich hab das Wasser laufen lassen. Ich hab die Flächen ausgemessen und die Wege berechnet, auf denen das Wasser fließen würde. Dann hab ich ein Bett graben lassen und den Ablauf ausprobiert. Es war gerade ein großer Kahlschlag im Gange, überall lagen kreuz und quer Stämme im Gelände. Ich hab mir gedacht, wenn ich die alle auf die Reise schicke, dann ist der Teufel los.

Ich hab zugesehen, dass ich beim Straßenbauamt unterkomme, oder vielmehr, die haben das eingefädelt. Und dort haben mich die neuen Geschäftsmänner dann rausgeangelt, weil mir große Abschnitte Land gehört haben. Das heißt nicht mir, sondern der Erbengemeinschaft, aber ich hab auf dem Grund gemacht, was ich wollte. Von den Nachbarn, von den Leuten im Dorf hatte ich alles an Land gekauft, was sie hergaben. Und wie die verkauft haben! Scheiße, Mann … Die eigenen Leute hab ich betrogen, die Einzigen, die ich je gehabt habe. Und dann der Plan mit den Hotels auf den ganzen Grundstücken … Sakrament!

Mäkelä

Als wir die Villa erreicht hatten, wollte Kaarela sofort alle Pläne, Dossiers und anderen Dokumente sehen, von denen ich drei Aktentaschen voll bei mir hatte. Die erste Mappe enthielt nicht besonders viele Blätter, aber eine altmodische weiße Theaterperücke, aus Rosshaar gemacht, vorne nach oben gekämmt und hinten mit einem schwarzen Band zusammengehalten. So wie sie Richter in englischen Fernsehserien aufhaben. Aus der Perücke rieselte weißes Mehl. Es hatte schon die ganze Aktenmappe und die wenigen Papiere darin bestäubt.

Kaarela sagte, diese Perücke gehöre nicht zur Dienstkleidung eines englischen Richters, sondern sei im Rokoko ein Kopfschmuck der Hautevolee gewesen. Wie war so etwas in Kuosmanens Tasche geraten? Und woher kannte Kaarela sich so gut mit Perückenmodellen aus? Er behauptete, sein Kunststudium habe auch Kleidungs- und Stilgeschichte eingeschlossen. Ich konnte mir allerdings nicht vorstellen, dass er sich noch von der Kunstakademie her an Perückenstile erinnerte. Es gab nur eins, was ihm damals wirklich in den Kopf gegangen war: billiger Rotwein. Das behauptete ich jedenfalls, denn jedes Mal, wenn ich Kaarela traf, waren seine Mundwinkel und seine Zunge blau wie bei einem Lagerbuchhalter aus alten Zeiten, der an seinem Kopierstift lutscht. Er wiederum behauptete, die Perücke gehöre zu den Rollenspielen von Saarilahti und Kuosmanen.

«Rollenspiele?»

«Saarilahti tut so, als wäre er der König von Schweden und Kuosmanen sein engster Vertrauter.»

«Also, wie jetzt?»

«Saarilahti spielt Gustav III., und Kuosmanen spielt Mauritz Armfelt.»

«Gustav III.! Spinnt der?»

«Ich weiß nicht. Er kann auch ein Genie sein.»

Ich dachte an die merkwürdigen Gespräche zwischen Saarilahti und Kuosmanen zurück und begann allmählich zu verstehen, dass Kaarela tatsächlich die Wahrheit sagte. Die beiden Männer waren mir von Anfang an ein bisschen seltsam vorgekommen, aber für richtige Irre hatte ich sie nicht gehalten. Kann ein Irrer so etwas auf die Beine stellen, was Saarilahti fertig gebracht hat, fragte Kaarela und erinnerte daran, dass der Mann aus dem Nichts ein Vermögen von Hunderten Millionen gemacht habe. Und obwohl er sich bereits aus seiner IT-Firma zurückgezogen habe, wüchse sein Vermögen ständig weiter. Schon jetzt besäße Saarilahti so viel Geld, dass er machen könne, was er wolle. Geld, behauptete Kaarela, sei ein physikalischer Körper wie jeder andere. Er folge dem Gesetz der Schwerkraft und zöge kleinere Körper an. Ein ausreichend großer Haufen Geld sauge das um ihn herum schwebende lose Geld auf, wodurch seine Masse unweigerlich weiterwüchse. Und was die Vermögensmasse nicht direkt aufsauge, das zwänge sie doch immerhin, sie auf einer Umlaufbahn zu umkreisen.

Glaubte Kaarela tatsächlich, dass Saarilahti sein Vermögen wachsen lassen konnte, indem er einen schwachsinnigen Themenpark gründete? Um die Kosten zu decken, brauchte er einen Besuchergrundstock von zigtausend Menschen. Doch der Park würde mitten im unbewohnten Inselgebiet des Saimaa-Seensystems liegen, also im größten zusammenhängenden Wildnisgebiet Südfinnlands. Für mich war das die sicherste Art, sein Vermögen zu vernichten. Kaarela forderte mich auf, mich mit den Plänen vertraut zu machen, bevor ich mich zu voreiligen Schlussfolgerungen verleiten ließe. Ob ich denn nicht verstünde, dass hier und nur hier Platz für ein so großes Projekt sei, fragte er mich.

«Hier und nur hier?»

«Genau. In ganz Europa.»

«Wo soll man für so ein Disneyland das Publikum hernehmen?»

«Keine zweihundert Kilometer von hier leben fünf Millionen Menschen.»

«In Sankt Petersburg? Wie soll man von dort die Leute hierher bekommen?»

«Mit dem Zug, mit dem Auto, mit dem Schiff. Sieh dir die Pläne an!»

«Papperlapapp.»

«Vergiss nicht, dass der Mann die meistverkauften Computerspiele der Welt produziert hat.»

«Aber das hier ist wahr!»

«Na eben. Jetzt will er etwas Wirkliches machen.»

«Hör jetzt auf zu trinken.»

«Und das wird nicht bloß ein Themenpark. Saarilahti sammelt Geschichten.»

«Was will er mit denen anfangen?»

«Theaterstücke. Eine Fernsehserie. Ich weiß nicht.»

«Fernsehen?»

«Hat er mir einmal erklärt. Um den Themenpark herum wird ein ganzes Legendarium geschaffen.»

«Was?»

«Das ist das Wort, das er gebraucht hat. Und sämtliche Medien und Ausdrucksformen werden integriert: Fernsehen und Printmedien, Drama, Dokumentation und Reportage. Was der Mann hier macht, ist ein Gesamtkunstwerk, kapierst du?»

«Nein.»

Kaarela hatte zwei Wochenenden mit Saarilahti in der Villa verbracht und war offenbar in seinen Bann geraten. An einem

Abend hatte Saarilahti Geschichten erzählt, lokale Histörchen. Aus denen sollten Theaterstücke und Fernsehsendungen werden. Sie wären auf ihre Art Bestandteil des Themenparks und würden ihn zu einem Massenprodukt machen. Kaarela behauptete, Saarilahti habe vor, den Finnischen Rundfunk dazu zu bringen, in den Radio- und Fernsehkanälen Programmplätze für eine Produktion freizumachen, die die zentralen Themen des Themenparks behandeln würde, also die Sozialgeschichte nach dem Krieg und den Aufbau des modernen Finnland.

In einer großen Schublade fanden sich Karten, Luftaufnahmen und Zeichnungen. Darauf sollte zu erkennen sein, wie man genügend Leute hierher bekam. Von der Tiefrinne des Saimaa aus sollte eine vier Komma acht Meter tiefe Verbindungsrinne gezogen werden, außerdem sollte ein Passagierhafen entstehen. Der Karte zufolge sollte dieser am Ufer des Dorfladens gebaut werden, wo das Wasser weniger als einen Meter tief war und es nicht einmal mehr die Überreste einer Anlegestelle gab. Kaarela sprach vom Finnischen Bahnhof in Sankt Petersburg, vom Zufuhrpotenzial der Eisenbahnstrecken und des Saimaa-Kanals.

Für den Straßenverkehr sollte eine neue Route geschaffen werden. Kaarela zog mit dem Finger eine Linie, die von der Fernstraße 13 ausging und von Savitaipale über den gesamten Saimaa bis nach Syyspohja und von dort weiter in Richtung Hiitola oder Elisenvaara auf der russischen Seite führte. Wohin genau, wusste ich nicht, weil die Karte jenseits der russischen Grenze einfach nur weiß war. Meiner Erinnerung nach konnte die Fähre zwei Busse oder acht PKW mitnehmen. Bei dem Tempo würde es drei Wochen dauern, die Besuchermenge, die der Themenpark an einem Tag brauchte, auf die Insel zu bringen. Kaarela sagte, ich dürfe die Kapazität der Fahrrinne für die Schiffe und des Passagierhafens nicht vergessen.

«Ohne Straßenanschluss funktioniert das nicht.»

«Es gibt ja auch eine Straße.»

«Ja, ja, aber dazwischen ist die Fähre.»

«Da kommt eine Brücke hin. Und die Straßenklassifizierung ändert sich. Sieh selbst. Zweitausend Autos pro Stunde.»

«Aber von hier aus geht es doch nicht weiter.»

«Auf die andere Seite kommt ebenfalls eine Brücke hin.»

«Moment! Da liegen zwei Kilometer offener See!»

«Sieh dir das Bild an: die Wälle, die Spannweiten, die Brückenpfeiler …»

«Die führt doch nirgendwo hin.»

«Doch!»

«Nach Russland?»

«Genau.»

«Eine neue internationale Fernstraße über den Saimaa hinweg?»

«Kiefern aus Karelien für die Papierfabriken in Südfinnland, speziell in Kymenlaakso und der südlichen Saimaa-Region.»

«Du gehörst in die Klapsmühle.»

Ich weiß nicht, was für Zeug Kaarela von Saarilahti eingeflößt bekommen hatte, aber er schien ernsthaft an die Pläne des reichen Mannes zu glauben. Als ich in den Nebenraum ging, folgte er mir und fragte, ob das etwa eine schlechtere wirtschaftliche Operation sei als das viel beneidete Welteroberungsprojekt der finnischen Volksbank vor zehn Jahren oder das Umts-Geschäft des Telefonanbieters Sonera, gegen das es keine einzige Gegenstimme im finnischen Parlament gegeben hatte. Beides seien gigantische Bauchlandungen gewesen. Inwiefern stünde demgegenüber Saarilahtis sorgfältig vorbereitetes Projekt auf schwächeren Fundamenten? Ich fing gar nicht erst an, den Idiotiegrad verschiedener Businessideen und das Ausmaß von Klugheit bei Volksvertretern zu vergleichen.

Kuosmanen

Gustav stand auf und ging auf dem flachen Fels in einem kleinen Kreis umher. Noch immer sprach er nicht, aber ich hielt vorsorglich Stift und Papier bereit. Gustav ging im Kreis, wechselte die Richtung und lachte bisweilen in sich hinein. Er bückte sich, um einen kantigen Stein von der Größe eines menschlichen Kopfes aufzuheben, einen Stein, der sich womöglich bereits in grauer Vorzeit von seinem Mutterstein gelöst hatte, als der ganze Fels durch die Launen des Inlandeises an seinen jetzigen Platz befördert worden war. Gustav warf den Stein auf den Hang des Landrückens. Er sprang hoch und rollte den ganzen Hang hinunter, denn es gab nichts, was den in Bewegung geratenen Körper hätte aufhalten können. Unten, am Fuß des Moränenrückens, würde sich der Stein nun bis zur nächsten Eiszeit in eine Schicht aus Moos hüllen dürfen.

Gustav und ich hatten uns so viel über die Herausbildung dieser Landschaft und über die geologische Vergangenheit überhaupt unterhalten, dass ich wusste, er würde erraten, welche Gedanken das Fallen des Steins in mir weckte. Tatsächlich fragte er mich auch, warum er meiner Meinung nach den Stein geworfen habe. Ich vermutete, er habe den freien Willen des Menschen und seine Fähigkeit, die auf der Welt herrschenden Verhältnisse zu verändern, demonstrieren wollen. Gustav fing an zu lachen.

«Ich habe ihn zum Spaß geworfen.»

«Zum Spaß?»

«Nur zum Spaß. Es kam mir einfach in den Sinn.»

Gustav sprach nun über die Bedeutung der Freude am Spiel. Seiner Meinung nach befand sich ein Mensch, der zum Spaß und aus der Eingebung heraus handelte, immer im taktischen Vorteil. Seine Handlungen waren per se kreativ und überdies nicht absehbar. Ich fragte ihn, ob er zwischenmenschliche Beziehungen meine. Gustav sagte, er spreche über Krieg und Handel und erinnerte an das, was Gustav III. einst gesagt hatte: «Das Leben ist eine Oper!»

In der Geschichte Finnlands, behauptete Gustav, hätten sich die vernünftigen und sachlichen Männer wie Ryti, Tanner oder Mauno Koivisto immer im Unrecht befunden. Irgendwann sei die unbändige Geschichte über ihre Buchhalterwelt hinweggeschwappt. Tanner habe gewusst, es würde keinen Winterkrieg geben, und darum befohlen, das in der Angst vor Bombenangriffen an den Fenstern befestigte Klebpapier zu entfernen. Wenige Tage später sei sich Tanner noch immer seiner Sache sicher gewesen, obwohl bereits Bomben auf Helsinki fielen.

In der Geschichte Finnlands hätten immer die Übergeschnappten und die Schaumschläger Recht gehabt. Für sie sei der Ausbruch des Winterkriegs keine Überraschung gewesen. Sie hätten schon zwanzig Jahre zuvor gewusst, dass er kommen würde. Ebenso hätten die größten außenpolitischen Gespenster, Käuze und Knallköpfe die Befreiung des Baltikums und den Zusammenbruch der Sowjetunion schon jahrzehntelang vorausgesehen, während der finnische Präsident auch dann noch nichts gewusst habe, nachdem alles bereits geschehen war.

Das Fehlen der Verspieltheit veranlasse allzu kluge Menschen zu glauben, die Geschichte sei ein Resultat der Vernunft. Dabei sei ganz Finnland doch bloß ein Zufall, rief Gustav aus. Vielmehr – kein Zufall, sondern das Ergebnis von Plan und Wille, aber welchen Willens? Des Willens von Irren und Übergeschnappten! Was sonst könne man denn von der ganzen Ideologie der Fennomanie sagen? Es sei, was der Name schon sage, eben eine Manie! Der Finnland-Wahn. Die Fennomanen schwebten und fantasierten ohne Fixpunkte in höheren Sphären, und darum waren sie nicht zu fassen. Insofern hätten die Fennomanen und ihre Erben über Umwege immer Erfolg.

Junge Männer hätten einfach so ihren Namen und ihre Sprache gewechselt und seien ohne jede Vernunft Anfang des 20. Jahrhunderts ins feindliche Deutschland gegangen, um sich dort einer militärischen Ausbildung zu unterziehen. Nachdem sie 1917/18 nach Hause zurückgekehrt seien und die Revolution niedergeschlagen hätten, hätten die Militärs bald ihren eigenen Aufstand gemacht. Und der Putsch sei immerhin das größte Verbrechen, dessen sich ein Soldat schuldig machen könne. Bei dem Aufstand seien die höchsten Vorgesetzten beseitigt worden, und darum habe Finnland zwanzig Jahre später überlebt, denn das Land habe über den jüngsten Generalstab des Zweiten Weltkriegs verfügt.

Die Nachfolger der Fennomanen hätten bei all ihrer Unverständigkeit immer alles richtig und zur rechten Zeit getan. Als sie in den sechziger Jahren völlig durchgedreht seien und den Linksradikalismus erfunden hätten, sei dabei für die nächsten vierzig Jahre eine gute und ordentliche Beamtenschicht herausgekommen. Vierzig Jahre zuvor habe die rechtsradikale Studentenbewegung ein opferbereites Reserveoffizierkorps hervorgebracht, das bald ebenso notwendig gebraucht worden sei wie später die Beamten in der Aufbauzeit des Wohlfahrtsstaates. Zu jeder Zeit hätten die fennomanischen Spinner eine situationsgemäße Disziplin des Finnland-Wahns entwickelt. Die Erfolgsgeschichte Finnlands sei eine einzige Apotheose der Gedankenlosigkeit und ein Tanz auf dem Grab ernsthafter Bestrebungen. Für Gustav war dieser Sachverhalt in weit größerem Sinne von Bedeutung. Wer alles ernst nehme und jegliches Spiel verweigere, negiere den Sinn des Lebens. All das, was man mit allem Ernst anstrebe, trüge schlicht und einfach den Namen Spiel. Schon immer seien Genuss und Anmut das Ziel von Arbeit und Kampf gewesen. Es gehe hier um das Verhältnis von

Werten und Mitteln. Letztgenannte seien die Mittel, mit denen die erstgenannten Werte zu erlangen seien. Aber das Spielerische sei nicht allein ein Wert, sondern auch selbst das Mittel, mit dem man es am besten erreiche.

Lächelnd und mit erhobenen Händen ging Gustav auf dem Stein im Kreis. Ich hatte längst begonnen, Notizen zu machen. Er senkte die Arme, als würde er einem Unverständigen etwas an sich Selbstverständliches erläutern. Die Bereitschaft zum Spiel sei in Politik, Krieg und Wirtschaft die effektivste Methode. Gustav fragte, ob nicht sein eigener Erfolg gerade ein Beweis dafür sei, welche Gewinne man erzielen könne, wenn man die Ernsthaftigkeit aufgab. Das Spielerische als Methode sei umso effektiver, je mehr die Inhalte der Geschäftstätigkeit sich vom Materiellen ins Immaterielle verwandelten.

«Was produzieren wir für diese Welt?»

«Wir?»

«Du und ich. Zum Beispiel du. Was machst du?»

«Werbung.»

«Und ich? Und wir zusammen?»

«Spiele, Programme …»

«Bei denen es sich um was handelt?»

«Um virtuelle Inhalte.»

«Gut. Und dieses Projekt hier?»

«Der Themenpark?»

«Genau. Ist der ein virtueller Inhalt?»

«Er ist … ein Eindruck … er bedeutet … Erlebnisse.»

«Richtig. Auch die Werbung besteht übrigens aus Eindrücken, und die virtuellen Inhalte bedeuten Erlebnisse.»

Gustav überlegte eine Weile. Die Materialität der materiellen Güter sei zweitrangig. Seien Essen und Trinken materielle Dinge? Als ich bejahte, erinnerte er mich daran, dass man mit ihnen Sattheit und Trunkenheit anstrebe, also immaterielle Phänomene. Die Materialität der Güter sei eine scheinbare. Ein

Snowboard oder ein Motorrad bestünden aus Metall, Kunststoff oder Kohlefaser, aber man trachte mit ihnen nach Geschwindigkeit und Zentrifugalkraft, die keine Materie seien.

Letztendlich bestünde der Nutzen sämtlicher Güter in Emotion und Erlebnis. Alfa Romeo und Ferrari schienen Sportwagen herzustellen. Diese aber seien lediglich Mittel zum Zweck. Das Endprodukt bestehe aus Beschleunigung, Verlangsamung und Pferdestärken. Oder noch genauer gesagt, aus den Erlebnissen, die durch diese Kräfte erzeugt würden. Die Werbebotschaft nenne das Fahrgenuss.

«Ich verstehe. Warum kürzen wir also nicht ab und gehen direkt ins Erlebnis hinein?»

«Exakt. Aber was ist der Ausgangspunkt von Erlebnis und Eindruck, was ihre Triebkraft und übliche Daseinsform?»

«Das kann ich nicht sagen.»

«Es ist so alt wie die Menschheit.»

«Der Krieg? Die Politik?»

«Was ist Krieg denn eigentlich?»

«Kampf.»

«Er ist eine Geschichte. Auch die Politik ist eine Geschichte, genau wie die Werbung oder jede andere Botschaft. Das Rollenspiel zwischen uns beiden, Maurice, auch das ist eine Geschichte.»

«Aber was hat das mit dem Projekt hier zu tun?»

«Meine Güte, wie lautet das Thema des Parks?»

«Finnland.»

«Wir erzählen also die Geschichte von Finnland. Der Themenpark besteht aus unzähligen, unterschiedlich vorgetragenen Geschichten. Aus allen zusammen entsteht eine große Geschichte, und die ist unser Produkt.»

Gustav stand am Rand des Felsens und blickte hinab. Er sagte, wenn die Finnen glaubten, sie seien ins Leere getreten und hätten ihr echtes, früheres Finnland verloren, dann gäben wir es ihnen zurück. Aber nicht in Form von Hunger, Kälte und Angst, nicht als Folge chaotischer privater Erfahrungen, sondern als fassbare Erzählung, als eine Sammlung von gegliederten Erlebnissen. Es sei bereits abzusehen, dass man den Russen irgendwann die Sowjetunion auf ähnliche Weise verkaufen würde. Das Gleiche gelte für das ehemalige Frankreich oder Großbritannien, wo bereits Zeitreisen in die viktorianische Epoche oder in den Ersten Weltkrieg veranstaltet würden. Amerika für die Amerikaner! Es handle sich hier um ein Format, das an alle Kulturen verkauft werden könne. Den Deutschen verkaufe man längst die ehemalige DDR nach diesem Muster. Hier hätten wir endlich den Inhalt für die neue Technologie, das größte Geschäft in der Geschichte des Planeten.

Die großen Romanschriftsteller, Filmemacher und Dramatiker hätten das schon früher gemacht, aber in bescheidenerem Maßstab und mit beschränkten Mitteln. Wir würden mit ganz Finnland das tun, was Väinö Linna in seinem Roman mit dem Fortsetzungskrieg getan habe, rief Gustav aus. Linna habe unter der Überschrift *Der unbekannte Soldat* aus den ungeordneten Erfahrungen Hunderttausender Männer ein einheitliches und logisches Gesamtwerk komponiert, eine Geschichte eben, und daraufhin sei es genau diesen Männern wie Schuppen von den Augen gefallen: So war es tatsächlich! Mittels unseres Themenparks gäben wir einem unbekannten Land einen Namen und ein Gesicht. In den Geschichten würde Finnland aufbewahrt. Sie seien verständlich, denn es seien wahre Erzählungen, und sie seien mit den Methoden der Wissenschaft aus dem Leben der Finnen herausgefiltert worden.

Helena

Die Gerätschaften, die ich von Häkkinen heraufgeholt und nummeriert hatte, lagerte ich ein. Die fortlaufenden Nummern trug ich ins Diarium ein, die Gegenstände kamen an ihren Platz im Regal. Nachdem die Buchhaltung erledigt war, kümmerte ich mich wie üblich um meine Ausrüstung. Mit unerklärlicher Unruhe sah ich auf das ganze Zeug. Etwas fehlte, aber ich kam nicht darauf, was. Ich machte mir Sorgen und fing an, die Ausrüstungsgegenstände einzeln auf den Fußboden zu legen. Plötzlich war mir klar, was fehlte: der auffälligste Bestandteil der Taucherausrüstung, die Druckluftflaschen.

Der Taucher hatte versprochen, sie bis zum Abend gefüllt zurückzubringen. Ich überlegte, wann mir zum letzten Mal ein Mann bei etwas geholfen hatte. Urho und Toivo hatten am Anfang für mich Brennholz gehackt, aber die Verhandlungen über einen angemessenen Preis hatten sich dermaßen in die Länge gezogen, dass ich dazu übergegangen war, selbst Holz zu machen. Ich hatte Urho eine gebrauchte Motorsäge abgekauft, mich von ihm über die Launen des Geräts aufklären und mir Ratschläge für die Arbeit damit geben lassen.

Allerdings hatte ich nicht angefangen, Bäume zu fällen, wenn man vom Ausholzen des Gestrüpps in der näheren Umgebung absah. Zwei-, dreimal im Jahr brachten Urho und Toivo eine Holzfuhre, und daraus schnitt ich mir Scheite für meine zwei Kachelöfen, für den Backofen und für den Herd in der Küche. Die einzige bedeutsame Hilfe hatte ich eigentlich von meinem Vater bekommen, als er letzten Sommer nach und nach das Haus und die Nebengebäude in Ordnung gebracht hatte, in einer feuchten Senke des Weges einen Ablauf gelegt und den

Wendeplatz geschottert und mit einem Entwässerungsgraben versehen hatte.

Eigentlich war ich zufrieden mit mir, sogar ein bisschen stolz. Mein Vater hatte die Öfen mit feuerbeständigem Putz ausgebessert und an einer Hausecke mit Wagenheber und Keilen hantiert, eine Arbeit, die er «beschlagen» nannte. Darüber wunderte ich mich. In der Literatur bezeichnete man mit «beschlagen» das Auswechseln des untersten Balkens bei einem auf Erdfundament errichteten Haus. In meinem Haus hatte sich später die Füllbodentechnik durchgesetzt. Mein Vater riet mir, nicht besserwisserisch zu sein. Er wechselte einfach den untersten Balken aus, weil der morsch geworden war. Er hatte außerdem neue Scheiben eingesetzt und im Obergeschoss eine Kammer isoliert und als Schlafplatz für sich selbst hergerichtet. Das waren alles Arbeiten für professionelle Bauleute; darum fand ich, dass ich sie nicht beherrschen musste, um zurechtzukommen. Meiner Meinung nach war ich unter den selbst gewählten Umständen gut klargekommen – so wie jeder andere auch und unabhängig vom Geschlecht.

Umso erbärmlicher kamen mir meine Minderwertigkeitskomplexe gegenüber dem Taucher vor. Ich hatte meine Flaschen bestimmt tausendmal selbst gefüllt. Warum aber konnte ich mir nicht die Hilfe eines Mannes gestatten? War meine Selbstständigkeit nicht auch in dieser Angelegenheit tausendmal bewiesen worden? Dennoch hatte ich das Gefühl, als hätte sich der Taucher in mein Leben geschlichen und mir mit den Flaschen meine Souveränität geraubt.

Mäkelä

Kaarela schien nicht nur gern über Saarilahtis Pläne, sondern auch über den Mann selbst zu reden. Ich fragte ihn nach dem Rollenspiel mit Kuosmanen. Es war gut für mich, etwas darüber zu wissen, wenn ich in dem von Saarilahti dominierten Unternehmen und mit Kuosmanen als unmittelbarem Vorgesetzten arbeiten sollte. War das Königsspiel ein Geheimnis, bei dem man so tun musste, als wisse man nichts davon? Überhaupt nicht, behauptete Kaarela. Das Rollenspiel der beiden sei allgemein bekannt, angeblich hatten sogar die Frauenzeitschriften darüber geschrieben.

Saarilahti war in seiner Branche nicht mehr selbst aktiv, herrschte aber über ein unfassbar großes Vermögen. Die in eine Stiftung umgewandelte Kapitalmasse wurde sorgsam verwaltet und bildete stetig und stabil Jahresringe wie ein Baum. Kaarela sah aus dem Fenster und sagte, eigentlich handle es sich nicht um einen Baum, sondern um einen ganzen Wald. Das klug gesplittete Vermögen gleiche einem ganzen Garten von Besitztümern, wo jedes Risiko durch Gewinn kompensiert werde. Die Kapitalmasse befände sich in völliger Sicherheit, denn Saarilahti realisiere auch größere Vorhaben mit den Erträgen, ohne das Kapital anzutasten. Die Erträge seien höher als das Risikokapital des gesamten Landes. Außerdem hätten selbst die verrücktesten Projekte Saarilahtis bis jetzt allesamt Gewinn abgeworfen und das Kapital weiter wachsen lassen.

Ich forderte Kaarela auf, sich zu beruhigen, aber er hob heftig die Hand wie ein Polizist, der nach einem Bankräuber greift, und behauptete, Saarilahti habe eine Position erreicht, in der er sich um niemanden mehr zu scheren brauche. Seine Einstellung zum Geschäftsleben gliche der Gustavs III. zum Adel. Er verabscheue und verspotte die finnische Wirtschaft und sei selbst Objekt des Hasses, obwohl er natürlich weitaus mehr Bewunderer habe. Kaarela war ganz aufgeregt. Er fragte mich, ob ich nicht wisse, dass Saarilahti sogar Moden und Stilrichtungen in die Welt gesetzt habe. Von so etwas hatte ich noch nicht gehört. Was waren das für Stile?

«Er trinkt gewöhnlichen Kaffee.»

«Gewöhnlichen?»

«Gewöhnlichen Filterkaffee. Das heißt, er trank ihn.»

Ich kapierte nicht, was das für eine Stilrichtung sein sollte. Kaarela erklärte, Saarilahti habe in Helsinkier Cafés für Aufsehen gesorgt, indem er immer nur normalen Kaffee getrunken habe. Das habe die schnellsten Trendsetter veranlasst, von schicken Kaffeevariationen Abstand zu nehmen. Die neue Modeerscheinung habe in einigen Cafés der Innenstadt für kurze Zeit Verwirrung gestiftet, weil sie den Basiskaffee, wie man ihn an Tankstellen bekam, gar nicht mehr im Angebot gehabt hatten. Eilends hätten die Baristi banale Kaffeemaschinen anschaffen müssen, während die teuren Espressomaschinen unbenutzt in der Ecke gestanden hatten; die Milch sauer geworden sei und die Schraubverschlüsse der Aromasirupflaschen verklebt seien.

Als der Wirbel um den Kaffee seinen Höhepunkt erreicht habe und die Kunden angefangen hätten, in signifikanter Zahl zum gewöhnlichen Kaffee zurückzukehren, hätte sich auch noch Aki Kaurismäki eingemischt, indem er verkündet habe, er trinke keinen anderen Kaffee als altmodischen, grob gemahlenen, im Kessel gebrühten Satzkaffee. In seiner Boshaftigkeit habe Saarilahti darauf erklärt, er teile diese Vorliebe. Für kurze Zeit sei die Kaffeebranche darauf in Panik gewesen; man habe gefürchtet, das Getränk bald in riesigen Kupferkesseln brauen zu müssen, so wie vorzeiten bei der gemeinschaftlichen Heuernte. Saarilahti habe einige Interviews nachgelegt, in denen er daran erinnert habe, dass im 18. Jahrhundert das Kaffeetrinken zweimal gesetzlich verboten gewesen sei. Dann habe er genug vom Aufstören des Kaffeehausvolks gehabt und sei dazu übergegangen, Tee zu trinken, bisweilen auch Kakao.

Schon allein wegen seines Reichtums stehe Saarilahti im Brennpunkt der Aufmerksamkeit, noch mehr aber aufgrund der Rolle, die er sich zu Eigen gemacht habe. Angeblich wussten alle, dass sich der Mann in jedem Augenblick in Gustav III. verwandeln konnte. Wenn er den aufgeklärten Alleinherrscher, der die Schauspielkunst liebte, spielte, war Saarilahti seinem Vorbild gemäß gewandt und bissig. Wenn Gustav III. unvermutet in einer Gesellschaft auftauchte, brachte er sämtliche Anwesenden in Habtachtstellung, indem er mit zynischen Bemerkungen um sich warf, die winzigen scharfen Beilen glichen. Wie der Sonnenkönig des Nordens war Saarilahti unberechenbar in seiner Rolle: je nach Situation geistreich und liebenswert oder aber ein Hitzkopf, den alles langweilte.

Einmal war er Gast einer halbseidenen Talkshow gewesen. In der Gestalt Gustavs III. hatte er alles an sich gerissen und die ganze Sendung auf den Kopf gestellt. Die Aufzeichnung war so interessant ausgefallen, dass sich Produktionsfirma und Sender in ihrer Gier entschlossen, sie zu senden, obwohl Moderator und Konzept vollkommen lächerlich gemacht wurden. Kurz darauf hatte Saarilahti den Gastgeber der Talkshow an einem Bartresen verärgert und schließlich dazu gebracht, ihn zu schlagen.

Es folgte ein Tabloid-Skandal, in dessen Verlauf Saarilahti den Moderator mit geschickt getimten, überraschenden Aussagen zerlegte und endgültig demütigte, ohne vor Gericht zu gehen. Im Leben des Fernsehmannes ging es ohnehin schon bergab. Im Leservotum einer Zeitung war er zum unattraktivsten Fernsehgesicht gewählt worden und seine Talkshow zur schlechtesten Sendung. Daraufhin stürzte er ab und wurde Chef des Lokalradios in Mäntyharju. Er hat nie erfahren, dass seine

Endlagerstätte sich im Besitz eines Strohmanns von Saarilahti befand. Widersprüchliche und schwer zu erfüllende Verpflichtungen im Zusammenhang mit seinem Job machten aus dem ehemaligen TV-Star schnell einen hypochondrischen Säufer. Als Saarilahti nach dem Grund für eine solch unversöhnliche Grausamkeit gefragt wurde, erklärte er nur mit einem Achselzucken, die Sendung seines Opfers habe ihn eben gelangweilt.

Die waren vollkommen bekloppt, die neuen Geschäftsmänner. Nichts von dem, was sie machten und machen ließen, hatte Sinn und Verstand. Holten mich heim, um im Straßenbezirk zu arbeiten. So war's abgemacht. Bei Saarilahti, dem Oberreichen, stand ich im Dienst. Über ein Jahr war ich als Helfershelfer für sie im Einsatz. Die hatten ihre eigenen Leute im Ministerium und sonst noch überall. War für die kein Problem, einen Straßenbauingenieur unterzubringen. Und Geld war da, das garantiere ich.

Es war so viel davon da, dass sie machen konnten, was sie wollten. Nur um's mal auszuprobieren, betrieben sie in Lappland einen Erlebnispark. Da wurde gegen Bezahlung Gold gewaschen und mit altertümlichem Werkzeug im Wald gearbeitet. Mit Bügelsäge und Schabeisen haben die Touristen an den Bäumen herumgewerkt. Haben dafür bezahlt, dass sie wie die Holzfällerknechte schuften durften … Alles ohne Sinn und Verstand. Für einen Haufen Geld konnte man Rentiere mit Pfeil und Bogen schießen und anschließend durch einen Iglu mit Glasdach das Polarlicht angucken. Aber auch das haben die Kerle rentabel gekriegt, wie alles andere auch. Das Geld wurde einfach immer mehr. Es kam so viel davon rein, dass man sämtliche Arbeitslose der Region damit beschäftigen könnte, es in Rucksäcken durch die Gegend zu tragen, ohne dass der Pegel im Tresor fallen würde. Nicht mal der Anstieg würde sich verlangsamen.

Am Anfang hab ich noch ab und zu gefragt, was das eigentlich alles soll; aber bald hab ich bloß noch gemacht, was man mir gesagt hat. War ja alles so bekloppt. Ohne jeden Sinn und Verstand. Alles verückt, was geplant und gemacht wurde. Ihr seid ja alle so klug, und das Irrenhaus steht dort, wo ich herkomme.

Mäkelä

Saarilahti gab sich wie sein Vorbild gern mit Künstlern ab und förderte sie in vielerlei Hinsicht. Auch Kaarela hatte er angeblich viele Arbeiten abgekauft. Ein bisschen fluchte Kaarela trotzdem darüber, dass Saarilahti monumentale Ausmaße und massive Materialien verabscheute, weshalb er ihm keine großen und teuren Stein- oder Bronzearbeiten verkaufen konnte. Andererseits kaufte Saarilahti wirklich in großem Umfang kleinformatige Kunst. Die flexibelsten von Kaarelas Kollegen bevorzugten daher mittlerweile das Kleine, Zarte und Schnelle gegenüber wuchtigen und großen Arbeiten.

Saarilahtis Mäzenatentum war breit gefächert. Man wusste, dass er in beachtlicher Weise mehrere Filmprojekte finanziert hatte. Das Gerücht besagte, er sei sogar einer der Autoren der beliebtesten Stand-up-Comedy-TV-Serie. Sichere Informationen gab es über eine Operation, die mit Hilfe der von Kuosmanen gemanagten Headhunterfirma durchgeführt worden war und die ihren Anfang bei einer Wette am Billardtisch gefunden hatte. Saarilahti hatte behauptet, er könne einen jungen Seiteneinsteiger aus dem finnischen Wald ein Jahr lang durch die Führungsetagen mittelständischer finnischer Unternehmen rotieren lassen. Er müsse sich bloß einen Mann aussuchen dürfen, der ihm gefalle, und ihn in den Rollen anweisen, in die er als Karriererakete in der freien Wirtschaft geraten würde.

Seinen Torpedo heuerte Saarilahti nicht direkt im Wald an, sondern im zweiten Semester der Theaterhochschule. Der Ausgangsbehauptung der Wette nach sollte ein völlig ahnungsloser Manager innerhalb eines Jahres in fünf, sechs Firmen herumgereicht werden, ausgestattet allein mit einem Sortiment von situationsbezogenen Phrasen. Saarilahtis Taktik beruhte darauf, dass von einem neuen Gesicht, das über eine Headhunterfirma in die Führung eines Unternehmens geholt wurde, in den ersten Wochen noch keine Resultate verlangt wurden. Und wenn die Orientierungsperiode sich dem Ende zuneigte, interessierten sich für den Mann bereits andere Unternehmen.

Der Karrieretorpedo blieb an keinem Arbeitsplatz länger als zwölf Wochen. Und je mehr Namen von renommierten Firmen sich in seiner Berufshistorie ansammelten, umso begehrter wurde er. In der Schlussphase des Experiments gab es keinerlei Schwierigkeiten mehr, den Mann einzusetzen. Jedes Mal konnte unter verschiedenen Möglichkeiten gewählt werden. Bei all dem lernte der junge Schauspielschüler immer besser, wie man sich im Geschäftsleben zu geben hatte, und Saarilahti war das eine oder andere Mal nahe daran, die Wette zu verlieren, weil ein Arbeitgeber allzu beharrlich an dem viel versprechenden Newcomer festhielt.

Bei den Sitzungen, in denen über den jeweiligen Stand des Wettverlaufs palavert wurde, erklärte Saarilahti, seine Taktik gliche der eines Infanterieangriffs: fortgesetzte Bewegung. Das Prinzip der ununterbrochenen Bewegung war zweimal in Gefahr, als das Abziehen des jungen Mannes zu neuen Aufgaben an einem wütend eifersüchtigen Ringen um den Spitzenkönner zu scheitern drohte. Am Ende gewann Saarilahti seine Wette aber doch spielend. Der Schauspielschüler hat seinen Weg gemacht, er ist heute ein Spezialist für die Profilierung von Führungskräften und hat bereits ein halbes Dutzend Firmen aus der Krise in die Wachstumsspur gelotst.

Saarilahti nannte sein Wettprojekt eine gesellschaftliche Satire und beklagte spöttisch, an ihm sei ein Fernsehproduzent verloren gegangen. Dasselbe Projekt ließe sich angeblich auch in der Politik leicht realisieren. Nachdem er von der späteren Karriere des Schauspielschülers gehört hatte, fasste sich Saarilahti theatralisch an den Kopf und rief, man könne die Leute einfach nicht parodieren. Während der gesamten Operation stand Kuosmanen unter intensiver Beobachtung. Das Headhunter-Büro war eine Tochterfirma von Macondo, und seine Bilanz musste positiv ausfallen; anders gesagt, die Honorare, die für die Vermittlung des Schauspieljünglings hereinkamen, sollten steigen, damit die Kosten der Wette gedeckt werden konnten.

Kaarela betätigte sich jetzt als Küchenpsychologe. Das Rollenspiel als Gustav III. sei für Saarilahti ein Jux, aber auch eine schizoide Umkehrung und eine Form der Verdrängung, ein listiges Spiel, um seine geistige Frische aufrechtzuerhalten. Bei Bedarf würden dramaturgisches Bewusstsein und Schauspielerei zum Bestandteil des Geschäftsgebarens gemacht. All das sorge dafür, dass die Geschäftsleute, die mit Saarilahti verhandeln mussten, schwer in der Klemme saßen. Überhaupt, erklärte Kaarela, führe sich Saarilahti im Geschäftsleben genauso auf wie Gustav III. in Diplomatie und Innenpolitik. Der ideenreiche und kühne König habe sich einfach als geniales, funktionierendes Rollenmodell im modernen Business erwiesen.

Ich fragte Kaarela, wieso er so viel über Gustav III. und das staatliche Leben im Schweden des 18. Jahrhunderts wisse. Er habe sich mit diesen Dingen vertraut gemacht, erklärte er, nachdem ihm Saarilahti den Auftrag erteilt habe, den Turm für die Villa zu bauen. Auch mich forderte Kaarela auf, mir zumindest das Grundwissen über den Themenbereich anzueignen, denn ich würde auf jeden Fall sowohl mit dem König selbst wie auch mit Armfelt zu tun haben. Außerdem würde ich, wenn ich wieder nach Helsinki käme und mit offenen Augen durch die Stadt ginge, merken, dass dort mittlerweile eine ganze Menge moderner Gustavianer unterwegs seien. Kaarela behauptete, Saarilahti habe einen Gustav-Boom ausgelöst, der besonders in Schweden Verbreitung fände, aber auch in den anderen skandinavischen Ländern, in Nordwestrussland sowie im ehemaligen Preußen.

Helena

Als ich mit meinem Vater auf der Weidenplantage war und wir aus dem verlassenen Haus von Ruohonen traten, hatte er ein riesiges Knäuel roter Teppichflicken dabei. Angeblich hatte in der Dachkammer viel Teppichmaterial gelegen, fertig zugeschnittene Flicken, aber auch ungeschnittene Laken und andere Stoffe. Mein Vater sagte, er habe sich eine fröhliche Farbe ausgesucht. Ich fragte ihn, was er mit dem Lumpenknäuel anfangen wolle. Er zwinkerte mir zu und fragte zurück, ob ich farbenblind sei. Alle paar Schritte würde er ein Stück Stoff abreißen und an einer Weide befestigen.

«Karneval ist längst vorbei.»

«Willst du nicht hierher zurückkommen? Ins Vergleichsdorf, oder wie hast du das genannt?»

«Markierst du für mich den Weg?»

«Sonst kannst dich hier ja doch nicht orientieren.»

Die roten Lappen flatterten, wenn die Weiden im Wind schwankten. Immer wieder rissen Windböen die Zweige in alle Richtungen. Manchmal hatte man das Gefühl, als käme der Wind von oben, als schlüge eine große Hand auf das Weidendickicht, worauf sich die belaubten Stängel nach allen Seiten bogen. Jedes Mal richteten sie sich wieder auf, auch wenn sie gerade noch gekrümmt gezittert und gewackelt hatten. Die roten Stofffetzen flatterten wie Schmetterlingsflügel. Der Stoff stammte wohl von Vorhängen, er war dünn und in den Jahrzehnten am Fenster fadenscheinig geworden. Wenn man zurückblickte, sah man auf dreißig, vierzig Meter die alten Vorhänge der Ruohonens im Kontrast zu den Weidenblättern aufblinken.

Mein Vater betrachtete seine Markierungen nachdenklich.

Er schätzte die Menge der Flicken in seinem Knäuel und kam offenbar zu dem Schluss, dass sie ausreichen würden, denn er ging dazu über, sie jetzt in dichterem Abstand voneinander anzubinden. Dadurch bildete sich im Weidendickicht auf Augenhöhe eine fröhlich leuchtende Perlenkette. Plötzlich standen wir an der Straße. Ich wunderte mich, dass der Rückweg so viel kürzer war als der Hinweg. Mein Vater sagte, wir hätten einen anderen Weg genommen. Er hatte für mich die kürzest mögliche Route markiert. Nun setzte er sich hin und forderte mich auf, mir die Stelle einzuprägen.

«Was ist hier denn so besonders?»

«Hier beginnt der markierte Weg.»

«Ach so.»

Mein Vater begab sich auf dem Grabenrand in halb liegende Position. Mit geschlossenen Augen erzählte er von einem Freund aus seiner Kindheit, der aus einer so armen Familie stammte, dass sie nicht einmal Christbaumschmuck hatten. Zwar holten sie sich immer eine Fichte aus dem Wald, aber die durfte nicht geschmückt werden. Aber das habe mit der Armut gar nichts zu tun gehabt, sagte mein Vater, nachdem er eine Weile geschwiegen hatte. Alle anderen seien auch arm gewesen, hätten aber trotzdem Schmuck gehabt. Den hätten sie aus Zapfen und Spänen gefertigt. Manche Kinder hatten freundliche Väter gehabt, die bastelten tolle Vögel und Thomaskreuze aus Spänen. Und es war immer ein bisschen roter Ocker übrig, mit dem der Schmuck gefärbt werden konnte, und wenn man sich Mühe gab, konnte man sogar Silberpapier finden.

Der Vater aus der Familie ohne Schmuck hatte sich den Rücken gebrochen und wollte seinen ewigen Schmerz rächen. Als Objekt der Rache waren ihm alle Menschen recht, die ihm über den Weg liefen. Vor allem natürlich seine Frau und die Kinder. Der Hass auf den Christbaumschmuck gehörte auch zu dieser Quälerei. In einem Herbst hatte der Freund meines Vaters einen Gimpel gezähmt. Der Vogel hielt sich im Stall auf und pickte unverdaute Haferkörner aus den Pferdeäpfeln, und zwar in bestem Einverständnis mit dem Mistproduzenten. Erstaunlicherweise jagte der bösartige Vater den Vogel nicht hinaus, obwohl er die Balken voll kackte. Das ließ nur den Schluss zu, dass der Vogel so klug war, sich jedes Mal zu verstecken, wenn der Alte in den Stall kam.

Den ganzen Herbst verbrachte der Vogel im Stall und wurde vollkommen zahm. Der Eindruck seiner Klugheit verstärkte sich. Er lernte viele Kunststücke, von denen das wichtigste darin bestand, auf Befehl zu erstarren. Diese Fertigkeit war zweimal zum Einsatz gekommen, als der Alte ohne Vorwarnung mitten in der Dressur im Stall auftauchte, um das Pferd zu beschlagen oder etwas anderes zu tun, was nicht zu den üblichen Abläufen gehörte. Der Gimpel hätte bis zum Jüngsten Tag stillsitzen können. Er fing erst wieder an zu flattern und zu zwitschern, wenn der Junge ihm die Erlaubnis dazu gab.

Als Weihnachten näher rückte, hatte der Freund meines Vaters eine verrückte Idee. Er beschloss, den Gimpel am Heiligabend in die Stube zu holen und ihm zu befehlen, sich als lebendiger Schmuck auf die Fichte zu setzen. Das war gar nicht so unmöglich, wie es schien. Es verhielt sich nämlich so, dass der Alte farbenblind war. Das hatte die Mutter einmal erwähnt: Der Vater kann eine rote Beere nicht von den grünen Blättern rundum unterscheiden. Darum beschloss der Junge, dass dieses Weihnachten auch ihr Baum geschmückt sein solle, und zwar schöner als bei allen anderen im ganzen Dorf. Auch wenn die Welt in Flammen aufginge, dieses Weihnachten würde der Baum geschmückt.

Den ganzen Heiligabend saß der Gimpel auf der Fichte. In der Stube wurde es immer wärmer, und irgendwann fing der Vogel entgegen seiner Gewohnheit an, sich leicht zu bewegen. Der Junge war entsetzt. Der Alte musste merken, dass der Gimpel von Ast zu Ast flatterte, auf den elastischen Zweigen schaukelte und die Nadeln rieseln ließ. Wenn der Vater auch, wie die Mutter bezeugte, farbenblind war, so war er doch nicht stockblind und auf keinen Fall taub. Der Vogel hatte inzwischen nämlich auch eifrig angefangen zu zwitschern. Trotzdem zeigte der Alte keine Regung, verlor kein Wort über den Gimpel. Er war nicht einmal griesgrämig, wie er es sonst immer war.

Am ersten Weihnachtstag wachte der Junge auf, weil er fror. Er schlich zur Kammertür, um nachzuschauen, was in der Stube vor sich ging. Dort stand der Vater an der Tür, hielt den Gimpel auf der offenen Handfläche und ließ ihn in die Luft hüpfen, wobei er etwas murmelte wie ein Vogeldompteur, dem Gott nicht die Gabe verliehen hatte, die Sprache der Gefiederten zu verstehen. Schließlich flog der Gimpel zur Tür hinaus und setzte sich auf die Eingangstreppe. Der Alte sah zu, wie sich der Vogel in der Kälte zu einem großen Ball aufplusterte und sich im Kreis drehte. Dann hüpfte er wieder zielstrebig in die warme Stube zurück und flog dem Vater auf die Schulter. Von dort nahm ihn der Alte auf den Zeigefinger und setzte ihn auf die Fichte zurück, wobei er ihn sachte streichelte.

Die ganze Weihnachtszeit bis zu Dreikönig wohnte der Vogel im Christbaum. Er wurde gefüttert, und alle sahen ihn, aber nie wurde über ihn gesprochen. Nur zwischen den Jahren ärgerte sich die Mutter über das kackende Tier und fragte laut, ob man diesen Gimpel nicht mal hinauslassen sollte. Darauf antwortete der Vater nichts, und die anderen auch nicht. Von da an wischte die Mutter stumm die Vogelkacke rund um die Fichte auf, und der Gimpel hüpfte im Baum umher, solange er drinnen bleiben durfte.

Mein Vater machte die Augen auf und erzählte, sein Freund habe erst im Konfirmandenalter, als sein Vater schon tot gewesen sei, verstanden, dass der Alte den ganzen Herbst über den Vogel im Stall gesehen haben musste. Als die Sache zur Sprache gebracht wurde, hatte auch die Mutter verraten, dass der Vater sich bloß farbenblind gestellt habe, um sich als junger Bräutigam vor einer so lästigen Arbeit wie dem Beerenpflücken zu drücken. Die Mutter wiederum hatte so getan, als glaube sie ihrem zukünftigen Mann.

Nach der Konfirmation hatte der Junge im betrunkenen Zustand einmal bitter darüber geweint, dass er mit seinem verstorbenen Vater ein gemeinsames Geheimnis gehabt hatte, ohne es selbst begriffen zu haben. Alle hatten ihn betrogen. Zu Hause hatte der Junge sogar seine Mutter geschlagen, die für ihn nun eine Schwindlerin war, worauf er sich so elend fühlte, dass er direkt neben der Brücke ins Wasser ging, wo es noch nicht zugefroren war. Passanten konnten den Unglücklichen jedoch retten. Der Freund meines Vaters hatte es nicht geschafft, sich zu ertränken, und danach war nie etwas Rechtes aus ihm geworden. Er wurde einer von den Irren, die in den Dörfern früher gegen kleinere Gelegenheitsarbeiten durchgefüttert wurden.

Mir war seltsam zumute. Mein Vater lag am Straßenrand und schien schwer zu atmen. Noch bevor ich etwas sagen konnte, stand er auf, klopfte sich den Staub vom Hintern und machte sich auf den Weg, die Straße entlang. Ich lief ihm nach und ging dann neben ihm her. Ich fragte ihn, warum er mir mitten im Sommer diese Weihnachtsgeschichte erzählt habe. Er lachte und sagte, er sei so alt, dass er seine Geschichten dann erzählen müsse, wenn sie ihm in den Sinn kämen. Da begriff ich plötzlich: Er hatte eine Krankheit. Und es musste eine schlimme Krankheit sein. Es durfte nicht darüber gesprochen werden.

Kuosmanen

Die Sonne hatte bereits die Wolkengebilde aus den Fabriken von Lauritsala passiert. Es war Nachmittag, und Gustav erklärte, es sei an der Zeit, aus der Welt der Geschichten in die Wirklichkeit zurückzukehren. Wir mussten uns ins Weidengestrüpp schlagen und dort zwei Häuser unterschiedlichen Alters ausfindig machen, die dazu ausersehen waren, zwei Entwicklungsphasen und zwei Wendepunkte in der Geschichte der Gesellschaft zu repräsentieren. Das jüngere war ein nach dem Krieg erbautes Frontkämpferhaus, das ältere ein so genanntes Kapitänshaus, wie sie zu Beginn des 20. Jahrhunderts, im goldenen Zeitalter der Teerdampf- und Schleppkahnfrachten, erbaut worden waren.

Ich kannte die Häuser, aber nur von alten Luftaufnahmen, Karten, Grundbucheinträgen und Akten der Bauaufsicht. Genauer gesagt handelte es sich nicht bloß um Häuser, sondern um ganze Höfe mit Gärten, Feldern und Nebengebäuden. Natürlich war alles von Weiden überwachsen, und das eine der Häuser existierte im konkreten Sinn gar nicht mehr; vielmehr war das zur Rekonstruktion auserwählte alte Kapitänshaus schon vor vierzig Jahren abgerissen worden. Allerdings war das Haus gut dokumentiert. Zur Verfügung standen Zeichnungen aus dem Archiv der Baubehörde in Viipuri sowie eine reiche Fotosammlung, auf der das Haus aus verschiedenen Blickwinkeln zu sehen war. Außerdem war das Material eines Feldexkursionskurses zur Hand, den Helena Hirvelä für Studenten der Volkskunde abgehalten hatte. Es umfasste siebzehn Stunden Interviews mit alten Inselbewohnern samt Zusammenfassungen.

Dank Satellitenaufnahmen wusste man, dass der Granitsockel des Hauses noch an der ursprünglichen Stelle stand. Es hieß auch, auf dem Dachboden des neuen Hauses, das anstelle des alten errichtet worden war, würden Türen und Fenster aus dem alten Hauptgebäude aufbewahrt. Allerdings stammten alle diese Informationen aus zweiter Hand. Gustav wollte den Ort unbedingt selbst aufsuchen. Unter anderem musste geklärt werden, ob sich irgendwo noch Reste von Futterverschalungen, Fensterrahmen oder Zierleisten für die Präparierung von Pigmentproben und Bindemitteln fanden. Gustav war absoluter Perfektionist in Fragen der Rekonstruktion wie des Nachbaus.

Ich fragte ihn, wie wir die Häuser in dem undurchdringlichen Dschungel finden würden. Er sagte, künstliche Sterne führten uns ans Ziel. Damit meinte Gustav den Satellitennavigator, in den er die Koordinaten der Gebäude eingegeben hatte. Seine Begeisterung für Geräte dieser Art rührte von der Astronomie und der Seefahrt her, an denen Gustav III. im Geiste der Aufklärung und des Utilitarismus so sehr interessiert gewesen war.

Ich war nicht so sehr in Sorge darüber, wie wir die Häuser, die wir suchten, in dem Weidendschungel finden würden. Mich beunruhigte eher die Frage, wie wir von dem hohen Felsen herunterkämen. Unser Aufenthalt auf dem großen Stein näherte sich nämlich unweigerlich dem Ende. Meine schlimmsten Befürchtungen bewahrheiteten sich, als Gustav erklärte, wir sprängen ganz einfach auf die Erde hinab.

«Wir springen?»

«Ganz recht, Maurice.»

«Aber wie?»

«Das ist einfach. Für unsere Ankunft auf dem Erdboden wird die Gravitation Sorge tragen.»

Und dann fing Gustav an zu erklären, wie man springen musste. Die Füße mussten fest zusammengehalten werden, die Fußgelenke steif, als wären Fersen und Fußsohlen aus einem

Stück. Die Arme waren eng an den Leib zu drücken. Im Augenblick der Bodenberührung musste man mit den Beinen nachgeben, doch sie durften sich nicht öffnen. Man musste tief nachfedern und sich dann abrollen lassen. Der Sprung musste in einem kontrollierten Fall schräg rücklings, auf der Seite enden, die Beine bis zum Schluss wie zum Paket verschnürt, die Arme eng am Körper.

Auf dem Felsen führte mir Gustav den richtigen Abrollstil vor und ließ mich so lange üben, bis ich mit Sicherheit richtig fallen würde, um den Aufprall auf der Erde abzufangen. Er versicherte, alles berücksichtigt zu haben; schon vor dem Aufstieg habe er kontrolliert, ob der Boden ein ungefährlicher, mit Moos bedeckter Moränenboden ohne größere Steine sei. Bei der Fallschirmspringerausbildung hätten alle diesen Sprung Hunderte Male machen müssen, und es bestünde keinerlei Gefahr, sofern der Springer sich strikt an die Regeln halte. Bis nach unten waren es Gustavs Schätzung zufolge nicht mehr als gut vier Meter. In der Offiziersausbildung sprang man angeblich ohne Netz und doppelten Boden sogar sechs Meter.

Nachdem er alles ruhig erklärt und mich vielleicht zehnmal üben gelassen hatte, wie man richtig fällt, fragte Gustav, ob ich zuerst springen wolle, oder ob er den Anfang machen solle. Ich zwang mich, Ruhe zu bewahren. Es wäre gut, wenn er zuerst spränge. So könne ich noch einmal die richtige Technik in der Anwendung sehen. Gustav entgegnete, damit hätte ich vermutlich Recht. Er befahl mir, vom Rand des Felsens aus zuzuschauen, und dann sprang er auch schon ohne jedes Zögern hinab.

Er traf mit den Fersen zuerst auf, gab mit den Beinen nach und rollte sich schräg nach hinten ab, genau wie er es mir beigebracht hatte. Arme und Beine waren wie zum Paket verschnürt. Nachdem er zwei Umdrehungen am Hang gerollt war, sprang er auf und klopfte sich den Staub von den Kleidern.

Den Hang solle ich mir zunutze machen, rief er. Zwei Umdrehungen nach unten würden einen Teil der Bewegungsenergie des Falls aufzehren. Selten war ich mir so verlassen vorgekommen wie dort am Rand jenes Felsens. Ich war sicher, dass sich Gustav über meine verzweifelte Angst vor dem Sprung im Klaren war. Ich zauderte. Gustav betrachtete mich interessiert. Seine Grausamkeit in solchen Situationen war mir auf einmal unerträglich. Hass stieg in mir auf, und gepackt von kaltem Trotz trat ich ins Leere. Den Aufprall spürte ich als harten, dumpfen Schlag bis in den Kopf hinauf. Die Knie klappten ein, das Kinn schlug zu, ich sah Funken vor den Augen, und alles drehte sich.

Dann hörte die Bewegung auf, und ich versuchte zu atmen, bekam aber keine Luft. Der Atem entwich mir in einem langen, willenlosen Schluchzen wie aus einem lecken Ballon. Gerade als ich, erfasst von wahnsinnigem Entsetzen, meinte, nun zu ersticken, vollführten meine Atemmuskeln eine zwanghafte Bewegung und schnappten mit gewaltsamer Gier nach Luft. Wieder leerte sich der Ballon jedoch, bis kein Quäntchen Luft mehr in der Lunge war und darüber hinaus. Und wieder folgte die gleiche zwanghafte Bewegung und danach wieder das willenlose, langsame Entweichen. Nun hatte ich keine Angst mehr zu ersticken. Ich wusste, dem Leerwerden würde wieder das gierige Schnappen folgen und diesem wieder die Leerung.

Nach und nach wurden die von den Bewegungen ausgelösten Schläge des Zwerchfells schwächer, und schließlich war ich wieder fähig, normal zu atmen. Nun spürte ich meine übrigen Schmerzen. Ich hatte Blut im Mund, vermischt mit sandkornähnlichen, harten Splittern. Ich spuckte blutigen Schleim aus, der weiße Zahnstücke enthielt. Ein Fußgelenk tat weh. Gustav hatte mein Hosenbein nach oben geschoben und sah sich den Knöchel an. Plötzlich drückte Gustav so fest auf eine Stelle, dass ich vor Schmerz aufschreien musste.

«Mon cher Maurice, ich muss prüfen, ob deine Knochen heil sind.»

«Zum Teufel mit Maurice!»

Ich vergoss Tränen des Schmerzes und der Wut. Ich wagte nicht, nach unten zu blicken; ich befürchtete, einen offenen, blutigen Bruch zu sehen, herausstehende Knochentrümmer, Sehnen und zerfetztes Fleisch. Auf einmal spürte ich etwas Kaltes und Festes am Fußgelenk. Der Schmerz ließ nach. Gustav schlang weißes Klebeband um mein Fußgelenk. Es entstand ein dickes, rundes, festes Paket. Einen Moment lang glaubte ich, Gustav hätte meinen Fuß eingegipst. Ich geriet in sinnlose Panik – wo hatte er den Gips herbekommen? Ich klammerte mich an diese Frage und wollte den Gips sprengen, denn ich war sicher, die Knochen befänden sich nicht in der richtigen Lage, sie würden falsch zusammenwachsen und mich für den Rest meines Lebens zu einem Hinkenden machen. Inzwischen hatte Gustav einen Stock, der fast so groß war wie ich, abgebrochen. Er forderte mich auf aufzustehen.

Mir waren die Bänder gerissen. Gustav hatte in seinem Rucksack eine Erste-Hilfe-Ausrüstung, zu der auch etwas Kaltes gehörte. War das Eis? Angeblich handelte es sich um Ammoniumnitrat. Mehr wollte ich nicht hören, aber Gustav erklärte mir, es würde eine chemische Reaktion auslösen, in deren Folge Kälte entstünde. Der eiskalte Beutel passte sich der Fußform an und wurde mit einem Sportlertape zu einem festen Paket verschnürt. So verbunden, hielt der Fuß einigermaßen. Zu meinem Erstaunen konnte ich gehen, ohne dass die Schmerzen zu stark wurden. Einer meiner oberen Vorderzähne hatte eine Kerbe bekommen. Das abgebrochene Stück hatte einen scharfen Rand zurückgelassen, an dem ständig die Zunge hängen blieb. Auf ungewohnte Weise lief die Luft zwischen den Zähnen hindurch. Ich hatte das Gefühl, nicht mehr in meinem eigenen Körper zu stecken.

Ich drehte mich zu dem Stein um, von dem ich gesprungen war. Gustav hatte stark übertrieben, als er die Höhe des Findlings mit gut vier Metern einschätzte. Es konnten nicht einmal drei sein. Selbst in der Fallschirmspringerausbildung würden sie kaum über sechs Meter springen. Gedemütigt begriff ich allmählich, dass Gustav durch die Übertreibung nur meine Angst hatte steigern wollen. Auch früher schon war ich der kalten und sadistischen Seite meines Gefährten begegnet, und stets hatte sie den gleichen Effekt ausgelöst: Ich wurde gelähmt und unterwarf mich.

Kleinlaut bat ich ihn, er solle mir sagen, wohin wir gingen. Die S-Laute kamen lispelnd. Gustav sah mich verwundert an. Ich sei doch nicht mit dem Kopf aufgeschlagen. Ob ich mich nicht mehr erinnern könne? Wir würden die Häuser im Weidengestrüpp in Augenschein nehmen. Darauf sagte ich nichts. Mit neuerlichen Tränen der Wut in den Augen folgte ich Gustav. Mit Hilfe meines Stocks versuchte ich, Schritt mit ihm zu halten. Schließlich erreichten wir das Weidendickicht. Nachdem wir eine Weile darin vorwärts gegangen waren, sagte Gustav, ohne sich umzudrehen, ich bräuchte mir keine Sorgen zu machen. Niemand könne mein Fußgelenk so gut verarzten wie er. Um die Reparatur des Zahns solle sich ein Zahnarzt kümmern, aber das habe keine Eile, da ich keine Schmerzen hätte.

Eine Arbeit, die ich zu erledigen hatte, war das Ausmessen der Wasseroberflächen. Ich maß die Flächenunterschiede und Wasservolumen der Teiche, damit klar war, von wo nach wo das Wasser geleitet werden müsste. Saarilahti hatte alle möglichen Pläne. Einer bestand darin, ein Bett zu graben und dann aus Holz ein Schaufelrad zu installieren, so wie vor hundert Jahren die Wassermühlen. Mit dem Bau hatte ich nichts zu tun, aber ich sollte mitentscheiden, wo das Flutungsbett gemacht wird, damit das Wasserrad hinpasst, mitsamt Verbindungsrädern und Antriebsachsen. So sahen die Pläne aus. Das musste irgendwie eingebettet werden, man konnte es ja nicht direkt auf dem Sand aufstellen.

Solche Sachen hab ich gemacht, und die Arbeit beim Straßenamt noch dazu. Obwohl das eigentlich auch nichts Staatliches war, weil Saarilahti das eingefädelt hat. Ich hab halt getan, was er befohlen hat, egal, ob im Amt oder nicht.

Mäkelä

Ich trampelte Pfade, indem ich auf ehemaligen Wegen mit kleinen Schritten hin- und herging. Kaarela folgte mir mit dem Kanister in der Hand und meinte, ich solle endlich ins Haus kommen. Ich sagte, ich wolle wenigstens noch die eine oder andere Spur auf dieser Welt hinterlassen. Da fing er an zu lachen. Saarilahti habe fast die gleichen Worte gewählt, damit aber keine Pfade gemeint, sondern die größte Touristenattraktion Skandinaviens. Kaarelas Einschätzung nach hatte er angefangen, seinen Themenpark zu planen, als er vom Produzieren virtueller Welten die Nase voll hatte. Er habe etwas Reelles machen wollen. Kaarela fragte mich, ob ich wisse, dass Saarilahti ein U-Boot in dem neuen See einsetzen wolle.

«Was?»

«Er hat vor, das U-Boot von Ranua hierher zu schaffen.»

«Was für ein Ranua?»

«Hast du nicht davon gehört?»

«Nein. Und ich will auch nichts davon hören.»

Kaarela erzählte es trotzdem. In Ranua, in Südlappland, hätten sie in den verrückten achtziger Jahren ein U-Boot gehabt, mit dem sie Touristengruppen in einem künstlichen Wasserspeicher herumgeschippert hätten. Als die Rezession zuschlug, hatte die Vermögensverwaltungsfirma Arsenal das Fahrzeug als Attraktion an ein philippinisches Taucherparadies verkauft. Jetzt habe Saarilahti ebendieses U-Boot zurückgekauft und dazu von einer Konkursfirma aus Florida namens Papa's Fishing Tours ein paar Boote mit gläsernem Boden. Damit war Touristen in den Gewässern von Key West Fische gezeigt worden.

Allmählich zeichneten sich die Pfade im Gras ab. Ich

dachte, ich gehe sie an jedem Tag, an dem ich in Saarilahtis Villa zu tun habe, mehrmals ab. Dann folgte ich Kaarela ins Haus.

Durch die Fenster sah ich einen Mann, der mit panischem Gesichtsausdruck zur Tür gerannt kam und verschwand, bevor Kaarela auch nur drei Schritte gemacht hatte, um ihm zu öffnen. Kaarela lachte. Er sagte, das sei der Taucher gewesen, den Saarilahti angeheuert habe. Der markiere die Route für das philippinische U-Boot und räume sie frei. Er lachte über die Hektik des Tauchers. Wo hatte er denn sein Auto stehen lassen? Da hörte man ihn aus dem Untergeschoss heraufkommen. Offenbar war er durch die Kellertür ins Haus gekommen. Mir war gar nicht aufgefallen, dass es eine gab. Im Zimmer erschien ein Mann mit schwarzen Haaren und Bart. Seine Hose war bis zu den Oberschenkeln nass. Unter ihm bildete sich eine Pfütze. Außer Atem fing er an zu reden.

«Wasser …»

«Das ist der Taucher. Das ist Mäkelä.»

«… überall Wasser …»

«Das sieht man. Wo hast du dein Auto abgestellt?»

«… am Hügel … rundum … sieh selbst!»

Kaarela sah hinaus und sagte, der Himmel sei wolkenlos. Der Taucher keuchte, das Wasser käme den Hügel herunter. Kaarela fragte den Taucher, ob er besoffen sei, mehr als sonst? Der Taucher schrie, das Wasser käme auf voller Breite den Hang herunter wie ein Wasserfall, bald käme man nur noch mit dem Boot zu den Autos. Er deutete auf seine Hose, von der es aufs Parkett tropfte. Wir gingen hinaus, um nachzusehen.

«Gerade kam es in einem furchtbaren Schwall. Ich konnte mich kaum auf den Beinen halten.»

«Ich seh bloß Pfützen.»

«Es kann doch nicht einfach abgeflossen sein.»

«Wasser gibt es hier en masse. Eine Million kleiner Bäche fließen in den See.»

Kaarela ging weiter den Hang hinunter. Das Wasser war wie in einer Dachrinne die Straße hinuntergeströmt. Auf dem Wendeplatz für die Autos hatte es sich ausgebreitet; es bahnte sich Furchen in den Sandboden, suchte den geringsten Widerstand, wich Steinen und Erhebungen aus. Der ganze Hang war in Bewegung. Überall rann und glitzerte Wasser. In den Trampelpfaden schwoll es zu schäumenden Frühlingsbächen an. Man sah, dass der Mensch genauso klug war wie das Wasser. Die ehemaligen Einwohner hatten sich für ihre Wege die einfachsten Strecken gesucht. Indem ich Pfade auf den alten Wegen getrampelt hatte, hatte ich dem Wasser Vorschub geleistet. Nicht mal mit der Wasserwaage hätte man natürlichere Wasserwege gefunden.

«Aber wo kommt das Wasser her?»

«Aus einem Gletschertopf.»

«Gletschertopf?»

«Gletschertopf. Der Heidewald da oben ist voller Gletschertöpfe.»

Ich erklärte Kaarela, dass sich auf dem Landrücken eine ebene Kiefernheide ausdehnte, in der aus der Eiszeit Aushöhlungen und Senken zurückgeblieben waren wie Löcher in einem Käse. Die kleineren dieser Wassertöpfe waren ein paar Kubikzentimeter groß, aber es gab auch größere; die größten waren so groß wie Teiche. Die allergrößten befanden sich in der Nähe der Fähre, das waren richtige Seen mit einem Durchmesser von Kilometern. Ich erzählte, wie ich als Kind Furchen in den Heideboden gezogen und Wasser von einem kleinen Gletschertopf zum nächsten geleitet hatte. Das war nur Oberflächenwasser gewesen, aber so eine Bahn zu öffnen hatte stundenlange Arbeit mit dem Spaten erfordert. Darum konnte ich nicht verstehen, wie das Wasser von selbst aus einem großen Gletschertopf entkommen konnte. Der Taucher behauptete, beim Nachbarn grabe jemand mit einer Maschine im Sand.

«Beim Nachbarn? Meinst du auf dem Rajala-Hof?»

«Genau.»

«Da wohnt niemand. Der Hof steht schon seit über dreißig Jahren leer.»

«Rajala ist zurückgekommen. Oder sein Sohn.»

Der Taucher behauptete, er habe Rajala getroffen. Er lebe seit vielen Jahren als Eremit, stelle sogar seine Energie selbst her, weil er von nichts abhängig sein wolle, nicht mal vom staatlichen Stromnetz.

Ich wusste nicht, was ich glauben sollte. Ich hatte Rajalas einzigen Sohn Väinö seinerzeit gut gekannt. War er in sein verlassenes Zuhause zurückgekehrt? Soweit ich mich erinnerte, war er Ingenieur geworden oder Techniker, irgendwo in Westfinnland. Was hatte er hier verloren? Falls es Väinö war, wusste ich allerdings, wie er seinen Strom zustande brachte. Wir hatten es oft mit den Jungen aus dem Dorf zusammen gemacht, mit Urho, Toivo und den anderen. Wenn man Wasser von einem Gletschertopf in den anderen laufen ließ, konnte man dazwischen ein Wasserrad antreiben, das wiederum einen Dynamo antrieb, der Spannung produzierte. Gletschertöpfe gab es in allen Größen, und ihre Wasseroberflächen lagen auf etwas unterschiedlichen Niveaus. Wenn man von größeren Töpfen ausreichend große Rinnen grub, konnte man mit der Strömung Turbinen und Propeller antreiben. Die hatten einen wesentlich höheren Wirkungsgrad als die primitiven Wasserräder von uns kleinen Burschen.

Der Taucher behauptete, Rajala besitze einen Bagger. Damit habe er zu heftig gebuddelt, und dadurch sei das Wasser losgebrochen, glaube er.

Wenn das Wasser auch nur die geringste Strömung hatte, konnte unter seinem Druck der sandige Untergrund nachgeben. Durch die Bewegung nämlich schürfte das Wasser feine, bindende Partikel aus der Moräne. Das war uns Kindern auch oft passiert, natürlich in kleinerem Ausmaß. Zuerst plätscherte das Wasser hübsch dahin, fraß sich langsam eine Rille, bis plötzlich alles einkrachte und die Senke sich mit einem Plauz leerte, als würde sie sich übergeben.

Kaarela konnte nicht verstehen, wie man aus einem Gletscherteich unerschöpflich Wasser ablaufen lassen konnte. Ich war der Meinung, dass es im Prinzip möglich sei, denn unter Druck stieg das Grundwasser bis in die Töpfe an. So wurden sie immer wieder von neuem gefüllt. Darum musste Väinö die Lage seines Kraftwerks von Zeit zu Zeit ändern. Falls es überhaupt Väinö war. Der Wasserlauf musste jedenfalls ab und zu variiert werden, denn die Teiche füllten sich nicht gleichzeitig, wenn man ständig Wasser aus ihnen ablaufen ließ. Da konnte man einen Bagger schon gebrauchen.

Plötzlich fielen mir die Mitteilungen ein, die ich erhalten hatte, und ich beschloss, auf der Stelle Riitta anzurufen. Nach der Scheidung hatte ich mit meiner Tochter lange nichts zu tun gehabt, weil Raija jede Kontaktaufnahme untersagte. Im ersten Herbst fuhr ich hin, bloß um ihnen zu zeigen, wie man den Wärmewiderstand am ins Haus führenden Wasserrohr einschaltet. Es war nämlich schon kalt, und das Rohr fror leicht zu. Riitta machte die Tür auf und sah mich mit blassen Augen an. Dann rief sie über die Schulter hinweg nach ihrer Mutter.

«Mäkelä ist hier.»

«Frag ihn, was er will!»

Ich konnte nichts sagen. Ich fing an zu zittern und stammelte etwas von Wasserleitungen. Riitta sah mich erstaunt an, zuckte mit den Schultern und machte die Tür zu. Kurz darauf teilte mir Raija mit, das Kind wolle mich nicht mehr sehen. Während sie im Gymnasium war, hatten wir ein gutes Verhältnis, aber in dem Frühling, in dem sie Abitur machte, zerstritt sie sich so schlimm mit meiner damaligen Frau, dass auf der Stelle jeder Kontakt abgebrochen wurde. Ich rief bei der Auskunft an und wusste plötzlich nicht mehr, was für einen Nachnamen Riitta gerade hatte. Ich nannte meinen eigenen und bekam eine Nummer, die ich gerade noch aufschreiben konnte, bevor der Akku leer war. Mit Kaarelas Handy rief ich die Nummer an, aber es meldete sich niemand.

Helena

Mit dem Volkskundlichen Institut der Universität hatte ich im Prinzip nicht viel zu tun, aber im ersten Sommer gab ich Hauptfachstudenten einen Kurs in Feldforschung, in dem unter anderem Überlieferungen der Menschen, die vor 1963 auf der Insel gelebt hatten, zusammengetragen wurden. Die Studenten bekamen auf diese Weise ihre Noten, und ich hatte einen Grundstock an Material, das ich alleine gar nicht hätte sammeln können. Das Jahr 63 hatte ich als Zeitgrenze gewählt, weil damals die Fähre und der Straßenanschluss kamen, durch die sich der Charakter von Wohnen und Arbeiten so entscheidend veränderte, dass man die gesamte Geschichte der Insel in die Zeit vor der Fähre und die Zeit danach teilen kann. Auch hinsichtlich meiner Hypothesen zur Akkulturation des orthodoxen Dorfes war die Zeitgrenze relevant.

Ich hatte nicht berücksichtigt, dass der größte Teil der zu Interviewenden im Altersheim im Kirchdorf lebte, zu dem es auf dem Landweg über hundert Kilometer waren. Zum Glück kam die Stiftung zu Hilfe. Wir konnten ein Schiff benutzen, ein für Charterzwecke umgebautes altes Teerdampfschiff, das groß genug war, um damit über den offenen See ins Kirchdorf zu fahren, nachdem die Feldforschung auf der Insel selbst abgeschlossen war. Dank des Teerdampfers wurde der Kurs zu einem Erlebnis, das die Studenten, wie sie selbst sagten, nie vergessen würden. Die Kursteilnehmer hatten auf dem Schiff ihre Unterkünfte, und im Salon war Platz für Lagebesprechungen, Referate und Analysen.

Ich fuhr nach jedem Kurstag mit dem Motorboot zurück, weil ich nicht den Nerv hatte, mich an den nächtlichen Bier-

und Saunagelagen der Studenten zu beteiligen. Nachdem wir von der Insel zum Kirchdorf gewechselt waren, blieb ich allerdings einmal über Nacht auf dem Dampfer, und das lohnte sich. Ein Kursteilnehmer berichtete von einer über hundertjährigen Frau, die er tagsüber interviewt hatte. Ich hörte die Kassette ab und begriff, dass ich diese Frau treffen musste, später, in aller Ruhe.

Und so lernte ich Anna kennen.

Die alte Frau hatte sorgfältig alle offziellen und inoffiziellen Schriftstücke, die in ihrem Leben angefallen waren, aufbewahrt. Viele waren es in hundert Jahren nicht gewesen. Die Briefe und Dokumente passten in einen Schuhkarton. Ganz oben lag die Mitteilung, dass Anna einen Platz im Altersheim der Gemeinde bekommen habe. Die Unterlagen in dem Karton waren in der Reihenfolge geordnet, wie sie die Ereignisse in Annas Leben hervorgebracht hatten.

Aus der mittleren Periode zog ich einen braunen Briefumschlag heraus. Er enthielt ein Schreiben vom Juli 1944, versehen mit dem Stempel des Wehrbezirks, in dem es in verblasster Schreibmaschinenschrift hieß: «Leider hat sich der Krieg für Ihren Sohn als zu hart erwiesen. Wir sehen uns nicht in der Lage, seinen Leichnam nach Hause zu überführen. Er ist im Kriegsgebiet bestattet worden.» Anna sah zu, wie ich den Brief wieder an seinen Platz in dem Karton ihres Lebens legte. Angeblich hatte es zwei Briefe gegeben, aber einer war verschwunden.

Einmal, das war im Sommer darauf, ging ich mit Anna im Garten des Altersheims spazieren. Aus einer Laune heraus setzte ich sie auf den Sitz eines Tretschlittens, der Räder hatte, und schob sie bis ans Saimaa-Ufer. Es war ein vollkommen windstiller Abend kurz nach Mittsommer. Anna blickte auf das vertraute Gewässer und fing an, von Antti zu erzählen, dem Mann, den sie hätte heiraten sollen. Die jungen Leute aus dem Dorf hatten aus den alten Netzen der Schleppnetzgemeinschaft ein kürzeres und kleineres Zugnetz gebastelt, das so leicht war, dass es sogar die Mädchen ziehen konnten. Damit fischte man zum Spaß an Samstagabenden nach Maränen, die dann direkt am Ufer über dem Feuer gegrillt wurden. Beim Essen wurden Geschichten erzählt, und dann wurde zu einer Mundharmonika getanzt, die jemandem aus Sankt Petersburg mitgebracht worden war.

An einem solchen Abend waren Anna und Antti noch am Ufer geblieben, nachdem die anderen bereits gegangen waren. Beim Blick auf den See hatten sie direkt unter der Wasseroberfläche einen riesigen Maränenschwarm herankommen sehen wie eine langsam vorangleitende Windböe. Darauf waren sie mit dem Schleppnetz am Boot losgefahren, und der liebe Gott hatte dafür gesorgt, dass sich der Schwarm unweit vom Ufer ganz dicht zusammendrängte. Anna konnte noch immer nicht verstehen, was in die Fische gefahren war. Vielleicht waren sie aus mehreren Richtungen von Saimaa-Robben bedrängt worden, was gelegentlich vorkam. Jedenfalls bildeten sie einen wimmelnden, großen Ball, um das sich leicht das Schleppnetz legen ließ. Und sobald sie anzogen, hatte die Beute keine Chance mehr zu entkommen.

Als Anna und Antti sahen, dass sie Erfolg hatten, ging ihr Atem schneller, und sie mussten immer wieder aufgeregt lachen, wodurch die Arme und Beine bei jedem Zug etwas schwächer wurden. Wegen des irrsinnigen Gewichts des Fangs brauchten sie allerdings alle Kraft. Anna hatte ihren Rocksaum aufgekrempelt. Noch immer kichernd erzählte sie, sie hätte sich in die Hosen gemacht, wenn sie welche angehabt hätte. Schließlich bekamen sie das zappelnde Netz ans Ufer. Der riesige Maränenschwarm klemmte zwischen Hauptnetz und Flügeln. Unmöglich, ihn aus dem Wasser zu ziehen und auf die übliche Art in Kübel zu füllen.

Antti schickte Anna los, einige der Boote zu holen, die am

Ufer lagen. Als sie zögerte, das Eigentum anderer Leute anzurühren, rief Antti, sie solle gefälligst keine großen Umstände machen. Sie musste ganz ins Wasser hineingehen und fast schwimmend die Boote heranbringen. Indem sie die Boote neigten, bekamen sie die Fische nach und nach über den Rand. Der größte Teil des von Gott geschickten Schwarms blieb im See, aber das berauschte, Fische schöpfende Paar sah nur, dass es drei Ruderboote voll frischer Maränen hatte, so viel wie zwei Fänge der Schleppnetzgemeinschaft.

Schließlich dümpelten die Boote bis zum Rand im Wasser mit ihrer silbern schimmernden, glitschigen Fracht. Auf einer Fläche von mehreren Ar war die Wasseroberfläche von kleinen Schuppen bedeckt. Darunter trieben zu Tausenden tote Maränen, Flossen, blutige Köpfe und Gedärme. Als Symbol der Überfülle schwamm hier und da ein Klümpchen hübsch gefärbter Rogen. Der Schwarm war so groß gewesen, dass auch solche Fische hineingepasst hatten, die bereits auf die Fortpflanzung ihrer Gattung eingestellt waren. Und vor diesem klatschenden und zuckenden Schatz bot Anna, die bis zu den Hüften im Wasser stand, ihrem Antti den Mund und versprach, seine Frau zu werden.

Sie hatten Eis geholt und ein viertes Boot. Dann ruderten sie durch die Nacht und über den See bis in die Stadt und zogen die randvollen Maränenboote hinter sich her. Sie kamen nur schwer voran, aber da die jungen Leute schwere Arbeit gewöhnt waren, schafften sie es. Das Rudern in der windstillen Sommernacht kam ihnen wundersam vor. Es war keine Mühe, sondern Vergnügen und Gottesdienst in einem. Mitten auf dem See war Anna ziemlich erschrocken, weil Antti eine Handwaffe hervorgeholt und eine Möwe erschossen hatte, die sich über die Beute hermachen wollte. Eine Weile ruderte Anna still und verwirrt weiter; aber schließlich blieb der auf der Oberfläche treibende weiße Vogel zurück und war nicht mehr zu sehen, und dann antwortete Anna wieder auf das, was Antti sagte, und lachte über seine Scherze.

Das junge Paar erreichte das Ufer des Marktplatzes, gerade als die Marktleute mit ihren Karren ankamen. Antti verschwand irgendwo und erklärte dann, den größten Teil des Fangs habe er an einen Markthändler, den er kannte, verkaufen können. Nie zuvor hatte Anna so viel Geld gesehen, wie Antti jetzt in Händen hielt, nicht annähernd so viel. Die übrigen Maränen verkauften sie zu einem guten Preis direkt aus dem Boot und verdienten noch mehr Geld hinzu. Es war so viel, dass Anna nur noch lachen konnte. Sie lachte über alles. Auch darüber, dass Antti sagte, jetzt gehen wir auf der Stelle Ringe kaufen. Als sie den goldenen Ring am Finger hatte und das Stück Kranzkuchen aß, das sie in der Konditorei gekauft hatten, musste Anna aber auch ein bisschen weinen.

Dieser Tag war der schönste in Annas Leben. Der leichte Wind schob die Boote wie von selbst voran, weil Antti ihn mittels einer Takelage aus einem Ruderpaar und einem Stück Segeltuch einfing. Im Lauf des heißen Tages fingen die leeren Maränenboote an zu stinken, und das junge Paar ging an der menschenleeren, steinigen Insel Vitsasaari an Land, um die geliehenen Boote zu säubern. Da Annas Kleider dabei nass und schmutzig wurden, zog sie sie aus und säuberte sie ebenfalls.

Antti stand zwar im Ruf, ein wilder Vogel zu sein, der schon alles Mögliche gesehen hatte, aber so etwas hatte er noch nicht zu Gesicht bekommen. Als die nackte Anna am Ufer im flachen Wasser stand und ihm direkt in die Augen schaute, musste er den Blick abwenden und auf einen Stein heften. Der ganze Kerl fing an zu zittern und wurde so willenlos, dass Anna ihn an der Hand weiter nach oben führen musste, wo es zwischen den Steinen ein paar Quadratmeter Gras gab. Als sie dort wieder aufstanden, war Antti derjenige, der jetzt weinte.

Wieder daheim angelangt, hatten sie einiges zu tun. Sie

mussten den Eltern die Verlobung mitteilen und sie um Erlaubnis bitten. Dass die beiden ein Paar waren, wusste man, und die Verlobung war zu erwarten gewesen. Annas Eltern besaßen kein moralisches Recht, sich jetzt quer zu stellen, da sie es vorher auch nicht getan hatten. Antti hatte so manchen zweifelhaften Zug an sich, schon allein die Tatsache, dass man nicht wusste, wo sein Vater steckte. Und seine Mutter war so eine, die sich von Wanderarbeitern ein Kind machen ließ. Sogar ihr Name war merkwürdig: Ursula. Anständige Frauen hießen so nicht. Annas Vater hätte über Anttis Vater noch mehr zu sagen gehabt, begnügte sich aber damit, der Mutter etwas zuzuraunen, die ihm sogleich verbot, Anna auch nur ein Wort davon zu verraten.

So bekamen sie die Erlaubnis zum Heiraten. Sie zeigten sich bei bunten Abenden und spürten den unsichtbaren Ring, der ein Brautpaar von den freien jungen Leuten trennte. Es kam auch der Moment, in dem sie zusammen in den vollen Dorfladen gingen und Anna beim Bezahlen die linke Hand so lange auf dem Tresen liegen ließ, dass jeder den goldenen Ring an ihrem Finger sehen konnte.

Anna war so voller Glück, dass sie völlig das viele Geld vergaß, das die Maränen eingebracht hatten. Als Antti anfing, davon zu sprechen, konnte Anna sich nicht mehr beherrschen, weil zu aller schon vorhandenen Freude plötzlich noch diese weitere hinzukam. Sie fiel Antti um den Hals. Antti erschrak. Er hatte seine Pläne, was er mit dem Geld anfangen wollte, aber seine Zweifel, wie Anna darauf reagieren würde. Anna war alles recht. Als Antti sagte, er habe vor, von dem Geld ein Boot zu bauen und es auszurüsten, lachte Anna zufrieden. Antti meinte, das Boot würde ziemlich groß ausfallen und einen großen Fischkasten bekommen. Anna lachte nur und umarmte Antti erneut.

Noch im Herbst war sie guter Dinge, als Anttis Boot allmählich Gestalt annahm. Es wurde tatsächlich groß, mehr als zehn Meter lang, drei Meter breit und mit zwei Masten. Erst im

Frühjahr trat Sorge anstelle der Freude, als das Boot fertig war und sich herausstellte, wohin damit gesegelt werden sollte: in die Stadt Sankt Petersburg.

Anttis Pläne kamen in einem Schwall heraus, als das Paar an einem Abend im April die Taue des neuen Bootes teerte und aus Wacholderzweigen Ösen für die Segel bog, die Anna den Winter über genäht hatte. Mit Hilfe der Wacholderringe sollte das Segel am glatt gehobelten Mastbaum nach oben und unten gleiten. Anna nahm das geschälte Wacholderholz aus dem brodelnden Kessel und bog es zu Ösen. Antti erklärte mit erhobenem Teerpinsel, dass sie als Erstes laichenden Kaulbarsch in großen Mengen fischen würden. Den Fang würden sie zunächst in großen Reusen am Ufer aufbewahren und von dort ins Boot laden, wo es einen noch nie gesehenen festen Fischkasten gab, der ein Drittel des Bootes einnahm. Darin würde die Beute lebendig nach Sankt Petersburg transportiert. Ob Anna wisse, was der Russe für frischen Kaulbarsch bezahle? Anna wusste es nicht. Warum sollte jemand etwas für Kaulbarsch bezahlen, wenn man auch Barsch, Renke und Maräne bekommen konnte? Antti erklärte, der Russe sei seltsam, der kaufe sogar Steine und Sand gegen Geld. Aus dem Kaulbarsch koche er Suppe und esse sie als große Delikatesse. Und zwar nicht die gewöhnlichen Leute, sondern die Herrschaften und die Adligen in den großen Schlössern. Die hätten Geld, und das gäben sie auch aus.

Antti behauptete, für den Kaulbarsch bekäme er so viel Geld, dass er damit ein Sägewerk gründen könnte. Jetzt erschrak Anna. Antti war eindeutig verrückt geworden. Aber Antti beteuerte, er habe sich alles genau überlegt. Er hatte nicht vor, ein Sägewerk hinzustellen, das mit Dampfkraft Stämme zu Brettern schnitt, wie es in Joutseno gemacht wurde. Oder eines wie in Lauritsala, wo Elektrizität aus der Stromschnelle von Imatra die Säge antrieb. Anttis Säge würde nutzen, wovon es rundum in Hülle und Fülle gab: Wasser.

Solche Worte konnten Anna nicht beruhigen. Der Junge war völlig durchgedreht. Ein Sägewerk, das mit Wasser lief! Ihr wurde immer unheimlicher zumute, als Antti lachend die Leute im Dorf verspottete, die daran gewöhnt waren, ihr Getreide mit kleinen und umständlichen Windmühlen zu mahlen, obwohl auf der Insel unbegrenzt Wasserkraft vorhanden war. Die Unglücklichen hatten immer so wenig Korn besessen, dass sich nichts anderes lohnte. Jetzt aber würde sich das ändern. Wenn die Wasserkraft eine Säge antreiben konnte, konnte sie das auch mit einer Mühle tun. Aus Anna würde noch eine Müllerin werden. Das Sägeholz würde Antti nach Sankt Petersburg bringen, und von dort würde er billiges Getreide holen, um es in der eigenen Mühle zu mahlen. Bald schon besäßen sie Schleppkähne und Teerdampfer. Anna war übel, und ihr wurde schwindlig.

Die Worte des Jungen wurden jedoch unerbittliche Wahrheit. Er fischte tatsächlich Kaulbarsche, bewahrte sie in Reusen auf und setzte Ende Mai an beiden Masten seines Bootes die Segel. Das Schiff lag tief im Wasser, weil sein Fischkasten voll mit lebenden Fischen war. Und was für Fische? Stinkender, schleimiger Kaulbarsch, den nicht mal die Katzen anrührten. Die Leute sagten nichts, aber Anna verstand auch so, was sie dachten: Das arme Mädchen heiratet einen verrückten Windbeutel. Aber die Segel, die Anna genäht hatte, wurden aufgezogen, und der Junge machte sich auf den Weg, das Schiff voller glotzäugiger, stachliger Kaulbarsche.

Für die Fahrt hatte Antti einen Kameraden seines Alters und zwei halbwüchsige Jungen angeheuert. Deren Aufgabe bestand darin zu rudern und das Boot zu schaukeln. Der Fischkasten an Bord war nämlich so konstruiert, dass immer dann Wasser hindurchlief, wenn das Boot in Bewegung war. Auf der Reise war man aber gezwungen, in den Schleusen, an den Wartekais und in den Schutzhäfen anzuhalten, und dann musste das

Boot ununterbrochen geschaukelt werden, um den Wasseraustausch im Fischkasten am Laufen zu halten. Ohne frisches Wasser starben die dicht an dicht gedrängten Fische und verloren ihren Wert.

Anttis Plan war verwegen, aber keineswegs so verrückt, wie Anna und die Dorfbewohner dachten. Denn Antti brach nicht zum ersten Mal nach Sankt Petersburg auf. Die erste Fahrt in die Stadt hatte er bereits als kleiner Junge gemacht – als blinder Passagier auf einem mit Brennholz beladenen Schleppkahn. Auch wenn eine Handelsware wie Kaulbarsch irrsinnig erscheinen mochte, so war es doch die reine Wahrheit, dass in Sankt Petersburg für den anderswo verschmähten Fisch im lebendigen Zustand unglaubliche Summen gezahlt wurden. Und der Wert des Geldes war in den finnischen Wäldern ein vollkommen anderer als in der Großstadt. Antti verfügte über die realistische Chance, für seine Fracht den Preis mehrerer guter Pferde zu erzielen, falls er sie frisch ans Ziel brachte.

Das gelang Antti tatsächlich, und er bekam auch sein Geld, aber er selbst kehrte nie mehr zurück. Seine Kameraden brachten das Boot nach Hause. Aus Mitleid wurde es im Kanal mit einem kleineren Schleppkahn in die Schleusen gelassen, wo beide gerade so zusammen in die Kammern passten. Die schockierten jungen Kerle hatten nämlich keine Kopeke mehr und wussten nicht, wo der Besitzer ihres Bootes abgeblieben war. Eine Woche lang hatten sie den verschwundenen Antti verzweifelt gesucht, hatten Finnisch sprechende Holzhändler und Diener gefragt und ihnen das Aussehen ihres Kameraden beschrieben. Aber niemandem war ein solcher junger Mann aufgefallen.

Anna erbte das Boot ihres Bräutigams. Der Krieg war ausgebrochen, und das Mädchen redete sich ein, die unruhige Zeit hätte Antti gegen seinen Willen geschluckt, und mit dem Frieden würde er schon wieder auftauchen. Der Krieg ging dem Ende entgegen, es kam der finnische Bürgerkrieg und das unabhängige Finnland, aber Antti kam nie zurück. Anna brauchte fast zehn Jahre, bis sie sich eingestehen konnte, dass nicht der Krieg der Grund für Anttis Verschwinden war, sondern etwas, das sie ihrem Bräutigam unmittelbar vor dessen Abreise anvertraut hatte: Anna erwartete ein Kind von Antti. Sogar zwei Kinder, denn Anna sollte, als die Zeit gekommen war, Zwillingsjungen zur Welt bringen.

Kuosmanen

Ich saß auf der türkis bemalten Küchenbank und fragte mich, was seinerzeit an der Wand gehangen haben mochte, dort, wo der helle Fleck auf der Tapete zurückgeblieben war – ein Gemälde oder ein Foto? Hing dort ein gestickter Bibelspruch oder eine Lebensweisheit: «Rudere unverdrossen, allem Gegenwind zum Trotz»? Vielleicht hing dort auch nur auf finnisch-männlich-prosaische Art eine Uhr, die trocken und gefühllos die Zeit maß und in deren gleichmäßigem Takt die Bewohner des Hauses ihr Tagwerk verrichtet hatten, zur Volksschule gegangen oder zum Überlandbus geeilt waren.

Den Beginn der Automobilepoche hatte man auch in diesem Haus gespürt. Vor vierzig Jahren hatte die Fähre angefangen, Autos auf die Insel zu flößen, und kurze Zeit später verkehrte auch schon der Bus auf der neuen Landstraße. Ziemlich bald darauf hatten die Ruohonens ihr Haus verlassen. In Richtung Helsinki? Nach Schweden? Gustav hätte gewusst, wohin, aber ich mochte ihn nicht ansprechen. Ich ging durch die Zimmer und unterhielt mich selbst, indem ich herauszufinden versuchte, in welchem Jahr die Bewohner ihr Haus verlassen hatten.

Im ersten Stock befand sich eine mit porigen Bauplatten ausgekleidete kleine Kammer, die mit derselben türkisfarbenen Glanzfarbe gestrichen war wie die Küchenbank. Sie hatte sich im Lauf der Zeit in Flocken von den Wänden gelöst und war auf dem Boden zu feinem Staub zerfallen. Jemand war durch dieses Zimmer gegangen, der puderartige Pigmentstaub zeigte den Fußabdruck eines Mannes. Ich musste mich zwingen, ruhig zu bleiben, als ich den unheimlichen Umstand begriff, dass der unbekannte Besucher erst vor kurzem dieses lang schon verlassene und im Weidendschungel vergessene Gemach aufgesucht hatte.

In dem Zimmer hatte ein junges Mädchen gewohnt. An der Wand hing ein schwarzweißes Poster, dessen Ränder sich bereits einrollten. Es zeigte vier junge Männer in gestreiften Taucheranzügen. Unter dem Foto stand der Text: YEAH, YEAH. HIER KOMMEN WIR! Oben waren Reproduktionen der eigenhändigen Unterschriften der Jünglinge zu sehen: John, Paul, George und Ringo. Der letzte der Namen war von einem Herz eingefasst, und die Zeichnerin des Herzens hatte ihren eigenen Namen hinzugefügt: Kaija. Neben dem Poster hing eine sich schuppende Mandoline, der eine Saite fehlte. Das Griffbrett des Instruments wies türkisfarbene Fingerabdrücke auf.

Ich ging noch auf den Dachboden, wo zusammengebundene Zeitungen namens *Finnische Nachrichten* und große Knäuel Teppichflicken lagen. Es war heiß dort oben. Die Latten unter dem in der Sonne erhitzten Blechdach waren fast schwarz versengt worden und schwitzten hart getrocknete Harzperlen aus, die Teerkügelchen glichen. Ich ging nach unten und warf von der Tür im Flur aus einen Blick in den dunklen, nach Zement riechenden Keller. Vom Flur aus kam man in die Küche und in das Hinterzimmer, dazwischen lag das dritte Zimmer des Hauses.

Im Hinterzimmer befand sich eine mit Silberfarbe gestrichene Feuerstätte mit eiserner Hülle. Wie alle anderen Farbflächen des Hauses, so blätterte auch der in mittlerweile nachgedunkeltem Aluminiumton ausgeführte Anstrich des Ofens allmählich ab. Ich öffnete die Klappe und sah, dass kürzlich jemand hier ein kleines Feuer gemacht hatte. Auf dem Bodenblech lag ein Stück Wandpapier, das offenbar als Anzünder verwendet und an den Rändern schwarz geworden war. Gustav trat ein. Er erklärte, er habe dieses Haus, das ehemalige Zuhause der Ruohonens, dazu ausersehen, die Wiederaufbauperiode und die Zeit nach dem Krieg bis in die sechziger Jahre hinein zu demonstrieren.

Gustav hielt mir einen Vortrag. Er deutete auf die runde Betonplatte unter dem Ofen und erklärte, an dieser Stelle habe früher ein mit Blech ausgekleideter Vertikalofen gestanden. Wie zigtausend andere Leute auch, hatten die Ruohonens den Kachelofen gegen einen kleinen Eisenofen ausgetauscht – zu ihrem Schaden, wie Gustav meinte. Was den Wirkungsgrad und die Speicherkapazität betreffe, sei der massive Ofen dem dürftigen Kanonenmodell weit überlegen gewesen.

Gustav sprach begeistert von einem Wärme speichernden Ofen, dessen Funktion darauf basierte, dass die Rauchgase in gegenläufige Zirkulation gebracht wurden. Ein solches Modell war fünf Jahre vor der Krönung Gustavs III. im Reich erfunden worden. Mit der Erfindung war eine geniale Innovation verbunden gewesen: das Rauchblech. Dieses machte es möglich, die Energie des Brennholzes innerhalb der Steinmasse des Ofens zu speichern wie in einer Thermosflasche. Die Ofenneuheit sorgte für eine Umwälzung im Bauen und Wohnen. Statt pompöser Säle konnte sich der junge König nun geschmackvolle Interieurs von menschlichen Ausmaßen einrichten lassen, in denen sich bequem der kleinen Genüsse des Lebens frönen ließ, wo man Kabinettspolitik betreiben, aber auch ein amouröses Rendezvous und die von der Handelsflotte aus fernen Ländern importierten Delikatessen wie Kaffee, Schokolade, Vanille oder Früchte genießen konnte.

Von Schloss Haga aus verbreiteten sich die Speicheröfen in die Adelsgüter, von dort in die Pfarrhöfe und bürgerlichen Häuser, bis sie Anfang des 20. Jahrhunderts sogar in kleinen Pachthöfen die am meisten verbreiteten Wärmespender waren. Von Konstruktion und Wirkungsgrad her waren sie optimal und konnten nicht mehr verbessert werden. Dennoch wurden die perfekten Öfen durch wesentlich schwächere Heizvorrichtungen ersetzt, was Gustav für ein Musterbeispiel eines zu Dummheiten führenden Neuheitskultes hielt. Anklagend deutete er mit dem Finger auf den Eisenofen. Die nach dem Krieg gemauerten Öfen hätten in den sechziger Jahren der aufwändigen Instandsetzung bedurft, weshalb man anfing, sie durch industriell gefertigte Feuerstellen zu ersetzen. In dem mittleren Zimmer wies Gustav auf die Stelle, wo ein weiterer Ofen entfernt worden war. Seinen Worten nach kündeten die Fettspritzer auf der Tapete von einer etwas später eingeführten, noch dümmeren Neuheit: dem Ölofen.

In den Wintern der sechziger und siebziger Jahre habe in diesen Häusern ständig der süßliche Geruch von Heizöl gehangen; er habe sich in den Kleidern und den Lebensmitteln festgesetzt. Ganze Jahrgänge von Schulklassen hätten nach dem Leichtöl gestunken, das als praktische und saubere Wärmequelle angepriesen und mit Tankern von der anderen Hälfte des Planeten herbeigeschafft worden sei. Dieselben Jahrgänge hätten sich jedes Mal zu Beginn der Heizperiode an Pausenbrote mit Ölgeschmack gewöhnen müssen, da die Butter auf den Broten den Geruch als Beigeschmack aufgenommen habe.

Gustav sprach voller Eifer und mit freundlichem Unterton. Auch ich konnte mich dem nicht entziehen. Er konnte sich in etwas hineinversetzen, und er war ein charismatischer Redner. Wenn man ihm zuhörte, sah man vor sich, wie dieses Haus einmal ausgesehen hatte und wie es nach der Restaurierung wieder aussehen würde. Er beschrieb alles, bis hin zu den Geranien an den Fenstern und den Lexikonbänden auf dem Regal aus furnierter Spanplatte. Das Regal sei per Postversand gekauft worden, und das Lexikon habe ein reisender Verkäufer absetzen können, nachdem es ihm durch langwierige Bemühungen gelungen sei, das Familienoberhaupt zum Erwerb zu überreden. Als Zugabe zum Lexikon habe man ein Naturkundebuch mit Farbbildern von wilden Tieren erhalten, das die Kinder des Hauses so oft durchgeblättert hätten, bis es Eselsohren aufwies.

Die Stiftung hatte der Universität eine Professur geschenkt

und dazu die Projektfinanzierung für die Erforschung des Wiederaufbaus, der Sofortansiedlung und des Frontkämpferhauses. In der Startphase wollte Gustav den Schwerpunkt des Themenparks auf diese Epoche legen, denn die bevölkerungsstarken Jahrgänge kamen nun ins Rentenalter. Es war zu erwarten, dass ganze Busladungen von nach dem Krieg geborenen Menschen zu nostalgischen Traumreisen in die eigene Kindheit aufbrechen würden, die hier heiler, wirklicher und eindrucksvoller gestaltet sein würde, als sie jemals gewesen war.

Gustav erläuterte, wie die Räume in ihren ursprünglichen Zustand zurückversetzt würden. An die fensterlose Wand im Durchgangszimmer würde mit Dachpappennägeln ein Gobelin an der Spanpappe angebracht. Darauf wäre ein Elch an einer Quelle zu sehen. Darunter stünde ein ausziehbares Metallbett, an dessen röhrenförmigen Füßen die Wanzen nicht in die Kissen klettern konnten, um den Schläfern das Blut auszusaugen. Auch ein solches, der Insektenvermehrung passiven Widerstand leistendes Detail sei den Ideen der an positiven Nutzen und an die Vernunft glaubenden Zeit entsprungen. Es sei ein Faktor der Verbesserung der Hygiene gewesen, wodurch in Finnland seit Jahrzehnten kein Ungeziefer mehr in bedeutender Menge auftrete.

Den Besuchern würde man nicht nur über Öfen und Möbel, sondern auch über dieses Thema Erklärungen per Audio-Guide-System und Kopfhörer liefern. Gustav wollte wissen, ob es gelungen sei, für die Herstellung des Audio-Systems die besten Leute aus der Sound-Branche zu gewinnen. Er fragte sich, ob man zur effektvollen Intensivierung der Erläuterungen ein Geräusch bieten könnte, welches das nächtliche Tapsen, Kratzen und Rascheln des Ungeziefers darstellte, wenn es vergebens versuchte, im Dunkeln Halt an den glatten, mit Brennfarbe gestrichenen Röhrenbeinen des Bettes zu finden. Hunderttausende Menschen hätten dieses Geräusch nächtens gehört, ebenso wie das träge Brummen der durch abendliches Überheizen aus dem Dämmerschlaf erwachten Fliegen, das ängstliche Rennen von Mäusen auf der Zwischendecke oder das vorsichtige Nagen einer Ratte in der Speisekammer.

Gustav erzählte begeistert, er habe auf dem Dachboden Teppichflicken entdeckt. Jedem Knäuel habe er eine Stoffprobe entnommen. Auf deren Grundlage könne man die Materialien und Muster der im Haus verwendeten Vorhänge und anderer Textilien rekonstruieren. Dank der Stoffreste sei auch in diesem Bereich eine möglichst perfekte Illusion zu erzielen. Gustav war sicher, dass wir uns im genau richtigen Haus aufhielten. Er habe die Wirtschaftsgebäude in Augenschein genommen und viele charakteristische Vorrichtungen, Gerätschaften und Materialien gefunden. Und vom geplanten Routenverlauf des Themenparks her sei der Standort des Hauses der bestmögliche.

Inzwischen hatte sich Gustav in einen liebevollen und besorgten Menschen verwandelt. Er beugte sich über meinen verletzten Fuß und löste geschickt den Verband. Ich nahm die Erste-Hilfe-Packung in die Hand und las die Behandlungsanweisungen bei Rissen und Auskugelungen durch. Man sollte nach dem Schema KKH verfahren: Kühlung, Kompression und Hochlagerung. Gustav meinte besorgt, es sei vielleicht nicht gut für mich, ihn zum nächsten Haus am anderen Ende des Weidendickichts zu begleiten. Am besten bliebe ich bei den Ruohonens und hielte mein Fußgelenk ruhig.

Eine halbe Stunde lang wurde mein Fuß mit der Eiskompresse aus Ammoniumnitrat behandelt, anschließend strich Gustav Kühlgel über die Wundstelle und verband das Fußgelenk erneut. Auf der Küchenbank errichtete er einen gepolsterten Diwan, wo ich in halb liegender Position ausruhen durfte. Gustav ließ eine Packung starker Schmerzmittel auf dem Küchentisch liegen und reichte mir seinen eleganten Flachmann, dessen Verschluss ein silberner Schnapsbecher schützte.

Er wies mich an, immer dann, wenn mir danach sei, eine Tablette und einen oder auch zwei Becher des Getränks zu mir zu nehmen. Es sei sinnlos, unnötig Schmerzen zu erdulden. Die Gesamtwirkung von Medikament und starkem Alkohol würde den Schmerz lindern und mir die Wartezeit angenehm machen. Auf meine unausgesprochene Frage hin erklärte er sorglos, aber überzeugend, vor der gleichzeitigen Einnahme von Alkohol und Schmerzmitteln würde viel zu strikt gewarnt. Durch die intensivierende Wirkung des Alkohols erhielten die Eigenschaften der Schmerzmedikation vielmehr eine wohltuende Bereicherung.

Außerdem handle es sich bei dem alkoholischen Getränk um eine hinsichtlich unseres Projekts thematisch interessante Substanz. Er empfahl mir, einen Becher davon auf die Gesundheit zu kippen. Ich erfüllte ihm seinen Wunsch. Nur mit Mühe gelang es mir, die Flüssigkeit bei mir zu behalten. Nie zuvor in meinem Leben hatte ich etwas ähnlich Grässliches geschluckt.

Gustav lachte und erklärte, es handle sich um die uralte Frucht der bäuerlichen Getreideveredelung, um einen echten und robusten Landbranntwein. Er müsse genossen werden wie ein Medikament. Sein kräftiges und sehr spezielles Aroma garantiere eine maßvolle Dosierung. Auf Gustavs Empfehlung schluckte ich auch eine Schmerztablette. Zum Herunterspülen bekam ich eine Halbliterflasche Mineralwasser aus seiner Tasche.

Gustav betätigte die Tastatur seines Navigators und sah aus dem Fenster auf die grüne Wand aus Weiden, die hinter dem spärlich bewachsenen Hofgelände schwankte. Er ließ die Dokumente, die sich mit dem Ruohonen-Haus befassten, neben den Tabletten und den Flaschen auf dem Tisch liegen, nahm nur das Material, das er in dem nächsten Haus benötigte, mit und machte sich auf den Weg. Ich blieb auf meinem provisorischen Diwan zurück, in mattem, schmerzfreiem und im Grunde sehr angenehmem Zustand.

Ich hab zuerst nicht begriffen, was Saarilahti über die Wassermühle redete. Er erzählte wieder mal eine von seinen Geschichten. Von denen hatte er mehr als genug auf Lager. Er hatte die Idee, dass man in seinem Vergnügungspark den Leuten alles anhand solcher Geschichten und Vorführungen erklärte. Auch über die Wassermühle sollte eine Geschichte entwickelt werden. Ursprünglich hatte ein junger Mann vor fast hundert Jahren die Mühle geplant. Er hatte ein Boot voll Kaulbarsch gefischt und war losgefahren, um sie in Sankt Petersburg zu verkaufen. Für die Kaulbarsche wollte er so viel Geld kriegen, dass er damit eine Wassermühle hätte hinstellen können. Damit beabsichtigte der Kaulbarschfischer, eine Kreis- oder Gattersäge anzutreiben. Er hatte vor, ein Sägewerk zu gründen!

Ich hätte von der ganzen Geschichte kein Wort geglaubt, wenn ich nicht gewusst hätte, dass sie stimmt. Der Kaulbarschspezialist war nämlich mein Urgroßvater. Er war tatsächlich nach Sankt Petersburg gefahren, um eine Fuhre Kaulbarsch zu verkaufen, kam aber nie zurück. Ich hätte nichts von dem Mann gewusst, aber im Nachbardorf sprachen die Leute davon. Bei uns daheim wurde über solche Sachen nie ein Wort verloren. Ich hab auch meine Urgroßmutter nie gesehen, obwohl sie in derselben Gemeinde wohnte, allerdings auf dem Festland. Ich glaub, sie lebt da immer noch.

Und jetzt hatte Saarilahti vor, sich eine Art Schauspiel über meine Vorfahren auszudenken! Dafür hätte ich die Wasserflächen ausmessen, die Zu- und Ablaufrinnen graben und das Wasserrad bauen sollen. Der hätte aus meiner Heimat eine Art Tivoli gemacht und aus der Geschichte meiner Familie ein einziges Theater. Nie im Leben!

Mäkelä

Der Taucher hielt Rajala für verrückt. Im Frühjahr hatte er den Bagger lärmen gehört und war hingegangen, um zu fragen, ob der Nachbar mit dem Gerät eine Arbeit für ihn erledigen würde. Rajala war ihm auf dem Hof mit dem Gewehr im Anschlag entgegengekommen und hatten ihn gezwungen, sich auf den Boden zu legen. Kein Wort hatte er gesagt, obwohl der Taucher versuchte, mit ihm zu reden. Später hatte der Taucher Urho und Toivo im Laden gefragt, was der Mann in der Nachbarschaft eigentlich trieb, und da hatten die Jungs ihm Rajalas Geschichte erzählt.

Ein paar Jahre zuvor war Rajala von zu Hause, in Pohjanmaa, abgehauen, wo er gut verdiente bei der Herstellung oder Planung von großen Dieselmotoren für Schiffe und Kraftwerke. Seine Angehörigen hatten monatelang nicht gewusst, wohin er verschwunden war. Sie glaubten, er wäre tot. Rajala hatte sich einfach den Rucksack umgehängt und war mit dem Gewehr in der Hand von West nach Ost durch ganz Finnland gewandert. Er hatte sich von Wild und Fisch ernährt, erreichte schließlich das Saimaa-Ufer und stahl ein Boot. Damit ruderte er auf die Insel und ließ sich in seinem verlassenen Elternhaus nieder.

Ein halbes Jahr lebte er dort wie ein Soldat aus einer Fernpatrouille, der hinter den Linien vergessen worden ist. Er fischte und jagte, salzte Maränen, Lachsfleisch und Rogen ein. Er schoss Raufußhühner und lagerte sie nach verschiedenen Methoden ein. Schließlich gelang es ihm, einen Elch zu schießen, und er verschlang so viel Fleisch, wie er konnte, und legte sich unter der Haut einen Nahrungsmittelvorrat für den Winter an, wie ein

Bär. Den Rest des Fleisches räucherte oder trocknete er zu salzigen Brocken.

Um die Zeit, als er den Elch schoss, tauchte Rajala bei Toivo auf und tauschte einen Auerhahn gegen Selbstgebrannten. Bald darauf kam er mit einer Elchkeule auf dem Wasserschlitten wieder, um größere Geschäfte zu tätigen. Außer Fusel tauschte er gegen das Fleisch Kartoffeln und Zwiebeln ein. Man vermutete, er hätte genug von dem ewigen Fisch und Fleisch. Jetzt hätte er Lust auf Suppe mit Kartoffeln und anderem Brühzeug. Mit den Besuchen im Laden fing Rajalas Niedergang an. Niemand wusste, was er machte. Die Loipen und Wege schneiten zu. Die Jungs gingen hin, guckten durchs Fenster und sahen ihn bärtig und verrußt wie der Teufel in der kalten Stube herumhocken.

Dann hörte man gar nichts mehr von ihm, und man glaubte, er hätte sich aus dem Staub gemacht. Im März tauchte er plötzlich mit Skiern auf dem zugefrorenen See auf. Die Jungs waren beim Winterfischen gewesen und holten ihn mit ihrem mickrigen Motorschlitten ein. Rajala rollte mit den Augen. Es war furchtbar gewesen, ihn anzugucken, und er wusste auch nicht mehr, wie ein Mensch redet. Die Jungs hatten keine Ahnung, was er im Schilde führte, sie sahen bloß, dass seine Loipe gerade war und in Richtung Tiefrinne wies, wo das offene Wasser in der Frühjahrssonne glitzerte. Er wehrte sich nicht, als Urho und Toivo ihn mitnahmen. Sie behielten ihn zwei Wochen bei sich, gaben ihm zu essen und steckten ihn in die Sauna.

Irgendwie erholte er sich dann. Redete sogar ein bisschen, erzählte, wie er auf der eisglatten Treppe ausgerutscht und mit dem Rückgrat aufgeschlagen war, wie er zwei Wochen in der kalten Stube gelegen hatte, sicher, er wäre gelähmt. Irgendwann hatte er gewaltige Schmerzen im Beckenbereich bekommen. Zwischen den Hinterbacken und im Steiß hatte es gezuckt und gezogen. Wahnsinnig wehgetan hatte es, dann war es wieder weg, dann kam es wieder, in immer dichteren Abständen. Rajala hatte einen verrückten Gedanken im Kopf gehabt: Er bringt ein Kind zur Welt. Die Wehen waren immer häufiger gekommen, und schließlich hatte Rajala mit gebogenem Rücken und hoch erhobenen Knien in seinem Elternhaus auf dem Stubenboden gelegen. Als er wieder zu sich kam, war alles unter ihn gekommen, aber die Schmerzen waren weg.

Da war er aufgestanden und hatte geduldig seine Skier repariert, die ihm im Suff abgebrochen waren. Er hatte das Haus geputzt, so gut er konnte, und war dann mit den Skiern aufs Eis gegangen, mit der Fahrrinne als Ziel. Nach all dem und nachdem er sich in Toivos und Urhos Obhut erholt hatte, kam Rajala zur Ruhe. Er brachte seine Angelegenheiten in Ordnung. Man wusste, dass er auch mit seiner Familie Kontakt aufgenommen hatte. Er besorgte sich Geld und setzte das Haus instand.

Er war als Eremit in seinem Elternhaus wohnen geblieben. Offensichtlich lebte er von seinen Ersparnissen, außerdem fischte und jagte er emsig und baute auf einer kleinen Fläche Kartoffeln und Zwiebeln an. Sogar ein paar Morgen Hafer hatte er. Das Getreide zerquetschte er in einer alten Futtermühle und kochte sich daraus so etwas wie Brei. Brennholz bekam er aus dem Wald der Erbengemeinschaft. Dort hatte er sich auch Stämme geholt und daraus von einem hausierenden Säger Bretter schneiden lassen, mit denen er nach und nach die Gebäude reparierte. Er hatte sich einen alten Bagger angeschafft und fing an, mit dem strömenden Wasser Strom zu erzeugen. Man wusste, dass er sogar einen Fernseher hatte. Ganz aus der Welt war er nicht.

Vor zwei Jahren war ihm mit dem Strom was Komisches passiert: Am Ufer hatte er eine Angelrute gefunden, die ein Sommerhaustourist weggeworfen hatte. Die trug er heim, um sich daraus einen Keschergriff zu machen. Er schöpfte sich nämlich vom Steg aus seine Köderfische. Mit der sieben Meter langen Rute auf der Schulter ging Rajala also über die Wiese auf die

Hochspannungsleitung zu. Es war heiß, und plötzlich fing es rings um Rajala an zu blitzen. Aus seinem Kopf und seinen Schultern schlugen die Flammen, und es sah aus, als würde er sich eine Handbreit über den Erdboden erheben. Urho und Toivo hatten es gesehen. Rajalas Gesicht war bläulich blass geworden, auf der Stirn und an den Schläfen hatten sich die Adern abgezeichnet wie Schnörkel im Marmor. Es knisterte, und in der Luft lag der Geruch von verbranntem Fleisch.

Urho und Toivo glaubten, jetzt komme der Sensenmann und nähme Rajala mit. Aber er starb nicht. Er rollte nur mit den Augen, und die Zunge hing ihm aus dem Mund wie bei einem Satan, der von der Kirchenwand gerissen worden war. Der ganze Kerl war wie in einen zuckenden blauen Schleier gehüllt, aus dem ab und zu helle Flammen loderten. Es knisterte und zischte. Am schlimmsten waren allerdings die Geräusche, die aus Rajalas Mund drangen. Unaufhörlich kamen fremde Wörter heraus, groteskes Gewimmer und höllisches Winseln, das plötzlich in tiefes Schreien überging. Zwischendurch kamen auch verständliche Wörter. Allerdings aus einer nicht bekannten Sprache. Es hörte sich an, als würde ein Tonband zurückgespult.

Die Jungs fielen vor Rajala auf die Knie und trauten sich nicht, näher an ihn heranzugehen oder ihn anzusprechen. Als sie wieder den Mut hatten hinzusehen, ging Rajala dahin wie ein Bote aus dem Himmel oder aus der Hölle, mit blitzenden und lodernden Schultern und Scheitel. Kaarela sagte, er habe von ähnlichen Fällen auch schon gehört. Da habe eine Angelrute aus Kohlenfaser den Strom geleitet und unter der Hochspannungsleitung für einen tödlichen Lichtbogen oder in anderen Fällen für elektrische Phänomene gesorgt, wie sie der Taucher beschrieben habe. Für alles gebe es eine natürliche Erklärung.

Für den Taucher war bei Rajala gar nichts natürlich. Er war

mit seiner Geschichte fertig und lud Druckluftflaschen auf seinen Wagen. Vorher hatte er Andeutungen gemacht, dass er die Frau im Visier hätte, der die Flaschen gehörten, aber jetzt war er einsilbig geworden. Seitdem er von Rajala erzählt hatte, schien er irgendwie verwirrt, ja geradezu wütend zu sein. Er verschwand mitsamt seinem Fahrzeug. Kaarela stand mit dem Kanister in der Hand auf dem nassen Weg, wo sich noch immer Bäche, die aus Rajalas Kraftwerk entwichen waren, schlängelten. Ich forderte Kaarela auf, mir den Weg ins Herz des Weidendickichts zu zeigen, wo die Jungs ihre Fabrik hatten.

Sogar ein U-Boot planten sie für den See, der jetzt dort ist, wo mein Heimatdorf war. Ein Profitaucher hat Routen markiert und sie den ganzen Frühling über freigeräumt. Das muss man sich vorstellen. Mit dem U-Boot wären die bis vor meine Haustür gekommen! Die Touristen hätten durch die runden Fenster geglotzt, und von Booten mit Glasboden aus hätten sie versucht zu erspähen, wie die Menschen früher gelebt haben.

Da hab ich beschlossen, dass das nicht passieren wird. Irgendwo musste ich einen Bagger herkriegen, und ich wusste auch, wo. Aus dem Nachbardorf sind fast alle Leute weggegangen, aber einer ist zurückgekommen: Väinö Rajala. Den hab ich gefragt, ob er mir den «Entsafter» ausleiht, den Traktorbagger für die Drainage. Der hat so einen in Gebrauch gehabt, weil er sich seinen eigenen Strom erzeugt und sich dafür Gräben gezogen hat.

Ganz normal war der Väinö auch nicht. Wie ich zu ihm gehe, sitzt er auf der Treppe und redet mit den Vögeln. Die sind um ihn herumgeflattert, haben sich auf seine Schultern und auf den Kopf gesetzt, und Väinö hat sie gelassen. Da bin ich wieder weg, ohne mein Anliegen vorgetragen zu haben.

Als ich am nächsten Tag wieder hin bin, um nach dem Entsafter zu fragen, ist die ganze Zeit ein Schwarm Bienen vor mir hergeflogen. Scheiße, hab ich gedacht, hat er die auch dressiert? Es sah aus, als wären sie extra zu mir geflogen. Wie, um mir den Weg zu zeigen.

Bienen waren für mich vertraute Viecher, weil die Männer bei uns im Dorf welche hatten. Angeblich hatten ihnen das die Mönche am Ladoga-See beigebracht. Wir hatten immer Honig im Haus gehabt, auch wenn es sonst nichts Süßes gab. Aber Honig gab's, in Hülle und Fülle, lange bevor es in Finnland üblich war. Hummelnektar, haben die immer gesagt. Mit Hauben aus weißem Gazestoff sind sie rumgelaufen wie Gespenster.

Aber diese Bienen waren nicht aus Väinös Zucht wie die Kleinvögel am Tag zuvor. Diesmal waren überhaupt keine Vögel da. Er saß trotzdem wieder an derselben Stelle, und viel gesagt hat er nicht. Den Bagger hab ich aber gekriegt. Und immer wenn ich damit graben wollte, war er voll getankt. Der Väinö hat schon gewusst, was ich damit mache. Auch die passende Schaufel hat er mir jedes Mal schon an den Ausleger geschraubt gehabt.

Helena

Ich war vor dem Schuppen beim Holzhacken, als ein Auto angefahren kam. Ich dachte, der Taucher bringt mir die Druckluftflaschen, und hackte einfach weiter. Ich wollte nicht, dass er sich was einbildet. Es war schon seit Tagen heiß, und die Axt hatte tagelang auf dem Klotz in der Sonne gelegen. Die Klinge war locker geworden. Ich hätte sie besser verkeilen müssen, aber ich dachte, ich steck später das ganze Ding zum Aufquellen in einen Eimer Wasser. Dann sitzt der Griff wieder fest. Vorsichtig hackte ich das vorgesägte Holz für den Herd klein.

Es war gar nicht das Auto des Tauchers. Es kamen mehrere Männer. Es war passiert, was ich seit zwei Jahren befürchtet hatte: Olli hatte herausgefunden, wo ich wohne. Oder er hatte es schon lange gewusst, war aber jetzt erst auf die Idee gekommen aufzutauchen. Das Auto war eine Schrottkarre von Lieferwagen, ein Toyota Hiace mit russischem Kennzeichen. Ich holte mit der Axt so heftig aus, dass die Klinge durch das Saunafenster flog. Es klirrte. Die Männer brüllten vor Lachen. Zwei redeten untereinander russisch. Olli fragte, wo ich abgetaucht wäre. Ich gab keine Antwort. Er zuckte mit dem Kopf und mit den Schultern, änderte ständig die Haltung und suchte einen Gegenstand, an dem er seine von Amphetaminen aufgepeitschte Energie auslassen konnte. Ich hatte Angst.

Als ich Olli kennen lernte, war ich gerade in einer Phase gewesen, in der ich mich wie abgestumpft fühlte. Ich hatte gerade erst die Trennung von Heikki hinter mir, und es war mir völlig egal, wohin ich ging, was ich machte und mit wem. Sechs Monate zuvor hatten sie mir die Gebärmutter entfernt. Drei Wochen davor hatte ich mir noch eingebildet, ein Kind zu erwarten. Es geht etwas kaputt in einem, wenn man erfährt, dass gerade das, auf das man am meisten wartet, das man sich am meisten wünscht, zugleich das ist, vor dem man sich am meisten fürchten muss. Vor allem wenn sich das alles im eigenen Körper abspielt. Ich bin daran kaputtgegangen und unsere Beziehung ebenfalls. Von Heikkis panischen Beteuerungen, er könne sich ein Leben ohne eigene Kinder durchaus vorstellen, wurde mir nur noch übel.

Die Angst, der Krebs könnte sich erneut in meinem Körper ausbreiten, kam erst später. Erst mal kanalisierte ich den Schock, den die unvermutete Situation ausgelöst hatte, einzig durch meine Verzweiflung darüber, dass ich nie ein Kind zur Welt würde bringen können. Tag und Nacht saß ich am Computer. Ich surfte von einer «Kinderlosen»-Website zur nächsten. Nach ein paar Wochen hörte ich damit schlagartig auf und fing an zu leben, als stünde der Jüngste Tag bevor. Alles geschah wie im Flug: Scheidung, Verkauf der Wohnung, Kauf des Hauses und Projektvertrag mit der Stiftung. Ich zog auf die Insel und nahm das Forschungsprojekt in Angriff. Ich musste nur noch einmal nach Helsinki, um die Grundlagenarbeit zu erledigen. Es war eine hysterische Phase: tagsüber im Archiv, abends in der Kneipe. Ich weiß nicht, was ich dachte, als ich in Heikkis Wohnung zog und kurz darauf Olli dorthin schleppte. Wahrscheinlich wollte ich Heikki kränken, zeigen, dass die Trennung unwiderruflich war.

Aber dann wachte ich plötzlich auf, als ich endlich kapiert hatte, was Olli für ein Mensch war. Ich ging abends nicht mehr weg, ging überhaupt nirgendwo mehr hin. Außer ins Archiv der Finnischen Literaturgesellschaft – dorthin hätte er sich bestimmt nicht verirrt. Oder nicht hingewollt oder keine Lust gehabt hinzugehen. Aber jetzt, nach zwei Jahren, hatte er mich doch ausfindig gemacht. Er stand da, zuckte mit den Schultern und war gespannt wie eine Stahlfeder. Er hatte zwei Typen dabei, die aussahen, als würden sie Menschen in Müllsäcken an abgelegenen Uferstreifen deponieren, wie normale Menschen die Abfalltüten rausbringen.

Olli schaute mir inzwischen fest in die Augen, obwohl ich mir Mühe gab, seinem Blick auszuweichen. Er summte einen albernen Schlager vor sich hin, der lustig sein wollte, indem er die chaotische Welt der osteuropäischen Kleinkriminalität zum witzigen und ungefährlichen Treiben verharmloste. Die zwei russischen Kolosse mussten darüber lachen. Der eine ging in die Sauna und suchte die Klinge der Axt. Man hörte, wie er über die Glassplitter auf dem Betonboden im Waschraum ging. Kurz darauf kam er wieder heraus. Ich hatte das Gefühl, mir würde eine eiskalte Stange von unten in Richtung Speiseröhre in den Leib geschoben. Ich merkte nicht einmal, dass ich noch immer den Axtgriff in der Hand hielt. Der Russe nahm ihn mir ab und fing an, die Klinge fest zu verkeilen. Mit seinem Stilett schnitzte er Keile aus einem Birkenscheit und erklärte dabei, wie man es anstellen müsse, damit so eine Klinge richtig festsaß. Als er fertig war, legte er fünf Zigaretten auf den Hackklotz und schlug ihnen mit einem Schlag die Filter ab. Die Filterlosen schob er in eine Zigarettendose, die aus einer großen, flach gepressten Geschosshülse gemacht war. Auch dabei erklärte er etwas. Olli behauptete, er habe gesagt, so mache man es in Tschetschenien.

«Du bleibst hier!»

Ich wagte nicht, mich vom Fleck zu rühren, obwohl niemand bei mir blieb, um auf mich aufzupassen. Sie gingen alle zusammen ins Haus. Was, wenn ich einfach in den Wald rennen würde? Schauten sie aus dem Fenster, würden sie mich einholen … nach mir schießen? Aber wohin hätte ich auch rennen sollen? Zum Laden? Zu Urho und Toivo? Was hätten die Jungs schon machen können? Oder der Taucher, obwohl er noch jung war. Das nächste Polizeirevier lag sechzig Kilometer entfernt, auf der anderen Seite der Fähre. Zwei Stunden würde es dauern, bis eine Streife hier wäre, falls man sie überhaupt dazu bringen könnte, sich in Bewegung zu setzen. Aber hätte die Polizei überhaupt eine Chance? Ich hatte eigentlich auch gar keine Lust, jemandem etwas zu erzählen, weil das Ganze irgendwie meine eigene Schuld war. Ich schämte mich, soweit die Angst noch Platz für andere Gefühle ließ.

Als sie wieder herauskamen, hatten sie zwei Plastiktüten mit Sachen dabei. Offenbar hatten sie sich willkürlich etwas von dem Forschungsmaterial aus dem Regal genommen. Olli hielt die Topfgabel vom Ofen der Häkkinens in den Händen, deren Griff durch die vierzehn Jahre unter Wasser aussah wie Moorbaumholz. Er schien die Topfgabel für eine Art Waffe zu halten, denn er fuchtelte damit vor einem unsichtbaren Feind herum wie ein mittelalterlicher Lanzenträger. Einer der Russen hielt noch die Axt in der Hand, die er repariert hatte. Auf einmal schoss ihm etwas in den Kopf, und er rannte mit erhobenem Beil auf mich zu.

Ich war wie gelähmt vor Schreck, und das war offenbar auch die Absicht gewesen. Ich sah, wie das rot gestrichene untere Ende des Axtgriffs in der erhobenen Faust des Mannes aufblinkte. Plötzlich zersplitterte das Rot, es ertönte ein scharfes Sirren und schließlich ein trockenes, fernes Knacken irgendwo am Hang des Landrückens. Alle erstarrten. Der Russe saß mit blödsinnigem Gesichtsausdruck auf der Erde und hielt sich die blutige Hand. Zwischen Fingerstümpfen und Handknochen ragte ein langer Holzsplitter hervor wie ein Nagel am Kreuz Jesu. Den sah er sich wie benommen an. Er schien sich über die Farbe zu wundern, sagte etwas zu seinem Genossen und zeigte ihm, wie das Blut nach unten floss, über Ellbogen und Ärmel. Es ging ihm wohl einfach nicht in den Kopf, dass die rote Farbe schon vorher auf den Schaft gemalt worden war.

Olli ging auf den Verwundeten zu, hielt dann aber zögernd inne. Wieder dieses Sirren, dann wirbelte die Erde unter Ollis

Füßen auf, und vom Hang hörte man wieder das Knacken. Olli und der heil gebliebene Russe spähten in die Richtung, aus der die Kugeln gekommen waren. Ihre Köpfe nickten wie die von pickenden Vögeln, als sie versuchten, die Flugbahn der Projektile anhand der Aufprallspuren auf der Erde zu bestimmen. Der andere Russe wiegte sich im Sitzen hin und her und jammerte mit seltsam monotoner Stimme. Er hatte sich das Holzstück herausgezogen und hielt die Hand erhoben wie eine Standarte. Sein Blut sah dickflüssig aus, wie es so hervorquoll und den Arm hinab zur Achselhöhle rann. Seine ganze Körperseite war bereits feucht davon, und auf der Erde bildete sich eine Lache. Von der Hand war nicht mehr viel übrig. Ein zersplitterter Knochen ragte aus der blutigen Masse heraus.

Olli machte einen vorsichtigen Schritt. Wieder kam eine Kugel, und man hörte das Knacken. Olli hob die Hände wie ein Soldat, der sich ergibt. Der Russe tat es ihm gleich. Der Verwundete war blass geworden und fing an zu zittern. Jetzt kam ein Mann den Hang herab. Er spähte die ganze Zeit über sein Zielfernrohr hinweg, nahm in etwa fünzig Metern Entfernung hinter einem Stein Aufstellung und zog in aller Ruhe etwas aus der Tasche. Eine Patrone. Er schob sie in sein Gewehr und lud durch. Die Waffe hatte er auf dem Stein aufgestützt, ihr Lauf schien auf Ollis Bauch gerichtet zu sein. Mit erhobenen Händen machte Olli einen Schritt zurück. Es ertönte kein Schuss, aber der Schütze veränderte die Zielrichtung des Laufs. Olli machte einen zweiten und einen dritten Schritt. Er und der Russe drehten sich langsam um und gingen auf den Wagen zu. Beide hatten die Plastiktüten in der Hand, voll mit dem Zeug, das sie im Haus geraubt hatten. Sie merkten wahrscheinlich nicht mal, dass sie die Tüten noch immer trugen.

Der Russe sagte etwas zu seinem Kumpel. Dieser saß auf der Erde und versuchte, mit seinem Gürtel den verwundeten Arm am Ellbogen abzubinden. Routiniert zog er den Kompressionsverband mit den Zähnen zu, so wie es Leute machen, die sich ihre Drogen intravenös spritzen. Er hatte nicht mehr viel Kraft. Er zitterte und bekam keine ordentliche Kompression zustande; zwischen den Fingerstümpfen und den Fetzen der Handfläche sickerte weiterhin Blut hervor. Auf eine Aufforderung hin stand er trotzdem auf und taumelte zum Wagen. Den Gürtel hielt er mit der Hand fest. Der andere Russe zerrte den Verwundeten in den Laderaum, wo er polternd der Länge nach hinfiel. Olli fuhr langsam in niedrigem Gang davon. Nach zweihundert Metern gab er Gas. Schotter spritzte auf, und das Heck schwankte hin und her, als das Auto losschoss. Der Mann hinter dem Stein war verschwunden.

Kuosmanen

Ich erwachte durch das Geräusch des Mobiltelefons, meldete mich, begriff aber nicht sofort, wo ich war. Gustav hatte bestimmt schon eine Minute geredet, bevor mir allmählich dämmerte, warum ich in diesem verlassenen, staubigen Zimmer lag. Ich hatte geschwitzt, weil ich Wärme ausgesetzt war, deren Quelle ich erst erkannte, als ich sah, dass ich im Licht der späten Nachmittagssonne lag, die durch das schmutzige Fenster hereinschien. Ich spürte ein Stechen in meinem Bein. Den Pflegeanweisungen getreu hatte es hoch auf der Armlehne der Küchenbank geruht. Auf der verkratzten Tischplatte erblickte ich eine silberne Flasche samt kleinem Becher sowie eine Blister-Packung Tabletten, in der drei Löcher waren.

Mein Kopf fühlte sich dick an, und mein Fuß schmerzte ein wenig, was ich Gustav, der sich danach erkundigte, auch sagte. Der fing jetzt an, über Mannhaftigkeit zu sprechen, rief mir in Erinnerung, wie der durch die Kugel eines Meuchelmörders getroffene und tödlich verwundete Gustav III. seine Gelassenheit und Würde bewahrt habe. Angesichts der Lebenseinstellung des Königs sei es ein bezeichnender Zufall gewesen, dass es ausgerechnet bei einem Maskenball in der Oper zu dem Attentat gekommen war. Die letzten Tage im Leben von Gustav III. sagten ebenfalls viel über dessen Prinzipien aus. Ohne sich von seinen Schmerzen beeinträchtigen zu lassen, habe der König seine Rolle bis zuletzt stilvoll durchgehalten.

«Auch Ihr, Maurice, habt Eure schwere Verwundung bislang ertragen wie ein Mann.»

Und weiterhin an mich gerichtet, beschrieb Gustav, wie der erste Berater und Freund des Königs von einem Musketengeschoss in der Schulter getroffen wurde, als er sein Regiment bei Savitaipale in die Schlacht führte, nur wenige Kilometer von der Stelle entfernt, an der wir uns gerade aufhielten. Gefordert sei Stoizismus, und das ganze Leben hindurch müsse man sich geistig und körperlich fordern, damit man imstande sei, Schmerzen und körperliche Schwächen unter Kontrolle zu halten. Solche Eigenschaften bräuchte ich jetzt, erklärte Gustav.

Man dürfe sich nicht den banalen Seiten des Lebens unterwerfen, denn das raube einem die Handlungsfähigkeit und die Möglichkeit, spontan die Initiative zu ergreifen. Wer große Taten ausführen wolle, müsse frei sein, und Freiheit erlange man durch körperliche und seelische Standfestigkeit, durch strikte Selbstdisziplin sowie durch die fatalistische Haltung eines Soldaten, der sich auf die Schlacht vorbereitet.

Disziplin und Standfestigkeit bildeten die Basis der Freiheit. Nur der freie Geist könne Taten vollbringen wie Gustavs Namensvetter Gustav II. Adolf und Karl X. Gustav. Auch seien die Freien und Starken vom Glück begünstigt. Gustav erinnerte daran, dass Karl X. seinerzeit alles auf eine Karte gesetzt, seine Armee über unsicheres Eis nach Dänemark geführt und dort gesiegt habe. Dann fragte er mich, was an den militärischen Aktionen von Gustav Adolf und Karl Gustav so bemerkenswert gewesen sei. Da ich die Antwort nicht wusste, rief er sie selbst voller Leidenschaft ins Telefon.

«Die Geste, Maurice. Das Bemerkenswerte an ihren Aktionen war die Geste!»

Bei den Operationen der großen, den Kampf nicht scheuenden Könige sei das Entscheidende nicht das Resultat gewesen, sondern das Kriegführen selbst, eben die Geste. Diese sei es, woran sich die Nachfahren von Generation zu Generation erinnerten, und sie sei es auch gewesen, die auf die Zeitgenossen einen unauslöschlichen Eindruck gemacht habe. Die schwedischen Patrioten versammelten sich nicht vor dem Denkmal Karls XII., um der Niederlage in der Schlacht bei Pultava oder des Feldzugs nach Norwegen, der zum Untergang geführt hatte, zu gedenken. Vielmehr wollten sie dem unnachgiebigen Eroberungswillen und der großen, weitsichtigen Geste, die sich nicht von Widerständen hatte aufhalten lassen, die Ehre erweisen und damit all dem, worauf Siege in Krieg und Wirtschaft basierten.

Gustav III. habe klar die Bedeutung der Geste erfasst, und darum habe sein eigener Krieg im Jahr 1708 mit einem Theaterstück begonnen: In der Kostümschneiderei der königlichen Oper habe man zwölf russische Uniformen anfertigen lassen und sie zwölf Soldaten des Savolaxer Regiments angezogen. Diese erhielten den Auftrag, ein Grenzscharmützel zu provozieren, woraus sich ein formaler Anlass zu Kriegshandlungen ableiten ließ. Der Krieg Gustavs wurde durch eine schauspielerische Geste ausgelöst. Nur ein Herrscher, der frei sei von den banalen Seiten der Wirklichkeit, sei zu so etwas fähig, meinte Gustav. Hier sei wahre Größe erkennbar: *grandeur*.

Auch ein moderner Krieg sei in erster Linie eine Art Aufführung, die für die Öffentlichkeit inszeniert würde. Gustav forderte mich auf, an den Kosovo, an Afghanistan oder an den Persischen Golf zu denken und an die Labyrinthe von Eindrücken, die darum herum geknüpft worden seien. Entsprechend sei das Entscheidende in der freien Wirtschaft die Illusion, nicht die Wirklichkeit. Was sei denn die Übermacht von Markt und Börse? Nichts anderes als das Übertragen der Macht von der Realität auf Eindrücke.

Die Marktrisiken, die durch die Eindrucksökonomie entstünden, halte man durch Aufsplittung unter Kontrolle. Der moderne Krieg wiederum habe sich bereits dahin entwickelt, dass eigene Verluste nicht hingenommen würden, dass es aber auch auf Seiten des Feindes keine Opfer mehr geben dürfe. Die Sicherheit von Menschen, die zum Objekt von Kriegshandlungen würden, müsse nach Ansicht der Öffentlichkeit unbedingt garantiert werden. Ein Krieg, in dem man den Luftangriff auf die Hauptstadt des Feindes live im Fernsehen zeige und bei dem man für die eigenen Bürger Reisen zu den Zielen von Bombardements arrangiere – was sei ein solcher Krieg denn anderes als eine Inszenierung?

Das Problem der Zivilopfer, der menschlichen Schutzschilde und der humanitären Not versuche man zu lösen, indem man die Schläge immer kontrollierter und exakter ausführe. Auf die gleiche Weise verfahre ein Feuerwerker, der inmitten einer dicht besiedelten Gegend eine pyrotechnische Vorführung gebe. Mit grausam triumphierendem Unterton trug Gustav diese Absurditäten vor. Am Ende erinnerte er daran, dass wir diese Entwicklung zwar nicht in die Wege geleitet hätten, dass wir der Welt aber zeigen würden, wie sie logischerweise enden würde.

«Aber Sire, in der von Euch erwähnten Schlacht bei Saivaltaipale wurde ich durchaus von einer realen Musketenkugel verwundet.»

«Es ist wahr, Maurice, dass Eure Verwundung echt und keine Illusion gewesen ist. Ihr habt sie gleichwohl mit Fassung getragen und auch im verwundeten Zustand noch große Taten für mich vollbracht.»

Gustav erkundigte sich, ob der Schnapsbecher neben mir stehe. Er forderte mich auf, ihn zu füllen und auf sein Wohl zu trinken. Er versprach, meine Treue nicht zu vergessen. Jetzt müsse ich mich ausruhen und auf ihn verlassen. Meine Geduld würde belohnt werden, und er ließe mich nicht im Stich. Die Wirkung des in einem Zug geleerten Bechers trat sofort ein. Die Schwere wich, und der Schmerz verflüchtigte sich. Tief bewegt setzte ich mich auf und betrachtete die Küche des ehemaligen Frontkämpferhauses mit neuen Augen und vor dem Hintergrund dessen, was Gustav über die Neugestaltung des Gebäudes gesagt hatte.

Mein Freund lachte am Telefon und berichtete von einem

amüsanten Erlebnis, das er inzwischen gehabt hatte. Er habe das Weidendickicht verlassen und ein Stück des Weges auf der Straße zurückgelegt. Auf dem geraden Abschnitt, der den Dschungel durchschnitt, sei ihm ein Mann entgegengekommen. Schon von weitem habe man sehen können, dass er betrunken war. Es sei Häkkinen gewesen, der Straßenbauingenieur, den wir angeheuert hätten. Unter dem Arm habe er einen grauen Blechkasten getragen und in der Hand einen Plastikkanister. Er habe Gustav verbissen angeschaut, und der hätte mit Spannung erwartet, was der Mann ihm sagen wollte.

«Hier geht es nicht mehr weiter.»

«Wieso?»

«Hier ist für dich kein Durchgang mehr.»

«Warum nicht?»

«Weil von hier ab ich du bin.»

Perplex war Gustav weitergegangen. Als er sich kurz darauf umblickte, war der Mann verschwunden, offenbar zwischen den Weiden, falls ihn nicht eine höhere Macht an den Haaren in den Himmel gezogen hatte, wie ein Janitschar, der für seinen Glauben starb. Lachend beendete Gustav das Gespräch und empfahl mir, meinen heiteren Sinn beizubehalten. Für kurze Zeit war ich unruhig und irritiert. Ich hatte das hartnäckige Gefühl, der von Gustav gerade vorgetragene Dialog stamme aus einer bekannten Quelle. Ich hatte ihn irgendwo schon einmal gelesen, vermutlich in einem Werk der finnischen Literatur.

Bei Gustav hatte man oft das Empfinden, dass hinter seinem gewinnenden oder zumindest jovialen Verhalten nichts steckte – bloß gekonntes Schauspielen und ein paar literarische Zitate, die zu der jeweiligen Situation passten. Manchmal erfand er selbst Personen oder Szenen und dachte sich bizarre kleine Geschichten aus, deren Wirkung auf den Zuhörer er interessiert beobachtete. Doch ich wischte meine Zweifel weg. Was für einen Grund sollte Gustav haben, die Begegnung mit dem Ingenieur zu erfinden und sich dafür auch noch einen Wortwechsel auszudenken? Ich lachte laut über meine Paranoia. Und mit dem Lachen löste sich auch meine innere Spannung. Plötzlich fühlte ich mich stolz und glücklich, dass ich bei einem so großartigen Vorhaben, wie wir es geplant und initiiert hatten, dabei sein durfte.

Die entscheidenden Worte, die das alles ins Rollen gebracht hatten, waren fünf Jahre zuvor in Wien gesprochen worden. Gustav und ich hatten einen Tag in einer ungemein faszinierenden Ausstellung mit dem Titel *Traum und Wirklichkeit* verbracht. Es handelte sich dabei um eine an alle Sinne appellierende, ein vollkommen neuartiges museales Denken repräsentierende Großausstellung über das Zentrum des europäischen Geisteslebens zu Beginn des letzten Jahrhunderts in Wien.

Kaum hatten wir die Ausstellung verlassen, begann Gustav unablässig und wie in Trance zu sprechen. Er redete die ganze Nacht hindurch und berührte dabei die unterschiedlichen Themen der Schau samt der darin auftretenden Personen: Max Reinhardts Auffassung vom Theater, Freud und die Psychoanalyse, die Philosophen des Wiener Kreises, aber auch Egon Friedell und den methodischen Dilettantismus, demzufolge nur ein Dilettant die Universalität der Renaissance erlangen, die Einschränkungen der von der modernen Industriegesellschaft hervorgebrachten Spezialisierung überwinden und große Zusammenhänge hervorbringen könne, in denen sich eine Vision erfülle.

Vor allem sprach Gustav jedoch von der revolutionären Ausstellungsidee, davon, wie eine Cross-Art-Präsentation, die sich aller zur Verfügung stehenden technischen Mittel bediene, totale Erlebnisse bewirken könne. Die Ausstellung, das Museum, Drama und Literatur müssten zusammen mit der neuen Technik zu einem noch nie erlebten Gesamtkunstwerk synthetisiert werden. Dieses müsse darüber hinaus Kunstschau, Konzert, Film, Theateraufführung und eine Reihe weiterer historischer Formen von Einzelpräsentationen in sich vereinigen.

Eine andere Ausstellung oder, genauer gesagt, ein Museum, das starken Eindruck auf Gustav machte, war das in Budapest neu eröffnete Haus des Terrors. Mit Mitteln, die auf alle Ebenen der Psyche abzielten, rekonstruierte es die dramatische Entwicklung der jüngeren Geschichte Ungarns. Es handelte sich keineswegs um ein traditionelles, Distanz herstellendes und auf verbaler Information basierendes Museum, sondern um eine an die Gefühle appellierende interaktive Schau, die ihr Thema dem Besucher nahe brachte und zum Erlebnis werden ließ. Geschichte wurde konkret und präsent, sie verwandelte sich in Emotionen und Erfahrungen. Solche Erlebnisse geben nicht das Bild eines Landes oder seiner Historie wieder, sondern sie sind dieses Land selbst. Unser Vorhaben bestand darin, das Gleiche in tausendfach größerem Maßstab und mit äußerster Intensität zu bewirken.

Plötzlich hatte ich das Bedürfnis, Gustav anzurufen, aber ich hielt mich zurück, da ich seine Worte über die Bedeutung von Selbstbeherrschung und Disziplin noch im Ohr hatte. Stattdessen nahm ich noch einen Schluck aus seiner silbernen Flasche. Allerdings konnte ich nicht mehr still in diesem gespenstisch wirkenden Haus sitzen bleiben, dessen früheres Aussehen wir zu neuem Leben zu erwecken gedachten. Ich musste mich augenblicklich in Bewegung setzen und an die Arbeit machen.

Ich trat in den Flur und sah etwas, was mich mit einem nahezu übermächtigen Gefühl der Rührung und Zuneigung für Gustav erfüllte. Während ich schlief, hatte er, bevor er ging, zwei Krücken aus stabilen Weidenästen für mich angefertigt. Sie waren geschält; an ihrem Ende, auf der Höhe der Schultern, bildeten gestutzte Astgabeln Achselstützen. Eine Armlänge darunter befanden sich die Handstützen in Form abgetrennter Äste. Mein Freund hatte meine Empfindungen und den Verlauf meiner Gedanken vorhergesehen und mich mit Hilfsmitteln ausgestattet, die mir erlaubten, mich mühelos und ohne Gefahr fortzubewegen.

Saarilahti war begeistert von den Wasserflächenmessungen. Oft kam er mit mir, trug den Theodolit oder den Erdbohrer, was wir halt gerade dabeihatten, versetzte die Messlatten und schrieb die Werte auf. Er interessierte sich für die Bewegungen des Wassers. Wir sind den Weg abgegangen, auf dem das Wasser in unser Dorf gekommen war, wo es sich zwischendurch, dem Gelände entsprechend, geteilt hatte und wo es an einem anderen Punkt wieder zusammengelaufen war. In der Bewegung des Wassers sah er eine «düstere mathematische Unausweichlichkeit». Solche Wörter hat der in den Mund genommen.

Er kannte die Kriegsgeschichte und die Archive. Er hatte herausgefunden, wie die Salpa-Linie damals gebaut wurde. Angeblich waren die Schanzarbeiten im Fortsetzungskrieg die größte Baumaßnahme in der Geschichte Skandinaviens gewesen. Spannende Geschichten hat er erzählt. Bei Luumäki waren Kanäle gebaut worden, über die Wasser aus dem See Kivijärvi in die weiter unten liegenden Gewässer geleitet werden sollte. Dort warteten die Wassermassen hinter Dammschleusen. Sie hätten die karelische Bahnstrecke und die Fernstraße 6 unterbrochen. Und wenn das die Russen nicht aufgehalten hätte, hätte man den Vuoksi gestaut und das Wasser des Saimaa über den Kivijärvi losgelassen. Man hat ausgerechnet, dass dann die gesamte Provinz Kymenlaakso überschwemmt gewesen wäre.

Auf meiner Heimatinsel wurde auch an der Salpa-Linie gebaut. In dem Vergnügungspark, den Saarilahti plante, sollten, neben allem anderen, auch Schlachten aufgeführt werden. Er wollte zeigen, was passiert wäre, wenn die Russen auf der Karelischen Landenge durchgekommen wären und die Salpa-Linie tatsächlich erreicht hätten. Er wollte eine Wassershow inszenieren lassen, in der demonstriert wur-

de, wie die Finnen im Abwehrkampf die Flutung einsetzen wollten.

Deshalb hat er mir seine Geschichten erzählt. Ich sollte mich darauf vorbereiten, Sintfluten zu entwickeln, die unter Kontrolle zu halten wären, damit man die Wassermassen nach der Vorführung immer wieder zurückpumpen konnte. Mir war klar, dass Geld dabei keine Rolle spielte. Falls es so etwas wie Wasserwahn gibt, so wie Pyromanen einen Feuerwahn haben, dann hatte Saarilahti einen. Er hat sich die größten Wasserfälle der Welt angeschaut und war bei allen möglichen Wasservorführungen zu Gast, und mit Sicherheit in sämtlichen Vergnügungsparks. Ich musste einmal mit ihm zur Stromschnelle nach Imatra fahren. Da kam mir der Gedanke, verdammt noch mal, wenn du deine Flut willst, dann sollst du sie auch kriegen.

Mäkelä

Wir gingen über die steinige Wiese zu den Feldern, auf denen jetzt nur Weiden wuchsen. Am Rand von Ruohonens Äckern fing sie an: eine meterhohe grüne Wand, die im Wind schwankte und die Wipfel reckte wie um Gnade bettelnde Menschenhände. Die magere Steinwiese nährte keine Weiden, und der Graben verhinderte, dass sich die krebsgeschwulstartigen Wurzelgeflechte ausbreiteten. Was der beharrliche Eroberungswille der Natur trotzdem zwischen den Steinen sprießen ließ, verkümmerte bald auf dem kargen Boden. Kaarela ging neben mir und hielt noch immer den Kanister in der Hand.

«Was trag ich dieses Mistding eigentlich dauernd mit mir herum!»

Er holte weit aus und schleuderte den Kanister ins Weidengestrüpp. Angeblich waren nur noch ein paar Tropfen drin. Kaarela wollte sich seinen Magen nicht verderben, indem er Bodensatz trank, wo wir doch auf dem Weg zur Quelle waren und Nachschub in Aussicht stand. Ich hatte nichts dagegen, dass er den Kanister wegwarf. In Wahrheit hatte er bestimmt noch einen halben Liter Alkohol enthalten, und Selbstgebrannter war auch kein Hausbier, bei dem die letzten Gläser immer voller dicker Hefebrühe waren. Trotzdem hielt ich es für besser, dass Kaarela so lange wie möglich ohne Hochprozentigen auskam. Vor allem, weil er mir den Weg zeigen sollte.

Wir schlugen uns ins Weidendickicht. Kaarela ging fluchend voran und bahnte sich mit beiden Armen einen Weg durchs Gestrüpp. Ich fragte ihn, warum wir ausgerechnet die dichteste Stelle nehmen müssten. Er sagte, das sei seine Route. Indem wir am Graben entlanggingen, behielten wir mit Sicherheit die Richtung bei. Dass die Weiden am Graben besonders dicht wuchsen, war eben Pech. Auf diesem Weg kämen wir zum großen Hauptgraben, der mitten durch die Anpflanzung führte, und von dort zu Urhos und Toivos Schnapsfabrik. Ich schlug vor, Ruohonens Feldweg zu nehmen. Kaarela fragte, wo der sein sollte und wie man ihn in dem Weidendickicht von den anderen unterscheiden könne.

Der Weg verlief nur zwanzig, dreißig Meter in dieselbe Richtung wie der Graben. Er würde uns zu Ruohonens Viehstall führen. Kaarela fragte sich, welchen Zweck ein Weg hier noch habe, wo doch sowieso alles ein einziges Weidenmeer sei. Ich befahl ihm, mir zu folgen. Wir schoben uns aus dem Gestrüpp heraus und gingen im rechten Winkel von der Grabenlinie weiter. Ich versuchte, die Richtung zu halten, und fing schon an, mir Sorgen zu machen, weil der Weg einfach nicht kommen wollte. Kaarela behauptete, jetzt hätte ich uns in die Irre geführt.

Schließlich stießen wir aber doch auf den Steinzaun, den die Ruohonens über Generationen hinweg zusammengetragen hatten – oder falls es nicht die Ruohonens gewesen waren, dann irgendwelche anderen kleinen Leute, die hier gelebt hatten. Jenseits des Steinzauns und parallel zu ihm verlief der Weg, genau wie ich es in Erinnerung gehabt hatte. Mauri Ruohonen hatte seinen Weg sorgfältig instand gehalten. Auf dem jahrzehntelang befahrenen Sand wuchs die Weide deutlich spärlicher als in der Erde der ehemaligen Äcker. Wir konnten hier relativ gut gehen, und es war auch nicht schwierig, die Richtung zu halten.

Die Luft war schwül und drückend, und Kaarela klagte über Durst. Ich konnte mir vorstellen, dass es in Ruohonens Brunnen noch trinkbares Wasser gab. Ich zeigte auf den Unterstand, der neben dem Weg für das weidende Vieh gebaut worden war. Dort wuchsen die Weiden besonders kräftig, weil die Erde von Kuhmist und Urin gedüngt war. Ungehalten wunderte sich Kaarela, weshalb ich mich so gut bei den Ruohonens auskannte. Ich erzählte ihm nicht, dass nicht viel gefehlt hätte und ich als Schwiegersohn in diesem Haus gelandet wäre.

Wir waren schon bei der ehemaligen Darre in der Nähe des Stalls, als mit einem Mal der Lärm der Vögel in den Weiden ringsum verstummte. Der Himmel hatte sich zugezogen, es war dunkel geworden. Ich hatte das Gefühl, es würde jeden Moment anfangen zu regnen, aber nicht ein Tropfen fiel vom Himmel. Stattdessen begann der Wind, der kurzzeitig nachgelassen hatte, nun an den Weidenzweigen zu rütteln. Ein Brausen fuhr zwischen die Pflanzen, und es war, als würden sie von oben auf die Erde niedergedrückt. Der Wind war auf einmal wirklich heftig. Man hörte ein beängstigendes Rauschen, dessen Ursprung nicht auszumachen war. Auch ein heftiger Wind konnte nicht solche Geräusche verursachen. Fuhr da etwa eine Maschine durchs Gestrüpp? Was hatte Saarilahti von den Apparaten gesagt, mit denen die Pflanzen geerntet wurden?

Wir rannten auf dem spärlicher bewachsenen Weg zum Stall und drängten uns durch eine Öffnung in dem leicht baufälligen Sockel aus Siporexblöcken. Wir sprangen über die Futtertröge und gingen hinter dem Wasserbehälter in Deckung. An unzähligen Abenden hatte ich hier mit Kaija Wasser gepumpt. Ich konnte mich noch an das Gefühl erinnern: Ich werde alles tun, bis ans Ende meines Lebens, wenn ich nur hier bei ihr sein darf.

Draußen war jetzt die absolute Hölle losgebrochen, als hätte der Wind den Felsen unter dem Sommerhaus meiner Kindheit herausgerissen und ihn im D-Zug-Tempo davongeschleudert. Man hörte ein lautes Krachen, und etwas Wuchtiges polterte auf die Erde. Plötzlich war die Luft voller Blätter und Zweige. Sie flogen im Stall herum. Als ich einen Blick hinter dem Wasserbehälter hervor riskierte, sah ich durch ein frisches Loch in der Stallwand, dass die Luft draußen ganz schwarz vor aufgewirbeltem Dreck war. Die Weiden, deren Blätter abgerissen worden waren, bogen sich zur Erde nieder und schnellten wieder nach oben wie vom Wind gepeitschte Flammen. Das Brausen und Donnern wurde immer stärker. Als ich erneut hervorzuspähen wagte, waren viele Weiden bereits aus dem Boden gerissen worden und flogen durch die Luft.

«Eine Trombe!»

Ich hörte nicht, was Kaarela rief, aber ich konnte es von seinen Lippen ablesen. Im selben Moment rauschte eine Druckwelle in den Stall, sie schien durch Mund und Nasenlöcher einzudringen und behinderte das Atmen. Die Kleider klebten uns durch den Druck am Leib. Steinbrocken und Holzstücke hagelten uns ins Genick; wir warfen uns auf den Boden. Etwas schlug mir schmerzhaft auf den Hinterkopf. Als der Windstoß vorbei war, schien sich auch der ganze andere Spuk zu legen. Ich setzte mich auf. Es wurde still. Dann stand ich auf.

«Du blutest am Kopf.»

Ich tastete über meinen Hinterkopf, aber dort war nur eine Beule. Stattdessen hatte ich an der Schläfe eine kleine Wunde abbekommen, und von der Wange blieb Blut am Finger haften. Überall rundum lagen morsche Schindeln, Splitter und Holzscheite. Der Wirbelsturm hatte das Stalldach fortgerissen und die alte Schindelabdeckung, die sich unter dem Blech befunden hatte, zerstört. Im Holzschuppen nebenan hatte er die jahrzehntealte Schicht aus Splittern und Sägemehl aufgewirbelt. Auch die Scheite des Holzvorrats waren bei der Gelegenheit in alle Richtungen verstreut worden, und eines davon hatte mich schmerzhaft am Hinterkopf getroffen. Ein erster Vogel wagte zaghaft zu singen. Die Sonne kam wieder heraus, ihre Lichtstrahlen fielen bereits schräg. Als sie jetzt durch die entlaubten Weiden schienen, warfen sie tigerhafte Streifen auf uns.

Viel hat Saarilahti nicht von seinen Verkehrsplänen erzählt, und ich hab auch keine Fragen gestellt; aber ich hab mir schon überlegt, was hier eigentlich vor sich geht, weil die Straßenklassifizierungen um mehrere Stufen erhöht werden sollten. Jetzt sollte da eine Bundesstraße verlaufen, wo früher bloß ein Gemeindeweg war, der auch bloß deshalb von der Straßenverwaltung instand gehalten wurde, weil die Insel guten Boden hatte und man dort Holz holte. Würde man nun etwa absurderweise das gute Kiefernholz stehen lassen, obwohl man es doch auch auf der Bundesstraße mühelos zum Sägewerk transportieren konnte?

Das hier war aber jetzt was völlig anderes. Es wäre sogar eine internationale Straße gewesen, weil sie nach der Grenze weitergehen sollte, bis nach Hiitola oder weiß der Teufel wohin. Einmal redete Saarilahti mal wieder über Schlachtenspektakel und andere Aufführungen, die er für seinen Park plante. Ich fragte ihn, wie das möglich sein sollte, dafür bräuchte man doch Hunderte von teuren Schauspielern und sonstiges Personal. Ich sagte nicht, dass ich es idiotisch fand, aber gemeint hab ich's.

Saarilahti hat nur gelacht und mir erzählt, dass einmal am Gedenktag für die Schlacht von Pultava für Katharina die Große eine Aufführung von fünfzehntausend Mann auf die Beine gestellt worden war – für eine einzige Person! Vor über zweihundert Jahren. Wie sollte es da mit all den Ressourcen der Neuzeit nicht möglich sein, für das nach Unterhaltung dürstende Volk, das einen guten Lebensstandard hatte und zahlungskräftig war, ähnliche Erlebnisse zu schaffen?

Ich hab ihn dann gefragt, wo er eigentlich die ganzen Menschenmassen herkriegen will. Da drüben, gleich nebenan, haben wir so viele Leute, wie in ganz Finnland leben, hat Saarilahti erwidert. Russland bindet sich an Europa, Osteuropa tritt der EU bei, ein reger Straßenverkehr aus dem Osten wird einsetzen. Finnland hört auf, eine Insel zu sein, und bekommt funktionierende Grenzen samt Verkehr. Der Schwerpunkt des Landes verschiebt sich nach Osten, so wie es zur Zeit der russischen Herrschaft schon einmal war. Mir hat er gesagt, ich würde meinen Teil abbekommen, wenn Hotels gebaut werden müssten und einige davon auf meinem Land oder auf dem der Erbengemeinschaft errichtet würden. Die Leute sollten mehrere Tage im Themenpark verbringen. Leicht würde eine ganze Woche draufgehen, wenn sie jedes Event sehen wollten. Da wäre reichlich Übernachtungskapazität erforderlich.

Helena

Ich hackte Holz. Was anderes konnte ich nicht. Mein Herz schlug schneller als gewöhnlich, und mir zitterten die Beine. Mein Bewusstsein hatte sich irgendwie verengt, und ich hatte das Gefühl, in Stücke zu zerfallen, wenn ich nicht etwas Konkretes tat. Als Beil musste ich die schwere Axt mit dem langen Schaft nehmen, weil ich bei dem Zwischenfall von vorhin meine kleine Axt eingebüßt hatte. Die große war viel zu schwer für Herdholz, aber ich musste mich einfach beschäftigen.

Mein Blick fiel auf das Blut, das vom Sand aufgesogen worden war, und auf die Splitter des Beilgriffs. Panisch rannte ich davon, holte einen Rechen und kratzte Sand über die rotbraunen Placken. Die Splitter warf ich in alle Richtungen, wie ein Mörder, der hastig seine Spuren verwischt. Über allem lag die ganze Zeit die verrückte Angst: Wenn das jemand erfährt … Auf einmal machte es mich wütend. Was hatte ich denn Schlimmes getan? Warum benahm ich mich wie eine unterdrückte Frau, die ihren gewalttätigen Mann in Schutz nimmt?

Mit der Stiefelsohle scharrte ich noch mehr Sand über das Blut, dann brachte ich den Rechen zurück. Wieder bei meinem Hackklotz, nahm ich mir bewusst ein Stück knorrige, dicke Birke vor. Urho hatte den Baum im Frühjahr hier im Hof gefällt, und die astreichsten, schwierigsten Stücke warteten seitdem vor dem Schuppen auf die rasende Wut, mit deren Kraft ich sie zu Scheiten hacken konnte. Ich machte zwei vergebliche Schläge, dann holte ich Vorschlaghammer und Keile. Das bottichdicke Stück hätte man besser mit der Motorsäge gespalten, aber ich brauchte eine Anstrengung, die alle Aufmerksamkeit und alle meine Kräfte erforderte.

Ein bisschen Hilfe genehmigte ich mir, indem ich mit der Säge ein paar Kerben am Ende des Holzstücks einschnitt. Dort schob ich die Keile hinein und schlug sie tief ins Holz. Bald waren alle meine Keile im Holz versunken, aber es hatte sich noch kein einziger Spalt gebildet. Ich wollte schon böse werden, aber dann fing ich laut an zu lachen. Ich begriff, dass mein Ärger über den knorrigen Holzklotz meine Angst und meine Beklemmung verdrängt hatte. Ich lachte leicht hysterisch. Mit dem Lachen löste sich der Schock, und ich war erleichtert über meine Rettung.

Lachend und schniefend saß ich auf dem Hackklotz. Wovor war ich gerettet worden? Was hatten sie vorgehabt? Wahrscheinlich nicht viel, sagte mir die Vernunft. Olli konnte kaum etwas Spezielles im Sinn gehabt haben, von den Russen ganz zu schweigen. Es war noch immer Blut auf der Erde. Vor meinem Haus hatte sich ein Verbrechen abgespielt. Ich war dabei gewesen, als man auf einen Menschen geschossen und ihn verwundet hatte. So etwas musste man im Grunde der Polizei melden. Aber das wollte ich auf keinen Fall tun. Deshalb hatte ich wohl auch fast unbewusst angefangen, die Blutspuren zu beseitigen.

Wieder nahm ich den Rechen, und diesmal verwischte ich die Spuren so sorgfältig, dass nichts mehr zu sehen war. Olli würde sich nicht beschweren kommen, die Russen erst recht nicht. Hatten die überhaupt das Recht, sich im Land aufzuhalten? Erst jetzt ging mir die Frage durch den Kopf, wo eigentlich die Kugeln hergekommen waren. Ein Mann, der den Hang heruntergekommen war, hatte sie abgeschossen, aber niemand von uns hatte ihn gesehen. Wohin war der Mann verschwunden? Und wer war er überhaupt? Wieder meldete sich die Angst, aber sie ließ bald nach. Offensichtlich ging von dem Mann keine Gefahr für mich aus. Und mit den Behörden würde er bestimmt nicht reden. Schließlich war er hier der eigentliche Kriminelle. Olli und die Russen hatten ja nichts getan, wofür man sie hätte anzeigen können; sie hatten höchstens gedroht. Der Unbekannte dagegen hatte eiskalt mit dem Jagdgewehr auf einen Menschen geschossen.

Ich versuchte, systematisch zu denken. Mit Sicherheit war der Mann von hier. Ich beschloss, Urho und Toivo von dem Vorfall zu berichten. Die müssten fast mit Bestimmtheit wissen, wer in Frage kam, oder konnten es wenigstens erraten. Aus der Geschichte würde ein gemeinsames Geheimnis werden. Vielleicht war es das bereits, ja, aller Wahrscheinlichkeit nach war es das. Das Nachdenken beruhigte mich. Ich fing wieder an zu hacken, aber da fiel mir ein, dass meine ganzen Stahlkeile in dem einen Holzklotz steckten. Ich musste mir Holzkeile schnitzen, um damit den Klotz zu spalten oder wenigstens die mit der Säge gemachten Schlitze so weit zu dehnen, dass ich die ursprünglichen Keile herausbekam. Aus dem Schuppen holte ich mir ein paar Birkenscheite mit gerader Maserung und fing an, mir daraus Keile zu fertigen.

Das war schwierig, da ich es mit der schweren Spaltaxt machen musste. Ich musste ungeschickt, fast unkontrolliert zuschlagen und die Axt dabei fast unmittelbar hinter der Klinge halten. Das zwei Kilo schwere Ding schwankte und zitterte bei jedem Schlag. Das Ende des langen Schafts verfing sich irgendwo unter meinem Arm in dem weiten Hemd, das ich trug. Ich musste wieder lachen, so wie es einem manchmal passiert, wenn man eine furchtbar schwere und darum frustrierende Arbeit machen muss. Wieder setzte ich mich auf den Hackklotz und stellte mir vor, was meine Studienkollegen jetzt sagen würden, wenn sie mich so sähen. Sie hätten gar nicht kapiert, was los war. Auch die Jungs nicht, von denen es unter den Hauptfachstudenten der Volkskunde ein paar gab. Allerdings kamen alle aus der Stadt. Die hätten den knorrigen Klotz auch nicht in Stücke gekriegt, selbst wenn man ihnen bis ans Ende ihres Lebens Zeit dafür gegeben hätte.

Auch ich hatte Kurse besucht und für Prüfungen Bücher gelesen, in denen detailliert die volkstümlichen finnischen Arbeitsmethoden beschrieben wurden, die bäuerlichen Arbeiten im Jahreslauf, traditionelle Methoden der Jagd und des Fischfangs, des Heumachens im Moor und auf abgelegenen Naturwiesen. Der Gang in den Forstwald und das Brennholzmachen waren für den modernen Menschen noch die nachvollziehbarsten Traditionen. Trotzdem war es eine Sache, aufgrund von Aufzeichnungen im Kurs und nach der Lektüre von Büchern eine Prüfung darüber abzulegen, und eine andere, das Gleiche mit dem Beil in der Hand in die Praxis umzusetzen.

Einmal hatte die Fachschaft eine öffentliche Erklärung abgegeben, in der für das Recht der Samen auf ihre traditionelle Lebensform eingetreten wurde. Ich hielt den Text für unredlich und hatte damit die anderen gegen mich. Ich wollte wissen, warum die Samen mit der finanziellen Unterstützung der Gesellschaft das Recht auf ihre traditionelle Lebensform haben sollten, wo die Kleinbauern es doch auch nicht hatten, die in den sechziger und siebziger Jahren gezwungen gewesen waren, ihre Höfe zu verlassen. Und warum hatten die Handsetzer nicht das Recht auf ihre traditionelle Arbeitsweise, nachdem Lichtsatz und Computer ihre Berufskultur zerstört hatten? Oder die Heizer der Dampfloks? Bei unzähligen Bieren wurde das Thema den ganzen Abend durchgekaut, und alles endete in einem Streit, bei dem ich allein dastand.

Ich weiß noch, wie ich sagte, konsequenterweise müsste man dann ja auch für die tradierte Lebenseinstellung von Männern, die ihre Frauen schlugen, Unterstützung fordern und ebenso den dreißigjährigen Mikrowellenbübchen in den Wohnblocks das Recht zugestehen, ihren allein erziehenden Müttern Geld für ihren traditionellen Lebenswandel abzupressen. Lebten Berufs- und Gelegenheitskriminelle nicht in einer einzigartigen und im Schwinden begriffenen Subkultur, die im Namen der kulturellen Diversität geschützt und mit gesellschaftlichen Mitteln unterstützt werden müsste?

Ich weiß, dass ich mich durch diese Provokationen von den anderen isolierte. Nie habe ich mich den strickenden Zopfträgerinnen am Institut zugehörig gefühlt. Das war ein Grund, warum ich jetzt die Keile in den knorrigen Holzklotz schlug. Wieder einmal war ich dankbar für das Stipendium der Stiftung, das mich unabhängig von Universität und Institut machte. In dem Moment fuhr der Taucher vor und nahm die Flaschen von der Ladefläche seines Wagens. Mit den Klötzen auf den Schultern kam er zu mir herüber an den Holzschuppen.

«Was ist denn hier passiert?»

Ich setzte mich auf den Hackklotz und blickte mich erschrocken auf dem Hof um. Es waren keine Blutspuren zu sehen. Ich war sicher, vor lauter Schreck etwas deutlich Sichtbares nicht bemerkt zu haben. Irgendetwas schrie geradezu heraus, was vor kurzem hier passiert war. Ich konnte es bloß selbst nicht sehen. Genau so funktioniert das Bewusstsein eines geschockten Menschen: Seine Wahrnehmungsfähigkeit wird eingeschränkt, und etwas ganz Offensichtliches bleibt ihm verborgen.

«Wie ist denn das Fenster hier kaputtgegangen?»

Ich lachte vor Erleichterung und erwiderte, die Beilklinge habe sich gelöst und sei durch die Scheibe geflogen. Geschüttelt von einer weiteren hysterischen Lachsalve präsentierte ich ihm meine Erklärung: Ich hatte das schwere Spaltbeil nehmen müssen, aber damit konnte man kein Holz für den Herd machen. Stattdessen hatte ich angefangen, astreiches Birkenholz zu spalten, aber damit nur alle meine Keile im Holz versenkt.

«Und jetzt mache ich mir Holzkeile.»

«Was ist denn daran so wahnsinnig komisch?»

«Weil das mit dieser Riesenaxt einfach nichts wird.»

«Lass mich mal …»

Der Taucher fing an, die Birkenscheite zu Keilen zu zerhacken. Er schlug präzise und gekonnt zu, mit stabilem Handgelenk, obwohl die schwere Axt alles andere als zum Schnitzen geeignet war. Er hatte die Zunge im Mundwinkel, und bald standen zwei Schweißperlen auf seiner Stirn. Der Mann sah so rührend aus, dass mir fast die Tränen gekommen wären. Ich war irrsinnig erleichtert, und mir war ganz warm.

Kuosmanen

Auf dem Hof der Ruohonens gedieh die Weide schlecht. Das von Haupthaus, Speicherreihe und Viehstall eingefasste Geviert ließ nur einige peitschenartige Sprösslinge wachsen. Inmitten des dichten, hohen Weidengestrüpps zeichnete sich der Hof als Lichtung ab. Das sorgte für ein eigentümliches architektonisches Erlebnis: Das Dickicht sah tatsächlich aus wie eine grüne Wand. Sie trennte die Hofanlage rund um das ehemalige Frontkämpferhaus zu einem Viereck ab, das als dreidimensionaler Raum Gestalt annahm, wie das Interieur eines monumentalen Gebäudes oder eine zwischen kompakten Gebäuden eingeschlossene Piazza.

Ich verstand gut, warum Gustav einen kleinen Teil des Weidendickichts als Beispiel für eine Phase in der Entwicklung dieser alten Wohnform erhalten wollte. Zu dieser beispielhaften Vegetation gehörte unbedingt ein märchenhaftes Ambiente wie der Ruohonen-Hof. Durch den Kontrast würde das Groteske des Weidenwuchses am effektivsten zutage treten, indem sozusagen inmitten des beklemmenden Dschungels eine luftige Lichtung auftauchte. Der Aufenthalt auf einem solch eigentümlichen Areal wäre absolut ein ästhetisches Erlebnis. Im Grunde handelte es sich um eine fertige Rauminstallation.

Der Gebrauch der von Gustav gefertigten Krücken erwies sich im Weidendickicht als allzu umständlich. Er war auch unnötig, denn mein Fußgelenk trug mein Gewicht, wenn ich nur den verletzten Fuß ein wenig stützte. Ich benutzte die Krücken in der Form von Skistöcken, wodurch ich wesentlich besser vorwärtskam. Bald ließ ich eine Krücke ganz fallen, da ich stets an den Weidenstämmen Halt finden konnte.

Mit der Zeit wurde ich jedoch müde. Der Fuß schien entzündet zu sein. Fortwährend suchte meine Zunge wie zwanghaft den rauen Rand des gebrochenen Zahns. Ich versuchte es zu vermeiden und wurde wütend auf mich, als ich bald wieder die Zungenspitze an der oberen Zahnreihe spürte. Inmitten des Gestrüpps befand sich ein Steinhaufen, auf dem ich mich niederließ. Offenbar hatten die ehemaligen Bebauer des Feldes die eingesammelten Steine an einer Stelle aufgeschichtet, die aus irgendeinem Grund zum Anbau ungeeignet war. Auf einmal überkam mich ein lähmender Gedanke: Im Grunde wusste ich nicht, wo ich mich befand, und ich hatte auch kein Ziel, dem ich entgegenschritt. Jedoch spülte ich meine Besorgnis entschlossen mit einem Schluck aus Gustavs Flasche hinweg.

Wie eine Ermutigung in diesem Moment des Zauderns bemerkte ich plötzlich etwas, was mir zuvor nicht aufgefallen war. Inmitten des Grüns flatterte etwas Buntes. Ich stand auf und trat näher heran. Ein rotes Stück Stoff war an einer Weide angebunden worden. Ein Stück weiter hing ein weiterer Stoffstreifen derselben Art und danach ein dritter. Die Lappen schienen eine Linie mitten im Dschungel zu bilden. Sie glichen einem bunten Perlenband, das an den schwankenden Zweigen flatterte. Was konnte das anderes sein als Wegzeichen? Jemand hatte markiert, wie man durch das Dickicht kam. Ich wusste nicht, wohin der Pfad führte, aber irgendwohin musste er führen. Ich ging in der Richtung weiter, die von den Stoffstücken angezeigt wurde.

Zwischendurch blieb ich stehen, um mir die Fetzen genauer anzusehen. Sie waren aus dünnem roten Stoff geschnitten und schmal. Es waren Teppichflicken. Mir dämmerte etwas. Hatte Gustav nicht vom Dachboden der Ruohonens Proben der dort aufgewickelten Teppichflicken genommen? Mein Freund hatte also ein Knäuel dieser Flicken mitgenommen und damit für mich den Weg aus dem Dschungel hinaus markiert. Das heißt natürlich nicht hinaus, sondern dorthin, wo er sich selbst aufhielt. Gustav hatte vorausgesehen, dass ich ins Dickicht gehen würde, und darum einen Ariadnefaden hinterlassen, der mich zu ihm führte.

So etwas war typisch für ihn. So verrückt es auch scheinen mochte – aber allmählich glaubte ich, dass er all das geplant hatte: das Erklimmen des Findlings, den Sprung hinab und meine darauf folgende Verletzung. Ich hatte das intensive Gefühl, dass alles, was ich erlebt hatte, von Bedeutung war. Meine Treue und meine Verlässlichkeit waren auf die Probe gestellt worden. Ich war in Widrigkeiten und in ein Labyrinth geleitet worden, aber jetzt wurde mir der Weg gezeigt, dem ich zu folgen hatte. Voller Freude nahm ich wiederum einen Schluck aus der Flasche, die ich von meinem Freund bekommen hatte. Mir waren neue Kräfte verliehen worden, die Zweifel schwanden, und fröhlich ging ich die gekennzeichnete Route entlang.

Kurz darauf geschah etwas Sonderbares: Die Sonne, die zuvor bereits im Dunst verschwunden war, schien sich nun völlig zu verdunkeln. Eine schwarze Wolke schob sich über mich, und für einen Moment wurde es vollkommen still. Die Vögel verstummten wie in dem Gedicht von Hellaakoski, und in der Luft lag eine düstere Schwere. Plötzlich brauste der Wind auf. Er kam nicht wie gewöhnlich von vorne, hinten oder von der Seite, sondern gerade von oben und drückte die Weiden auf die Erde, sodass sie in alle Richtungen knickten.

Als der Brausen vorüber war, begann der Wind wieder normal zu wehen, allerdings sehr heftig. Die Böen nahmen zu, und dann war der Wind auch schon rasch zu äußerster Stärke angewachsen. Ringsum wurden die Weiden niedergeworfen, doch drängten sie immer wieder danach, sich zwischen den Sturmstößen aufzurichten. Sie bogen sich zur Erde und erhoben sich wieder, wie Muslime beim öffentlichen Gebet. Beängstigende Geräusche waren mittlerweile zu vernehmen. Irgendwo toste es so laut, dass man kaum glauben mochte, der Ton entstamme einem Naturphänomen. Eine monströse Maschine fuhr unsichtbar durch die Weidenplantage.

Nun wurden die Böen rasend. Ich musste mich auf die Knie niederlassen und den Kopf zwischen ihnen verbergen. Das Tosen kam näher, und plötzlich brauste ein starker Luftdruck über mich hinweg, als wäre es unweit zu einer Explosion gekommen. Die Kleider wurden mir an den Leib gedrückt, und es schien mir den Atem zu rauben. Dinge flogen durch die Luft, offenbar Zweige, Blätter, Sand und allerlei lose Steine. Ich musste die Augen geschlossen halten. Als ich sie kurz öffnete, sah ich, dass der Wind die Weiden kahl gerupft hatte und fest auf die Erde drückte; die Luft war voller Schmutz, und es war finster geworden. Stöcke und Reisig fielen auf meinen Kopf und meinen Körper; ich musste mich hinlegen und den Kopf mit beiden Händen schützen. In geringer Entfernung zog etwas Großes an mir vorbei.

Es war sonnig an dem Tag. Bis weit in den Nachmittag war richtig schönes Heuwetter, aber dann wurde es auf einmal tropisch. Zuerst verschwanden alle Umrisse im Dunst. Wenn man auf den See schaute, konnte man das andere Ufer gar nicht mehr erkennen. Die Inseln hingen in der Luft, und es flimmerte wie über einem Saunaofen. Vom Rand her schob sich eine Wolke über die Landschaft. Nach und nach wurde eine gewaltige Armeedecke zwischen Erde und Himmel gezogen.

Ich hatte nächtelang nicht geschlafen. Tagsüber hatte ich die Kiesfuhren geregelt, mich um die Verkehrszählung, die Inspektion der Fähre und anderes gekümmert, eben um alles, was zu meinem Amt gehörte. Abends und nachts grub ich Flutungsrinnen und zum Schluss einen Abfluss durch den Landrücken. Das heißt den Anfang dafür. Wenn das Wasser erst mal in Bewegung kam, konnte die Sandmasse es auch nicht mehr aufhalten. Ich hatte alles fertig, aber noch hätte man das Ganze rückgängig machen können. Ich sammelte die Zähler am Straßenrand ein, damit sich später keiner über die Zahlen wunderte. Dann holte ich den Kanister und fing an zu trinken. Bald war ich völlig blau. Als der Wirbelsturm kam, hab ich bewusstlos dagelegen.

Mäkelä

«Wollten wir nicht zur Fabrik von den Jungs gehen?»

Kaarela drängte, aber ich wollte noch nicht. Er war durch den Flur in Ruohonens Hinterzimmer gegangen und von dort durch das Durchgangszimmer in die Küche, machte eine Runde um das Haus und kam zurück, um sich zu erkundigen, was an einem verlassenen Haus so Besonderes sein sollte. Ich war oben gewesen und hatte durch den Türspalt einen Blick in Kaijas Zimmer geworfen, war aber auf der Stelle wieder in den Flur hinuntergegangen. Kaarela erklärte, er ginge nun nachsehen, was die Windhose in der Weidenplantage angerichtet hatte. Ich warnte ihn, er könne sich im Dschungel verirren. Er erwiderte, er frage sich, ob von dem Weidendickicht überhaupt noch etwas übrig wäre. Irgendwo müsste jedenfalls eine Lichtung von mehreren Hektar sein, so viel Zeug wie in der Luft herumgeflogen sei.

Ich wartete, bis er aufgebrochen war, und ging dann in die Küche. Ich setzte mich auf die Bank an den Tisch. Beide Möbelstücke waren mit der grellen, glänzenden Farbe gestrichen, die Kaija von ihrem Vater verlangt hatte. Erstaunlicherweise hatte sie ihren Willen durchgesetzt. Ich selbst hatte mit derselben Farbe die Wände in ihrem Zimmer gestrichen. Mittlerweile hatte sich die Farbe von den Möbeln gelöst und war in verschieden großen Flocken auf den Küchenboden gerieselt. Auf der Fensterbank standen noch Untersetzer, aber die Blumentöpfe mit den Pflanzen waren verschwunden. Über dem Tisch war ein heller Fleck an der Wand, wo der Kalender gehangen hatte – jedes Jahr ein anderer, aber immer gleich aussehend. Auf den Kalendern zog Mauri eine Bleistiftlinie, die den Verlauf der

Zeit markierte und immer bis zu dem Tag reichte, der gerade war.

Das Durchgangszimmer sah verlassen aus. Ich fragte mich, woher dieser Eindruck von Leere kam. Ein unmöbliertes Zimmer sieht eben leer aus. Über der Bettstelle war die Spur von dem Wandteppich zu sehen, den Kaijas Mutter in der Heimvolkshochschule gemacht hatte. In dem ausziehbaren Bett war ich zum ersten Mal mit einer Frau zusammen gewesen. Aber was war Kaija da schon für eine Frau? So alt wie ich. Mitten während der Heuernte waren wir ins Haus gekommen. Wir gingen nicht mal hoch in die heiße Dachkammer, weil wir sicher sein konnten, dass Mauri nicht vom Heumachen weggehen und auch sonst keinen weglassen würde. Den Rest des Tages durften wir uns dann Reden anhören, wie das Stöckchenschnitzen nur so lang habe dauern können und ob der Zapfen wenigstens ins Loch gepasst habe, dabei hatte es nicht mal lang gedauert. Erst als ich ins Hinterzimmer gehen wollte, begriff ich, dass der große runde Ofen in der Ecke nicht mehr da war.

Auch im Hinterzimmer war der Kachelofen weg. Stattdessen stand dort ein Kanonenofen. Der Sessel mit der hohen Lehne war noch da, auch der runde Couchtisch. Ich wunderte mich, dass gerade sie geblieben waren, weil das damals die kostbarsten Stücke im Haushalt der Ruohonens gewesen waren. Aufgrund der Feuchtigkeit war das Furnier der Tischplatte aus dem Leim gegangen, es zog an den Rändern Grimassen wie die Schichten eines sorgfältig gerollten Blätterteigs. Auf dem Tisch lagen Papiere und Medikamente – die gleiche Blisterpackung hatte auf dem Küchentisch gelegen, aber in dieser hier waren noch Pillen übrig.

Die Papiere machten einen ordentlichen Eindruck. Sie konnten nicht sonderlich lange dort gelegen haben, denn sonst hätten sie sich durch die Feuchtigkeit gewellt und Schimmelflecken gehabt. Ich blätterte den Stoß durch und war vollkommen erstaunt: Da war die Rede von den Ruohonens, von dem Haus, in dem ich gerade an einem Tisch saß, der unter der Feuchtigkeit gelitten hatte. Vor mir lagen genaue Informationen über den Ruohonen-Hof, genauer, als ich sie je besessen hatte: Grundbuchauszüge, Flurkarten, Lagepläne und Grundrisse sämtlicher Gebäude, an den Ecken mit dem Stempel der Bezirksverwaltung versehen. Mauri hatte den Grund im Jahr 1946 gekauft. Er war nach dem Grunderwerbsgesetz als Siedlungsgrundstück vorgesehen gewesen. Für das Holz zur Bebauung wurde ein Stück Staatswald zugewiesen, in dem man so und so viel Kubikmeter Bauholz machen durfte.

Unter den Papieren war eine Luftaufnahme, offenbar an einem Sommertag in den fünfziger Jahren aufgenommen. Ich hatte das Bild nie gesehen. Schwer vorzustellen, dass Mauri sich eines hatte machen lassen. Aber da stand er nun als kleiner Punkt neben dem Pferd mit der weißen Mähne, das vor den Kreiselheuer gespannt war. Die Wiese war voller Heureuter. Von jedem fiel ein Schatten nach rechts. Auch den Schatten des Flugzeugs, von dem aus das Foto gemacht worden war, konnte man in der oberen Ecke zwischen der Darre und der großen Fichte, die als Schutzbaum stehen gelassen worden war, sehen. Ein kleines Mädchen mit einem Rechen in der Hand schaute zum Himmel, zusammen mit seiner Mutter, die ein Kopftuch trug. Kaija war auf dem Bild sechs oder sieben.

Derjenige, der die ganzen Dokumente zusammengetragen hatte, musste eine Menge Arbeit gehabt haben. Er hatte die nun schon lange Zeit nicht mehr existierende Firma ausgraben müssen, deren Leute über die Dörfer geflogen waren, systematisch alle Häuser und Höfe fotografiert und dann versucht hatten, die Bilder an die Hausbewohner zu verkaufen – als Erinnerung für später an die Zeit, in der sie noch jung gewesen waren und das Heu in der Hoffnung aufgehockt hatten, dass es ihnen gelingen würde, die Kühe auch über den nächsten Winter zu bringen, die

Milch in die Molkerei und die Schulden auf einen niedrigeren Stand, und dass sie es nebenbei schaffen würden, ihren Kindern eine gute Bildung zukommen zu lassen, soweit die Volksschule in einem so kleinen Dorf dies überhaupt vermochte. Es waren Aufklärungsflieger aus dem Krieg gewesen, die diese Luftaufnahmenfirmen betrieben hatten, die hartnäckigsten taten es noch dreißig Jahre nach Kriegsende.

Im Krieg hatten sich die finnischen Männer vom Land an alles Mögliche gewöhnen müssen: an Telefone, Funkverkehr, Konservenbüchsen, Autotransporte und an Arbeit, die von ihrem Zweck entfremdet war. Die Unterhaltung wurde erfunden. Das Essen stellte man nicht mehr selbst her; es wurde von irgendwoher gebracht, von einem unsichtbaren Ort, an den man auch die schmutzige Unterwäsche schickte. Der Krieg war eine moderne Großstadt, die in den Wäldern dezentralisiert wurde. Flugverkehr war plötzlich Alltag, dabei hatte früher keiner ein Flugzeug auch nur gesehen. Man hatte lediglich davon reden gehört. Jetzt konnte man auf einen Blick zehn Flugzeuge sehen. Ständig musste man Augen und Ohren nach bewaffneten Maschinen offen halten. Das lernten sogar die Pferde. Man musste sich vorstellen, wie die Welt von oben betrachtet aussah, wo man sich am besten vor dem Ding, das da am Himmel flog, versteckte.

Als der Krieg für mehrere Jahre auf Sparflamme lief, wurden aus den Bomberpiloten Aufklärungsflieger. Während des Stellungskriegs fotografierten sie routinemäßig das Vorfeld und die feindlichen Stellungen. Auf den Luftaufnahmen suchten die Offiziere nach Geschützbatterien, Fahrzeugrouten, Sammelplätzen und Bunkern. Anschließend wurden Männer losgeschickt, um sie zu zerstören, aber zuvor wurde auf den Bildern nachgeschaut, in welche Richtung sich die Zielsektoren öffneten oder welche Biegungen und Verzweigungen die Schützengräben machten. Darum kam es den Menschen natürlich vor, wenn

Jahre später ein Hausierer kam und ihnen von der Luft aus gemachte Fotos von Haus, Hof und Feld verkaufte.

Eigentlich hatte ich vorgehabt, noch einmal nach oben zu gehen und mir diesmal mehr Zeit zu lassen. Aber jetzt hatte ich das Gefühl, das Haus sofort verlassen zu müssen. In Kaijas Zimmer ging ich nicht mehr. Plötzlich war mir klar, dass ich das in meinem Leben nie mehr tun würde. Ich setzte mich vor der Haustür auf die Treppe. Der Beton hatte Sprünge, und es waren unterschiedlich große Brocken abgeplatzt. In der schlechten Zeit war der Beton dünn gewesen, und die Eisen, die Mauri für den Guss zurechtgebogen hatte, waren darin gerostet, zerkrümelt, ausgespült; sie hatten sich mit Sauerstoff verbunden und verändert, waren in den Kreislauf der Materie eingegangen, der für unsere Augen nicht nachvollziehbar ist. Die Sonne schien auf vertraute Weise. In vielen Sommern hatte ich auf dieser Treppe gesessen. Immer hatte die Sonne gegen Abend aus dieser Richtung und aus diesem Winkel geschienen und gewärmt und einen gezwungen, die Augen zu schließen, und bald schon hatte sie müde gemacht wie ein kundiger Masseur, unter dessen Drücken und Streichen man unweigerlich eindöst.

«Weißt du was, da hat der Rocksaum der Hölle die Erde gestreift!»

«Wo?»

«Komm mit!»

Die Trombe war über das Feld gekommen. Sie hatte eine mehrere hundert Meter lange, aber nur zwanzig Meter breite Bahn in die Weidenplantage gezogen. Dort stand nichts mehr. Der Wirbelsturm hatte die Weiden einfach mitsamt den Wurzeln aus der Erde gerissen. Es sah aus wie nach stümperhaftem Pflügen. Oder vielmehr so, als wäre die Schweineherde aus der Bibel, in die Jesus den bösen Geist gejagt hatte, drübergegangen. Es war, als wären Tausende zornige Tiere über das Land gestürmt, hätten mit ihren Hufen alles verwüstet, mit ihren knorpeligen Rüsseln die Erde umgegraben und mit ihren Stoßzähnen alles herausgerissen, was grün war und wuchs.

Seltsam war, dass die Bahn plötzlich anfing und ebenso abrupt wieder aufhörte. Die Weiden rechts und links wuchsen wie zuvor, ebenso die an beiden Enden, wo der vom Himmel herabgekommene Wirbel sich auf die Erde gestürzt hatte und wo er wieder in die Höhe aufgestiegen war. Wo die Kraft des Sturms nicht hingereicht hatte, war kein Blättchen gekrümmt; dabei waren unmittelbar daneben Stämme, so dick wie der Hals eines Menschen, mitsamt ihren Wurzeln in die Luft geschleudert und zersplittert worden. Der Wirbelsturm hatte auch im Dach des Viehstalls eingeschlagen, aber nur in die eine Dachschräge. Von der waren noch der Firstbalken und die massiven Sparren, auf denen die Dachlatten gelegen hatten, übrig.

In der Furche, die der Wirbelsturm gerissen hatte, kam man fast bis an die Hochspannungsleitung. Sie stand unbeschädigt an Ort und Stelle. Wir folgten ihr, weil die Elektriker sie frei von hohen Bäumen hielten. Trotzdem kam man auch dort nicht leicht vorwärts. Denn hier bekamen die Schösslinge Licht und wuchsen zu einem dichten Gestrüpp zusammen, mit fingerdicken Zweigen, an denen die Schnürsenkel und Hosenbeine hängen blieben.

Ich hatte einen Traum, und in dem Traum ging es mir schlecht. Ich fuhr mit dem Pferdeschlitten. Das graue Pferd lief im Nebel vor mir her. Mal sah ich es, mal sah ich es nicht. Ich musste immer nur den Schlittenspuren folgen. Die Fahrt ging immer weiter, irgendwie wusste ich, dass sie nie enden würde. Ich würde immer im Nebel übers Eis fahren müssen, nirgendwo gäbe es eine Insel, und ich müsste versuchen, mich hinter dem grauen Pferd zu halten.

So etwas war tatsächlich einmal passiert, als ich noch ein Kind war. Die Männer aus dem Dorf waren auf Frachtfahrt gewesen, und drei hatten sich auf dem zugefrorenen See verirrt. Sie waren gefahren und gefahren, aber nie angekommen. Der Nebel hielt zwei Tage an. Als man sie weit draußen fand, sah man, was geschehen war: Sie hatten die Schlittenspuren der anderen verloren, stattdessen ihre eigenen gefunden und waren denen aus Versehen gefolgt. So fuhren sie in ihrer eigenen Spur in Nebel und Dunkelheit im Kreis.

Die Männer schliefen auf ihren Schlitten ein, und die Pferde liefen im Kreis, so lange sie konnten. Dann waren die Männer aufgewacht und zu Fuß weitergegangen, hatten ihre Pferde verloren und waren schließlich am Ende ihrer Kräfte gewesen. Als man sie fand, waren sie alle erfroren. Dabei waren sie nicht mal weit gekommen, sie hatten irrsinnige Haken geschlagen und schließlich einen großen Kreis gemacht, waren irgendwo in eine Spalte gefallen und dann in ihren nassen Kleidern im Nebel erfroren.

Im Dorf hieß es immer, ein falbes Pferd siehst du bei Schnee und Nebel nicht.

Helena

«Das war ein Wirbelsturm, der hier gerade drübergegangen ist.»

«So doll war es nun auch wieder nicht.»

«Immerhin eine richtige Trombe.»

«Was?»

«Ein kleiner Wirbelsturm. Die können sich bei so einer Witterung bilden.»

«Mir ist nix aufgefallen.»

«Dann muss es allerdings doll gewesen sein, wenn du ihn nicht einmal bemerkt hast.»

Der Taucher ging von einem Fenster zum anderen und redete über den Wirbelsturm. Es ging mir auf die Nerven. Ich hatte das Gefühl, mir kommen gleich die Tränen, und ich konnte nicht verstehen, warum ich mich gerade noch so ganz anders gefühlt hatte. Ich musste ins Freie gehen. Das knorrige Birkenstück lag in zwei Hälften rechts und links vom Hackklotz. Der Taucher hatte wie verrückt Keile hineingeschlagen, immer mehr hatte er davon geschnitzt, einen dicker als den anderen. Als der Klotz schließlich laut krachend entzweiging, meinte der Taucher keuchend, mehr könne auch der Teufel mit der Axt nicht ausrichten. Den Rest müsse man mit der Motorsäge machen. Allerdings war das Holz noch nicht ganz in zwei Stücke geteilt. Die beiden Hälften hingen mit hundert zähen Streifen aneinander fest, wie ein sturer Mensch an sämtlichen Ansichten, die er im Lauf seines Lebens entwickelt hat. Jeden Einzelnen musste man eigens mit der Axt durchtrennen.

Ich brachte die Hälften zur Sauna, vor der sie auch gelegen hatten, als sie noch ein Ganzes gewesen waren. Sie hatten ein solches Gewicht, dass ich sie rollen musste. Auf der Erde lagen fünf Zigarettenfilter. Ich erschrak fast zu Tode, hob sie mit zitternden Fingern auf und ließ sie in der Tasche verschwinden. Wie hätte ich deren Herkunft erklären sollen, wo ich doch selbst nicht rauchte? Gleich darauf war ich schon wieder wütend: Wen ging das eigentlich was an? Jetzt hatte auch der Taucher seine Kleider an und kam heraus, das Hemd hing ihm über die Hose. Warum benahmen sich Männer immer gleich so, als würden ihnen die vier Wände gehören und alles, was sich innerhalb und außerhalb davon befand?

Der Taucher kratzte sich am Kopf und entfernte sich dann ein paar Schritte, um zu pinkeln. Am liebsten hätte ich ihn empört angeschrien. Aber ich ließ es bleiben. Er rief mir jetzt etwas über die Schulter zu. Bei der Herfahrt hatte er aus dem Auto aussteigen müssen. Ach ja? Und warum? Er erzählte, im Wald habe ein Mann am Straßenrand gelegen. Ich erschrak wieder, und diesmal noch mehr als zuvor. Ich bekam weiche Knie, mein Herz raste, meine Hände zitterten, und ich war bestimmt ganz blass geworden.

«War er tot?»

Der Taucher sah mich an, er hatte drei Falten zwischen den Augenbrauen. Nein, tot sei er nicht gewesen, nicht mal krank. Nur stockbesoffen. Ich brachte die Frage heraus, was er angehabt habe, und musste mich beherrschen, nicht zu fragen, ob man Blut an ihm gesehen habe. Aber der Taucher hatte ja gesagt, der Mann sei gesund gewesen. Von einem blutenden Mann hätte er das bestimmt nicht behauptet. Er erzählte außerdem, der Mann habe eine Art Arbeitskleidung getragen. Da beruhigte ich mich ein bisschen. Die Russen hatten Lederjacken und Olli eine Jeansjacke getragen. In der Eile hatten sie wohl kaum die Kleider gewechselt, sie hatten bestimmt nicht mal Ersatzkleider dabeigehabt. Allerdings hatten sie wie die Sorte Männer ausgesehen, die sich nicht übermäßig den Kopf über einen

Kumpel zerbrachen. Und Olli war sowieso jähzornig und verrückt, der hätte ohne weiteres einen Toten oder Schwerverwundeten aus dem Auto werfen können, um ein Problem weniger zu haben.

«Wir müssen nach ihm schauen.»

«Dem fehlt nichts.»

«Ich will nicht, dass irgendein Mann ganz in der Nähe von meinem Grundstück liegt.»

«So gesehen …»

Wir kamen aber nicht dazu nachzuschauen, weil jetzt das Geräusch eines Autos zu hören war. Kaum hatte sich mein Herz ein bisschen beruhigt gehabt, fing es schon wieder wie wahnsinnig an zu hämmern; ich hatte den Geschmack von Eisen im Mund und sah mich panisch nach irgendeiner Waffe um. Ich rannte los und holte die große Axt. Die wollte ich dem Taucher notfalls in die Hand drücken. Ein Lieferwagen fuhr vor, aber er hatte eine andere Farbe, und es war auch ein anderes Modell als der, mit dem Olli und die Russen gekommen waren. Kurz fragte ich mich, ob sie unterwegs den Wagen gewechselt haben könnten; so was gehörte zumindest in Filmen bei Fluchtplänen dazu. Aber dann stieg ein Mann aus, den ich kannte: der Kapitän der Fähre. Die Schiebetür ging auf, und weitere Männer kamen heraus. Sie wohnten in den Häusern unweit der Fähre, zum Teil auf der Festlandseite. Bevor die Tür zugeschlagen wurde, konnte ich ein Gewehr auf dem Wagenboden liegen sehen.

«Ich nehme an, die gehören Ihnen?»

«Stimmt … danke.»

«Und das hier auch?»

Ein Mann hielt mir zwei Plastiktüten hin, ein anderer reichte mir Häkkinens Topfgabel. Ich nahm alles an mich und warf einen Blick in die eine Tüte. Sie enthielt alles mögliche Kleinzeug, ganz oben lag ein grüner Frosch aus Blech, den man mit einem Schlüssel aufziehen konnte. Auch der stammte von

Häkkinen. Ich erinnerte mich gut daran, denn der Frosch war das einzige industriell gefertigte Spielzeug, das ich im ganzen Dorf gefunden hatte.

«Die haben Ihnen wohl einen kleinen Besuch abgestattet?»

«Ja, stimmt.»

«Wir haben sie an der Fähre abgefangen, ich und die Jungs von der Elchjagdgemeinschaft.»

Der Mann berichtete, er habe gleich so einen Verdacht gehabt, als Ollis Auto auf die Fähre gefahren kam. Darauf habe er seine Frau die Fähre steuern lassen, denn die gehöre auch zum Personal der Straßenverwaltung. Er selbst habe die anderen Männer alarmiert. Und dann hätten sie gewartet, bis das Auto zurückgekommen sei. Sie hätten vermutet, es ginge um Einbrüche in leere Sommerhäuser. Einer sagte, er sei kein Rassist, aber wenn ein leerer Lieferwagen mit russischem Nummernschild auf die Fähre komme, schließe er immer seinen Waffenschrank auf. Das Recht des Stärkeren sei noch immer in Kraft, erklärte ein Dritter. Der Fährkapitän blickte auf die Axt, die ich die ganze Zeit in der Hand gehalten hatte. Er lächelte.

«Hier ist man offenbar auch auf alles gefasst. Bei dem einen war die rechte Hand zersplittert.»

«Das hab ich aber nicht ...»

«Schon gut ... Reden wir nicht mehr davon.»

Der Mann sagte, er müsse zu seiner Fähre zurück. Alle zwängten sich wieder in den Laderaum und verschwanden auf der Stelle. Ich musste lachen, ja, ich bog mich geradezu. Das brachte auch den Taucher zum Lachen. Er wollte wissen, was eigentlich so komisch sei. Ich erzählte ihm, dass mir der Fährkapitän einmal in der Dorfkneipe auf der Festlandseite von seiner Ehe berichtet hatte. Angeblich führten sie eine harmonische Beziehung, weil er und seine Frau seit Jahren abwechselnd Schicht hatten und sich praktisch nie sahen. Der Taucher lachte gezwungen und warf mir verstohlene Blicke zu. Er wunderte sich, dass ich noch immer hemmungslos kicherte, als wäre die Wechselschichtehe des Fährenpaares ein guter Witz.

Plötzlich fiel mir wieder ein, was der Taucher über den Mann, der im Wald am Straßenrand lag, gesagt hatte. Angst hatte ich vor dem betrunkenen Fremden keine mehr, aber er interessierte mich.

Er lag im Heidekraut, ein roter Plastikkanister neben seinem Kopf. Auch eine seltsame Blechdose mit Display und Schaltern lag auf der Erde, es sah aus wie ein Stromzähler. Der Schlafende trug Jeans und eine Arbeitsweste mit dem gelben Logo der Straßenverwaltung auf der Brusttasche. Ich erschrak noch einmal, als der Taucher den Bewusstlosen hin und her drehte. Er hatte Blut an der Handfläche. Ich war so nervös, dass ich sofort an die Schießerei dachte. Der Taucher vermutete, der Mann habe sich die Hand an einer Kante des Blechkastens verletzt.

«Geht weg!»

«Geh selber weg!»

«Wieso denn?»

«Du liegst fast auf meinem Grundstück.»

Der Mann lag regungslos da, hatte aber die Augen geöffnet. Der Taucher fragte ihn, ob er bei der Straßenverwaltung sei. Da wurde der Mann wütend, setzte sich in einem Schwung auf und wollte sich die Weste vom Leib reißen. Aber es gelang ihm nicht. Da riss er am Logo auf der Brust, bekam es trotz aller Anstrengung aber nicht herunter. Der Taucher hatte mittlerweile den Kanister genommen und schnupperte an der Öffnung. WER SEIN AUTO LIEBT, TANKT SHELL stand auf dem roten Kunststoff.

Kuosmanen

Das Naturphänomen endete so plötzlich, wie es eingesetzt hatte. Der starke Wind nahm die schwarze Wolke mit sich, und es wurde windstill. Die Vögel sangen wieder, und die Abendsonne schien. Durch das Weidendickicht bahnte ich mir einen Weg in die Richtung, aus der ich das beängstigende Tosen gehört hatte. Der Sturm hatte die Blätter von den Weiden gerissen und auch kleinere Zweige mitgenommen. Wo gerade noch blattreiches Grün gewesen war, sah man nur noch entästete Stämme. Es hatte den Anschein, als wäre der Dschungel mit dem Flammenwerfer versengt worden und als stünde noch Schlimmeres bevor.

Plötzlich tat sich vor mir eine Bahn auf, von der aller Bewuchs beseitigt war. Der Sturm hatte die Weiden samt Wurzeln ausgerissen und aufgewühlte schwarze Erde hinterlassen, auf der kreuz und quer weiß geschälte Wurzelsplitter lagen. Ein starker Humusduft lag in der Luft. Ich versuchte, den tunnelartigen Korridor entlangzugehen, aber die aufgerissene Erde war so uneben und locker, dass ich befürchtete, noch einmal umzuknicken und mich noch schlimmer zu verletzen als bei dem Sprung von dem Felsen.

Ich hielt mich am Rand der Lichtung und bemerkte, dass die Wirbel des Windes dem Pflanzenbestand überaus launisch zugesetzt hatten. Es hatte sich eindeutig um eine Art Wirbelsturm gehandelt, um eine Trombe. Warum hatten solche Stürme zugenommen? Gustav baute auf Vernunft und Aufklärung, aber hier wirkte der Eingriff des Menschen in die Natur widersinnig: Zuerst hatte man überall Weiden angepflanzt, die insgesamt eher nach einer üblen Wucherung aussahen als nach Nutzpflanzen.

Und danach kam infolge der wahrscheinlich durch menschliches Handeln bewirkten Klimaveränderung ein Wirbelsturm und riss alles mitsamt den Wurzeln aus.

In der eigentlichen Bahn des Sturms war nichts mehr übrig, nur noch ein unebener Acker. Als wäre das Dickicht mit Sprengsätzen verwüstet worden. Wo Wurzeln gewesen waren, sah man Löcher, die kleinen Bombenkratern glichen. An anderen Stellen hatte das Unwetter ein verblüffend scharf abgegrenztes Zerstörungswerk verrichtet. Da konnte völlig unberührtes Gestrüpp wachsen, obwohl unmittelbar daneben alles weg war, bis auf eine Grube und aus der zerwühlten Erde herausstehende Stücke von Wurzelgeflecht.

Neben seinem Hauptwirbel hatte der Sturm schwächere Nebenströmungen gehabt, die nicht die Kraft besessen hatten, ganze Pflanzen mit Wurzeln auszureißen, die aber Blätter und einen Teil der Zweige mitgenommen hatten. Ein solcher Nebenwirbel war auch über mich hinweggegangen. Ich studierte die Auswirkungen dieser Laune der Natur so eifrig, dass ich vergaß, warum ich mich überhaupt hier befand. Erschrocken wurde mir bewusst, dass von dem Unwetter auch alle Stoffreste davongeweht worden waren, mit denen Gustav mir den Weg zu sich markiert hatte.

Ich konnte mir auf meinen Orientierungssinn nicht sonderlich viel zugute halten, aber ich glaubte, der Ruohonen-Hof müsse in etwa in der Richtung liegen, in die sich die Trombe ihre Bahn gepflügt hatte. Ich vergewisserte mich, indem ich in der Bahn ein Stück in die Richtung ging, aus der ich gekommen war. Ich sah ein Ende vom Viehstall des Ruohonen-Hofs und konnte bei dieser Gelegenheit feststellen, dass die Naturerscheinung keines von den Gebäuden mitgenommen hatte.

Ich mochte nicht in das verlassene Frontkämpferhaus zurückkehren, darum ging ich in die entgegengesetzte Richtung entlang der Längsseite der Lichtung, die der Sturm verursacht hatte. Ich wusste nicht, wohin ich ging und was ich suchte. Vage versuchte ich, den rot markierten Pfad zu entdecken. Immerhin war es möglich, dass das launische Wirbeln des Windes an einigen Stellen die an die Zweige gebundenen Teppichflicken unberührt gelassen hatte. Fände ich eine solche Stelle, hätte ich wenigstens die Richtung, in die der markierte Weg führte.

Dann endete die in den Pflanzenbewuchs geschlagene Lichtung. Der Wirbel war von oben gekommen, hatte die Bäume zu Boden geworfen und war dann über das Gestrüpp hinweggepflügt. Die entstandene Bahn war meiner Schätzung nach an die dreihundert Meter lang und absolut gerade, abgesehen vom Ausgangspunkt, wo die Trombe sich offenbar kurz auf der Stelle gedreht hatte, als wäre sie nicht imstande gewesen, sich zu entscheiden, in welcher Richtung sie die Kraft ihres Windes entladen solle. Ohne mir groß Gedanken zu machen, trat ich ins grüne Halbdunkel und zog mich dort von Weide zu Weide weiter.

Ich weiß nicht mehr, ob ich eine bestimmte Richtung im Sinn hatte, als ich mich wieder in den Dschungel begab. Jedenfalls merkte ich sehr bald, dass ich keinerlei Vorstellung mehr davon besaß, wo die Bahn der Trombe, die mir gerade noch die Richtung gewiesen hatte, sich befand. Ich hatte nicht einmal auf die Position der Sonne im Verhältnis zur Sturmbahn geachtet. Ich wusste überhaupt nichts mehr. Es gab keinerlei Fixpunkte. Ich hatte nur Grün um mich, das schwankte und raschelte.

In stumpfer Gleichgültigkeit stolperte ich voran. Wirre Gedanken über die Mechanismen des Verirrens kamen mir in den Sinn: Unter solchen Umständen geht ein Mensch unweigerlich auf einer Linie, die sich immer mehr krümmt, bis er schließlich im Gehen einen großen Kreis zeichnet. Matt fragte ich mich, woher dieses unweigerliche Im-Kreis-Gehen eigentlich rührte. Irgendwann sagte ich mir, dass mir ein verlässlicher Fixpunkt zur Verfügung stehen würde, solange die Sonne sichtbar wäre.

Bald vergaß ich diese Erkenntnis jedoch. Dann fiel sie mir wieder ein, und ich korrigierte meine Richtung so, wie sie meiner Meinung nach gewesen war, als ich zuletzt auf den Stand der Sonne geachtet hatte. Ich versuchte herauszufinden, um wie viele Grad pro Stunde die Sonne vorwärts rückte und wie ich das im Gelände ablesen konnte. Ich begriff, dass ich neben dem Lauf der Sonne auch den Lauf der Zeit hätte verfolgen müssen. Da hörte ich in der Nähe eine Art Blöken.

Ich erschrak über alle Maßen. Mein Herz raste, und wilde Vermutungen schossen mir durch den Kopf, woher dieses Geräusch kommen konnte. Als ich es erneut hörte, war ich sicher, dass sich nicht etwa zwei Bäume aneinander rieben. Es musste sich um den Laut eines Tieres handeln. Vielleicht hätte eine Bekassine einen solchen Laut ausstoßen können, aber warum hätte dieser an Flachufern heimische Vogel sich mitten im Weidendickicht verstecken sollen? Irgendwo in der Nähe, aber für mich unsichtbar, musste ein Schaf im Gebüsch stehen. Zuerst begriff ich nicht, warum mir die Existenz eines Schafes mitten im Dschungel so unheimlich vorkam. Bald verstand ich jedoch, dass dies mit der Verbindung zwischen Schaf und Mensch zu tun hatte. Das Schaf ist kein Wildtier. Wo es auftritt, ist der Mensch nicht weit. Entsetzt stellte ich fest, dass ich so verwirrt war, dass ich einen anderen Menschen als Bedrohung erlebte.

Eine Weile hastete ich durchs Gestrüpp und konnte nur mit Mühe meine Panik im Zaum halten. Plötzlich erreichte ich eine weniger bewachsene Furche und folgte ihr, ohne zu zögern. Es handelte sich offenbar um einen ehemaligen Weg. Er endete vor einem verfallenen Gebäude, allem Anschein nach einer Scheune. Deren Dach war aus dem Blech zerschnittener Fässer gemacht. Auf einem war noch der ursprüngliche Anstrich zu sehen sowie die Aufschrift GULF OIL. Außer an der wegseitigen Wand reichte die Ackerkrume ganz bis an das Gebäude heran, und es war dicht von Weiden umstanden. Ihre Äste drängten in die

Öffnungen der Wände hinein und schlängelten sich wie Tentakel über die Dachschrägen.

Ich trat ein und wartete, bis sich meine Augen an das Halbdunkel gewöhnt hatten. Die Äste, die eingedrungen waren, mussten vollständig ohne das Tageslicht auskommen, nach dem sie drängten; lang und fahl zogen sie sich über Balken und Bretter wie Kartoffelkeime. Ich stolperte über etwas. Auf dem aus Rundholz bestehenden Fußboden schepperten Eimer und andere Blechgefäße. Hinter den Eimern lag ein großer Plastiksack voller rund geschnitzter Hölzchen. MILCHAUSTAUSCHER war noch auf dem hellen Sack zu lesen. In der Ecke summten Insekten. Es roch Ekel erregend.

Langsam ging ich näher und stolperte wieder über etwas. Mein gesunder Fuß war in einer eisernen Öse hängen geblieben, die zu einem großen, von einer Plane bedeckten Gegenstand gehörte. Ich hob eine Ecke der Schutzhülle an und sah, dass sich darunter ein Motorschlitten befand. Mein Fuß hatte sich in dem Hebegriff einer Schlittenkufe verfangen. Sirrend flogen mir die Fliegen ins Gesicht, und der ekelhafte Geruch war so stark, dass ich den Hemdsaum vor Mund und Nase halten musste. Ich hob die Säcke an, mit denen der stinkende Klumpen zugedeckt war. Darunter lag der Körper eines Schafs. Ich wich zurück und schob mit Hilfe eines langstieligen Werkzeugs die Säcke zur Seite. Es war gar kein Schafsrumpf, sondern die Häute vieler Schafe: dickwollige, graue und braune Schaffelle, an deren Fleischseite rotbraune Klumpen und glitschig glänzendes Fett hingen.

Saarilahti kam mir im Traum entgegen, und in dem Moment, als ich ihn auf der leeren Straße passierte, begann mein Leben, schnell rückwärts zu rasen wie ein auf Schnellspulung geschaltetes Video. Von da an ging ich rückwärts auf der Straße, die mitten durch das Weidendickicht führte. Bald würde ich einen Brief bekommen, mit der Mitteilung, ich sei als Ingenieur des Straßenbezirks engagiert worden, und gleich darauf studierte ich schon an der TH und heiratete. Davor hatte ich mich im Nu scheiden lassen und den Ring nicht vom Finger bekommen, als ich ihn aus dem Fenster werfen wollte. Das Fenster, das ich aufgemacht hatte, fiel zu, und das Wort, das ich meiner Exfrau an den Kopf geworfen hatte, kam falsch herum in meinen Mund zurück: ERUH! Meine Exfrau ging rückwärts nach Hause und wurde mir fremd, wie jetzt. Bald kannte ich sie nicht einmal mehr und ging immer weiter zurück, durchlief Studium und Schule und endete zu Hause, strampelnd in einem knarzenden Weidenkorb.

In der anderen Richtung ging ich als Saarilahti auf der Landstraße weiter, aber ich war dabei, alles abzureißen, was ich bislang auf die Beine gestellt hatte. Alle Pläne drehten sich um, als hätte ein Fluss die Richtung geändert, und das Wasser würde jetzt statt ins Meer zur Quelle zurückströmen. Ich sah, wie detaillierte Bauzeichnungen, Lagepläne, Anträge und Messergebnisse sich rückwärts entwickelten, zu Skizzen, Entwürfen, Ideen und schließlich zu einem schwarzen Nichts wurden.

Mäkelä

Kaarela bekam schlechte Laune, weil sein Rausch abklang, und ging schimpfend durch das dichte Gestrüpp, obwohl man daneben, wo die Leitung freigehalten wurde, viel besser gehen konnte. Aber er weigerte sich, unter der Starkstromleitung entlangzugehen. Ihm war plötzlich Urhos und Toivos Geschichte über Rajala eingefallen, der unter der Leitung geknistert und Blitze geschlagen hatte. Ich erinnerte ihn daran, dass Rajala eine lange Angelrute auf der Schulter getragen hatte. Die Stromgesellschaft dürfte ja wohl keine Überlandleitungen bauen, die normalen Fußgängern gefährlich werden konnten.

«Nicht?»

Kaarela deutete auf ein gelb-rotes Schild, auf dem unter dem Bild eines Blitzes stand: LEBENSGEFAHR. Die Geschichte von Rajalas Aufflammen und Blitzen hatte ich nicht ganz geglaubt, und Kaarelas Sperenzien gingen mir auf die Nerven. Ich versuchte, Geduld zu bewahren. Sollte er eben durchs dichte Gestrüpp gehen, wenn er wollte. Die Schilder waren wohl deshalb angebracht worden, damit niemand auf die Idee kam, die Masten hinaufzuklettern. Es war bestimmt auch nicht gut, mit irgendwelchen Stöcken oder Spießen nach den Drähten zu stochern, von Angelruten aus Kohlefaser ganz zu schweigen, von denen man wusste, dass sie schon bei ganz normalem Gewitter Unfälle verursacht hatten. Kaarela war nicht bereit, unter die Leitung zu kommen.

Die Leitung schnitt den alten Feldweg, der zu Ruohonens Scheune führte. Auch dort war ich oft gewesen, hatte Heu hineingestopft und mit den Füßen festgetreten. Die letzte Fuhre musste hoch unter dem Dach verstaut werden, wo man immer weniger Luft bekam und sich immer schlechter bewegen konnte. Schließlich musste man sogar den Zinken der Forke ausweichen, die das Heu in den einzigen freien Raum unter dem Firstbalken beförderte. Man stieß sich den Kopf an rostigen Nägeln, und man bekam kratzende Strohhalme in Hemd und Hose. Die scheuerten die Haut auf, und in den kleinen Wunden brannte das Heusalz unerträglich. Am liebsten hätte ich Mauri, der unten die Fuhre ablud, zugeschrien: Friss doch dein verfluchtes Heu, und behalt deine Tochter!

In derselben Scheune war mein Maß dann irgendwann voll. Der geizige Mauri hatte beschlossen, das Dach mit dem Blech von Ölfässern zu decken, die er beim Händler bekommen hatte. Die Böden wurden herausgeschlagen, und was übrig blieb, wurde aufgeschnitten. Mit Gewalt mussten wir das wahnsinnig dicke Blech gerade biegen, wodurch wir fast zwei Quadratmeter große Platten bekamen. Aus denen machte Mauri sich ein Dach für seine Scheune, wie aus riesigen Blechschindeln. Ich musste die Fässer aufschneiden. Die Bleche wurden mit dem Pferd zur Scheune gebracht, und dann habe ich sie zusammen mit dem rückenkranken Mauri auf die Dachschrägen befördert. Oben haben wir sie auf den Schindeln mit runden Hölzchen festgeschlagen. Ich habe die Baustelle mitten am Tag verlassen und bin nie zurückgekehrt.

Im Sommer darauf war ich nicht einmal mehr auf der Insel. Ich lernte Raija kennen und heiratete sie auf der Stelle. Jahre später traf ich Kaija, wie sie in Helsinki vor der Universität Flugblätter verteilte. Das Logo bestand aus Werkzeug: Hammer und Sichel. Wir gingen zusammen in die Mensa. Ich kann mich sogar noch an das Essen erinnern: Ossobuco. Die Leute fuhren mittlerweile schon auf die Kanarischen Inseln und sonst wohin. Darum hatte das Essen sogar in der Mensa jetzt solche Namen.

Ossobuco war in der Mensa berühmt geworden, weil der Name vom Küchenpersonal in allen möglichen Varianten an die Tafel mit den beiden Wahlmöglichkeiten geschrieben wurde. Osso puuko, ossu puuku … Ein paar Statistiker hatten per Kreuzklassifizierung ausgerechnet, auf wie viele verschiedene Arten man Ossobuco schreiben konnte. Von einem Theologiestudenten wurde berichtet, er habe Corpus Christi mit Pellkartoffeln verlangt und das Gleiche bekommen wie die anderen auch.

Ich hörte solche Sachen nur vereinzelt, weil ich schon nach dem zweiten Studienjahr bei Topi Törmä angefangen hatte und dort hängen geblieben war. Es kam mir irgendwie verkehrt vor, selbst zu arbeiten und dabei das Gefühl zu haben, dass die anderen trotzdem mehr von allem hatten, mehr Zeit und mehr Geld. Deren Studienkredit wurde von der Inflation aufgefressen, aber meine Reihenhausschulden nicht. Raija schimpfte mich einen Spießer. Ich konnte Kaija nichts sagen, bis sie beim Essen ihres Ossobuco auf einmal fragte, ob es sich gelohnt habe für mich – wegen eines Buchstabens.

Das Waten durchs Gestrüpp machte Kaarela müde. Er wollte sich auf dem ehemaligen Weg ausruhen, wo es etwas lichter war. Der Weg bildete im Weidendickicht einen grünen Tunnel. Ich ging ihn ein Stück entlang und blieb stehen, um mich zu erinnern, wie es hier früher ausgesehen hatte, als man in alle Richtungen schauen konnte – in Richtung See sogar zwanzig Kilometer weit. Jetzt hatte man nicht mehr als ein paar Meter freie Sicht. Da blökte es im Gestrüpp. Ich rief Kaarela, der mit angewinkelten Knien auf dem Rücken lag.

«Hier ist ein Schaf!»

«Ist mir egal.»

«Man hört ein Schaf blöken.»

«Du bist betrunken.»

«Komm her und hör selbst.»

Das Blöken klang erschöpft und irgendwie mechanisch. Dem Tier fehlte etwas, aber das schon so lange, dass sich die

Todesangst in starre Wiederholung verwandelt hatte. Zwischen dem unterwürfigen Mähen stieß es ein entsetzliches Röcheln aus. Plötzlich kam Leben in Kaarela. Er verschwand zwischen den Weiden. Ich folgte ihm und bekam ihn wieder in den Blick. Er hatte sich zwischen zwei Weiden geschoben und war von ihnen an der Hüfte eingeklemmt wie von einer Zange. Vor sich hatte er etwas Graues und Undeutliches. Man hörte jetzt ein Knurren und Grunzen, das man schwer mit den früheren Lauten in Verbindung bringen konnte. Es hörte sich an, als würde jemand versuchen, einen Marsch zu rülpsen.

Obwohl ich wusste, was Kaarela vor sich haben musste, dauerte es lange, bis ich es erkennen konnte. Das graue Bündel zitterte und schwankte, als Kaarela es berührte. Das Schaf blökte wie zum letzten Mal. Als ich die Zunge und die Zähne in dem Fellgewirr sah, erkannte ich bald auch die Augen und das Maul. Auf einmal war mir alles klar, wie bei einem Vexierbild, das umsprang, und ich sah, dass Kaarela tatsächlich ein Schaf streichelte, das sich zwischen zwei Weiden verkeilt hatte. Es war unglaublich wollreich und zottig. Wahrscheinlich hatte es schon lange festgesteckt, denn es war vollkommen willenlos geworden. Da es nun Hilfe bekam, erschrak es dermaßen, dass es nicht einmal einen anständigen Ton herausbrachte, sondern nur die Augen verdrehte und mit heraushängender Zunge grunzte.

Man konnte sich nicht vorstellen, wo das Schaf hergekommen war und wie. Überall ringsum war dichtes Gebüsch, in dem man keinen Pfad erkennen konnte. Die Richtung, die das Schaf eingeschlagen hatte, war allerdings zu sehen. Es hatte dünnere Weidenäste unter sich auf die Erde gebogen, bis es nur noch Zweige und Äste unter dem Bauch gehabt hatte, und dann war es von denen in die Luft gehoben worden.

Die Füße des Schafs berührten nicht mehr den Boden. Zunächst war es wohl noch auf den Weiden schwimmend mühsam vorwärts gekommen, hatte dabei aber immer mehr den Kontakt zum Erdboden verloren. Offensichtlich war es schon einige Zeit eingeklemmt, denn alle Blätter und die Rinde in seiner Reichweite waren abgefressen. Kaarela riss das Schaf zwischen den Stämmen heraus, und nun blökte es vor Angst. Als Kaarela erschrocken losließ, sank es auf die Seite und blieb keuchend auf einem Bett aus Zweigen liegen. Neues Grün war in die Reichweite seines Mauls geraten, und es fing hastig an zu fressen.

Unter dem Vorderbein, dort wo der Mensch die Achsel hat, war ein Winkelriss von der Größe einer halben Hand zu sehen. Es hatte nicht viel geblutet, aber der Riss sah böse aus. Mir kamen Gedanken in den Sinn, die ich nicht denken wollte. Genau so sah gerissenes Schaffell aus. Kaarela berührte mit der Fingerspitze die offene Stelle, wo ein dreieckiges Stück zuckendes rotes Fleisch erkennbar war. Das Schaf brüllte auf und trat Kaarela ins Gesicht. Er bekam eine blutende Schramme ab, und ich vermutete, dass seine Backe anschwellen würde. Wahrscheinlich würde er ein blaues Auge bekommen.

«Verdammte Scheiße!»

«Was fasst du es auch da an.»

«Ach, leck mich doch am Arsch.»

«Wir können es nicht einfach hier lassen.»

«Ach nein? Du kannst es ja huckepack nehmen, wenn du willst.»

«He! Geh nicht weg.»

«Verfluchtes Mistvieh!»

«Man kann es nicht einfach hier lassen.»

«Ich lass es jedenfalls.»

«Man muss es einschläfern.»

«Aha. Mit bloßen Händen, oder was?»

Ich folgte Kaarela, damit er sich in seinem Zorn nicht verirrte. Das Schaf blieb mit hervorquellenden Augen und hängender Zunge zwischen den Weiden liegen. Es strampelte verzweifelt, fand aber nirgendwo Halt. Ich brach unterwegs dünnere

Zweige ab, damit ich später den Weg von der Stelle finden würde, wo sich der Feldweg und die Hochspannungsleitung kreuzten. Kaarela saß auf der Erde und hielt sich ein schmutziges Taschentuch an die Wange. Ich riet ihm aufzustehen. Wenn die Jungs ihre Schnapsfabrik in der alten Gemeinschaftsdarre betrieben, hatten wir es nicht mehr weit. Wir mussten zuerst an der Fernleitung entlang zum Hauptgraben gehen und dann ein kleines Stück in Richtung See. Im trocken gelegten Graben würde es sich mindestens so leicht gehen wie entlang der Leitung; außerdem brauchte Kaarela dort keine Angst vor 400-Kilovolt-Stromschlägen zu haben.

Helena

Der Mann bekam das Zeichen der Straßenverwaltung nicht ab und riss sich schließlich die ganze Weste herunter. Er stand auf und schmiss das Kleidungsstück in den Wald, wobei er sich drehte wie ein Diskuswerfer. Das Bündel flog ein kurzes Stück, entfaltete sich und segelte noch ein paar Meter weiter. Der Mann war seiner eigenen Hand hinterhergestolpert und lag jetzt wieder im Kraut. Seine Wunde war aufgegangen. Frisches Blut erschien auf der Handfläche. An dem, was früher geflossen war, klebten Blüten, Sand und anderes. Der Taucher fragte ihn, ob er zum Personal der Straßenverwaltung gehöre. Der Mann fragte zurück, ob der Taucher ihn verarschen wolle. Dieser sagte, er habe nur wissen wollen, ob er einen Mann von der Straßenverwaltung vor sich habe.

«Bestimmt nicht.»

«Was bist du dann für ein Mann?»

«Bald bin ich auch kein Mann mehr.»

«Du hattest das Logo der Straßenverwaltung auf der Brust.»

«Jetzt hör endlich auf damit!»

Der Mann schien nicht ganz bei Trost zu sein. Ich wollte ihn so schnell wie möglich von meinem Grundstück haben, mochte aber auch einen angeschlagenen Betrunkenen nicht eiskalt davonjagen. Der Taucher hielt das Gespräch in Gang. Er wollte wissen, ob der Mann den Wirbelsturm gesehen habe. Der Unbekannte erschrak. Wo habe es denn so einen gegeben? Und was habe er alles zerstört? Er war wieder aufgesprungen.

«Was ist passiert … Ist was passiert?»

«Hier in der Nähe ist eine Trombe vorbeigezogen.»

«Was ist kaputtgegangen?»

«Vielleicht sind ein paar Bäume umgefallen, oder es hat ein paar Dächer abgedeckt.»

«Ist Wasser gekommen?»

«Nein, Wind. Ein Wirbelsturm.»

«Sicher?»

«Was?»

«Dass es Wind war. Kein Wasser?»

«Der ist doch verrückt. Hör auf, mit dem zu diskutieren.»

Der Mann war ein Stück in Richtung Dorf gegangen und spähte den Landrücken hinunter. Ich sagte, ich wolle ihn so bald wie möglich los sein, aber zuerst müsse man seine Hand reinigen und verbinden. Alles andere wäre wohl unterlassene Hilfeleistung. Ich sagte dem Taucher, er solle den Mann ins Haus bringen. Ich selbst wollte die Erste-Hilfe-Tasche aus dem Auto holen, fand sie aber nicht. Als ich wiederkam, fragte der Taucher den Mann nach dem Blechding aus, das er bei sich hatte. Der Mann erlaubte nicht, dass man das Kästchen anfasste. Er versteckte es unter dem Arm.

«Hier sind alle Informationen gespeichert.»

«Worüber?»

«Über das, was eigentlich nicht passiert ist.»

«Wie bitte?»

«Hier sind falsche Zahlen drin.»

«Was ist das?»

«Ein Zähler. Hier sind die Beweise.»

«Was zählt der?»

«Den Verkehr. Ich hab den Verkehr auf der Insel hier verfünffacht!»

«Wozu?»

«Damit eine neue Landstraße gebaut wird, verdammt … und auf beiden Seiten eine Brücke …»

Der Mann fing an zu weinen und behauptete, er habe alles manipuliert und alle Fußgänger und Radfahrer zu Autos gemacht und alle kleinen Nissan Micras zu LKWs. Ich wollte auf der Stelle aus dem Haus und ging zum Ufer, nachsehen, ob ich die Erste-Hilfe-Tasche im Boot gelassen hatte. Als ich wieder den Hang hinaufging, kam mir der Taucher entgegen und fragte, ob ich den Mann gesehen habe.

«Du solltest doch auf ihn aufpassen.»

«Er ist abgehauen, als ich pissen war.»

Wir gingen ins Haus. Der Taucher hatte gemeint, die Blutspuren führten in den Hof. Auf dem Boden waren kleine Tupfen. Es war schwer zu sagen, wo sie hinführten, aber auch im Flur waren Spuren. Er hatte in der Plastiktüte gewühlt, die auf dem Tisch stand. Als ich hineinblickte, sah ich sofort, dass der Aufziehfrosch aus Blech fehlte. Auch die Briefe in dem Blechkasten, den ich von Häkkinens heraufgeholt hatte, waren durchgeblättert worden. Ich selbst war noch nicht dazu gekommen, sie durchzusehen. Ein vergilbtes Blatt Papier war aus dem Kuvert gezogen worden. Es trug einen blauen Stempel und war mit Schreibmaschine beschrieben: «Leider hat sich der Krieg für Ihren Sohn als zu hart erwiesen. Wir sehen uns nicht in der Lage, seinen Leichnam nach Hause zu überführen, er ist im Kriegsgebiet bestattet worden.»

Die Frau hatte in unserem Dorf getaucht. Sie hatte die Regale voller Sachen, die sie in den Häusern gesammelt hatte. An denen erforschte sie, wie im Dorf gelebt wurde. Und der Mann machte Bojen vor den Häusern fest. Zwischen Häusern und Ställen wären sie dann mit dem U-Boot durchgefahren. In einer Tüte auf dem Tisch war die Beute, die zuletzt heraufgeholt worden war. Oben drauf der Spielzeugfrosch aus Blech, den ich als kleiner Junge zu Weihnachten bekommen hatte. Den hatte ich kaputtgemacht, weil ich gucken wollte, was in seinem Bauch war. Mein Vater hat ihn repariert und weggeschlossen, in die Blechkassette, wo alle wichtigen Papiere drin waren. Ich hab das Aufziehspielzeug genommen und bin weg. Und die Schwarzer-Peter-Karten, mit denen ich als Kind nie spielen durfte, hab ich auch mitgenommen. Was haben die gemeint, als sie gesagt haben, es hätte Dächer von den Häusern und Bäume mit Wurzeln aus dem Boden gerissen? Ich wusste nichts von einem Wirbelsturm, ich hatte geschlafen. Ich dachte schon, Väinö hätte die Dämme aufgemacht.

Kuosmanen

Jemand benutzte die Scheune inmitten des Weidendickichts als Vorratsraum. Soweit ich es beurteilen konnte, war der mit einer Plane abgedeckte Motorschlitten völlig funktionstüchtig, und die Schaffelle konnten auch nicht sonderlich alt sein. Überdies waren auf dem Boden reichlich Fußspuren, Streichhölzer, Zigarettenkippen und andere kleine Dinge zu erkennen. Es war oft jemand hier gewesen, und erst in allerletzter Zeit. Ich setzte mich vor dem Gebäude auf die Erde. Mein Fuß hatte wieder zu schmerzen begonnen.

Ich nahm eine Schmerztablette und zwei Schlucke aus Gustavs Flasche. Mit dem dritten wurde sie leer. Ich vermochte mich nicht zu erinnern, ob der Flachmann voll gewesen war oder nicht, als ich ihn bekam. Der Alkohol half mir aufzustehen, und ich nahm erneut das Gebäude von innen und außen in Augenschein. Jetzt konnte ich auch mit dem Fuß wieder besser auftreten. Ich wollte noch nicht darüber nachdenken, wozu ich eigentlich bei dieser erbärmlichen Scheune Halt gemacht hatte. Warum setzte ich meinen absurden Marsch nicht fort, bei dem eine Himmelsrichtung so gut war wie die andere? Eine Stimme in mir sagte, ich hielte mich bei der von Menschenhand errichteten Scheune auf wie an einem tröstlichen Lagerfeuer. Ich dachte die Gedanken nicht zu Ende. Sie irrten als konturlose Fragmente weiter durch mein Bewusstsein.

Wenn man die Scheune betrat, lag gleich neben der Tür eine Holzpalette auf dem grob gezimmerten Fußboden, voller Plastikbehälter in unterschiedlichen Farben. Ich war verdutzt, als ich begriff, dass es sich um dieselbe primitive Tragevorrichtung handelte, mit dem ich die beiden vom Laden kommenden Männer im Dickicht verschwinden gesehen hatte. Ich hob einen der Kanister an, er war voller Flüssigkeit. Alle anderen Behälter waren ebenfalls voll. Ich schraubte bei einem den Deckel ab. Dem auf die Seite gedruckten Text zufolge hätte der Kanister Hypoidöl enthalten müssen. Ich wusste nicht, was das war, aber der Geruch offenbarte mir sogleich den tatsächlichen Inhalt. Die Kanister waren mit der gleichen Substanz gefüllt wie Gustavs Silberflasche.

Ich trug den Hypoidölkanister hinaus ins Sonnenlicht. Ein klein gedruckter Text verriet, das Öl sei für Ausgleichs- und Hydraulikgetriebe vorgesehen, was immer das auch sein mochte. Ich entfernte den Silberbecher und den darunter befindlichen Schraubverschluss von Gustavs Flasche. Dann stellte ich den Flachmann auf die Fischkisten aus Styropor und versuchte, sie mit der Flüssigkeit aus dem Kanister zu füllen. Das wurde nichts, aber auf der gegenüberliegenden Seite des Verschlusses befand sich ein kleinerer Deckel, der eine Öffnung vom Durchmesser eines kleinen Fingers verschlossen hielt. Das Zugießen aus diesem Loch gelang. So manches tropfte auf die Erde, doch darum scherte ich mich wenig.

Für eine kleine Weile war ich guter Stimmung. Ich trank aus der Flasche und konstatierte, dass ich mich an den Geschmack des selbst hergestellten Branntweins gewöhnt hatte, was man gewiss als Beispiel für die rasche Verwilderung des Menschen auffassen konnte. Ich trank direkt aus der Flasche und kicherte in mich hinein. Mein Fuß schien anzuschwellen, der Schuh war zu eng geworden, obwohl ich die Schnürsenkel entfernt und die Nähte mit der Nagelschere aufgetrennt hatte. Ich wagte es nicht, den Schuh auszuziehen. Ich wagte es nicht einmal, den Blick auf meinen Fuß zu richten. Ich nahm eine Tablette und setzte mich wieder auf die Erde, den Rücken an die Wand der Scheune gelehnt.

Allmählich erhitzten sich Gesicht und Brust. Mein Herz hämmerte beängstigend heftig, und der ganze Körper sonderte Schweiß ab. Ich zog den Taschenspiegel hervor und erschrak über den Anblick darin. Mein Gesicht war grellrot geworden. Jedoch nicht ganz, sondern nur Wangen und Kinn. Nase, Stirn und Kinnladen waren ganz weiß. Der Farbkontrast war Furcht erregend stark. Als ich mein Hemd aufknöpfte, um zu prüfen, wie meine erhitzte Brust aussah, sah ich auf dem Brustkorb ebenfalls stark voneinander abgesetzte rote und weiße Zonen. Mit dem Daumen versuchte ich mir am Handgelenk den Puls zu messen. Als Resultat erhielt ich annähernd dreihundert Schläge pro Minute und erschrak darüber dermaßen, dass mir einen Augenblick lang die Luft wegblieb. Mir war jedoch ein Rechenfehler unterlaufen, wie ich gleich darauf begriff. Ich hatte das Messresultat von zehn Sekunden mit der falschen Zahl multipliziert und dadurch einen unnatürlich hohen Puls herausbekommen. Aber nichtsdestotrotz hämmerte mein Herz unbändig.

Ich war müde, erschüttert und verwirrt. Ich verlor all meine Kräfte und ließ mich an der Scheunenwand entlang zu Boden sinken, wo ich auf dem Rücken liegen blieb. Eine Weile weinte ich vor mich hin, bis ich merkte, dass sich mein Puls wieder beruhigt hatte. Ob auch mein rot angelaufenes Gesicht wieder aussah wie früher? Ich hatte nicht die Kraft, es zu überprüfen. Antriebslos fixierte ich ein und denselben Punkt am Himmel. Zwischen den Wipfeln der Weiden war ein Stück Blau zu erkennen, über das eine kleine Wolke zog und dabei immer dünner wurde. Auch Insekten schwebten in Wolken über der grünen Masse in der freien Luft, und flinke Vögel schnappten eilig nach ihnen. Es war erstaunlich, wie viele von ihnen man auf diese Weise sehen konnte. Auf dem kleinen, umgrenzten Stück Himmel flogen in einem fort unterschiedliche Vögel hin und her. Warum flogen sie gerade dort? Oder war der Himmel überall so voller Vögel? Ich verlor das Zeitgefühl. Irgendwann erwachte ich vor Durst und durch einen Druck in meinem Fuß. Ich drehte mich um und ging auf alle viere. So kroch ich in die Scheune wie ein Vieh und ließ mich im Halbdunkel auf den Fußboden fallen.

Da hatte ich es auf einmal eilig, als mich die Ahnung überkam, Väinö Rajala könnte hingegangen sein und die Dämme geöffnet haben. Natürlich nicht alle, weil ich ihm nicht den ganzen Flutungsplan erklärt hatte. Er hatte sich natürlich die Schluckrinnen angeguckt, die ich zwischen den Wasserlöchern gegraben hatte, sodass der Heideboden da oben fast durch war. Hätte man die Teiche trocken laufen lassen, hätte es kein Wasser mehr gegeben, das die größeren Massen in Bewegung gesetzt hätte. Das Ganze war wie eine Reihe Dominosteine geplant, und ich hatte Angst, dass Väinö die Steine irgendwo in der Mitte umgeschmissen hatte und das System deshalb nicht so in Gang kommen würde, wie ich es mir ausgedacht hatte.

Mäkelä

Kaarela ging griesgrämig und schweigend vor mir her. Sein stummer Rücken amüsierte mich. Ich hatte mir einen Weidenast als Stock abgebrochen und vertrieb damit die Mücken. Seit die Sonne gesunken war, kamen sie aus den Senken, Gräben und anderen feuchten Stellen im Gelände. Wenn Kaarela langsamer wurde, trieb ich ihn mit dem Stock an. Er sagte nichts, beschleunigte aber seine Schritte. Mit der Zeit bekam ich das Gefühl, eine Kuh oder ein anderes Vieh durch wild wachsendes Gestrüpp irgendwohin zu treiben, wo es eigentlich nicht hinwill.

Der Weidenbestand kam einem endlos vor, da war es schwierig, Entfernungen einzuschätzen. Hundert Meter waren eine sehr lange Strecke. Im Prinzip wusste ich, wo wir uns bewegten, aber es fiel mir schwer, einen kühlen Kopf zu bewahren, weil ich die ganze Zeit dachte, dass wir eigentlich längst am Hauptgraben sein müssten. Die Hochspannungsleitung überquerte den Graben, er war unmöglich zu übersehen. Dennoch hatte ich irgendwann das Gefühl, dass wir uns verirrt hatten. Waren wir die Leitung in die falsche Richtung entlanggegangen? Es blieb mir nichts übrig, als weiterzugehen und Kaarela, der sich in ein stures Vieh verwandelt hatte, mit der Weidenrute vor mir herzutreiben. Als wir den Hauptgraben endlich erreichten, stellte sich heraus, dass er tatsächlich nicht zu übersehen gewesen wäre.

Der Graben hielt, was sein Name versprach. Er war kürzlich erst aufgegraben worden, und zuvor hatte man den Pflanzenbewuchs am Rand entfernt. Das Wurzelgeflecht der Weiden war so stark gewesen, dass das Wachstum nach der Rodung geradezu explodiert war. Darum krochen jetzt kniehoch die Weidenwürmer dicht an dicht über die Stellen am Grabenrand, wo der Bagger die Erde aus dem Graben abgeladen hatte. Die Grabenböschungen bestanden nach den Einschnitten der Baggerschaufel aus schwarzer Erde. Unten glänzte sie feucht, oben war sie heller und vor Trockenheit bröckelig. Wir gingen in den Graben hinein, wo wegen der lange schon anhaltenden Trockenheit kein Wasser stand. Die Erde war zwar feucht, aber fest. Eigentlich hätte man daher gut gehen können, aber durch die V-Form, die der Bagger mit seiner Schaufel geschaffen hatte, wurde es einem dann doch wieder schwer gemacht; man musste mit gespreizten Beinen auf beide Böschungen treten.

Es sah aus, als verfügte Kaarela gerade jetzt nicht über den nötigen Gleichgewichtssinn für eine solche Gehweise. Er stolperte und blieb ständig stehen. Als ich ihn mit der Weidenrute an der Schulter anstieß, machte er einen Schritt und fiel hin. Er kletterte aus dem Graben und versuchte, im dichten Weidengestrüpp weiterzugehen, aber das war ganz unmöglich. Wir mussten zusehen, dass wir auf dem v-förmigen Grabenboden weiterkamen. Kaarelas Beschreibung nach zu schließen, befand sich Urhos und Toivos Fabrik bei der Darre. Dort war ein Brunnen, außerdem bot das Gebäude Schutz, und eine Feuerstelle gab es auch, zumindest aber das Material, aus dem man eine machen konnte. Die Darre lag nicht weit vom Graben entfernt. Ich kannte ihren Standort ungefähr, aber im Gestrüpp konnte man auch an einem so großen Gebäude in zwanzig Schritten Entfernung vorbeigehen, ohne dass man es merkte.

Aber dann führte ein gerodeter Pfad vom Graben in den Bewuchs, und auf dem waren Fahrradspuren zu erkennen. Das war der Weg zur Fuselfabrik. Ich überlegte kurz, was es für einen Sinn hatte, an einen solchen Ort das Fahrrad mitzunehmen. Aber dann fiel mir auf, dass die Fahrradspuren auf der Erde parallel verliefen. Das war kein Fahrrad gewesen, sondern ein

Milchkarren mit schwerer Last. Inzwischen hatte auch Kaarela die Spuren bemerkt.

«Wo sind wir?»

«Wir sind gleich an der Darre.»

«Wird hier gedroschen?»

«Hier ernde se bloß noch Weide, sunst nix.»

Toivo war hinter uns aus dem Dschungel aufgetaucht. Zusammen mit der Abendsonne bildeten die Pflanzen schwankende Schatten auf seinem Körper und seinem Gesicht. Seine Windjacke sah aus wie ein Tarnanzug mit Urwaldmuster. Sein Mund lachte, aber über die Augen lief ein Schatten, der den Rest des Gesichts aussehen ließ wie ein maskierter Comic-Held oder wie ein Henker.

«Suchter was?»

«Allerdings.»

«Wir wollten mal gucken, was ihr so macht.»

Wir folgten Toivo zur Darre. Davor stand ein Kessel, unter dem es noch glühte. Über der Kochstelle war ein Dach aus frischen Weidenästen errichtet worden, das filterte den Rauch und verteilte ihn gleichmäßig im Gebüsch. Sie hatten eine Fläche freigerodet, eine runde Lichtung mitten im Busch, wie in dem Negerdorf im *Phantom*-Comic. Wir sagten Urho und auch Toivo erst mal richtig guten Tag. Urho brach gerade Weidenzweige ab und schichtete sie zum Trocknen am Rand der Lichtung auf. Sie nahmen das Energieholz als Brennmaterial. Wo eine Weide abgeschlagen worden war, schienen sofort viele neue Schösslinge nachzuwachsen, so wie bei einem Sagenungeheuer.

«Ich sach dir, die schlage aus wie die Deibel.»

«Zwei Sommer simmer schun hier, un glei siehts wieder aus, als wär hier nie en Mensch gewese.»

«Wir haben im Gebüsch dahinten ein Schaf gesehen.»

«Hat's noch gelebt?»

«Ja.»

«Des is ja bestens, Mensch.»
«Müsste man ihm nicht helfen?»
«Dene is nit zu helfe.»
«Was müsste man mit ihm tun?»
«Wir gehn hin und gucke mal.»
Urho und Toivo machten sich schon auf den Weg. Wir mussten ihnen auf dem Pfad folgen, den wir gerade erst gekommen waren. Toivo hatte einen Kanister in der Hand, und Kaarela lief ihm nach, wie am Schnürchen gezogen. Jetzt kam mir der Weg kurz vor. Wir waren schon im Graben, und ich wusste noch genau, dass bald die Stelle käme, die ich markiert hatte, von der aus es zu dem Schaf ging. Kaarela war stehen geblieben, um einen Schluck aus dem Kanister zu nehmen.
«Was sachste?»
«Der hat einen guten Geschmack.»
«Dabei hammer grad versucht, den Geschmack rauszubringe.»
«Bleib nicht hier sitzen!»
«Lassen ruhig.»
Kaarela hatte sich im Graben niedergelassen, den Rücken an die eine Böschung gelehnt, die Beine auf der anderen hochgelegt. Ich wollte ihn da nicht sitzen lassen, aber das Schaf war nicht weit weg, und Kaarela fiel das Gehen im Graben schon ziemlich schwer. Wir mussten keine fünfzig Schritte machen, da erreichten wir die Weidenäste, die ich zur Markierung abgeknickt hatte. Sie wiesen den Weg zu dem Schaf, aber ich hätte es bestimmt nicht gefunden, wenn sich das Tier nicht durch sein Blöken verraten hätte. Es war auf den Rücken gefallen und lag dicht über der Erde, man sah es erst, kurz bevor man darauf trat.

Die schwankenden Äste drückten dem Schaf in die Flanken, oder aber die Bewegung war dem Tier unheimlich, denn es stieß immer wieder ein heiseres Blöken aus. Das wurde jedes Mal zu einem dünnen Meckern, als hätte das Schaf Husten.

Urho bahnte sich einen Weg zu dem Tier, packte es an den Beinen und stellte es richtig herum hin. Gleichzeitig schmetterte er ihm die Rückseite der Laubsichel auf den Schädel und tastete nach dem Messer an seinem Gürtel.

Toivo hackte einen kleinen Ring ins Weidendickicht, dort schleppte Urho das Schaf hin. Er hatte ihm die Kehle durchgeschnitten, und das Blut lief pulsierend heraus, weil das Herz noch schlug. Als es aufhörte, hob er das Vieh an den Hinterbeinen in die Luft. Es lief noch immer Blut heraus, als würde man einen Schwamm ausdrücken. Die Hinterbeine wollten strampeln, aber Urho hatte sie fest im Griff. Als kein Blut mehr floss, fingen sie an, dem Schaf das Fell abzuziehen. Einer hielt die Vorderbeine fest, der andere zog die Haut herunter. Um die Hinterbeine blieb sie in einem Knäuel hängen, wie die Hosen eines Besoffenen, der beim Ausziehen zusammenbricht. Man sah, dass Urho und Toivo das nicht zum ersten Mal machten. Sie schnitten das Schaf nicht einmal auf, säbelten bloß die Filets und die Bratenstücke herunter.

Das Fleisch steckten sie in eine Plastiktüte, die Urho aus einer Tasche seiner Windjacke gezogen hatte. NAH UND GÜNSTIG stand darauf. Urho überlegte, ob man das Vieh vielleicht doch aufmachen und die Leber rausschneiden sollte. Toivo verbot ihm, sich weiter an dem Schaf zu vergreifen. Immerhin schlug Urho ihm noch den Kopf ab. Er schob eine Hand in den Hals, trennte die Zunge ab und ließ sie ebenfalls in die Tüte fallen. Als Nächstes packten sie die Stümpfe von abgeschlagenen Weiden und fingen an zu ziehen. Mit den Wurzeln löste sich die Erde. Sie rissen einen großen Placken davon heraus, der wegen der Wurzelfasern in der Krume nicht auseinander fiel.

«Komm, hilf!»

Ich kapierte nicht, was sie vorhatten, zog aber mit ihnen an den Weidenwurzeln. Als ein Stück Erde von einem Quadratmeter offen klaffte wie ein Buch, fingen sie an, darunter in der weichen Erde zu graben, mit einer Kelle, die sie aus einem leeren Kanister zurechtgeschnitten hatten. Die Überreste des Schafs wurden mit den Füßen in die flache Grube befördert, und dann wurde ein Erdstreifen darüber gelegt. Urho trampelte das Ganze flach, und Toivo schichtete darüber die abgeschnittenen Weiden auf.

«So mache des die Männer vun de Genossenschaft!»

Väinö hatte oben im Weiherwald gewühlt und die Gewässer mit Zulaufgräben verbunden. Aus irgendeinem Grund war er nicht fertig damit geworden, aber nachdem die Strömung ihren Anfang genommen hatte, hatte sie sich ein Bett gesucht. In der Schluckrinne des letzten Gletschertopfs schäumte es schon. Das Wasser schoss den Hang hinunter und lief auf dem Sandboden in vielen kleinen Rinnen auseinander. Nicht nötig nachzusehen, wo das Wasser hinlief. Ich wusste, dass es ganz unten wieder zusammenlaufen würde, auch wenn es überall fast unsichtbar den Hang runtergeflossen war. Der See, zu dem das Wasser unterwegs war, würde über kurz oder lang überlaufen. Ich musste was tun.

Väinö war in aller Eile irgendwohin verschwunden. Die Maschine stand an der Stelle, wo er gegraben hatte, die Schaufel noch voller Sand. Ich legte die Hand auf den Motor. Er war noch lauwarm. Ich befeuchtete einen Weidenast, indem ich ihn in den Tank schob. Es war noch kein Drittel vom Diesel verbraucht. Ich kletterte auf den Sitz und drehte den Meißel um, der als Zündschlüssel diente. Zuerst wollte ich den Abfluss mit Sand verstopfen, aber dann beschloss ich, es laufen zu lassen. Ich fuhr zum Hauptbecken des Gewässersystems.

Helena

Ich legte die Gegenstände aus den Tüten wieder auf ihren Platz im Regal. Zum Glück hatte Olli nicht die aufgeklebten Schilder mit den Nummern bemerkt oder sich nicht die Mühe gemacht, sie abzureißen. Als die Dinge wieder in der Reihenfolge der Diariumsziffern auf ihrem Platz lagen, sah ich, dass zwei Gegenstände fehlten. Außer dem Spielzeugfrosch aus Blech hatte der Betrunkene die Schwarzer-Peter-Karten mitgenommen. Wieder etwas aus dem Häkkinen-Haus, und wieder etwas, das im Dorf selten war, etwas Gekauftes, industriell Hergestelltes. Der Taucher hatte nach Spuren des Mannes gesucht, aber keine gefunden, nur die Arbeitsweste brachte er mit.

Er hatte die Taschen durchsucht und ein Portemonnaie gefunden. Darin waren ein Führerschein und weitere Dokumente, aus denen hervorging, dass wir es mit einem Ingenieur der Straßenverwaltung zu tun gehabt hatten. Ein bisschen erschrak ich, als ich den Namen des Mannes las: Häkkinen. Der Taucher blieb am Tisch sitzen und quatschte, und ich musste ihn fragen, ob er nichts Besseres zu tun habe. Falls nicht, könne er von mir aus gehen. Ich hätte nämlich zu tun. Er lachte. Er sagte, er könne nicht gehen. Als ich ihn fragte, warum nicht, antwortete er, er habe gerade aus dem Kanister des Ingenieurs getrunken und dürfe nicht Auto fahren. Ich weiß nicht, ob er wirklich getrunken hatte. Wenn ja, dann bloß, um bei mir rumhängen zu können.

Ich ging hinaus. Der Taucher kam hinterher und wollte wissen, wo wir hingingen. Ich sagte, ich wisse nicht, wohin er wolle, aber ich hätte vor, die Netze ins Wasser zu lassen. Er erklärte, er käme mit und würde rudern. Ich fuhr zu den Steinen, wo sich an warmen Tagen normalerweise Schwärme von Barschen aufhielten. Die Stelle hatte ich mit Saftkanistern und daran befestigten Fähnchen markiert, aber jetzt konnte ich nirgendwo Markierungen sehen. Ich musste lange nach der richtigen Stelle peilen und mit dem an einer Schnur befestigten, sandgefüllten Kanister, den ich beim Angeln als Senker benutzte, die Tiefe ausloten. Der Taucher kapierte offenbar nicht, was ich tat, und ich erklärte es ihm auch nicht. Trotzdem ruderte er brav, zog mal rechts und mal links an, stoppte und ruderte wieder, je nach Kommando. Als die Netze im Wasser waren, stand die Sonne schon dicht über der Grenze zwischen Himmel und See.

Nachdem wir zurückgekehrt und den Hang hinaufgegangen waren, sah ich auf der Straße einen Fußabdruck und daneben einen Blutfleck. Hier verlief die Spur des betrunkenen Ingenieurs. Er war zunächst durchs Heidekraut gegangen, vielleicht um nach seiner Weste zu suchen, und hatte dann die Straße genommen. Wir folgten den Spuren. Sie verschwanden an zwei Stellen, wo der Schotter so festgetreten war, dass keine Abdrücke zurückbleiben konnten. Aber bald tauchten die Turnschuhabdrücke wieder auf.

Man sah, wo der Mann die Straße verlassen und ins Weidengestrüpp gegangen war. Er schien die Route benutzt zu haben, die mein Vater für mich mit den roten Teppichflicken markiert hatte. Der Taucher schlug sich ins Dickicht und wunderte sich über die Stofffetzen an den Zweigen. Ich gab ihm keine Erklärung ab, wie sie dorthin geraten waren. Der Taucher vermutete, der Ingenieur habe sich selbst einen Weg durch das Weidendickicht markiert. Ich sagte nichts. Als wir ein Stück den gekennzeichneten Pfad gegangen waren, hörten die Teppichflicken auf. An den Weiden fehlten auch die Blätter. Die Zweige waren ebenfalls weg. Nur blatt- und astlose Stämme ragten aus der Erde, ein Teil davon abgebrochen. Der Sturm hatte den Pfad meines Vaters hinweggefegt. Wir gingen weiter und kamen an eine umgepflügte Stelle, wo gar nichts mehr wuchs. Eine lange, schmale Bahn verlief durch den Dschungel wie ein Korridor.

«Ich hab doch gesagt, das war eine Trombe.»

«Schon, aber wo ist der Typ?»

«Irgendwo hier. Woher soll ich das wissen?»

«Hauptsache, nicht auf meinem Grundstück.»

«Jedenfalls sind wir jetzt nicht mehr für ihn verantwortlich.»

Ich wäre gern umgekehrt, aber der Taucher wollte sehen, was der Sturm angerichtet hatte. Ich traute mich nicht, allein durch das Weidendickicht zu gehen, obwohl ich wusste, dass die Straße nicht weit sein konnte. In dem Dschungel vertraute ich kein bisschen auf meinen Orientierungssinn. Ich schreckte zurück, aber ich wollte nicht, dass der Taucher meine Hilflosigkeit bemerkte. Ohne ein Wort folgte ich ihm. Zuerst gingen wir auf unebener Erdkrume in die eine Richtung. Dort kamen wir an die Gebäude des Ruohonen-Hauses. Dann wollte der Taucher auch in die andere Richtung die vom Sturm geschlagene Bahn entlanggehen. Ich sagte nichts.

Wo die Bahn endete, schlug sich der Taucher ins Gebüsch. Ich wagte es nicht, ihn aus den Augen zu lassen. Er sagte, er wolle eine Sache überprüfen. Ich hoffte bloß, dass er wusste, wohin er ging. Nach einer Weile erreichten wir die Hochspannungsleitung, und er folgte ihr. Ich fragte ihn, wo er hinwolle, aber er meinte nur, das würde ich gleich sehen. Ich wollte wissen, ob er hier schon einmal gewesen sei. Er antwortete nicht, behauptete aber, gleich kämen wir an einen Graben. Mir fiel ein, was mein Vater über die verschiedenen Gräben gesagt hatte und wie man mit ihrer Hilfe wissen konnte, an welcher Stelle des ehemaligen Ackerlandes man sich befand. Mir blieb nichts übrig, als dem Taucher durch den niedrigen, aber dichten Bewuchs zu folgen und mich zu fragen, was in seinem Kopf eigentlich vorging.

Der Graben war frisch gezogen worden und unwahrscheinlich groß. Wir mussten hinabsteigen und auf seinem Grund gehen. Nicht lange, und der Taucher stieg wieder nach oben und bog ins Gestrüpp ab. Er interessierte sich für einen Pfad, der zwischen den Weiden deutlich erkennbar war. Offensichtlich handelte es sich wieder um einen von den Wegen, die im Weidendickicht untergegangen waren. Er führte zu einer halb verfallenen Scheune. Ich verstand nicht, was der Taucher dort Interessantes zu finden glaubte. Als Volkskundlerin hätte ich eigentlich Interesse für die Scheune aufbringen müssen, aber ich konnte es einfach nicht. Aus der Scheune rief er mir zu, da sei ein Motorschlitten, aber zum Glück kam er plötzlich heraus und klagte über schlechten Geruch.

Die Fliegen summten. Ich konnte den Taucher überreden, die Scheune zu verlassen. Wir kehrten zum Graben zurück, und für einen Moment überlegte ich, auf eigene Faust weiterzugehen. Nach dem, was mein Vater gesagt hatte, musste man am Graben entlang aus dem Weidendickicht hinausgelangen. Ich haderte mit mir, weil ich mich nicht traute. Ich musste mich fügen und dem Taucher folgen. Da hörte ich die Stimme eines Schafs. Der Taucher hatte wohl nichts gehört, weil er einfach weiterging. Ich befahl ihm, stehen zu bleiben. Das heisere Blöken war deutlich zu hören. Es folgte ein seltsames, kaum wahrnehmbares Grunzen. Der Taucher verschwand an der Stelle im Dickicht, wo die Stimme herkam. Ich lief schnell hinterher, um mich nicht zu verirren.

Ein Schaf fanden wir nicht, obwohl die Laute nicht aufhörten. Dann hörten wir menschliche Stimmen. Ich erschrak fürchterlich, und dem Taucher schien es nicht anders zu ergehen. Wir stapften so schnell durch den Dschungel, wie wir konnten, wie die Verrückten, sodass wir uns Schrammen holten und unsere Kleider aufrissen. Erst im Nachhinein wunderte ich mich darüber, dass der Taucher so in Panik geraten war. An meiner eigenen Panik war nichts verwunderlich. Nach dem Besuch von Olli und den Russen, einschließlich der Schießerei, war ich noch immer scheu wie ein durchgegangenes Pferd. Was den Taucher so in Schrecken versetzte, weiß ich bis heute nicht. Vielleicht war das Weidendickicht eine so sonderbare Umgebung, dass man darin einfach durchdrehen musste.

Ich fuhr mit Väinös Entsafter zur Landstraße hinunter und zuckelte dort zum größten Binnensee auf der Insel. Jetzt war es mir nützlich, dass ich für Saarilahti die Oberflächen der verschiedenen Seen und Teiche ausmessen musste. Mein Plan war klar, die Flutungsrinnen waren gegraben, das Wasser stand hinter dünnen Schotterwällen bereit. Als Erstes musste ich es von den zwei kleinsten Seen in den größten von allen fließen lassen. Wenn der dann überlief, würde sich das Wasser seinen Weg in die gezogenen Gräben suchen und darin weiter, und dann würde alles wie von selbst gehen.

Saarilahti hatte oft von den Flutungsplänen aus dem Krieg geredet, die bei den Vorführungen demonstriert werden sollten. Er erklärte, im Juli 44 wären schon mehr als zwanzigtausend Deserteure in den Wäldern gewesen. In den Papieren des Generalstabs waren sie bald als Saimaa-Division bezeichnet worden. Die Kriegspolizei sollte sie wie eine Viehherde zusammentreiben und hier auf die Insel bringen, mitten ins Wasser, um den Russen den Weg zu versperren, falls sie sich in den Kopf setzen würden, über den Saimaa in Richtung Mikkeli vorzustoßen. Auch hier hätte man aber dann das Wasser losgelassen, und dann hätten die Deserteure sehen können, wo sie blieben. Von der Insel wären sie jedenfalls nicht weggekommen.

Ich hab Saarilahti nicht gesagt, dass der Vater und der Onkel meines Vaters unter den Männern gewesen waren. Man hatte später von den Kerlen nichts als Gerüchte gehört: Wie die Deserteure von Dachböden und aus Kartoffelmieten herausgeholt und mit Lastwagen abtransportiert worden waren, damit sie ohne Erkennungsmarke an Stellen kämpften, von denen es kein Zurück gab, oder dass man später die Knochen von Hingerichteten gefunden hatte, als die

Grabungsarbeiten für den Campingplatz von Lappeenranta durchgeführt wurden.

Mein Opa und sein Bruder waren Zwillinge. Angeblich konnte man sie nicht voneinander unterscheiden, und im Krieg hatten sie damit manches umgangen, hatten sich Urlaub verschafft und alle möglichen Faxen gemacht. Der eine hatte sich für den anderen ausgegeben. Als sie erwischt wurden, hatten sie keine Wahl, als ganz abzuhauen. Irgendwohin sind mein Opa und sein Bruder dann verschwunden, und es wurde daheim nie mehr über sie geredet. Aber ich bin mit Väinö Rajalas Bagger zum See gefahren und hab mir gedacht, so, jetzt wird für alles auf einen Schlag bezahlt.

Kuosmanen

Irgendwann wachte ich auf, weil jemand in der Scheune war. Ein Mann sagte, unter einer Decke sei ein Motorschlitten versteckt. Etwas weiter weg verlangte eine Frau, er solle herauskommen. Als ich das nächste Mal aufwachte, wusste ich nicht mehr, ob mein voriges Erwachen Traum oder Wirklichkeit gewesen war. Ich versuchte, die Augen zu öffnen, und bekam es mit der Angst zu tun, da sie einfach nicht aufgehen wollten. Ich spannte meine Lider so stark an, dass es in der Stirn wehtat, und merkte dann, dass sie die ganze Zeit offen gewesen waren. Ich setzte mich auf und begann zu sehen. Die Lage der Tür erkannte ich an dem Lichtstreifen zwischen ihr und dem Rahmen. Hatte jemand die Scheunentür geschlossen, nachdem ich auf allen vieren hineingekrochen war und mich zum Ausruhen in die Ecke gelegt hatte?

Ich versuchte gar nicht erst aufzustehen. Mein Fuß schmerzte unerträglich, mein Kopf war schwer und vernebelt. Gedanken und Bewegungen waren sehr langsam geworden. Ich erinnerte mich an meinen schnellen Puls und die beängstigende Blutwallung in Gesicht und Brustbereich. Als ich mein Gesicht im Spiegel betrachtete, sah ich blutige Striemen vor einem vollkommen blassen Hintergrund. Beim Kriechen auf allen vieren kippte ich den Plastikkanister um, und ekelhaft riechender Alkohol lief über meine Hände hinweg auf die Erde. Ich konnte meine Übelkeit nicht beherrschen; ich übergab mich und zitterte danach wie ein krankes Tier. Aus meinem Mund rann Schleim, aus den Augen liefen Tränen. Krämpfe schüttelten mich, und erst Sekunden später begriff ich, dass ich weinte.

Das Weinen wurde lautlos, und bald rann auch kein Wasser

mehr über meine Wangen. Apathisch lag ich auf der Erde, die nach Fusel stank. Auf einmal durchfuhr es mich ein elektrischer Strom: Gustav! Ich musste Kontakt zu meinem Freund aufnehmen, und das wäre sogar leicht zu bewerkstelligen. Wie hatte ich nur vergessen können, dass ich die ganze Zeit ein Telefon bei mir getragen hatte?

Ich rief Gustav an, und er meldete sich sofort. Ich vermochte nicht zu reden. Das sagte ich Gustav. Ich begriff, dass mein Freund darüber schwer erschrak. Er redete mir zu wie einem kleinen Kind, und da ich nicht fähig war zu antworten, stellte er mir immer wieder einige wenige Fragen: Wo ich sei und was geschehen sei. Wie es mir gehe. Ich sagte, ich könne nichts sehen. Für einen Moment klang Gustav ratlos, war dabei jedoch von heftiger Beklemmung erfasst. Darum fügte ich hinzu, mittlerweile könne ich wieder sehen, vorhin aber hätte ich nichts gesehen. Gustav begnügte sich jetzt damit, sich zu erkundigen, wo ich war. Auch das konnte ich ihm nicht erklären. Ich sei in einer Scheune, sagte ich. Gustav wollte wissen, ob die Scheune im Weidendickicht stehe. Ich erwiderte, das schiene mir der Fall zu sein. Gustav wollte es genauer wissen. Es gebe hier viele Scheunen. Ich konnte es nicht präzisieren.

Er forderte mich auf, ruhig zu bleiben, und versprach, mich nicht im Stich zu lassen. Ich müsse ihm nur helfen, mich zu finden. Er fragte mich, wie ich in die Scheune geraten war. Er ging dabei so systematisch vor wie ein Polizist beim Verhör. Viel konnte ich ihm nicht helfen. Ich erinnerte mich nur an wirre Bilder von einem Haus, einem Viehstall, aufgewühlter Erdkrume und Wurzelgeflecht, das aus dem schwarzen Humus ragte. Ich gestand, zu viel aus seiner Flasche getrunken und so viele Tabletten eingenommen zu haben, dass ich mich nicht einmal an die Zahl erinnern könne. Gustav versprach, mich zu suchen.

Ich kratzte die Erdwälle auf, die das Wasser aus den kleineren Teichen von den Abflüssen trennten. Die waren schon gegraben. Nach ein paar Schaufeln voll fing das Wasser an zu laufen und sorgte selbst für den Rest. Es floss in den großen See. Dort war der Anfang für eine Ablaufrinne schon gemacht; es reichte, damit die Strömung ihren Weg finden würde, wenn der Pegel stieg. Das Teichwasser, das sich auf dem höchsten Oberflächenniveau befunden hatte, schäumte förmlich, wie es den Hang hinunter in den See schoss. Im Nu war der Tümpel leer. An dem Punkt gab es für mich nichts mehr zu tun. Ich fuhr zur nächsten Teichkette, um möglichst das ganze Wasser gleichzeitig in Bewegung zu bringen. Wenn alles Wasser auf der Insel in Bewegung wäre, könnte nicht einmal der liebe Gott etwas dagegen ausrichten.

Mäkelä

Urho und Toivo gingen mit ihren Fleischtüten im Graben vor mir her. Sie fingen an, laut zu fluchen. Ich fragte sie, was mit ihnen los sei, und sie behaupteten, Kaarela wäre, ohne zu bezahlen, mit dem Kanister abgehauen. Ich hätte nicht sagen können, ob wir uns tatsächlich an der Stelle befanden, an der Kaarela liegen geblieben war. Für mich sah der Graben überall gleich aus, und das Gebüsch auf beiden Seiten ebenfalls. Urho und Toivo meinten aber zu wissen, dass Kaarela genau hier gelegen habe. Ich hatte meine Zweifel, sie wurden sauer und erklärten, sie würden jede Stelle auf den Feldern hier kennen, schließlich hätten sie ihr Leben lang hier gearbeitet. Sie zeigten mir sogar die Spuren, die von Kaarelas Schuhen in den Grabenschrägen zurückgeblieben waren, und genau gegenüber die Abdrücke der Ellbogen in der weichen Erde. Ich verwünschte Kaarela und gleich darauf mich selbst. Wir hätten ihn, betrunken, wie er war, nicht an einer solchen Stelle liegen lassen dürfen, nur weil er auf einmal keine Lust mehr gehabt hatte weiterzugehen. Ich hatte die diffuse Vorstellung gehabt, Kaarela würde einschlafen, und wir würden ihn später so vorfinden, wie wir ihn zurückgelassen hatten.

Aus einiger Entfernung rief Urho, hier sei noch mehr los gewesen. Er untersuchte mit Toivo die Erde, und beide behaupteten, Kaarela habe sich mit zwei anderen Leuten aus dem Staub gemacht. Aber wen hätte er in dem Gebüsch denn finden sollen? Urho und Toivo schienen sich nur für den Kanister zu interessieren, den sie nicht bezahlt bekommen hatten. Sie glaubten, Kaarela würde ihn mit seinen neuen Freunden leer saufen. Ich versprach ihnen das Geld, auch für den Fall, dass wir Kaarela nicht gleich finden würden.

Ich hatte mich auf Kaarelas Sitzplatz zum Ausruhen niedergelassen, während Urho und Toivo die Erde und den Pfad absuchten, der im Weidengestrüpp entstanden war und von dem sie meinten, er sei von drei Männern gemacht worden. Ich konnte nur ein paar abgeknickte Weidenzweige erkennen, die wieder in ihre ursprüngliche Position zurückzuwollen schienen. Durch dieses Dickicht hätte auch eine Herde Elche ziehen können, und eine halbe Stunde später hätte wieder dieselbe schwankende grüne Mauer dagestanden wie zuvor und wie überall auf dem ehemaligen Ackerland. Meine Hose wurde nass.

Ich sprang auf. Wasser rann durch den Graben. Toivo und Urho wunderten sich, wieso ich hochgeschnellt war und fluchte. Ich zeigte ihnen das Gesäßteil meiner Hose und das Wasser, das im Graben floss. Es wurde ständig mehr. Die beiden konnten sich nicht erklären, wo das Wasser herkam. Zwar führte der Hauptgraben, wie sie behaupteten, mitunter sogar viel Wasser; im Frühjahr schäumte und brodelte es nur so darin, und bei schwerem Hochwasser passte gar nicht alles in den Graben hinein, sodass die Weidenplantage überschwemmt wurde. Darum habe das Energieunternehmen den Hauptgraben auch erweitert und schabe ihn regelmäßig aus. Wo aber kam das Wasser jetzt her? Die ganze Zeit hatte schönes Wetter geherrscht, und alle Gräben waren seit Wochen trocken.

Ich fragte sie, ob sie die Trombe gesehen hätten. Hatten sie nicht. Sie hätten nicht einmal von so etwas gehört. Ich sagte, ich meinte einen starken Wind – den Sturm, der vor kurzem über die Gegend gegangen sei. Jetzt verstanden sie mich. Der Wind war ihnen aufgefallen, und sie hatten das höllische Brausen gehört, sich aber nicht weiter darum gekümmert, weil sie beim Kochen gerade an einem Punkt gewesen waren, wo man äußert genau sein musste.

Ich erzählte ihnen, was für ein Naturphänomen sich ganz in ihrer Nähe abgespielt habe. Ich war sicher, das Wasser im Graben hatte irgendwie mit der Trombe zu tun. Solche Naturphänomene waren unberechenbar. Auch Urho und Toivo hatten über diese Dinge gelesen und erinnerten sich, im Lokalradio eine Warnung gehört zu haben. Ich erzählte, was mit dem Dach von Ruohonens Stall passiert war. Anderswo war angeblich ein ganzes Auto samt Insassen in die Luft geflogen. Falls daran auch nur annähernd etwas dran war, brauchte man sich über das bisschen Wasser im Graben nicht zu wundern. Offenbar hatte sich irgendwo ein örtlicher Regenschauer mit der Trombe verbunden, unsichtbar, aber doch relativ in der Nähe. Starker Regen, der auf den sandigen Landrücken der Insel traf, würde sofort den Hang hinunterlaufen und schließlich in den trockenen Gräben landen.

Es musste allerdings viel geregnet haben. Das Wasser stand schon bis zu den Oberschenkeln. Toivo schöpfte etwas davon mit den hohlen Händen und schlürfte. Er behauptete, es sei klar und gut. Sie planten, das Wasser für die Reinigung ihrer Apparaturen aus dem Graben zu holen. Im Brunnen war der Pegel angeblich so tief, dass man mit seinem Wasser sparsam umgehen musste. Mit gespreizten Beinen stapften wir mit einiger Mühe weiter, oberhalb des fließenden Wassers. Zum Glück war die Strecke bis zu dem Versorgungsweg, der ins Weidendickicht geschlagen worden war, kurz. Als wir zur Darre kamen, lag Kaarela davor auf dem Boden. Den Kanister hielt er im Arm. Der Taucher und eine Frau leisteten ihm Gesellschaft.

Ich hatte Durst und war müde. Plötzlich hatte ich das Ganze satt. Ich hätte aus der Baggerkabine steigen und gegen den Durst das strömende Wasser aus dem Gletschertopf trinken sollen, aber ich konnte mich nicht aufraffen. Ich legte die Beine auf den Ventiltisch und stellte die Sitzlehne nach hinten. Aus der Tasche zog ich das Kartenspiel, das mir als Kind verboten gewesen war. Wieso hatten sie die Karten gekauft, wenn man sie nicht mal angucken durfte? Irgendwas war mit den Bildern. Ein Weihnachtsgeschenk waren sie gewesen, aber uns Kindern hatte man nie erklärt, wo sie eigentlich herkamen.

Ich blätterte den Packen durch. Die lustigen Familien ... Hilkka Rohr – die Frau des Elektrikers ... die Frau des Fischers, die Frau des Künstlers, die Frau des Musikers, der Fotograf Linse ... Leutnant Säbel sah aus, als würde ihm jeden Moment ein Knopf abspringen, sobald er sich bewegte. Wenn er die Augen zumachte, entstand irgendwo ein anderes Loch, so streng wahrte er die Haltung. Daheim zieht so ein Mann die Vorhänge im Schlafzimmer zu und befiehlt seiner Frau, ihn mit der Reitpeitsche zu schlagen. Die Frau sah aus, als würde sie das gerne tun. Auf ihrer eigenen Karte war die Frau mit einem Pferd zu sehen, schaute aber aus dem Bild heraus ... alles Huren ...

Mir fiel der Kopf auf die Brust, und die Karten glitten mir aus der Hand. Nur zwei blieben in der Daumengabel hängen: die Frau des Leutnants mit ihrer Reitpeitsche und der Schwarze Peter, der Zigarre schmauchte. Plötzlich sprang ich vom Bock und trank von dem schäumenden Wasser. Den ganzen Kopf hielt ich unter Wasser, um ihn klar zu bekommen. Ich musste weitermachen. Das Wasser war schon in Bewegung.

Helena

Kopflos flohen der Taucher und ich ein Stück durch die Weidenplantage, dann blieben wir stehen und lauschten. Die Stimmen waren zurückgeblieben. Man hörte nur das unendliche Rauschen des Gestrüpps und das gedämpfte Summen der Mücken ringsum. Der Taucher ging entschlossen weiter. Ich wusste nicht, wo er hinwollte, aber ich folgte ihm mit zwei Schritten Abstand. Nicht lange, und wir kamen wieder an dem großen Graben an, obwohl wir meiner Meinung nach in eine ganz andere Richtung gerannt waren.

Aus der Entfernung konnte man sehen, dass jemand im Graben saß. Diesmal rannte der Taucher nicht davon, sondern ging forsch auf den Mann zu, der mit einem Plastikkanister im Arm in der Rinne hing. Er kannte ihn und stellte uns vor. Angeblich war der Betrunkene im Graben Bildhauer. Der Mann hatte nicht die Kraft aufzustehen und mir die Hand zu geben. Er winkte bloß müde. Der Taucher beschwor ihn, aus dem Graben zu kommen. Aber der Mann stand erst auf, nachdem ihm der Taucher den Kanister entrissen hatte. Sie standen am Rand und tranken direkt aus dem Plastikbehälter. Ich verbot dem Taucher zu trinken. Er ließ die zusammengelegten Zeige- und Mittelfinger gegen die Daumen klappen, wie einen Gänseschnabel.

«Quak, quak.»

Vom Graben aus führte ein freigeschlagener Pfad ins Weidendickicht. Dem folgten die Männer samt ihrem Kanister. Auf dem Pfad kam mir der Dschungel noch beklemmender vor. Rechts und links ragten die Weiden im Abstand von einem halben Meter in die Höhe, und über meinem Kopf steckten sie kreuz und quer ineinander. Es fiel mir schwer, der Panik zu widerstehen. Das beanspruchte meine ganze Energie. Die Männer spazierten in aller Ruhe mit ihrem Kanister voran und unterhielten sich. Ich war mittlerweile von dem Taucher abhängig geworden. Eigentlich hätte ich ihn verlocken müssen, mit mir in die Zivilisation zurückzukehren – oder ihn mit allen Mitteln dazu zwingen müssen: durch Nörgeln, Demütigen und Beschämen. Aber ich konnte ihm bloß unterwürfig folgen.

Der Weg führte zu einem halb verfallenen Gebäude aus Balken. Es handelte sich um eine große Darre. Rundherum war eine runde Lichtung gerodet worden, in deren Mitte eine aus Ziegelsteinen aufgeschichtete Feuerstelle qualmte. Ganz mechanisch konstatierte ich, die Ziegel müssten vom Ofen aus der Darre stammen. Ich vermochte aber nicht genug Interesse aufzubringen, um hineinzugehen und nachzusehen, ob der Ofen tatsächlich komplett aus gekauften Ziegeln und nicht aus Natursteinen gemauert war. Neben der Feuerstelle stand eine Schlempe mit einem Dampfrohr, das durch ein Kondensationsgefäß lief. Auch über das Schnapsbrennen hatte ich in *Die finnische Volkskultur* von Vuorela gelesen. Die Männer bewunderten die Apparatur wie ein Kunstwerk. Der Bildhauer schien das Ganze auch für ein solches zu halten.

Die beiden setzten sich vor der Darre in die Abendsonne. Sie hielten den Kanister schräg und ließen sich den Fusel übers Kinn laufen. Dann aber taten sie vornehm und tranken aus dem Schraubverschluss, den sie sich gegenseitig reichten und jedes Mal wieder füllten, sobald er leer war. Ich konnte jetzt keinen Einfluss mehr auf den Taucher nehmen. Ich begriff, dass Überredungsversuche oder Quengelei die Lage nur verschlimmert hätten. Ich konnte nichts tun. Kurze Zeit später waren vom Weg her Stimmen zu hören. Urho und Toivo tauchten mit einem dritten Mann im Schlepptau auf.

Zuerst war ich erleichtert, die beiden zu sehen, aber bald stellte sich heraus, dass sie ebenfalls nicht die Absicht hatten, das Weidendickicht zu verlassen. Sie kamen mir vollkommen fremd vor. Sie hatten Fleisch in der Tüte, weil sie ein Schaf geschlachtet hatten, und fingen nun an, daraus Suppe zu kochen. Die Männer saßen auf der Erde, soffen aus dem Kanister und hantierten mit blutigem Fleisch. Ihr zielstrebiges Vorgehen und ihr ruhiges Gerede kamen mir langsam geisteskrank vor. Es war ziemlich schwer, selbst bei Vernunft zu bleiben. Der verwilderte Dschungel erschien mir allmählich wie ein wirklich böser Ort. Er war eine Art Urzustand, das Unbewusste, und die Männer, die inmitten schwankender Schatten ihren Verrichtungen nachgingen, glichen der Jungenschar aus *Der Herr der Fliegen.*

Da fiel im Weidengestrüpp ein Schuss. Ungewollt entfuhr mir ein Schrei, und ich fiel auf die Knie. Die Männer dagegen sprangen auf. Sie waren hellwach und neugierig, aber entgegen aller Vernunft anscheinend vollkommen ruhig. Jetzt wurde hin und her überlegt, wer da im Gebüsch rumballerte. Urho und Toivo stellten fest, als wäre es die natürlichste Angelegenheit der Welt, jemand hätte sich ein Schaf geschossen. Es folgten Fragen und Geschwätz, und die beiden erzählten, wie die Tiere ins Weidendickicht geraten waren.

Jahre bevor auf den Feldern Energieholz angepflanzt worden war, hatte man die Schafe ins Dorf gebracht. Man war damals auf die Idee gekommen, die Verbuschung des Brachlands durch landschaftspflegerisches Beweiden einzudämmen. Hinter dem Projekt hatten die Ehefrauen der lokalen Ferienhausbesitzer gesteckt, die in zwei Sommern zum Roden der Schösslinge aufgerufen und eine Aktion dafür ins Leben gerufen hatten. Weil sie von den dürftigen Resultaten enttäuscht waren, hatten sie eine Gemeinschaft gegründet, die sie «Lammschaft» nannten. Sie schafften eine große Schafherde an, von der die zugewucherten Flächen von Mädesüß und Laubbaumschösslingen freigefressen werden sollten. Ziel des Projekts war, eine Denkmallandschaft zustande zu bekommen, die aussah wie das ursprüngliche Weideland. Es hatte sogar öffentliche Gelder dafür gegeben, und mit den Geldern wurde kilometerweise Maschendraht angeschafft.

Die Tiere musste die Lammschaft auf eigene Kosten kaufen. Doch war man der Meinung, man könne aus der Schafzucht einen wirtschaftlichen Nutzen ziehen, der über den Zweck der Landschaftspflege hinausging. In Gemeinschaftsarbeit stellten die Sommergäste den Zaun um den ersten wiederherzustellenden Feldabschnitt auf. Im Lauf des Sommers zeigte sich dann aber, dass der Zaunbau nicht sorgfältig genug durchgeführt worden war. Die Schafe liefen kreuz und quer über die Insel. Sie tauchten paarweise oder in kleinen Grüppchen vor den Häusern auf, wo sie nachts in den Gemüsebeeten wühlten und die Blumen zertrampelten. Irgenwo war die Wäsche von der Leine gerissen und dermaßen verdreckt worden, dass Laken, Bezüge und Handtücher weggeworfen werden mussten.

Die Schafe hatten sich an einem unreifen Haferfeld gütlich getan und davon Durchfall bekommen. Das gab noch mehr Dreck. Ein Schaf starb an Völlerei. Die Frauen der Lammschaft standen verzweifelt vor dem keuchenden, zur Kugel angeschwollenen, grünen Schaum sabbernden Schaf, bis Urho kam und der Qual des Tiers ein Ende machte. Die Bewohner der Sommeranwesen hatten kritisiert, dass man das Schaf getötet hatte, bevor geprüft worden war, ob es durch einen Tierarzt hätte gerettet werden können. Bald darauf fand ein Sommereinwohner ein halbzahmes Schaf in seinem Bett vor und wurde darüber so wütend, dass er mit dem ersten Gegenstand, der ihm in die Hand fiel, auf das Tier einschlug. Es war eine Gartenschere, und das Schaf wurde so schwer verwundet, dass es ebenfalls getötet werden musste.

Nach diesen Vorfällen machte sich allgemeine Gleichgültigkeit gegenüber dem Wohlbefinden der Schafe breit. Anfang des Sommers waren sie noch wohlwollend mit Brotstücken gefüttert worden, und die Kinder hatten versucht, sie einzufangen, um ihre Wolle zu streicheln. Jetzt ärgerte man sich nur noch über die blökenden Tiere, und bald schon waren sie allgemein verhasst. Die Lammschaft zerstritt sich, und niemand wollte im Herbst zur Gemeinschaftsarbeit kommen, als es darum ging, die Schafe zusammenzutreiben und die Schlacht- von den Zuchttieren zu trennen. Der eine oder andere Pflichtbewusste erschien, aber an ein Zusammentreiben der Schafe war nicht zu denken.

Es kam der erste Frost, und von der Lammschaft waren nur noch ein paar Männer, die gern jagten, übrig. Die versuchten im Namen der Barmherzigkeit und des Gesetzes, so viele Schafe wie möglich zu töten, bevor der richtige Winter kam. Es wurden viele geschossen, aber eine einfache Rechnung bewies, dass noch immer eine Menge Schafe über die Insel verstreut waren. Die jungen Hammel und Mutterschafe waren den Sommer über geschlechtsreif geworden. Nachdem sie aus der Einzäunung geflohen waren, hatten sie zueinander gefunden, und jetzt war ein großer Teil der Mutterschafe trächtig.

Die Männer aus den Ferienhäusern verschwanden kleinlaut mit ihren Gewehren und hofften, die Kälte würde dem Schafvieh den Garaus machen, das zum Beweisstück ihrer Nachlässigkeit geworden war. Das geschah aber nicht. Die zähesten Schafe überlebten und pflanzten sich fort. Sie bildeten auf der Insel einen eigenen Wildbestand heraus: langwollige, misstrauische Wesen, die ein unbekanntes Leben in verlassenen Scheunen und Häusern führten, im Sommer Gras und Blattgrün und im Winter die Knospen von Laubbäumen und Espenrinde fraßen wie Hasen oder Elche.

Als die Weiden gepflanzt wurden, fanden die Schafe noch mehr Schutz vor ihren Feinden. Ihr sommerliches Nahrungsangebot war überreichlich, und für das Überwintern gab es genug Knospen und Rinde. Die im Weidendickicht zurückgebliebenen Gebäude boten jede Menge Verstecke. Jetzt schossen die ständigen Inselbewohner die Wildschafe für den eigenen Bedarf. Schaf sei ein praktischer Proviant beim Schnapsbrennen, lobten Urho und Toivo.

Kaarela und der Taucher tranken aus dem Kanister und erörterten das Kochen von Schaffleisch im Weidendschungel wie eine ganz normale Angelegenheit; sie bewunderten, wie gut die Lebensmittelversorgung somit bei der langwierigen Schnapsproduktion gewährleistet war. Urho rührte den brodelnden Fleischbrei mit einem Paddel oder einem Wäscheklopfer um und erklärte, er werde als Erstes das Fleisch zusammen mit Zwiebeln, Lorbeerblatt und Salz von den Knochen lösen. Mir wurde übel.

Mäkelä

Urho und Toivo erzählten, wie sich auf der Insel ein eigener Schafbestand eingenistet hatte, der nie mehr ausgerottet werden könne, so wie man auch die Weiden nicht mehr los würde, zwischen denen die Schafe lebten. Wenn eine Weide erst mal in der Erde wurzelte, ging sie nicht mehr weg, selbst wenn man die Pflanzen unablässig vernichten würde. Die Wurzeln unter der Erde bildeten ein Geflecht, das sich ausbreitete und immer neues Grün trieb. Und die Schafe würden im Weidendickicht so lange leben, wie es ihnen Nahrung und Schutz bot.

Das mit den Schafen interessierte mich insofern, als meine Exfrau beteiligt gewesen sein musste, als die Schafe auf die Insel geholt wurden. Nach dem Tod meiner Eltern hatte sie begonnen, das an unsere Tochter vererbte Sommerhaus zu benutzen, und Toivos Worten zufolge war die Idee mit den Schafen eine Erfindung der Sommerbewohner. Trotzdem konnte ich nicht glauben, dass Raija sonderlich eifrig an so etwas teilgenommen haben sollte. Sie hatte sich auch dem Sommerhaus nicht so verbunden gefühlt. Sobald Riitta volljährig geworden war, hatten sie es einvernehmlich verkauft.

Der Schafbestand war weit über zehn Jahre alt. Meine Tochter war noch ein kleines Mädchen gewesen, als die ersten Schafe kamen. Bestimmt war sie neben anderen Kindern mit einem Brotkanten in der Hand den wolligen Tieren nachgelaufen. Ich wollte mich danach aber nicht erkundigen.

Im Weidenwald fiel ein Schuss, und eine halbe Stunde später tauchte ein Mann mit Bart und zottigen Haaren bei der Schnapsfabrik auf, mit einem Gewehr über der Schulter und zwei Tüten Fleisch in der Hand. Seine Unterarme waren voller

Blut, und er sagte kein Wort. Die Frau, die mit dem Taucher unterwegs war, hatte große Angst, und auch ich war auf der Hut, weil ich merkte, dass Urho und Toivo mit dem Ankömmling vorsichtig umgingen. Das sah man daran, dass sie anfingen, freundlich zu plaudern.

Urho ging zu dem Mann mit dem Gewehr und unterhielt sich mit ihm. Der andere sagte so gut wie nichts, verzog nur das Gesicht. Ich hielt mich mit dem Taucher und der Frau bei der Darre, Kaarela war inzwischen umgekippt und eingeschlafen. Während Urho laut übers Wetter redete und darüber, dass es im Herbst mit dem richtigen Fischen losginge, kam Toivo zu uns und erklärte, der Mann sei Väinö Rajala. Dann gab er uns mit einer Geste zu verstehen, wir sollten ihn auf keinen Fall ansprechen und stattdessen so tun, als würden wir ihn nicht kennen. Toivo ließ schnell den Zeigefinger an der Stirn kreisen, um zu zeigen, dass Väinö nicht ganz bei Trost war. Das sah man auch so. Plötzlich verkündete Väinö laut und wütend, der letzte Tag sei gekommen, und alles Fleisch auf Erden würde vernichtet. Urho reichte ihm mit dem Daumenhaken einen Kanister, darauf verschwand er samt Fleischtüten und Gewehr.

Die Frau hatte leise zu weinen angefangen. Mit kläglicher Stimme fragte sie, ob denn niemand sie aus dem Weidendickicht hinausführen könne. Der Taucher unterhielt sich mit Toivo über Rajala. Bald gehen wir, sagte er mitten im Reden beiläufig zu der Frau. Er merkte nicht einmal, dass sie weinte. Mir tat das Mädchen Leid, und ich versprach ihr, sie an die Straße zu bringen. Über den Lieferantenweg der Schnapsfabrik gingen wir zum Graben, aber dort mussten wir umkehren. Keine Rede davon, im Graben gehen zu können. Man hätte ihn auch nicht mehr überqueren können. Außer schwimmend. Das Wasser trat bereits über die Ränder und lief zwischen die Weiden.

Kuosmanen

Ich kann nicht sagen, wie viel Zeit vergangen war, seit ich Gustav das erste Mal angerufen hatte. Ein fernes Rauschen hatte eingesetzt. Rasch stellte sich eine unerklärliche Beklemmung bei mir ein, weil irgendwo etwas geschah, man es aber nicht sehen konnte, sondern nur hörte. Das Telefon klingelte. Gustav sprach sehr deutlich und langsamer als sonst. Er erklärte mir etwas von Fernerkennung. Offenbar hatte er versucht, meinen Aufenthaltsort mittels des Suchdienstes meines Mobiltelefonanbieters herauszufinden, jedoch nur ein Planquadrat von einen Quadratkilometer als Ergebnis erhalten.

«Eine Hochspannungsleitung oder ein großer Graben ...»

Langsam und sorgfältig wiederholte Gustav dieselben Worte, als spräche er zu einem Kind oder einem Schwerhörigen. Ich solle geradeaus gehen. Geradeaus wohin? Egal, wohin, Hauptsache geradeaus. Wenn ich geradeaus ginge, käme ich unweigerlich entweder an den Hauptgraben oder an die Hochspannungsleitung, die beide das Dickicht durchschnitten und sich in dessen Mitte träfen. Im Graben war ich gewesen. Würde ich dorthin zurückgehen, käme er und holte mich ab. Ich fing an zu weinen. Ich sagte, hier rausche es. Ich solle Akku sparen, befahl mir Gustav, und ich solle genau zuhören und tun, was er mir sage. Er würde mich herausholen. Er würde mich nicht im Stich lassen.

Ich bin wach geworden, weil rings um den Bagger das Wasser rauschte. Ich hatte am Ufer abgewartet, dass es sich im größten See sammelte, im Hauptbecken, wo ich den Anfang des Ablaufs schon gegraben hatte. Das ganze Wasser sollte auf einmal und in eine Richtung abfließen, sonst wäre ein Teil auf die andere Seite der Wasserscheide gesickert. Jetzt musste es schnell gehen, der See lief schon über. Das Wasser stand hinter der Erdaufschüttung und bahnte sich seinen Weg durch die flachsten und weichsten Stellen. Ich fuhr mit dem Entsafter durch das knöchelhohe Hochwasser zum Damm und fing an zu graben.

Helena

Der ältere Mann, der sich als Mäkelä vorgestellt hatte, wunderte sich darüber, dass der große Graben überlief. Ich besaß nicht mehr die Kraft, mich selbst darüber noch zu wundern. Er wollte wissen, wo ich bei dem Wirbelsturm gewesen war, ob es da heftig geregnet habe. Das konnte ich nicht sagen, denn ich hatte von dem ganzen Sturm ja gar nichts mitbekommen. Mäkelä war der Meinung, wir sollten zurückgehen und den anderen sagen, dass das Wasser stieg und sich im ganzen Weidendickicht ausbreiten würde. Bald würden wir nicht mehr trockenen Fußes hinauskommen. Ich sagte nur, ich will hier raus. Mäkelä erwiderte, wir müssten alle zusehen, dass wir herauskämen. Er ging zurück, und ich folgte ihm wie ein Vogeljunges – wahrscheinlich nur deshalb, weil er im Alter meines Vaters war.

Aber als wir wieder zur Darre kamen, hatte es Mäkelä plötzlich nicht mehr eilig. Niemand ging irgendwohin. Alles war total unlogisch. Da befand man sich in einem undurchdringlichen Dschungel, aus unbekanntem Grund stieg das Wasser, und außerdem tauchte ein Mann mit Gewehr auf, der wenige Stunden zuvor auf einen Menschen geschossen hatte. Trotzdem plauderten die Männer in aller Ruhe. Logik, Zivilisation und organisierte Gesellschaft waren irgendwo unerreichbar zurückgeblieben. Hier gab es nur Wirrnis und unberechenbares Chaos. Scham oder Stolz waren allmählich fremde Gefühle. Ich war nur noch hilflos, und auch dagegen stumpfte ich langsam ab. Hier waren wir sowieso dem Recht des Stärkeren und dem Gesetz des Dschungels ausgeliefert. Ich setzte mich auf die Erde und hörte apathisch zu, wie die Männer das Steigen des Wassers erörterten, Hypothesen entwickelten und wieder bestritten.

Zwischendurch stieß Mäkelä mit der Schuhspitze den schlafenden Bildhauer an, der ein paar unverständliche Wörter murmelte, aufzuckte und röchelte.

Die Männer fingen an, über den Mann mit dem Gewehr zu reden, der blutverschmiert mit seinen zwei Fleischtüten aufgetaucht war. Sie kannten sogar seinen Namen: Rajala. Ich hatte von dem Einsiedler, der oben im Weiherwald wohnte, gehört, ihn aber nie gesehen. Den Erzählungen zufolge hatte er seine Familie sitzen lassen und war in sein verlassenes Elternhaus zurückgekehrt. Er schien verrückt zu sein. Toivo erzählte, er habe eine eigene Religion gegründet, das Elchgeschlecht. Angeblich las er tagelang in einer alten, in Leder gebundenen Kirchenbibel sowie in Jesus Sirach und im Buch der Weisheit. Er rede zu Bäumen und Tieren und zähme Vögel. Eines Morgens sei er aufgeregt im Laden erschienen und habe berichtet, er habe die ganze Nacht auf einem viereckigen Planeten verbracht.

Die Männer lachten über Rajala. Eine Boulevardzeitung habe über ihn geschrieben und anschließend eine Frauenzeitschrift, die sich für fortschrittlich halte. Dort sei er als Kritiker der westlichen Konsumgesellschaft und als Querdenker vorgestellt worden: «Ein moderner Robinson.» Der Bildhauer war mittlerweile aufgewacht, er wusste mehr: Der Fall Rajala sei nach und nach in allerlei Schriften über alternatives und naturgemäßes Leben aufgetaucht, und zuletzt habe die Redaktion von TV 2 Aktuell versucht, einen Bericht über ihn zu drehen. Rajala habe das Aufnahmeteam allerdings in die Flucht gejagt, indem er in die Luft geschossen habe. Die Männer lachten schallend.

Ich wusste über den Einsiedler nichts, obwohl ich mich schon über zwei Jahre auf der Insel aufhielt. Auch jetzt wollte ich mich nicht in die Lebensgeschichte Rajalas vertiefen, aber die Männer waren Feuer und Flamme für dieses Thema. Mäkelä, der gerade noch versprochen hatte, mich aus dem Dschungel zu führen, erkundigte sich am eifrigsten von allen danach, wie es Rajala ergangen war. Den Taucher schien der ballernde Kerl allerdings nicht zu interessieren. Er hörte den anderen mit gelangweilter und leicht spöttischer Miene zu. Ich nahm ihn zur Seite.

Inzwischen war ich längst ruhig geworden, genauer gesagt apathisch. Ich wollte bloß so schnell wie möglich nach Hause. Das sagte ich dem Taucher. Ich sagte ihm auch ganz ehrlich, dass der Dschungel mir Angst mache, dass er das schon immer getan habe, oder jedenfalls gerade eben noch. Ich konnte mich im Weidendickicht überhaupt nicht orientieren und glaubte nicht, allein hinauszukommen. Beim Reden wurde ich wieder nervös und fing an zu stottern, so wie es mir bei Panikattacken manchmal passiert. Der Taucher sah mich erstaunt an. Er fragte, was mit mir los sei. Ich sagte, ich wolle einfach nur raus. Ich versprach ihm alles, was er wollte, wenn er mich nur aus dem Gebüsch hinausführen würde. Da grinste er. Er fragte mich, ob ich mit ihm im ausgetrockneten See nach der Baggerschaufel tauchen würde. Ich sagte, ja, wenn wir uns nur sofort auf den Weg machten. Mir war alles recht. Begeistert erklärte er, wenn man die Spezialschaufel herausholen würde, bekäme man dafür so viel Geld, wie ein gebrauchter Kleinwagen kostete.

Das Wasser stand schon bis zur Mitte der Vorderräder. Ich grub den Damm direkt von vorne auf und überlegte, ob ich das Erdgut auf der Seite wegschieben sollte. Da brach der Erdwall. Das Wasser kam durch, die Windschutzscheibe zersplitterte, und auf einmal war die Kabine voller Gischt. Unter dem hohen Druck drehte sich das Wasser in der engen Kabine im Kreis. Es führte Sand, kleine Steine und verschieden große Glasscherben mit sich, zum Teil lang und scharf wie Sichelklingen. Da hätte meine Halsschlagader verletzt werden und das Blut rauslaufen können, aber ich hab nur Schrammen abgekriegt. Davon allerdings eine Menge, und geblutet hab ich auch mehr als genug.

Nach dem ersten Aufbrausen hat sich das Wasser ein bisschen gelegt. Das heißt, nicht gelegt, sondern aufgehört zu schäumen. Nun schoss es im höllischen Tempo aus der Bruchstelle. Es flimmerte mir nur so vor den Augen. Im Nu war das Wasser auf der Höhe der Hinterradnaben, und im nächsten Moment stand es auch schon in der Kabine. Ich musste weg. Ich stieg aufs Dach und fragte mich, wie ich bloß wegkommen sollte. Jedes Mittel war recht. Ich sprang vom Dach des Baggers in den Strom wie aus einem fahrenden Zug.

Kuosmanen

«Ich habe genug.» Mein Handy piepste diesen Choral von Bach, zum Zeichen dafür, dass Gustav der Anrufer war. Er sprach deutlich und gleichmäßig: Wir müssten Akku sparen. Wir bräuchten die Redezeit unter Umständen noch. Ich solle Feuer machen.

«Feuer?»

«Das Feuer ist nicht die Hauptsache. Sondern der Rauch.»

Gustav teilte mir mit, er sei bei dem Helikopter. Er beabsichtige, in die Luft aufzusteigen. Ich solle meinen Aufenthaltsort durch eine Rauchsäule zu erkennen geben. Gustav wollte wissen, ob noch etwas in der Flasche sei, die er mir gegeben habe. Ich sagte, von dem Getränk sei im Übermaß vorhanden. Gustav befahl mir, es als Feueranzünder zu benutzen. Ich solle reichlich Weidenzweige sammeln und so viel leicht brennbares Material, dass ich das Feuer zum Brennen bekäme. Dann solle ich es mit frischer Weide unterhalten.

Er bat mich, den Ort zu beschreiben, an dem ich mich befand. Ich sagte, ich stünde vor einem Gebäude, offenbar einer Scheune. Gustav fragte, ob sich daneben eine Lichtung befände, die groß genug sei, damit ein Hubschrauber darauf landen könne. Das konnte ich nicht sagen. Er wolle es sich anschauen. Falls eine Landung nicht gelänge, wolle er mich aus dem Dschungel leiten, indem er über mir flöge. Jetzt aber solle ich für Rauch sorgen. Gustav wiederholte: brennbares Material und Brennflüssigkeit. Ausreichend frische Weide. Er sagte, er gebe mir eine halbe Stunde Zeit, Feuer und Rauch zu machen. Dann würde er starten.

Ich versuchte Weiden aus der Erde zu reißen, jedoch vergeblich, und für einen Moment war ich ratlos, bis ich merkte, dass man die Zweige leicht losbekam, indem man sie an den Gabelstellen nach unten zog. Bald hatte ich einen großen Haufen belaubter Weidenzweige zusammen. Aus der Scheune holte ich einen Sack mit Hölzchen als Brennmaterial. Die daumendicken Zapfen waren trocken wie Zunder und brannten leicht.

Ich warf einen Arm voll frischer Weidenzweige ins Feuer. Diese erstickten die Flammen für einen Augenblick ganz und gar. Es entwickelte sich dicker, gelbbrauner, giftig aussehender Qualm, der pilzförmig aufquoll wie die Wolke einer Atombombe in einem Wochenschaufilm aus den fünfziger Jahren. Kurz sah es aus, als würde das Feuer erlöschen, aber dann schien der Rauchball aufzuplatzen. Aus seiner Mitte stach eine helle Flamme hervor, und das Feuer brannte wieder lodernd. Dabei ließ es weiterhin dicken Rauch entstehen, der gerade wie eine Säule zum Himmel aufragte. Ich lehnte mich an die Scheunenwand und wartete.

Als ich vom Dach des Baggers ins Wasser sprang, war ich für einen Augenblick völlig orientierungslos. Vor meinen Augen wimmelte es vor Schaum und Blasen, ich wusste nicht, wo oben und unten war. Irgendwann bekam ich Luft in die Lunge, aber der Strom zog mich die ganze Zeit mit sich. Knie und Hüften schlugen gegen Steine und Stämme, aber sonst war die Kraft der Strömung nicht zu fassen. Ich konnte sie nicht spüren, weil ich selbst mit ihr trieb. Man kapierte es erst, wenn man hängen blieb und das Wasser gegen einen schlug und über einem schäumte.

Ich flog gegen einen Baum, der so groß war, dass er nicht mitgerissen wurde. Wäre ich mit dem Kopf zuerst aufgekommen, wäre mir der Schädel gebrochen, aber irgenwie hatte ich mich gegen die Fahrtrichtung gedreht und trieb mit den Füßen voran. Der Schlag war so hart, dass mir die Luft ausging. Der Druck des Stroms war gewaltig. Er presste mich gegen den Baumstamm und goss in einem endlosen Schwall Wasser über mich. Ich hab geglaubt, ich ertrinke wirklich. Holzstücke, Äste und kopfgroße Steine wurden mitgespült. Ich bekam einen Schlag nach dem anderen ab, wie bei einer Straßenkeilerei.

Mäkelä

Ich war daran interessiert, etwas über Rajala zu erfahren. Wie war aus ihm nur so ein Knallkopf geworden? War er überhaupt ein Knallkopf? Vielleicht war er schlau. Wusste man etwas über Väinös Leben in der Zeit, die er nicht in seiner Heimat verbracht hatte? War er nicht Ingenieur oder Techniker mit gutem Gehalt und in führender Position gewesen? Backsteinhaus in Pohjanmaa und Familie. Was war in ihn gefahren?

«Bekloppt. Total bekloppt.»

«Das sonderbare Leben des Risto Roopenpoika.»

Am meisten amüsierte Urho und Toivo der Artikel in der Frauenzeitschrift, wo sie aus Rajala einen alternativen Robinson der Gegenwart gemacht hatten. Sie erinnerten sich an ihr Lesebuch in der Volksschule, in dem die Geschichte von Robinson Crusoe in gekürzter und auch sonst veränderter Form erzählt worden war. Sogar den Namen hatte man geändert. Robinson Crusoe hieß nun Risto Roopenpoika. Urho behauptete, er habe das Buch bei einem Aufsatzwettbewerb zum Thema «Leben ohne Alkohol» gewonnen.

«Leben ohne Alkohol!»

Urho wurde sauer, als ihm Toivo das nicht glaubte. Er behauptete, das Buch liege noch immer auf dem Speicher, sie könnten auf der Stelle nachsehen. Toivo habe ja nie richtig schreiben gelernt. Sogar die Steuerformulare ließe er sich von ihm, Urho, ausfüllen. Über Väinö Rajala erzählte Urho, der sei schon als Kind ein komischer Dickschädel gewesen. Kletterte gleich aufs Schuldach, als ihm der Lehrer befahl sich zu erheben. Der Lehrer war nämlich der Meinung gewesen, Väinö hätte sich zu träge vom Pult erhoben. Er hatte ihn schikaniert, hatte ihm mehrmals hintereinander befohlen, sich zu setzen und wieder aufzustehen. Beim letzten Aufstehen-Kommando war Väinö aus der Klasse gerannt und aufs Dach gestiegen. Stundenlang war er nicht bereit gewesen herunterzukommen.

Ich erinnerte mich selbst an viele Vorfälle aus den Sommern meiner Jugend, bei denen Väinö der Geduldsfaden gerissen war. Er war im Zorn zu allem fähig, aber anderen tat er nie etwas. Immer übte er die Rache an sich selbst aus, und zwar so heftig, dass der andere entsetzt war und Väinö anflehte, ihm zu verzeihen und aufzuhören. Was mochte seine Frau gesagt oder getan haben, dass er einfach sein Bündel genommen und sich aus dem Staub gemacht hatte?

War das die richtige Art zu handeln? An den eigenen Vorstellungen festhalten, auch wenn die Welt zerreißt? Das einzige Mal, wo ich in meinem Leben etwas zerrissen habe, war, als ich von Mauri Ruohonens Baustelle weg bin und somit auch von Kaija. Anschließend haben immer die anderen für die Risse gesorgt. Die junge Frau wollte wieder gehen. Als Begleiter hatte sie schließlich den Taucher gewonnen. Der fragte nach dem leichtesten Weg zur Straße. Toivo zeigte die Richtung mit der Hand, knickte das Handgelenk um 90 Grad und wies dann wieder geradeaus, als wäre nach einmal Abbiegen alles klar und der Weg frei.

Ich sagte, über den Graben würden sie schwimmen müssen. Das beunruhigte den Taucher nicht. Sie wären beide ausgebildete Taucher. Sie gingen den schmalen, gerodeten Pfad entlang, der Taucher vorneweg, große Reden schwingend, das Mädchen still, müde und mit hängendem Kopf hinterher. Urho hatte sich hinter der Darre ins Gebüsch geschlagen. Er kam zurück und berichtete, das Wasser habe sich schon bis zu der Senke ausgedehnt, wo es im Frühjahr und nach langen Regenfällen immer feucht war. Der Graben liefe die ganze Zeit weiter über. Sie überlegten sich, welchen Umweg man nehmen sollte, um trockenen

Fußes davonzukommen. Ich musste lachen, weil sie über das Weidendickicht redeten, als wäre es noch immer offenes Ackerland. Urho und Toivo wurden sauer. Sie würden hier jede Stelle kennen, schließlich hätten sie ihr Leben lang auf diesen Feldern gearbeitet.

Kaarela war wieder eingeschlafen. Ich stieß ihn mit der Schuhspitze an. Er brummte unverständliches Zeug und drehte mir den Rücken zu, die Hände zwischen den Knien. Ich trat ihm in den Hintern, diesmal ein bisschen fester. Kaarela muckste nicht einmal. Ich musste ihn aber wach kriegen. Er würde ertrinken, wenn das Wasser tatsächlich weiter anstiege. Urho und Toivo meinten, ich solle keinen Unsinn reden. Bis zur Darre könne das Wasser nicht steigen. Dann wären ja ihre Brennapparate und überhaupt die ganze Fabrik im Eimer.

Kuosmanen

Das Geräusch drang durch den Halbschlaf und machte mich unruhig. Ich musste rasch in Deckung gehen. Bald flögen wieder die Bäume und Sträucher waagerecht durch die Luft, welche dann komplett schwarz wäre vor Erde, die von den Wirbeln zum Himmel geschleudert wurden. Ich öffnete die Augen. Die Büsche schwankten nicht einmal. Kein Blatt regte sich. Das Geräusch kam nicht von einem Wirbelsturm, sondern von einem Helikopter. Er flog irgendwo unsichtbar eigensinnig hin und her, kam mal näher und entfernte sich dann wieder.

Gustav suchte mich! Ich musste für Rauch sorgen. Das Feuer war erloschen, an seiner Stelle war nur noch ein schwarzer Kreis übrig, in dessen Mitte sich ein Aschekegel erhob. Grüne Weidenzweige, die nicht verbrannt waren, fassten den verkohlten Ring ein. Nun entfernte sich der Helikopter wieder. Die Hölzchen, die ich als Anzünder benutzt hatte, waren samt und sonders verbrannt. Aus der Scheune schleppte ich einige ergraute Heureuter heran. Ich warf sie über der Feuerstelle auf einen Haufen. Gerade wollte ich anfangen, erneut Weiden zu sammeln, um Rauch zum Himmel schicken zu können, da geriet ich in Panik, weil der Hubschrauber nun ganz zu verschwinden schien.

Ich holte einen Kanister aus der Scheune. Da der Verschluss fehlte, schwappte der Fusel auf den Scheunenboden und rann vor dem Gebäude auf die Erde. Ich leerte den ganzen Inhalt über den Heureutern aus. Ich erinnerte mich, dass man die Brennflüssigkeit bei Grillkohle einziehen lassen und dann einen Moment abwarten musste. Als ich das Feuer entzündete, loderte es auf. Die trockenen Heureuter und der Alkohol brannten fast explosionsartig, aber oberhalb der Flammen flimmerte nur heiße Luft. Es schien so gut wie gar kein Rauch zu entstehen. Als ich zu den Sträuchern ging, um frische Zweige zu sammeln, entflammte hinter mir die Erde.

Die Strömung nahm so weit ab, dass ich von dem Baumstamm loskam, gegen den sie mich drückte. Jetzt ging es mit mir wieder in vollem Tempo bergab, aber bald blieb ich wieder hängen, diesmal an einem Busch. Die Kraft des Stroms ließ nach, obwohl immer mehr Wasser kam. Es breitete sich auf einer größeren Fläche aus, weil inzwischen auch die Bruchstelle oben breiter geworden war. Der ganze Hügel hatte sich in eine Stromschnelle verwandelt. Überall schäumte und spritzte es. Es wurde einem schwindlig vom Angucken. Der Busch hielt alles fest, was im Wasser angetrieben wurde. Ich nahm einen großen Kiefernzweig und versuchte damit, ans Ufer zu kommen.

Es sah aus, als würde das Ufer immer weiter weg rücken, je näher ich kam. Und so war es auch. Das Wasser breitete sich ständig weiter aus, wurde aber auch flacher. Bald ging es mir nur noch bis zum Knie. Die ganze Zeit wurden von der Strömung Steine mitgerissen, die mir gegen die Beine schlugen. Eine bestimmt hundert Meter breite Stromschnelle ergoss sich den Hang hinunter. Der Uferwall des Sees war komplett eingebrochen. Das Wasser lief den Landrücken runter, als wäre eine Schüssel ausgekippt worden.

Unten sammelte es sich und schoss zwischen den Böschungen die Straße entlang wie ein durchgeknallter Raser. Aus der Straße war ein Fluss geworden. Ich watete ans Ufer und humpelte mit dem Kiefernast als Stock den Landrücken hinauf. Auf der Straße schwammen losgerissene Pfosten aus imprägniertem Holz wie die Schiffchen, die wir als kleine Jungs im Frühlingsbach schwimmen gelassen hatten. An den Pfosten hingen noch Reste der abgerissenen Telefonleitung, und die Verspannungsdrähte wirbelten ebenfalls hinterher. Das Wasser strömte genau in die Richtung, in die es sollte.

Helena

Ich ging hinter dem Taucher am Rand des überlaufenden Grabens entlang. Es war unangenehm, dort zu gehen. Als der Graben erweitert wurde, hatte man die ausgebaggerte Erde daneben zum Wall aufgeschüttet, auf dem man wegen der weichen Erde unsicher auftrat. Auf der einen Seite befand sich die mit Wasser gefüllte Rinne und auf der anderen das Weidendickicht, das entlang der Erdaufschüttung ganz besonders undurchdringlich wuchs. Ich hatte ständig Angst, in den Graben zu fallen, und natürlich musste genau das dann auch passieren. Ich geriet ins Taumeln und suchte an einer Weide Halt; aber die Enden der Äste waren dünn wie Peitschenriemen und glitten mir durch die Finger. In der Hand blieben nur ein Büschel Blätter und zwei blutende Wunden von den Knubbeln zurück. Die fielen mir erst später auf. Weil mein Griff versagte, fiel ich mit der Seite voran direkt in den Graben.

Ich plumpste ins Wasser. Der Taucher lachte. Meine Füße reichten nicht bis auf den Grund, und es war auch nicht leicht, an den schrägen Rändern Halt zu finden. Die Strömung war überraschend stark. Ich streckte die Hand aus, damit mich der Taucher hinaufzog, aber er lachte nur und rührte sich nicht. Statt mir zu helfen, sprang er selbst in den Graben. Ich hatte innerhalb der vergangenen Stunden alle möglichen Varianten von Verrücktheit gesehen und erlebt, aber jetzt glaubte ich, der Taucher sei komplett übergeschnappt. Er plantschte im Wasser, tauchte unter und schnaubte wie ein Pferd. Dann fand er mit beiden Füßen Halt auf den schrägen Grabenrändern. Bis zum Hals im Wasser, stand er in der Strömung und lachte.

Ich sah wohl sehr erschrocken und elend aus, denn er wurde

ernst und fragte besorgt, was mir fehle. Ich sagte, ich wolle nur weg von hier. Der Taucher erklärte, aus dem Weidendickicht käme man nicht hinaus, ohne den Hauptgraben zu überqueren. Wo wir ihn durchpaddelten, sei egal. Da ich schon einmal ins Wasser gefallen sei, sei es am klügsten, bei der Gelegenheit auch die Überquerung hinter sich zu bringen.

Er kletterte am anderen Rand hinauf. Mit gekrümmtem Rücken klammerte er sich an der Erde fest und hievte sein Hinterteil aus dem Wasser. Da er nichts Griffiges zu fassen bekam, nur Erde, rutschte er ab, er wollte fast sterben vor Lachen, und schließlich fiel er mit einem riesigen Platsch rückwärts wieder ins Wasser. Er tauchte auf, kicherte immer noch, bekam Wasser in die Lunge und schien beinahe zu ertrinken. Es war unmöglich, sich in seine Fröhlichkeit hineinzuversetzen. Er tollte im Wasser umher wie ein Kind, lachte und hustete und war nicht fähig, auf das zu reagieren, was ich sagte. Ich war verwirrt und fühlte mich unsicher.

Das hysterische Lachen des Tauchers geriet ins Stocken und brach ab, fing aber noch zweimal wieder an. Erst als ich zu weinen begann, hörte es ganz auf. Er wurde verlegen und schämte sich. Mit einem Ruck schwang er sich ans Ufer und zog mich energisch hinauf. Er zeigte in eine Richtung, die mir nichts sagte. Mit nassen Kleidern machten wir uns auf den Weg.

In meiner Apathie war ich auf eine endlos lange Wanderung durch den Dschungel gefasst und stapfte stumpfen Sinnes durch das chaotische Gestrüpp. Der Taucher verschwand in einer Senke, wo die Weiden erstaunlich spärlich wuchsen. Ich folgte ihm seitlich das abschüssige Gelände hinunter und stieg kurz darauf den ebenso steilen gegenüberliegenden Hang hinauf. Dort standen keine Weiden mehr. Vor mir lag eine Straße. Ich begriff nicht, was das für eine Straße sein sollte. Nachdem wir den Graben verlassen hatten, waren wir nur zwei Minuten gegangen. Ich wollte wissen, wo wir uns befanden. Der Taucher verstand mich nicht. Wir seien auf der Straße. Ich war zu schwach, um mich aufzuregen. Ich fragte nur, was das für eine Straße sei. Warum lief plötzlich eine richtige Straße durch das Weidendickicht? Der Taucher erklärte, dies sei die Straße. Dieselbe Straße, von der aus wir auch in den Weidenwald abgebogen waren.

Wir machten uns auf den Heimweg. Die ganze Zeit versuchte ich mir zu erklären, wie die Straße so dicht am Graben verlaufen konnte. Der Graben wiederum war nicht weit weg von der Darre und der Schnapsfabrik. Wir waren die ganze Zeit höchstens hundert Meter von der Straße entfernt gewesen. Das wollte mir einfach nicht in den Kopf gehen. Ich kam mir vor wie als Kind in Linnanmäki, im Vergnügungspark von Helsinki: Sosehr ich es auch versuchte, ich konnte einfach nicht verstehen, wie all die endlosen Labyrinthe in das Überraschungshaus Vekkula hineinpassten, in diese simple Bretterbude. Ich war so gefühllos allem gegenüber, dass ich mich nicht einmal schämen konnte.

Zu Hause forderte mich der Taucher auf, mir etwas Trockenes anzuziehen. Er zog sich selbst nackt aus und nahm sich, ohne um Erlaubnis zu bitten, den Overall meines Vaters vom Nagel. Ich bekam kein Wort heraus.

«Und jetzt los.»

«Wohin?»

«Wollten wir nicht nach der Baggerschaufel tauchen?»

Ich saß im Auto und wartete, bis der Taucher meine Ausrüstung aufgeladen hatte. Dann setzte er sich hinters Steuer und fuhr los. Der Fusel, den er getrunken hatte, schien ihn beim Fahren nicht zu beeinträchtigen. Er wirkte tatsächlich vollkommen nüchtern. Wir bogen auf die Straße und fuhren den Landrücken hinauf. Im Weiherwald hatte sich ein großer See gebildet, der an vielen Stellen über die Ufer trat. Das Weidendickicht war über weite Strecken zum Überschwemmungsgebiet geworden.

Die grünen Baumkronen stachen durch die blaue Wasseroberfläche. Der Taucher staunte und fluchte, hielt aber nicht an. Ich wunderte mich über gar nichts mehr. Ein rot-weißer Hubschrauber flog die Straßenlinie entlang und ging über unserem Auto abrupt in die Tiefe, setzte aber dann ebenfalls seinen Weg fort.

Mäkelä

Die ganze Zeit hörte man ein hartnäckiges Knattern, aber durch die Weiden konnte man keinen Helikopter sehen. Das Knattern kam näher, es schien sich geradezu auf einen zu stürzen. Plötzlich entfernte es sich, und der Lärm klang anders. Man hörte nur noch ein lautes Meckern. Das Rotorengeräusch war aus irgendeinem Grund nicht herauszuhören, während der Hubschrauber wegflog. Offenbar flogen Saarilahti und Kuosmanen über dem Weidendickicht hin und her.

Kaarela wachte nicht einmal von dem Krach der Maschine auf, aber als sein Handy klingelte, fuhr er sofort hoch. Irgendeine Frau rief ihn an. Das merkte man daran, wie er redete. Anscheinend kannte er die Person gar nicht, tat aber so. Bestimmt legte er seine Telefonnummer an verschiedenen Kneipentresen wie Fallen aus und wartete dann auf Beute. Jetzt zog er das Gespräch in die Länge, damit es ja nicht ohne Aussicht auf Fortsetzung endete. Man sah, dass er wie wild versuchte, sich ein Bild von der Anruferin zu machen. Bis er das zusammenhatte, redete er, was ihm gerade in den Sinn kam.

Dann schien er allmählich einen Fuß in die Tür zu bekommen. Mit der Unbefangenheit des Betrunkenen hatte er den Punkt erreicht, an dem er laut an eine Begegnung mit der Frau zurückdachte. In irgendeinem Hotel. Plötzlich verstummte er, nachdem er gerade noch ziemlich kühne Reden geschwungen hatte. Ihm war jetzt eindeutig daran gelegen, das Gespräch so bald wie möglich zu beenden. Ich musste lachen. Was hatte die Frau zu ihm gesagt, dass er sie so plötzlich loswerden wollte? Kurz darauf war das Gespräch auch zu Ende, und Kaarela saß eine Zeit lang mit wirren Haaren vor der Darre. Dann steckte er sein Handy ein, stand auf und wischte sich die Hände am Hintern ab, als wollte er auf der Stelle eine Arbeit in Angriff nehmen.

Erst jetzt fragte er verwundert, wo die anderen hingegangen seien. Urho und Toivo sähen sich das Überlaufen des Hauptgrabens an, berichtete ich. Während er, Kaarela, geschlafen habe, sei das Wasser gestiegen. Man wisse nicht, wie weit es noch steigen wolle. Hätten wir ihn, Kaarela, schlafen lassen, wäre er womöglich ertrunken. Der Taucher und die junge Wissenschaftlerin wiederum waren ganz weggegangen. Das Mädchen schien im Weidendickicht große Angst gehabt zu haben. Sie war so alt wie Riitta, und sie tat mir Leid, aber Kaarela fragte sich lediglich, wie der Taucher wohl jetzt gerade die Angst der jungen Frau lindern mochte. Kaarela schien nur an das eine zu denken. Ich riet ihm, zum überlaufenden Graben zu gehen und ins kalte Wasser zu springen.

Urho und Toivo kamen mit ernsten Mienen zurück. Der Graben war voll und trat über die Ufer. Das Wasser hatte sich unter den Weiden bis in die Senken der Felder ausgebreitet. Sie dachten über die Topografie ihres ehemaligen Ackerlandes nach. Nach dem, was sie sagten, müssten wir einen langen Umweg machen, wenn wir trockenen Fußes aus dem Dschungel hinauskommen wollten. Als das Geräusch des Helikopters sich entfernt hatte, hörte man etwas wie das Tosen einer Stromschnelle. Das Geräusch schien von der Straße herzukommen, obwohl das Wasser unmöglich von dort heranströmen konnte.

Auch Rajala hatten Urho und Toivo wieder gesehen. Er habe auf der Rodung gestanden, die von der Trombe in den Weidenwald gerissen worden war, beide Hände voller Erde, und habe unverständliches Zeug geredet: mal ausländisches Gebrabbel, mal etwas über die Sintflut und einen Neuen Bund, der danach geschlossen würde. Urho und Toivo meinten, Rajalas Worten entnommen zu haben, dass er selbst mit seinen Grabereien die

Überschwemmung verursacht hatte. Rajala sei nicht bereit gewesen, eine vernünftige Antwort zu geben; er habe nur mit dem Finger gezeigt und geschrien, der Jüngste Tag neige sich dem Abend zu, und die Männer des Alten Bundes würden vernichtet. Alles Fleisch auf der Erde werde vernichtet, alles, was auf vier Beinen gehe, was auf zwei Beinen gehe und was flöge.

Urho und Toivo hatten es nicht gewagt, sich Rajalas Drohungen länger anzuhören, weil dieser die ganze Zeit das Gewehr unter dem Arm und eine Ladung im Lauf gehabt hatte. Sie sagten etwas von Russen, die Rajala angeblich mit der Flinte verscheucht hatte. Man habe sie von der Fähre angerufen und es ihnen erzählt. Kaarela war ganz erstaunt. Er wollte wissen, was eigentlich alles passiert sei, während er geschlafen habe. Hatten die Russen das Land angegriffen, sodass sie mit der Waffe in der Hand zurückgeschlagen werden mussten? Ich riet ihm, nicht alles zu glauben, was er höre. Urho und Toivo stritten sich darüber, ob Rajala wirklich auf die Russen geschossen hatte, sodass einer von ihnen blutend von der Insel hatte geschafft werden müssen.

«Des weiß mer nit, auf wen der Väinö geschosse hat.»

«Von wegen!»

Dort, wo die Landstraße durch eine Senke führt, entstand ein kleiner See. Das Wasser stieg auf die kahl geschlagene Stelle, die eine Forstmaschine im Wald geschaffen hatte, holte sich dort Baumstämme und riss sie mit. In dem See stand das Wasser fast still, aber der Kamm der Anhöhe saugte die Bäume förmlich an und ließ sie mit höllischem Tempo den Hügel hinunterschießen. Der Hügel hatte sich in eine Stromschnelle verwandelt und die flache Senke der Landstraße zu ihrem Reservoir. Die Stämme rotierten im schäumenden Wasser, waagerecht und senkrecht. Manche splitterten entzwei, und ein Teil verhakte sich in stehen gebliebenen Kiefern, die in der Strömung schwankten wie im Wind. Der größte Teil der Bäume wurde aber weiterbefördert und schwamm nach der Senke in ruhigerer Strömung dem Dorf entgegen.

Ich kletterte immer weiter den Hang hinauf. Oben suchte ich den höchsten Punkt auf dem Landrücken. Von dort aus würde ich alles sehen. Ich brauchte jetzt nur noch von oben zuzugucken. Es stach mir beim Atmen in der Brust, und ich musste beim Aufstieg den Stock nehmen. Das Bein trug nicht mehr. Der Ringfinger an meiner linken Hand stand ab wie das Blatt an einem Eishockeyschläger. Der Finger war blau und geschwollen, und der Ring umklammerte das geschwollene Fleisch wie der Reifen das Fass.

Kuosmanen

Die Erde brannte. Der Platz vor der Scheune war von Weiden gesäubert, aber dort wuchs Gras, das durch die warme Witterung strohtrocken war. Es entzündete sich in Feuerinseln, die plötzlich aufflammten, kurz heftig brannten und dann von selbst erloschen, sobald das brennbare Material aufgezehrt war. Zurück blieben schwarze Flecken auf der Erde. Am Rand der Lichtung leckten die Flammen an den Weiden, aber der frische Pflanzenbestand fing nirgendwo Feuer. Wieder hörte man das Geräusch des Hubschraubers. Hatte Gustav den Rauch gesehen, den das versengte Gras über dem Weidendschungel aufsteigen ließ?

Ich hatte den unberechenbar aufflammenden Grasbränden mit erschrockenen Sprüngen ausweichen müssen. Meine Apathie von eben hatte sich in energischen Aktionsrausch verwandelt. Nachdem alles trockene Gras in Rauch aufgegangen war, hörten die Flächenbrände auf. Vor der Scheune war ein schwarzes verrußtes Schlachtfeld entstanden, das frei von störender Vegetation war, eben und hart. Aber war es auch groß genug für einen Helikopter? Plötzlich zischte auf der schwelenden Erde eine blaue Flamme auf, und ein Feuerstreifen lief über den Boden wie an einer Zündschnur. Das Gras entlang der Scheunenwand begann zu brennen.

Helena

Zum Bootshafen führte eine breite Stichstraße, die bei einem großen Gebäude endete. Davor waren zur West- und Südseite hin auf mehreren Ebenen Terrassen angelegt worden, deren wetterfeste Holzböden grau geworden und Risse bekommen hatten. An einigen Stellen waren sie mit einer schleimigen Schicht und mit Pilzen überzogen, die aussahen wie Gehirnmasse. Überall klebte Möwenkacke, und die kreischenden Vögel kreisten unruhig über uns wie auf einer Müllkippe oder bei einer Kläranlage. Der Taucher stieg aus dem Wagen und ging kurz neben dem Vorderrad in die Hocke. Dann kam er wieder und sagte etwas von Radlagern. Den Rest der Strecke müssten wir mit Vierradantrieb fahren. Was gingen mich seine Naben und Antriebe an?

Wir fuhren den Kieshang hinunter auf den Grund des ehemaligen Sees. Er bestand aus wunderbarem Sand, der parallel verlaufende Dünen bildete. Dazwischen standen Wasserlöcher und auch einige größere Teiche. Der Taucher hielt an einem davon an und stieg aus. Er nahm Stahlseile, Haken und Ketten von der Ladefläche und warf sie auf die Erde. Luftdruckflaschen, Flossen und Masken legte er auf ein Stück Plane, das er zuvor auf dem Boden ausgebreitet hatte. Aus einer Trommel, die vorne am Auto angebracht war, zog er ein weiteres Stahlseil heraus. Das verlängerte er mit einem der Seile, die er ausgeladen hatte, bis ans Wasser und erklärte, das würde eine Weile halten.

Ich zog den Taucheranzug an, ging zu den Dünen und watete durch das Wasser am Rand der kleinen Teiche. Es waren reichlich Kaulquappen darin, nach denen die Möwen kreischend jagten. In den verschiedenen Tümpeln befanden sich Frösche in unterschiedlichen Entwicklungsstadien. An vielen Stellen waren sie bereits an Land gestiegen, und in einer Senke ging diese Phase gerade vor sich. Winzig kleine, aber gänzlich entwickelte Frösche krochen und hüpften im Sand nach oben wie Föten. An der Stelle war die Aufregung der Möwen am größten. Ständig unternahmen sie Sturzflüge, und jedes Mal stieg danach einer der kriechenden Frösche im Vogelschnabel zum Himmel auf. Die Möwen versuchten, die Frösche im Flug zu schlucken, sie ruckten mit den Hälsen und würgten. Wenn ein Artgenosse neben ihnen gerade ebenfalls einen Frosch schlucken wollte, störten und bedrängten sie ihn trotz der reichen Beute. Darum fielen viele Frösche wieder in den Teich zurück, und dort erwischte sie keiner mehr. Das Schauspiel war Ekel erregend, aber ich war vollkommen abgestumpft.

Entlang dem ehemaligen Seeufer waren die Überreste von Bootsstegen zu erkennen. Die druckimprägnierten, auf Betonpontons lagernden Bretterkonstruktionen waren nach dem Verschwinden des Wassers eingebrochen. Sie hingen in den unterschiedlichsten Positionen da. Im Sand lagen haufenweise die verrosteten Ketten, mit denen die Pontons verankert waren. Auch Bojen großer Segelboote lagen mitsamt ihren Gewichten auf der Erde, und auf einem kleinen Uferwall bildeten die Mini-Bojen kleiner Segelboote drei fein säuberliche Reihen. Die rote Farbe war verblasst und verschrammt. An der Oberseite hatte Möwenkot die Bojen ganz weiß gefärbt. Dadurch sahen sie aus wie halb geschälte Riesenradieschen.

Ich ging am ursprünglichen Ufer entlang zur Spitze des dreieckigen Sees. Von dort aus verlief ein Kanalbett, das in den Hang des Landrückens gegraben war. Es führte hinunter in den Saimaa, den das Abendrot jetzt lachsrosa färbte. In das Kanalbett waren in gleichmäßigen Abständen Schleusenkammern eingebaut worden. Mit ihrer Hilfe sollten die Freizeitboote in den Hafen befördert werden, der zwanzig Meter oberhalb der

Wasseroberfläche des Saimaa lag. Dabei sollten die Bootsbesitzer das Schleusen selbst vornehmen. Das Einfahren in die Kammern und das Bedienen der Apparate waren als Teil des Gesamterlebnisses vorgesehen gewesen. Als man in der Bauphase die Schleusen ausprobierte, gaben die Bootsfamilien, die als Tester fungierten, anschließend ermutigende Kommentare ab. Die Kinder meinten, der Kanal mit seinen Schleusen sei «geiler» gewesen als der Wildstrom im Vergnügungspark Linnanmäki.

Neben dem Auto winkte der Taucher mit der Hand. Ich trottete auf dem nassen Sand zurück. Kleine Aufschüttungen kreuzten meinen Weg, und ich musste im lockeren Sand, der unter meinen Füßen einsank, ein paar Schritte nach oben machen und sofort danach in eine feuchte Senke zwischen zwei Dünen hinabsteigen. Unten verdichtete sich der Sand zu einer Masse, auf der es sich gut gehen ließ und auf der die nackten Füße deutliche Spuren hinterließen. Oben, auf dem trockenen und unfruchtbaren Boden der Aufschüttung, schlug sich spärlicher Hundweizen durch wie ein armes Volk. Beim Hauptgebäude des Passagierhafens stand eine Reihe Fahnenstangen. An einigen davon hingen noch die Plastikschnüre. Sie schlugen unablässig gegen die Metallstangen und sorgten für ein monotones Geräusch. Daneben befand sich eine Fläche, die eine Erfrischungsgetränkefirma für ihre Botschaft gekauft hatte: JUST FOR FUN erklärte die ovale, mit Steinen kaputtgeworfene Lichtreklame.

Mäkelä

Es roch nach Rauch, und vom Himmel schwebten Rußpartikel wie schwarzer Schnee herab. Ich ließ eine Flocke auf meiner Handfläche landen. Es war ein versengtes Weidenblatt, so leicht wie ein Schmetterling. Nur die Adern hielten es zusammen, und zwischen den Fingern zerfiel es zu Staubpartikeln.

Der Helikopter war näher gekommen. Bald dröhnte er in zwanzig Metern Höhe über uns und hinterließ einen wirbelnden Luftstrom, wie ein LKW, der auf einer Landstraße an einem Fußgänger vorbeibraust. Die anderen Männer wurden unruhig. Aufgeregt erklärte Toivo seinem Bruder Urho etwas.

«Des is Grenzschutz!»

«Red kein Blech.»

«Die suche uns.»

«Der is doch rot. Die vom Grenzschutz sinn grün.»

«Irgendwas stimmt hier nit.»

«Bist du farbeblind? Wieso navigierst du mitem Boot aufem See rum, wenn du Rot nit von Grün unterscheide kannst?»

«Scheiße, ich navigier jetzt heim!»

Aber dazu kam Toivo nicht. Wir sahen nämlich, dass dicht beim Ruohonen eine dicke Rauchwolke aufstieg. Der Helikopter hatte sich wieder entfernt, und von dort, wo der Rauch war, hörte man das Prasseln von Flammen. Dann kam der Helikopter wieder näher, aber trotz des Motorlärms konnte man das laute Knallen vom Brandort hören. Das Einzige, was dort drüben so heftig brennen konnte, war Ruohonens Scheune. Wieder fielen Rußflocken vom Himmel, aber mehr als zuvor.

Kuosmanen

Ich konnte nichts mehr tun. Das Feuer lief wie an einer Zündschnur zur Scheune und ließ das Gras aufflammen, das an der Wand des Gebäudes bis dahin vor dem Lauffeuer geschützt gewesen war. Im Nu griffen die Flammen auf die knochentrockenen Splitter und Späne der Holzbalken über, leckten über die Risse in ihnen und erreichten auch schon das mit großen Blechstücken gedeckte Dach. Zwischen den runden Balken waren Abstände von ein, zwei Zentimetern, und bald loderte die Vorderwand, als wären viele Balkenfeuer übereinander geschichtet worden. Die Hitze zwang mich, in den Schutz des Weidendickichts zurückzuweichen. Zum Glück, denn gleich darauf geschah etwas Überraschendes und Beängstigendes.

Die gesamte Scheune schien zu explodieren. Kein Knall war zu hören, sondern nur ein gewaltiges Tosen. Im Innern des Gebäudes entflammte ein Feuerball von mehreren Metern Durchmesser. Er war farblos, glühte hell, aber er verursachte blaue Stichflammen, die überall aus den Ritzen der Wände und unter den Traufen hervorzüngelten. Das ganze Gebäude stand mit einem Schlag in Flammen und brannte knisternd und krachend.

Ich hätte die Explosion gewiss nicht überlebt, wäre ich nach dem Entzünden der Wand nicht in den Schutz des Pflanzenwuchses zurückgewichen. Auch jetzt noch spürte ich sie als brennende Druckwelle auf dem Gesicht und auf den Händen, mit denen ich instinktiv meinen Kopf schützte. Ich flüchtete weiter weg. Das Balkengerüst brannte geräuschvoll. Der heiße Luftstrom, der durch den Zug des Feuers entstand, war so stark, dass ein dickes Holz aus der obersten Balkenlage ins Schwanken geriet und wie ein leichter Span flatterte.

Auf einmal war aus dem Innern des Brandes ein greller Ton zu hören, und eine lange, blaue Feuerzunge loderte aus dem brennenden Gebäude wie aus dem Rachen eines Drachen. Gleich darauf geschah das Gleiche erneut, diesmal aber waren es zwei lange Flammen wie in einem Schmelzofen, und sie verzweigten sich in verschiedene Richtungen, die eine gerade nach oben und die andere schräg nach unten, um über die Erde zu lecken, wo schon alles Brennbare aufgezehrt war. Ich begriff, dass die Kanister mit dem Alkohol im Feuer explodierten. Die Substanz hatte den Urknall des Brandes ausgelöst, denn auf dem Tragegestell, das an eine Bahre erinnerte, hatten Dutzende von Litern hausgebrauten Schnapses gelagert.

Die Funken flogen in Schwärmen in die Höhe. Man hörte es knallen und dumpf donnern, worauf glühende Brocken von der Größe einer menschlichen Hand oder gar eines Kopfes in die Luft schossen. Das Gelände rauchte und schwelte auf weiter Fläche. Plötzlich löste sich von der Scheune eine brennende Welle. Sie erreichte den Rand des Weidendickichts und setzte die frischen Weiden in Flammen. Sie brannten zunächst schlecht, als leisteten sie Widerstand, und entwickelten wieder den schwefelgelben Qualm, der an Giftgas erinnerte. Für einen Augenblick quoll der Qualm in einer blumenkohlartigen Wolke auf, dann gewann das Feuer die Übermacht, und die aufsteigende Hitze drückte den dicken Rauch zur Seite. Die Weiden fingen prasselnd an zu brennen, und verkrümmte Blätter wurden zum Himmel geschleudert, wo sie einen Moment glühten und dann als verkohlte Schlacke im Luftstrom davonflogen.

Der wütende Brand, der Funkenregen, die in alle Richtungen aufzischenden Stichflammen und die kopfgroßen, knallenden Feuerbälle boten einen apokalyptischen Anblick. Noch nie hatte ich eine vergleichbare pyrotechnische Vorführung zu Gesicht bekommen. Ich musste an Francis Coppolas Film über den

Vietnamkrieg denken, an die durch Napalm entzündeten Urwälder und an die Aussage des Regisseurs, die einst für Entrüstung gesorgt hatte: Der Krieg ist schön. Über dem Brandort war der Helikopter aufgetaucht. Unerreichbar von der Hitze schwebte er in der Höhe.

Die ganze Zeit verschwand Wasser im Schlund der Stromschnelle. Es war eine Menge. Es stieg zum Weiherwald an, um dort alle Tümpel und Gletschertöpfe mitzunehmen. In der Sandmasse suchte sich das Wasser den leichtesten Weg an der Stelle, wo der Anfang der Rinne schon gegraben war. Es breitete sich bereits bis hinunter zum Dorf hin aus. In den Senken waren von den Weiden nur noch die Spitzen zu sehen. Auch dorthin hatten sich Baumstämme verirrt. Sie blieben so lange im Weidengebüsch hängen, bis die Wasseroberfläche weiter angestiegen war und die Stämme weiterschwemmte. Der größte Teil von ihnen wurde genau dorthin befördert, wo er auch hinsollte.

Der Hubschrauber flog über dem Weidendickicht hin und her. Dort war ein höllischer Blitz zu sehen gewesen, und gleich danach stiegen Flammen und Rauch zum Himmel auf. War im Dschungel der Krieg ausgebrochen? Was konnte da so explodieren und brennen? Egal. Nichts konnte das Ansteigen des Wassers jetzt noch aufhalten. Es bildete im Weidendickicht und auf den Feldern des Ladens einen See. Die Baumstämme und Telegrafenmasten türmten sich an der Schwelle, wo der entstehende See überlief, zu einem Damm auf. Noch rann es von dort langsam und schwach den Hügel hinunter, aber das Wasser grub sich in einem fort eine tiefere Rinne. Und die Wasseroberfläche stieg in jedem Augenblick. Der überflutende Weiherwald speiste ständig mehr und mehr Wasser in die Dorflichtung ein. Alles Wasser der Insel sammelte sich zu einer geballten Kraft, in der mehr Energie steckte als in einer Artilleriekonzentration.

Helena

Alles, was vor vierzehn Jahren schön und trendy war und Hoffnungen weckte, verfaulte und verfiel. Die teuer erbauten Häuser und Terrassen, die Pavillons und Bootsstege, alles hatte sich verzogen, bekam Sprünge, rostete oder schälte sich. Hier hätte der bestausgerüstete Bootshafen der Finnischen Seenplatte herkommen sollen. Jetzt stand das Wasser, sofern es überhaupt noch da war, und stank. Wir machten unsere Druckluftausrüstung bereit, um in einem lächerlichen Tümpel zu tauchen. Der Taucher hatte sein Stahlseil gerade gerichtet und die Winde zugbereit gemacht. Er schraubte die Schäkel auf, mit denen die Schaufel an den Ketten, die er als Verlängerung des Stahlseils angehängt hatte, befestigt werden sollten. Er hatte mir erklärt, das starre Seil sei unter Wasser zu schwierig und gefährlich zu handhaben. Wir würden unten nicht viel sehen, warnte er mich. Was alles auf dem Grund lag, ob beim Bau des Hafens viel Schrott liegen geblieben war oder ob später jemand Gerümpel in das Wasserloch gekippt hatte, wusste er nicht.

Er kam, um mir zu helfen, die Flaschen auf den Rücken zu nehmen, zog aber zuvor den Reißverschluss meines Neoprenanzugs hinten richtig zu, befreite meine Haare aus dem engen Bund und ließ seine Hand zwischen den Schulterblättern liegen. Plötzlich wurde ich wahnsinnig wütend.

«Rühr mich nicht an!»

«Was ist denn los?»

«Was soll dieses blöde Gegrapsche! Was bin ich eigentlich für dich?»

«Was hast du?»

«Ich bin unfruchtbar, kapierst du?»

Ich schwang mir die Flaschen auf den Rücken und zog mit einem Ruck die Riemen und den Bleigürtel fest. Mit den Flossen an den Füßen ließ ich mich seitlich ins Wasser fallen. Maske vors Gesicht, Mundstück zwischen die Zähne und Ventil auf. Die Luftdruckapparatur und das Glas der Taucherbrille trennten mich von der Welt. Der Taucher schulterte erschrocken seine Geräte. Ich nahm noch einmal das Teil aus dem Mund und stellte den Regulator ein.

«Was ist in dich gefahren?»

«Ich hab keine Gebärmutter!»

Ich biss auf das schwarze Gummistück am Ende des Niederdruckschlauchs und tauchte unter, ins grüne, trübe Wasser, fort von der Welt. Ich sah nichts als die silbernen Blasen um meinen Kopf.

Mäkelä

Es regnete Asche. Der Rauch hatte sich so weit im Weidenwald ausgebreitet, dass einem das Atmen langsam schwer fiel. Toivo war zu einem tiefer liegenden Feldstück hinuntergegangen und hatte mitgeteilt, die Wasserlinie sei nicht mehr weit weg. Er und Urho stritten sich eine Zeit lang darüber, ob das Wasser uns von allen Seiten einschließen konnte, sodass wir auf einer Insel standen. Urho verbat sich solche Spinnereien. So viel Wasser gäbe es nur im Saimaa, und der würde bestimmt nicht den Hang hinaufkommen, auch wenn die Welt ansonsten ziemlich aus dem Ruder zu laufen schien.

Einig waren sie sich darüber, dass die Asche und der Ruß nur von Ruohonens Scheune stammen konnten. Wegen dieser Vermutung hatte Toivo auch so schlechte Laune bekommen. Ich begriff, dass sie ihren zum Verkauf bestimmten Schnaps in der Scheune lagerten und jetzt zu Recht befürchteten, er sei vom Brand vernichtet worden. Nach der kleinen Zankerei beschlossen sie nachzusehen, wie die Lage bei der Scheune war. Kaarela und mir blieb nichts anderes übrig, als ihnen zu folgen. Sie kannten die Topografie der Felder besser und konnten uns ohne lange Schwimmstrecken aus dem Dschungel hinausführen.

Es stellte sich heraus, dass wir trockenen Fußes nicht davonkamen. Ohne zu waten, erreichten wir nicht mal Mauris Scheune, die allem Anschein nach mittlerweile bis auf die Grundmauern abgebrannt war. Wir wateten an dem unsichtbar gewordenen Graben entlang in Richtung Laden. Toivo behauptete, von dort käme man besser an die Scheune heran. Sie zankten sich über eine Erhebung im Feld und deren relative Höhe gegenüber dem übrigen Gelände. Toivo behauptete, dort seien sie als Kind mit Skiern runtergefahren. Urhos Meinung nach lag der besagte Hügel aber gar nicht in der Nähe.

Wir erreichten die Hochspannungsleitung. Die Linie entlang konnte man mindestens einen Kilometer weit sehen. Nach einigen hundert Metern standen die unteren Enden der Hochspannungsmasten im steigenden Wasser. Ein großer Teil der ehemaligen Felder verwandelte sich tatsächlich in einen See. Es sah aus, als wäre die Zufahrt zu Saarilahtis Villa längst überschwemmt. Falls die Wasseroberfläche weiter anstiege, würde das Wasser über die Zufahrt auf die Villa zuschießen. Toivo und Urho fluchten erstaunt. War irgendwo ein Stöpsel herausgezogen worden, waren neue Quellen in der Erde aufgebrochen? Nun wurde der Helikopter wieder sichtbar, er schwebte einen Moment auf der Stelle, dann flog er an der Leitung entlang. Da bemerkten wir, dass ein nackter Mensch auf einen der Hochspannungsmasten geklettert war.

Wir gingen hin. Der Mast bestand aus über Kreuz verschraubten Eisenstreben; aus der Nähe erinnerte er an den Eiffelturm, den Funkturm in Lahti oder auch an den Turm von Babel. Er hatte vier Füße, die mit vier Betonsohlen im Boden verankert waren, und er schien gut und gern zwanzig Meter hoch aufzuragen. Oben verzweigten sich die Haltestangen wie die vielen Arme eines indischen Gottes. Daran hielten blaue Keramikisolatoren dicke Kabel, durch die eine Spannung von vierhundert Kilovolt lief.

Rajala war an dem Kreuzgitter bis zur Hälfte hinaufgeklettert. Als Isolation gegen Bodenfrost war rings um die Betonsohlen Sand eingefüllt worden. Dort hatte Rajala einen Kreis gezeichnet und daneben in Druckbuchstaben geschrieben: NOLI ME TANGERE. Urho und Toivo buchstabierten den Text. Keiner traute sich, Rajala etwas zuzurufen. Ich hatte nicht mal Lust, sonderlich nahe heranzugehen. Was sollte diese Inschrift bedeuten? «Berühre mich nicht», behauptete Kaarela. Woher wusste er denn so was? Urho sagte, wir sollten uns lieber fragen, woher Rajala das wusste, aber Toivo hielt das nicht für ein Wunder. Schließlich rede der Kerl ständig fremde Wörter, warum solle er sie dann nicht auch schreiben können.

Kaarela hielt sich von der Stromleitung fern und riet den anderen, sich ebenfalls nicht darunterzustellen. Auch Toivo und Urho hatten Scheu. Sie wollten nicht besonders nahe an den Mast heran, auf dem Rajala sich ohne jedes Kleidungsstück und reglos vor dem Abendrot abzeichnete wie eine Fliege an der Wand. Ich fragte Kaarela, woher er die Bedeutung der Buchstaben im Sand zu kennen glaube. Er behauptete, es sei Latein. Jesus hatte das angeblich zu Maria Magdalena gesagt, als er ihr nach Kreuzigung und Auferstehung erschienen war.

Ich glaubte Kaarela nicht. Soweit ich wusste, konnte er kein Latein. Noch weniger kannte er die Bibel. Toivo spähte den Mast hinauf und meinte, Väinö hätte angefangen, die Bibel zu studieren. Kaarela wurde sauer. Man müsse die Bibel nicht kennen und auch kein Latein können. Es genüge, die Geschichte der abendländischen Kunst zu kennen, in der die Begegnung von Jesus und Maria Magdalena ein weit verbreitetes Thema sei. Das machte es nicht viel klarer. Falls Kaarela auch durch Zufall die Bedeutung der Wörter kennen sollte, blieb die Frage, woher Väinö sie kannte. Der war Techniker und kein Künstler. Urho und Toivo erzählten einstimmig, Väinö habe zu Hause stapelweise Bücher, in die er jeden Abend und im Winter auch tagsüber die Nase stecke. In den Büchern gäbe es Sätze genug. Toivo war der Meinung, man müsse um Väinös Kopf einen Reif schmieden, damit keine schmutzigen Gedanken und Lehren herausqollen und die Welt durcheinander brachten.

Zwischendurch war der Helikopter aus dem Blickfeld verschwunden, aber man hörte ihn noch. Zweimal tauchte er ins

Weidendickicht ab, knatterte dort unsichtbar und stieg dann noch weiter als zuvor nach oben. Er beschrieb einen jähen Bogen über dem Dorf und kehrte dann zur Stromleitung zurück, wo er an einigen Stellen bis dicht über den Boden herunterging. Als er die Leitung entlang auf Rajala zukam, stieg der entschlossen weiter nach oben. Der Helikopter drehte ab und ging wieder nach unten, bis man ihn nicht mehr sah. Rajala hielt inne. Als die Maschine wieder auftauchte und auf ihn zukam, setzte Rajala auch seinen Aufstieg fort. Er war nur noch wenige Meter von den Drähten entfernt.

Der Helikopter kam fast direkt an ihn heran. Er war bereits Furcht erregend nah, näherte sich aber ganz langsam noch mehr, wie ein vorsichtiger, aber heimtückischer Hund. Rajalas lange Haare und der graue Bart flatterten im Luftstrom des Propellers. Er streckte die rechte Hand aus und zeigte auf den Hubschrauber wie auf einen Schuldigen. Mit weiterhin ausgestrecktem Zeigefinger hob er die Hand langsam nach oben. Plötzlich loderte eine blaue Schweißflamme zwischen seiner Fingerspitze und den Hochspannungsdrähten auf, und Rajala wurde ganz hell. Einen Moment lang leuchtete er in der Dämmerung des Sommerabends. Die Haare standen ihm zu Berge und bildeten mit dem gesträubten Bart einen glühenden Kranz um seinen Kopf. Gleichzeitig zuckten zwischen ihm und dem Helikopter mehrere gekrümmte Blitze auf.

Gewaltige Schweißflammen liefen zuckend von der Leitung zu der Maschine und zurück. Ein Funken sprühender Lichtkreis umgab den Helikopter. Dieser fing an, sich um sich selbst zu drehen, und der Rotor schlug in die Schutzdrähte, die oberhalb der Elektrizitätsleitungen aufgespannt waren. Wie ein Ringer, der von einem plötzlichen Wurf überrascht wird, machte der Hubschrauber einen Überschlag und ging in Flammen auf. Mit dem Dach voran fiel er auf den Boden und steckte dort das Weidendickicht in Brand. Wahrscheinlich floss Treibstoff aus dem

Tank, denn das Feuer breitete sich laut knisternd aus und loderte mit einer solchen Hitze, dass wir in den Dschungel fliehen mussten. Rajala war vom Mastgitter verschwunden. Übrig waren nur seine Kleider auf der Erde und das Gewehr, das am Mast lehnte.

Ich lag oben auf dem Kamm und beobachtete, wie das Wasser stieg. Ich brauchte nichts mehr zu tun und konnte es auch gar nicht. Wahrscheinlich hab ich deswegen langsam kapiert, in welchem Zustand ich selber war. Ein Finger war gebrochen oder aus dem Gelenk gesprungen. Der wird sich nie mehr krümmen. Oberschenkel, Knie und Hüften waren voller Prellungen durch die Steine; Gesicht und Oberkörper hatten Wunden von den Glasscherben, die mit dem Wasser im Führerhaus des Baggers rotiert hatten. In der Stromschnelle hatten Steine und Sand den Rest aufgeschürft. Die Seite tat mir weh, und es stach bei jedem Atemzug. Wovor ich erschrak, war, dass ich Blut in der Spucke hatte. Später hat man auf den Bildern gesehen, dass drei Rippen gebrochen waren und eine auf die Lunge drückte. Der Arzt hat gesagt, bis zum Pneumothorax hätten nur Millimeter gefehlt, und über die Fähre wär ich nicht schnell genug in die Klinik gekommen, wenn mir die Lunge eingeschrumpelt wäre. Sie hatten noch andere von der Insel geholt, sogar Tote, und im Krankenhaus haben sie gefragt, was auf der Insel eigentlich los wäre, weil sie von da Gefallene und Verwundete reinbekämen wie im Krieg.

Kuosmanen

Ich weiß nicht, ob die Brandgase giftig waren oder ob nur zu viel davon in der Luft lag. Auf einmal war ich von Feuer umzingelt und gezwungen, dicken Rauch einzuatmen. Es hieß: verbrennen oder ersticken. So stark ist der Furor des Lebens, dass der am Rauch Erstickende ins Feuer rennt. Ohne den blinden Lebenstrieb wäre ich gewiss nicht durch das brennende Gebüsch gestürzt. Dort passierte mir so gut wie nichts. Die Flucht durch die Flammen verursachte nicht mehr als ein paar leichte Brandwunden. Offenbar kann man mit forschem Rennen ein Feuer durchqueren. Darauf beruhen die Tricks aller Feuerkünstler.

Durch die brennenden Büsche gelangte ich auf ein schwarz verkohltes, qualmendes Gelände. Hier war kein Feuer, da es nichts Brennbares mehr gab. Mir wurde schwindlig, und ich setzte mich auf die Erde, musste aber sogleich wieder aufspringen. Überall war glühend heiße Asche. Neue Panik brach in mir aus, als die heiße Erde unerträglich unter meinen Fußsohlen brannte. Mit qualmenden Schuhen rannte ich ohne Plan und Richtung durch den schwarz verbrannten Dschungel, aber zum Glück dorthin, von wo der Flächenbrand gekommen war. Dadurch gelangte ich in eine Zone, wo die Asche bereits abgekühlt war. Statt Unterwuchs und niedrigen Schösslingen gab es dort Schlacke und graue Asche, aus der kräftige verkohlte Strünke ragten. Das waren eben noch grüne Weiden gewesen, deren Zweige, Wipfel und Blätter jetzt verbrannt waren. Überall schwebte Rauch, und weiter weg loderte die Feuerwand. So stellt man sich die Hölle vor. Mir tränten die Augen, und mir wurde übel. Ich musste in der Asche auf alle viere gehen und mich übergeben. Alles drehte sich. Mir war unsäglich schlecht.

Ich weiß nicht, wie lange ich mit dem Kopf zwischen den Knien dalag. Zum wer weiß wie vielten Male an diesem Tag fuhr ich durch das Geräusch des Helikopters zusammen. Gustav war über mir. Ich winkte ihm, und er entfernte sich sehr langsam. Ich begriff, dass ich ihm folgen sollte. Bald erreichte ich eine Lichtung, die ich nicht gleich erkannte. Es war das eine Ende der länglichen Rodung, die von der Trombe verursacht worden war, aber sie sah jetzt völlig anders aus, da das Feuer den Pflanzenbewuchs ringsum verbrannt hatte. Gustav landete und stieg aus. Er musste mich fast in den Hubschrauber tragen und lagerte mich in Krankentransporthaltung auf den zurückgeklappten Sitzen.

Bis zum heutigen Tag weiß ich nicht, was Gustav zu tun gedachte. Auf jeden Fall landete er bald schon wieder auf der Straße, legte mich an deren Rand auf die Bahre und deckte mich zu. Von den folgenden tragischen Ereignissen nahm ich nichts wahr, denn ich verlor bald das Bewusstsein. Nach dem, was ich gehört habe, flog er über dem Dorf und nahe der Villa. Offenbar hatte er begriffen, dass das losgelassene Wasser alles hinwegspülen und seine Pläne unter sich begraben würde. War er aber bewusst in die Hochspannungsleitung geflogen? Lange Zeit vermochte ich über die Frage nicht nachzudenken, und auch jetzt, nachdem ich sie von vielen Seite her erwogen habe, sehe ich mich nicht in der Lage, sie zu beantworten.

Alle Kräfte verließen mich, und ich bekam schweren Schüttelfrost. Ich wollte einnicken. Zu diesem Zeitpunkt hatte ich auch bestimmt schon hohes Fieber. So lange hielt ich mich wach, dass ich sah, wie an der Überlaufstelle der Kies weit genug ausgeschürft war, dass die Unterlage der Straße nachgab. Das Wasser schoss auf Saarilahtis Villa zu. Die Stauung wurde weggerissen, und alles trieb in einem riesigen Schwall den Hügel hinunter. Gleich klirrt es, war das Einzige, was ich denken konnte. Dann ließ ich mich ins Kraut fallen.

Helena

Ich tauchte im trüben Grün abwärts. Die Blasen sprudelten rechts und links am Kopf vorbei und am Rücken entlang nach oben. Ich hatte keine Vorstellung von den Ausmaßen des Wasserlochs. Außer dass es von der Fläche her ein Tümpel von wenigen Ar war. Das Wasser war so trüb, dass ich die Finger der ausgestreckten Hand nicht sehen konnte. Nach weniger als vier Metern kam ich auf Grund. Ich tastete mich an dem leicht abschüssigen sandigen Hang entlang. Mein Ellbogen traf auf etwas Hartes. Der Gegenstand war groß und aus Eisen, aber schwer verrostet. Nach dem, was der Taucher gesagt hatte, sollte die Schaufel aus rostfreiem Metall sein.

Ich tauchte weiter am Grund entlang und stieß auf mehr Metallschrott. Diesmal waren es irgendwelche Träger. Ich war mir meines Übermuts bewusst, ging aber darüber hinweg. In mir war mehr Gleichgültigkeit als Trotz. Als ich hängen blieb, erschrak ich nicht einmal gleich. Jedenfalls kann ich mich nicht daran erinnern. Einen Moment atmete ich auf der Stelle durch und tastete die Umgebung ab. Ich war mitten in eine Stacheldrahtrolle geschwommen, die jemand im Tümpel versenkt hatte. Ich griff hinter mich und zog mir prompt eine blutende Wunde an der Handfläche zu, erreichte aber nicht den Draht, an dem ich festhing. Ein Werkzeug zum Durchtrennen des Stacheldrahts hatte ich nicht.

Ich wusste, dass der Taucher an den Blasen genau sehen konnte, wo ich war. Ich versuchte, mich nicht zu rühren, sparsam zu atmen und die Panik abzuwehren. Sie kam trotzdem. Ich paddelte weiter. Der spiralförmig aufgerollte Draht gab nach, ließ mich aber nicht los. Ich schwamm mit aller Kraft, doch der

Zug des Drahtes drehte mich auf den Rücken. Ich sah die Blasen über meinem Gesicht. Dort verschwanden sie im trüben Halbdunkel. In meiner Not zappelte ich wie wild. Auf einmal waren überall Blasen. Ich hörte es blubbern, und durch das Atemventil drang würgende, wasserdurchsetzte Luft ein. Der Niederdruckschlauch hatte irgendwo zwischen Flaschen und Regulator ein Loch bekommen.

Ich versuchte, die im Ventil röchelnde Luft vorsichtig einzuatmen. Tatsächlich bekam ich die Lunge voll und konnte mich loswinden. Ich wollte nach oben, kam ein ganzes Stück weit, glaubte schon, die Oberfläche zu erkennen. Aber etwas hing noch fest. Die Flaschen hatten sich gedreht und waren bis zu den Knöcheln nach unten gerutscht, und ich hing noch immer an ihnen fest. Ich hatte die Schenkelbänder der Tragweste vergessen. Ich tastete nach dem Messer am Bein, aber es fiel mir aus der Hand, als ich an dem Nylonband zwischen meinen Beinen zerrte. Ich strampelte, bekam einen Fuß frei, verlor dabei aber eine Flosse. Mit dem anderen Fuß kämpfte ich mich wütend der Oberfläche entgegen, und die Stacheldrahtspirale, an der ich festhing, gab nach. Ich sah schon die Wasserfolie und den Himmel dahinter, hatte aber keine Kraft mehr, und so zog mich der Draht langsam wieder nach unten.

Ständig drangen Schwärme von sehr kleinen Luftblasen aus dem Niederdruckschlauch. Mit den Silberwolken löste sich auch mein Bewusstsein auf. Als Letztes spürte ich ein Gefühl von Frustration und eine diffuse Verwunderung. Hätte ich sie in Worte fassen können, hätten sie eine Erkenntnis beschrieben: Das Sterben ist genau wie das Leben. Man hat so viel zu tun und so viel Angst, dass man nicht mal kapiert, dass man stirbt. Alles aber war von einem Gefühl der Vergeblichkeit und dann vom Erlöschen überlagert.

Ich hatte schon lange gesessen, da kam eines Morgens der Aufseher und holte mich auf den Gang. Ich musste zum Verhör. Was wollt ihr jetzt noch von mir wissen?, fragte ich. Ich war schon untersucht und für zurechnungsfähig erklärt, verhört und verurteilt worden. Da sollte man eigentlich in aller Ruhe seine Strafe absitzen dürfen. Der Aufseher sagte, er wolle nichts wissen, sondern die Polizei.

Ein älterer Kripomann wartete auf mich. Ziemlich sympathisch. Er teilte mir gleich mit, an der Sache wär nichts dran, aber er müsse da was überprüfen. Wir würden uns in aller Ruhe unterhalten. Im Frühjahr seien Leute auf die Insel gekommen und hätten mit riesigem Aufwand einen höllisch großen Findling den Hang hinuntergerollt. Jetzt war vom Verfassungsschutz der Befehl gekommen, zu klären, ob es da eine Verbindung zu dem gab, was ich angestellt hatte. Ich war ja auch wegen Terrorismus untersucht worden, und darum war der Verfassungsschutz jetzt auf der Hut, da wieder was Komisches passiert ist. Der Polizist sagte, das könne er mir inoffiziell erzählen.

Am ersten Mai waren also Studenten von der TH aufgetaucht, und die hatten alle möglichen Gerätschaften dabeigehabt. Damit hatten sie an einem Findling, so groß wie ein Einfamilienhaus, geruckelt. Sie hatten hydraulische Pumpen, die mit Verbrennungsmotor liefen, Generatoren, Steinbohrer und Kompressoren gehabt. Zwei Tage hatten sie gearbeitet und schließlich den Stein ins Rollen gebracht. Er war den Hang runtergehoppelt und mitten im Feld, das zum Laden gehörte, liegen geblieben. Dann hatten die Leute von der TH eine Bronzetafel an dem Stein befestigt, auf dem stand, diesen Stein hätte das erste Semester der Bergleute von der TH Helsinki hierher gerollt.

Der Mann von der Kripo hatte einen Zeitungsausschnitt dabei, in dem von dem Fall berichtet wurde. Die Kerle waren vor Gericht gekommen, und natürlich waren sie besoffen gewesen. Der Richter war einer vom alten Schlag gewesen und hatte den Zeitungsleuten direkt gesagt, solche verfluchten Clowns würde er mit harter Hand bestrafen. Er war richtig böse und fragte sich, wo das alles noch hinführen sollte. Hatten sogar Ingenieure nichts Besseres mehr zu tun? Früher hätten sie der Menschheit helfen und nutzen wollen, aber jetzt wäre anscheinend alles Brauchbare erfunden, und die Ingenieure hätten nichts anderes zu tun, als dummes Zeug zu machen.

Im Interview sagten die Studenten, alles sei nur ein traditioneller Freinachtscherz gewesen. Ich konnte so was auch nicht verstehen. Ich sagte dem Polizisten, wir hätten damals die Straßenbahn Nummer vier an der Endstation festgeschweißt. Das könne er noch akzeptieren, sagte der Polizist. Die Studenten erklärten, die Studentenschaft hätte das dritte Jahrtausend zum Jahrtausend der Streiche erklärt.

Mäkelä

Die Maschine flog in zehntausend Metern Höhe über Finnland. Unten sah man dunkelgrünen Wald und zugefrorene Seen. Deren Ufer bildeten frei verlaufende Linien wie die Savoy-Vasen von Alvar Aalto. Zwischen den Seen schlängelten sich Flüsse wie helle Bänder. Aus den Schnörkeln dieser Flüsse, die sich ihre Bahn in tiefer liegende Becken suchten, konnte man auf die Geländeformen schließen. Zwischen den Falten der Bänder lagen grüne bewaldete Anhöhen, krumm wie Gurken. Durch die großen Wälder zogen sich schnurgerade Einschlaglinien, auf denen entweder Strom lief oder die Grenze zwischen zwei Grundbesitzen. Diese Linien und die geometrisch geschlagenen Waldstreifen waren das einzige sichtbare Zeichen für die Anwesenheit von Menschen. Der Kapitän teilte mit, unter uns liege die Stadt Jyväskylä.

Ich befand mich auf dem Weg nach Rovaniemi. Irgendwo dort unten donnerten meine Sachen in einem Umzugsauto in dieselbe Richtung. Für den Preis meiner Wohnung in Helsinki hätte ich in Rovaniemi eine doppelt so große bekommen. Aber dann hätte ich mir auch noch einen LKW voll Möbel kaufen müssen, um die Räume wie eine menschliche Behausung aussehen zu lassen. Darum hatte ich meine Dreizimmerwohnung gegen eine andere Dreizimmerwohnung getauscht und mir für die Preisdifferenz ein neues Auto und Anteile an einem russischen und einem baltischen Fonds gekauft.

Kuosmanen hatte mir die Investition empfohlen, als ich bei der Auflösung des Arbeitsverhältnisses die vertraglich vorgesehenen sechs Monatslöhne bekam. Nach Saarilahtis Tod war dessen ganzes Vermögen in den Besitz der Atlantis-Stiftung übergegangen. Die hatte sich als völlig unnahbare Institution erwiesen. Sie war an nichts und niemandem interessiert, erfüllte aber ihre vertraglichen Verpflichtungen. Von sich selbst gab die Stiftung keinerlei Informationen preis. Ganz Atlantis ging im Unsichtbaren unter.

Kuosmanen wurde von der Verwaltung des Nachlasses seines toten Freundes gänzlich ausgeschlossen. Es gab nur die Adresse eines Anwaltsbüros in Chicago, das war alles. Saarilahtis Vermögen zog sich sozusagen in sich selbst zurück. Was es dort tat, wusste niemand. Wie es die detaillierten Bestimmungen im Testament vorschrieben, endeten sämtliche operativen Maßnahmen, und alle Firmen, die sich in Saarilahtis Besitz befunden hatten, wurden aufgelöst, darunter auch die Werbeagentur Macondo. Eines Tages hatte Macondo seine Tätigkeit einfach eingestellt und war vom Erdboden verschwunden.

Wenn ich es richtig verstanden habe, bekam Kuosmanen bei der Auflösung der Agentur einen gigantischen goldenen Händedruck, der ihn für den Rest seines Lebens finanziell absichert. Trotzdem war der Mann total geschockt, nicht nur über den Tod seines Freundes, sondern auch über die Art und Weise, wie er bei der Verteilung von Saarilahtis Erbe abgespeist wurde. Die Abfindung, die Kuosmanen bekam, wurde nämlich als Maßnahme zwischen ihm und der stillzulegenden Firma abgewickelt, das heißt, sie beruhte auf Kuosmanens Arbeitsvertrag und nicht auf Saarilahtis Testament. Trotzdem gab mir der niedergeschlagene Mann seinen Anlagetipp im Namen von Saarilahti, quasi im Gedenken an ihn. Ich handelte entsprechend und kaufte sogar noch mehr Anteile von dem Russlandfonds, weil ich auch nach dem Autokauf noch Geld übrig hatte. Bei der Anschaffung des Wagens hatte mir mein ehemaliger Vorgesetzter auch helfen wollen, aber ich weiß nicht, ob mir Kuosmanen dabei mehr genutzt oder mehr geschadet hat.

Zwar chauffierte er mich mit seinem teuer restaurierten Antik-Mercedes zu diversen Autohändlern, aber er fuhr zusammen wie bei einem elektrischen Schlag, als ich, bloß um was zu sagen, anfing, mich nach verschiedenen Marken und Modellen zu erkundigen. Er war der Meinung, es sei nicht gut, sich einen besseren Wagen anzuschaffen. Wenn man ständig bessere Autos haben wolle, nehme das nie ein Ende. Ich kam nicht dazu zu sagen, dass ich bislang überhaupt kein Auto besaß.

Kuosmanen begann mitten auf der Autobahn davon zu reden, dass immer bessere Autos und immer bessere Wohnungen den Menschen nicht halfen. Was nütze es dem Menschen, wenn er 50 Prozent mehr Gehalt bekomme? Innerhalb von dreißig Jahren habe sich der Geldbesitz der Finnen verdoppelt, aber seien die Leute heute glücklicher als in den siebziger Jahren? Und würden wir in dreißig Jahren wieder um die Hälfte glücklicher sein, wenn sich die Gehälter gegenüber den jetzigen verdoppelt haben würden, die Wohnungsflächen weiter gewachsen seien und wir uns fragten, wie wir damals nur leben konnten, als es all die Apparate noch nicht gab, die inzwischen erfunden worden waren.

Danach war Kuosmanen eine Weile still wie ein kleines Mädchen, das über etwas geredet hat, über das es hätte schweigen sollen. Er hatte versprochen, mich zu einem Autohändler in Lohja zu bringen. Noch vor Nummela fing er an, mir sein Herz auszuschütten. Er habe nie uneingeschränkt an die von Gustav vertretenen Ideen der Nützlichkeit und der Aufklärung glauben können. Ich war nahe daran zu fragen, welcher Gustav, aber zum Glück fiel mir das Rollenspiel ein, das er mit Saarilahti gespielt hatte.

Kuosmanen erklärte mir, er habe die Entwicklung der Gesellschaft in verschiedenen Bereichen genau beobachtet: Größe der Schulklassen, Tauglichkeit der Lehrer, Sonderpädagogen, Psychiater oder Schülervertreter. Wie fähig mussten die Lehrer sein, und was für eine weitläufige Infrastruktur brauchten sie, um ein ausreichendes Niveau zu erzielen? Kuosmanen sagte, er wisse, dass die Geldmittel seit den besten Jahren gekürzt worden seien, aber wann mochten sie am größten gewesen sein? Seien die Menschen, die damals die Schule besuchen durften, etwa außergewöhnlich tüchtig? Und wie leistungsstark würden die Kinder einmal werden, die in dreißig Jahren in ihrer Erziehung doppelt so gut gefördert wurden wie heute? Andererseits seien auch die gekürzten Bildungsmittel noch wesentlich üppiger als zu der Zeit, in der er die Schule besucht habe, und er könne sich eigentlich nicht beklagen.

Ich konnte dazu nichts sagen, weil meine Volksschule vier Jahre lang in zwei Schichten in alten Baracken der Armee stattgefunden hatte.

Kuosmanen war der Meinung, die gleiche Entwicklung habe sich auch im Bereich der Volksgesundheit vollzogen. Das mittlerweile enorm wohlhabende Land schien bei geschwächten Gesundheitsleistungen gelandet zu sein.

«Die Pädagogisierung und Medikalisierung …»

Ich fragte ihn, was er eigentlich meine, aber die Antwort klang nach den Ausflüchten eines Politikers: Mit immer größerem Einsatz erreiche man immer geringeren Nutzen. An einem bestimmten Punkt würde das Verhältnis von Einsatz und Nutzen absurd, behauptete Kuosmanen, und dem Menschen nutze sein Bestreben dann nicht mehr. Ich wurde aus den tief schürfenden Überlegungen des Mannes nicht mehr schlau, und in Lohja fand ich auch kein Auto, das bei meinen Finanzen und meiner Fahrpraxis passend gewesen wäre.

Fast zwanzig Jahre lang war ich nicht gefahren, und ich hatte ein bisschen Lampenfieber davor, mich in den Verkehr einzumischen. Das Auto kaufte ich schließlich in Rovaniemi. Vielleicht hätte ich mich in Helsinki gar nicht getraut, wieder zu fahren, und noch weniger wäre ich bereit gewesen, gleich nachdem ich die Schlüssel bekommen hätte, das ganze Land der

Länge nach bis Rovaniemi zu durchqueren. Auch meine Enkeltochter wollte ich nicht mitnehmen, bevor ich mich wieder ans Autofahren gewöhnt hatte, obwohl ich mir wegen ihr das Fahrzeug überhaupt angeschafft hatte. Das Mädchen war allerdings erst ein halbes Jahr alt, es musste noch lange nicht zum Sport oder zur Klavierstunde chauffiert werden.

Es hatte Wochen gedauert, ehe ich wieder Kontakt zu meiner Tochter Riitta bekam, nachdem sie im Sommer Kaarelas Handy angerufen und Kaarela ihr Gott weiß was erzählte hatte, weil er geglaubt hatte, Riitta wäre eine Frau, die er mal in irgendeiner Kneipe kennen gelernt hatte. Als Riitta schließlich wieder bereit war, mir zuzuhören, brauchte es viele Anrufe, bis sie verstand und glaubte, dass ich nicht derjenige gewesen war, der ihren Anruf angenommen hatte. Ich hatte ihr lediglich von Kaarelas Telefon aus eine einzige Nachricht geschickt.

Ich weiß nicht, ob Riitta verärgert oder insgeheim froh war, dass ich Hals über Kopf in die Stadt kam, in der sie lebte. Ich hatte mich dafür entschieden, nachdem ich meinen Arbeitsplatz in Helsinki verloren hatte. Ich fand eine Stelle als Anzeigenverkäufer bei einer Gratiszeitung in Rovaniemi und kaufte mir eine Wohnung in angemessener Entfernung von dort, wo Riitta und das Mädchen wohnten. Ich wollte mich nicht in ihr Leben drängen, aber ich wollte immer da sein, wenn Hilfe gebraucht würde. Meine Tochter ist allein erziehend, und sie hat sonst keine Verwandten in der Stadt.

Ich hatte den Beratungsdienst des Verbandes der Alleinerziehenden angerufen, und dort hatte man mir gesagt, als Großvater könne ich mich auf kein Recht berufen, das Kind zu sehen. Alle Entscheidungsgewalt lag bei der Erziehungsberechtigten, also bei der Mutter. Die Frau von der Beratung hatte mich aber getröstet und ganz einleuchtend gesagt, das Leben würde schon in die Bahnen kommen. Für meine Tochter wäre es eine große Erleichterung, wenn ein enger Angehöriger in die fremde Stadt käme, der bereit wäre, ihr bei den vielen Problemen im Alltag einer Alleinerziehenden zu helfen. Die Frau prophezeite mir, ich würde mit meinem Enkelkind noch zusammen sein, soviel ich wolle, und sogar ein bisschen mehr. Danach konnte ich mich nicht einmal mehr ordentlich bedanken.

Kaarela hatte ich nicht mehr gesehen, seitdem wir schließlich im Feuerwehrauto von der Insel heruntergekommen waren. Mehrere Tage lang hatten sie Einsatzwagen auf die Insel schicken müssen. Zwischendurch mussten sie die Feuerwachen der umliegenden Gemeinden aufsuchen, die ihnen als Stützpunkt dienten, und dabei evakuierten sie die Leute, die nicht verletzt waren, aber ihre Autos und Sommerhäuser bei der Überschwemmung verloren hatten. Sofort waren auch Journalisten aufgetaucht, und kurz darauf gab es mit Grafiken und Zeichnungen veranschaulichte Schilderungen davon, was passiert war.

Die Sintflut war keine Naturkatastrophe gewesen, sondern eine geplante Operation. In vielen Zeitungen wurde sie als Umweltterrorismus bezeichnet, und es wurde lamentiert, was für Schäden die Kombination von Frustration und technischen Kenntnissen anrichten konnte. Die Kenner des menschlichen Innenlebens und der Kultur waren baff. Früher hatten Zerstörungswerke immer auf Vernunft und Logik basiert. Man suchte vergleichbare Fälle bei den Twin-Towers in New York und der selbst gebauten Bombe im Einkaufszentrum Myyrmanni in Vantaa und fragte, ob jetzt das Zeitalter der sinnlosen Zerstörung angebrochen sei.

Die Psychiater zeichneten Profile des Täters, und die Ingenieure und Hydrologen erklärten, wie all das Wasser zur selben Zeit und in die richtige Richtung in Bewegung gekommen war. Die Flut war sichtlich genial geplant, und das Ziel war Saarilahti mit seinen Plänen gewesen. In der ersten Phase der Überschwemmung hatten der Druck der Strömung und die mitgerissenen Baumstämme Saarilahtis Villa zerstört. Dem alten

Häuschen auf dem Felsen war gar nichts passiert. Es war einfach auf der Insel stehen geblieben, die sich gebildet hatte, nachdem das Wasser drei Tage und Nächte lang gestiegen war. Die Feuerwehr hatte man gebraucht, weil das strömende Wasser die Masten der Hochspannungsleitung unterhöhlte und die Kreuzkonstruktionen sich neigten und umfielen. An vielen Stellen war die Leitung abgerissen und in weiten Gebieten Südfinnlands die Stromversorgung für mehrere Tage unterbrochen gewesen.

Todesopfer gab es alles in allem nur zwei. Rajala musste auch ums Leben gekommen sein, auch wenn sie von der Leiche keine Spur gefunden hatten. Laut einer großen Reportage in der Zeitschrift *Seiska* hatte Rajalas Leiche, als sie vom Mast fiel, wie eine verkohlte Grillwurst ausgesehen, aber das ist Quatsch. Die Aussage stammte wohl von Toivo und führte zum Streit mit Urho. Der Ingenieur der Straßenverwaltung, der alles ausgelöst hatte, wurde gefunden und in üblem Zustand ins Krankenhaus gebracht, ebenso die junge Wissenschaftlerin, die beinahe in einer Sandgrube ertrunken wäre.

Aus der Geschichte zwischen dem Mädchen und dem Taucher machten die Zeitungen eine Romanze. Angeblich war der Taucher in die junge Frau verliebt gewesen, aber die hatte seine Gefühle nicht erwidert. Als sie beim Tauchen dann am Grund eines Wasserlochs hängen geblieben war und in ihrer Panik das Atemgerät verloren hatte, war es dem Taucher mit beherztem Einsatz gelungen, sie hochzuholen. Auf der Stelle hatte er ihr eine Herzmassage verabreicht und sie künstlich beatmet, und dann hatte er sie ins Krankenhaus gefahren. Unterwegs hatte er einen Mann, der sein Auto verloren hatte und durch die Gegend irrte, umstandslos hinters Steuer gezwungen und selbst während der ganzen Fahrt ins Kreiskrankenhaus mit der Wiederbelebung weitergemacht. So war das Mädchen gerettet worden.

Ich hatte ja gesehen, dass der Taucher in das Mädchen verknallt war, und damals fand ich es idiotisch und ärgerlich. Im

Nachhinein dachte ich aber, was soll schon falsch daran sein. Als ich las, was der Mann in den Interviews sagte, kam mir eine Idee: Nämlich die, dass ich mit meinen Gedanken Einfluss darauf nehmen kann, wie es dem Taucher mit dem Mädchen ergeht. Wenn ich will, bekommt der Mann das Mädchen. Wie es dann tatsächlich gekommen ist, weiß ich nicht.

Der Kapitän sagte durch, wir befänden uns über Jyväskylä. Plötzlich hatte ich ein festes Gefühl von Sicherheit und Vertrauen. Zehn Kilometer unter mir war eine finnische Stadt, obwohl man nur Seen und Wald sah. Aber Jyväskylä lag dort wie eine Insel aus Granit oder das Grundgestein unter den verschiedenen Bodenarten. Es kam mir wie ein Wunder und ein Grund zum Dank vor, dass im Land geordnete Verhältnisse herrschten und man über unbewohnte und unbekannte Gegenden hinweg genau dorthin fliegen konnte, wo man hinwollte, ohne sich zu verirren. Plötzlich hatte ich das gleiche Gefühl wie manchmal als Kind. Es war unmöglich zu ertragen, schon am Ziel zu sein. Ich nahm den Kopfhörer aus der Sitztasche und setzte ihn auf. Im Radio sang eine heisere Männerstimme:

Da läuft ein schwarzer Song in meiner Seele.
Leck mich,
ich bin kein Waisenknabe, und ich lebe!